쿨러브

쿨러브(coolove) : 사랑에 관한 짧은 단상

초판 1쇄 찍은 날 § 2007년 9월 11일
초판 2쇄 펴낸 날 § 2008년 3월 6일

지은이 § 이정숙
펴낸이 § 서경석

편집장 § 문혜영
편집책임 § 이종민
편집 § 한지윤

펴낸곳 § 도서출판 청어람
등록번호 § 제1081-1-89호
등록일자 § 1999. 5. 31
어람번호 § 제5-0162호

주소 § 경기도 부천시 원미구 심곡1동 350-1 남성B/D 3F (우) 420-011
전화 § 032-656-4452 팩스 § 032-656-4453
http://www.chungeoram.com
E-mail § eoram99@chollian.net

ⓒ 이정숙, 2007

ISBN 978-89-251-0910-7 03810

※ 파본은 구입하신 서점에서 교환하여 드립니다.
※ 저자와 협의하여 인지를 붙이지 않습니다.

prologue 동침 / 7

Act 1 실연 / 9

Act 2 연애, 그게 그렇게 쉬운가? / 38

Act 3 아리송한 남자 / 70

Act 4 연애 감정 / 105

Act 5 그치지 않는 빗방울 전주곡 / 128

Act 6 맘먹은 대로 안 되는 것 / 168

Act 7 요상한 일족, 히메(ひめ) / 200

Act 8 사랑과 투쟁의 식탁 / 242

Act 9 연애가 주는 최대의 행복은 착각 / 282

Act 10 왜 이 남자를 이렇게나 / 322

epilogue 1 208호 남자, 308호 여자 / 358

epilogue 2 매운 남자, 달콤한 남자 / 388

epilogue 3 잠자는 숲 속의 남자 / 402

작가후기 / 414

prologue

동침

어딘지 정확히는 꼬집지 못했지만, 아무튼 〈위〉고 〈아래〉고 다 아프단 것 같다는 걸 느끼며 천천히 눈을 떴다.

위라는 건, 그러니까 상하(上下)를 구분하는 그 위가 아니라, 내장의 식도와 장 사이에 있는 주머니 모양의 소화 기관을 말하는 것이다. 숙취가 가시지 않아 위가 쓰리고 아팠다. 그리고 아래라는 건, 정숙한 여성으로서 함부로 말하기 참 미묘한 것인데, 허리 아래가 찌르르 아프고 화끈거린다는 것만 살짝 알린다. 근데 그 은밀한 금단의 영역이 왜 이렇게 아픈 거지? 라는 의문점을 가진 순간 희미하게 들리던 눈꺼풀이 번쩍 떠졌다.

불안한 예감에 차마 몸을 움직이지는 못하고 눈만 깜빡거리며 주위를 살폈더니…….

내가 미쳐!

확실히 그녀의 집이 아니었다. 그녀의 집에는 저런 멋진 커튼 따위 없다. 창 쪽으로 누워 있어 반대편은 보이지 않았지만, 아무튼 커튼이고 벽지고 내 집의 싸구려틱한 게 아니었다. 그렇다는 건, 이곳이 민나영이 매일 몸을 눕히던 곳이 아니란 말. 어느 놈인지 모르겠지만 어떤 남자의 집이란 뜻이었다. 하지만 여기서 또 문장의 오류가 있다. 어느 놈인지 모르겠지만, 이라는 나영의 생각은 틀렸다. 그 어떤 남자가 누구인지도 정확하게 기억났던 것이다.

Act 1

실연

[**짜**증나게 왜 이래? 구질구질한 거 싫다고 했잖아.]

 삼 년을 사귄 남자가 하는 말이 저렇다. 그러니까 서로 합의 하에, 라는 건 이쪽이 좋은 쪽으로 생각하는 것이고, 저쪽의 배신으로 차인 지가 딱 일주일째다. 도저히 이대로 끝낼 수는 없어서, 비록 매달리는 것으로 보일 수 있어도 전화를 해봤는데, 이렇게 매몰차게 군다. 동갑내기로 삼 년 동안 할 짓 안 할 짓 다 해놓고서 정 떨어지니까 육교 위에 앉아 있는 거지보다도 덜한 취급이다. 거지한테는 동정이라도 하지.
 서운함, 안타까움, 슬픔, 억울함이 뒤엉켜서 외쳤다.
 "내 돈 갚아. 십만 원 빌려간 거 기억 안 나? 헤어지기 삼 일

전에 꿔간 내 돈 왜 안 갚니?"

이렇게까지 관계가 지저분해지기를 원한 건 아니었는데, 이 꼴이 된 건 저 녀석의 책임이 반 이상이다.

[하! 너 그것밖에 안 되는 애였냐? 좋아, 내가 더러워서 갚는다. 계좌번호 불러!]

저쪽도 막 가고 있다. 이쪽이 폭주하면 너라도 좀 다독여 주면 될 거 아냐. 꼭 그렇게 나와야겠어? 그래도 난, 네가 보고 싶어서…….

"너 같은 녀석한테는 계좌번호 불러줄 시간도 아까워! 문자 찍을 테니까 내일까지 이자 이만 원 보태서 당장 부쳐! 그리고 너!"

난 정말 다시 한 번 잘해보고 싶었는데……. 네가 한 번만 숙여고 나오면 난 정말 네가 바람피운 것도 다 용서해 줄 수 있는데.

"담에 내 눈에 띄면 딱 10분의 8만 죽여놓을 줄 알아! 나머지는 스스로 처리하든지. 알아들었어!"

도대체 뭔 놈의 성격은 이렇게 생겨먹은 건지, 열 받는 대로 다 쏟아내고 마는 것이다.

[쳇, 이자 이만 원은 또 뭐냐? 기세로 봐서는 내 돈 따위 줘도 안 받을 것 같은데 막판까지 다 챙겨먹겠단 거냐? 네가 이런 앤 줄 알았으면 너랑 삼 년도 안 사귀었어. 그 시간이 아깝다. 걱정 마라. 이만 원에 만 원 더 보태서 부쳐 줄 테니까. 만 원은 위자

료다!]

뚝! 삐리릭!

양쪽에서 동시에 전화를 끊은 소리다. 핸드폰을 내린 순간, 힘을 잃은 나영의 팔이 달랑거렸다. 그래도 너, 그렇게 치사하게 나오면 안 되는 거 아니야? 나보다 더 어리고 여우 같고 살갑고 예쁘장한 기집애가 생기면, 다른 남자들도 다 너처럼 그렇게 뻔뻔하고 치사해지는 거니? 삼 년이라는 시간은 아무것도 아닌 게 되는 거야?

〈남자란 사랑하게 되는 날에는 그 여자를 위해서라면
무엇이든지 해주지만 단 한 가지 해주지 않는 것은,
영원히 사랑해 주는 일이다.
—오스카 와일드.〉

오스카 와일드는 어떻게 저렇게 사랑에 대해 꿰뚫는 능력을 지닌 걸까. 영원한 사랑, 이란 건 정말 없는 걸까? 사귈 때는 내 몸에 있는 작은 티끌 하나까지도 신경 써주고, 손톱 조각〈까지〉 사랑한다더니, 헤어지고 난 후에는 목소리〈조차〉 듣기 싫어한다. 몰두 혹은 외면. 사랑이 있고 없고의 차이다. 이 얼마나 슬픈 일인가.

중도는 없는 걸까. 미친 듯이 사랑하거나 혐오스럽게 밀어내거나. 어째서 둘 중 하나여야만 하는 걸까. 삼 년이면 굳이 사랑이 아니더라도 정(情), 혹은 신의는 쌓일 수 있는 기간이다. 그걸로 편안하게 사귈 수는 없는 걸까? 초코파이끼리도 나누는 정(情)을 어째서 인간인 그 녀석은 안면몰수를 하는 걸까.

"나쁜 자식, 군대라도 안 갔다 왔으면 입대하는 김에 전사하라고 악담이나 퍼부어주는 건데."

지금으로선 벼락을 맞게 해달라거나, 번개를 꽂아달라거나 하는 천재지변 말고는 그 녀석에게 복수를 할 방법이 없었다. 차인 쪽만 불쌍할 뿐, 저 녀석이 나 때문에 괴로워서 식음을 전폐한다든지 헤어진 게 미안해서 가슴 아파한다든지 아무 일도 못하고 불면의 밤을 보낸다든지 하는 건 절대 바라지 못한다. 다만 자신은 저 세 가지를 모두 다 하고 있다.

헤어진 후에 드는 생각은 단 하나.

나만큼 그도 아파했으면…….

하지만 나는 아파도 그 녀석은 판판 잘만 놀지도 모른다는 것. 아니, 그럴까 봐 전전긍긍하고, 그런 생각으로 더 자존심 상해서 빈곤의 악순환을 겪는 차인 쪽의 사정.

그 녀석의 싸이는 언제나 북적북적 잘만 돌아가고 댓글이 넘쳐 나며 업데이트 되는 글도 많은데, 여자 쪽의 싸이는 〈최근 이 주간의 게시물이 없습니다〉라는 빈곤한 경고 멘트가 뜨고 댓글도 암울한 안부 소식뿐이며, 사진 아래 뜨는 프로필 란에 〈사랑에 비극이라는 것은 없다. 사랑이 없다는 사실 속에서만 비극이 있는 것이다〉 같은 온갖 땅 파는 말만 써 있다는 사실이다.

더 화가 나는 것은, 그 슬픈 이별의 시간 동안 이쪽이 괴로움에 몸서리치고 있을 때, 그 녀석은 도토리를 들여서 스킨을 바꾼 것! 대따 이쁜 스킨을 걸어놓고 즐거운 오로라를 팍팍 풍기고 있으면, 정말이지 살인 욕구가 일게 된다. 부디 내 방문 사실이 들키지 않기를 바라며, 몰래몰래 그 녀석의 싸이에 들어갔다가, 사는 게 정말 행복하다는 듯한 녀석의 주변 상황을 파악하고 나면······

살기 싫어진다.

너무 창피해서 쥐구멍이라도 숨고 싶다.

하지만 쥐구멍도 이 여자는 받아주지 않는다. 요즘 쥐들도 워낙 희귀종이 된 지 오래라 콧대가 높아져서 사람 가려서 논다. 아아, 정말이지 사는 게 싫다.

"아줌마, 소주 한 병 주세요."

할 수 있는 일이라곤, 네트워크 선을 빼버리고 방구석에 앉아 깡소주를 마시는 것뿐. 절대 메일함을 열어보지 말아야 하며, 싸이 쪽으로는 발걸음도 하지 말아야 한다. 휴대폰은 배터리를 분리해서 던져 두어야 술에 취해서 그 녀석에게 전화를 하는 불상사를 면할 수 있다. 정 자신을 못 믿겠으면 뽑은 배터리를 장롱 뒤에 던져 놓아야 안전하다. 술김에 저지르는 행동이란 건, 생각보다 더 자신의 이성을 비웃는 것이기 때문이다.

아파트 현관에 도착한 나영은 소주가 든 검은 봉다리를 든 채 번호를 눌렀다. 1818, 정말 간결하고 멋진 번호가 아닌가! 만약 성질 더럽고 음침한 도둑이 있다면 단번에 때려맞힐 수 있는 번호다. 하긴 성격 깔끔하고 음침하지 않은 도둑은 또 어디 있겠는가. 카드 번호를 만드는 날, 아마도 헤어진 그 녀석이랑 대판 싸우기라도 했겠지. 그러니 번호가 이 모양일 테지.

어? 그런데 이상하다. 문이 열리지 않았다. 다시 1818, 그래도 똑같다. 에잇! 다시 1818! 아, 진짜 욕 나온다. 문이 열리기는커녕 경고음이 나영의 눈을 동그랗게 만들었다. 침입자다! 물러나라!

듣기 싫은 경고음의 뜻은 이제 나영을 자신의 집 안으로도 들이지 않겠다는 것이다. 얼마나 화가 나는지, 도대체 왜 번호가 안 맞는 건지 생각할 여유를 갖기는커녕 분통만 터졌다.

"어이, 거기서 뭐 하는 거야?"

그때 등 뒤에서 들려온 낮은 목소리에 나영은 몸을 홱 돌렸다. 거기에 지적인 이미지를 풍기는 회색 수트 차림의 남자가 서 있었다. 어째 몇 번 본 적이 있는 것 같기도 하고……. 광택이 나는 소재의 실크 슈트와 부드러운 촉감의 오리엔탈 타이가 참 고급스럽게 섹시한 느낌의 남자다.

내 참, 섹시하거나 말거나.

안 그래도 성질나 있는데, 이웃 간에 무관심을 철칙으로 살고 있는 대도시의 인종께서 어째서 간섭을 하고 나오는지 모르겠다. 남이사 집 앞에서 번호를 못 맞춰서 당황하고 있든, 실연의 상처로 당장 베란다에서 뛰어내리든 무슨 상관?

"보면 몰라요? 문 열려고 하잖아요."

평소라면 저 정도 잘생긴 인물이면 다소곳하고 나긋나긋한 접대용 미소를 날렸겠지만, 지금 내 속은 내 속이 아니었다. 톡 쏘아줬더니 그쪽이 이렇게 말한다.

"당신, 도둑이야? 남의 집 문은 왜 열어."

기막혀서. 지금 누구더러 도둑이래? 지금 입고 있는 이 나시 시폰원피스만 해도 얼만데, 이렇게 우아한 도둑 봤니?

"이봐요. 다시 한 번 말해봐요."

"아니면 내가 기억 못하는 여잔가? 집까지 찾아오다니, 짜증나게 하는군."

평소 사생활이 어떤지 바로 알 수 있는 말이었다. 그러니까 〈나 따라다니는 여자가 한 다스는 되는 바람둥이요〉라는 말인 것 같은데, 하긴 저 장신의 키와 꽉 조인 몸매, 하얀 얼굴을 보니 그럴 만도 하다. 그래도 저가 잘났으면 잘났지, 지금 누굴 넋 나간 여자 취급하는 거지? 이래 봬도 정신 똑바로 박힌! 차인 여자란 말이야, 구시렁구시렁. 생각해 보니 자신은 결코 당당하게 외칠 입장이 아니었다. 삼 년이나 사귄 남자한테 매몰차게 걷어차인 입장이다. 무엇보다 이 남자가 화나는 이유는.

"짜증나게 하는군."

오늘만은 정말 듣기 싫은 말이었다.

"짜증나게 왜 이래? 구질구질한 거 싫다고 했잖아."

하루 동안 저 짜증이라는 소리를 몇 번이나 들어야 하는 건지.

술은 분명 손에 들고 있을 뿐 아직 마시지도 않았는데 머리가 멍했다. 왜 자신이 집에 안 들어가고 이 앞에 서 있는 것이며, 어째서 번호키 앞에서 굴복해야 하는 것이며, 또 꽤 잘생긴 남자의 짜증을 받고 있어야 하는 건지, 아무것도 모르겠다. 그리고 이 경고음은 어째서 계속 울리는 거야!

"뭔지는 모르겠지만 이쪽은 결코 댁 따라다니는 여자가 아니니까 갈 길이나 가시죠? 별 이상한 남잘 다 보겠네. 아, 짜증 나."

짜증은 니들 남자들만 낼 수 있는 줄 아니? 나도 할 수 있다 이거야. 때마침 경고음이 멈춰서 나영은 다시 번호를 눌렀다. 18까지 누르는데, 억센 힘이 나영의 손을 틀어쥐었다.

"이봐, 술 취했으면 곱게 제 집이나 가지?"

"으앗!"

마치 죄인의 손에 수갑을 채우기 직전의 형사처럼 하도 틀어쥐는 통에 눈물까지 찔끔 날 정도로 아팠다. 나영의 손에서 힘이 쭉 풀리는 순간, 툭! 파직! 콸콸! 나영의 손에서 이탈한 검정 비닐 봉다리 안에 들어 있던 소주병이 바닥과 조우해 깨져 버렸다. 순간 맑은 소주가 비닐을 따라 졸졸 흐르는 바람에 남자의 반질반질 잘난 구두를 채 막을 틈도 없이 적셨다.

"이거, 술 냄새잖아."

남자가 나영을 차갑게 노려보았다.

"뭐 하는 여자야? 도둑? 술고래?"

"도둑도 아니고 술고래도 아닌데요."

삼 년간의 사랑이 끝난 가여운 여인일 뿐.

"두 번 말하기 귀찮으니까 한 번에 이해해. 여긴 내 집이고, 또 현관문을 열려는 수작을 부렸다간 던져 버릴 테니까 그렇게 알아."

아아, 던져 주면 그대로 머리부터 떨어져서 하늘나라로 갈 수 있을까? 아니, 그럴 수야 없지. 내가 지금 무슨 생각을 하고 있는 거야. 그깟 치사한 자식 때문에 내 귀한 인생을 여기서 끝내라고?

아니지, 지금 중요한 건 그게 아니라…… 내 집?

천천히 시선을 돌려 현관문에 붙은 숫자를 확인해 보았다. 208호. 이런…… 208호. 그래, 208호. 아닛! 208호? 내 집은…… 308호였다. 삼층이라 웬만하면 걸어서 오르내렸는데 오늘따라 정신이 팔려서 한 층을 덜 올라갔나 보다.

"미, 미안해요. 저 308호에 사는데 깜빡 착각을 했나 봐요. 그러니까 저 수상한 사람 아니라는…… 아무튼 미안합니다."

그러니까 여긴…… 내 집이 아니었다. 남의 집 번호를 눌러서 경고음을 울리게 했다. 그것도 그 주인인 듯한 남자가 눈을 시퍼렇게 뜨고 보는 앞에서. 경고음이 끝난 뒤에 또 눌렀다. 아주 보란 듯이 눌러 버렸다. 그 집 앞에서 소주병도 왕창 깨뜨렸다. 문 앞은 소주 냄새로 가득 찼다.

"하, 하지만 정확히 말해서 소주병은, 그쪽이 아프게 잡는 바람에……."

어색하긴 해도 생긋 웃으며 비굴하게 말해보았다. 그러나 슬프게도 남자의 굳은 인상은 전혀 펴지지 않았다. 지적으로 자리 잡은 짙은 눈썹이 한 번 꿈틀, 하더니 그대로 나영의 어깨를 툭 치고 지나가 번호를 무리없이 눌렀다. 제 집이니까 당연히 문은 열렸다.

나영은 이쯤에서 빠져야겠다는 생각에 슬금슬금 뒤로 물러났다. 그리고 돌아 걸어가려는 찰나.

"당장 서시지."

잡아끄는 음색에 우뚝 멈춰 섰다. 오늘따라 10㎝ 굽이 이렇게나 불안정하게 느껴질 수가 없었다. 비굴한 웃음을 띤 채 고개를 돌리니, 그 남자가 당장이라도 얼릴 듯 냉기를 팍팍 풍기며 말했다.

"현관 앞 치워, 308호 술고래."

"수, 술고래요?"

"아니면? 남의 집 앞을 술판으로 만들어놓은 보상을 어떻게 할 생각인데."

그런 방법, 솔직히 없다.

"하, 하지만 걸레가 없는데요. 위층에 가서 가지고 내려올……."

"따라와. 욕실에서 적당한 거 찾아서 닦아."

숫제 가정부, 혹은 청소부 취급이다. 이봐요, 난 지금 남의 집 앞에서 질질 흐르고 있는 소주나 닦을 상황이 아니거든요? 지금 난 좀 더 섬세하고 좀 더 고독한 아픔에 휩싸여서 실연의 슬픔을 홀로 위로하고 상처를 핥아야 할 판인데…….

"깨진 파편 제대로 줍고, 만약 얼룩이 남을 시에는 깊은 대화를 각오하는 게 좋을 거야."

남자는 현관문을 활짝 열고는 턱짓으로 안쪽을 가리켰다. 그 턱선 한 번 날렵하게도 잘빠졌지만, 얼른 들어가서 욕실에서 적당한 걸레를 찾으란 소리다. 나영은 고개를 딸깍 떨어뜨리고 울며 겨자 먹기로 남자를 지나쳐 안으로 들어갔다. 정말이지, 뭐가 이렇지? 이놈이나 저놈이나, 세상엔 어째서 이렇게 날 괴롭히는 남자들뿐일까.

실연의 아픔에서 채 벗어나지도 못한 그날, 만났다. 차라리 실연의 아픔을 곱씹는 게 훨씬 우아했을 법한 그런 남자를, 말이다.

소주 얼룩을 제대로 잘 닦고 있는지 감시하는 그 남자의 앞모습은 차갑기 그지없고, 지독한 생소주 냄새에 미간을 찌푸리며 고개를 돌리고 있는 옆모습은 얄밉기 그지없었다. 그 위험한 깨진 병 조각을 치우는데도 남자는 손가락 하나 까딱 않고서 벽에 기대선 자세의 우아함을 그대로 유지하고 있었다. 정말이지, 나쁜 남자였다. 바로 몇 분 전까지 세상에서 가장 나쁜 남자는 옛 남자 친구였는데 지금은 그 남자가 오히려 순수해 보인다. 저런 인정사정없는 남자에 비하면, 사귈 때만은 정말 다정하고 열정적인 녀석이었으니까. 이런 지독한 남자에 비하면, 김영태, 넌 착하다! 사과할게, 욕했던 것. 잘살아라, 여우 같은 년하고 백년해로, 오래오래 하거라.

나영이 지금 가장 슬픈 건, 사랑의 아픔보다 소주 냄새를 견디는 게 더 힘든 것 같다, 란 걸 인정하는 것이었다. 그까짓 소주 냄새보다 엷은 사랑의 냄새라니……. 너무너무 가슴이 아파서, 외려 아무런 생각도 들지 않았다.

입술을 꼭 깨문 채, 지나간 사랑의 무게를 되짚어보았다. 이렇게 가볍다니, 정말 허무해. 너무너무 허무해서, 눈물이 찔끔찔끔 흘러나왔다. 방울방울 톡톡 떨어졌다. 깨진 조각에 손가락이 찔린 것도 아닌데, 심장이 섬뜩하면서 피라도 본 것처럼 미어졌다.

눈물을 뚝뚝 흘리고 있는데 커다란 그림자가 졌다. 커다란 손이 불쑥 다가오더니 나영의 손에서 걸레로 타락되어진 수건을 홱 가져갔다. 어쩐 일이셔요? 끝까지 그 자리에서 우아하게 서 있을 줄 알았더니.

척척 마무리를 해서 검은 봉다리를 휘리릭 묶어 쓰레기봉투에 넣은 남자가 벌떡 일어났다.

"울든지 치우든지, 하려면 한 가지만 해."

나영은 뺨을 덮고 흐르는 눈물을 손가락으로 훑었다. 왠지 꽤나 기운이 빠진다.

"실연이라도 당한 건가."

일어나려 했던 나영의 몸이 우뚝 멈췄다.

"……."

"사랑은 기침처럼 감추기 어려운 거라던가. 한데 사랑보다 더 감추기 어려운 게 바로 실연당한 여자의 상념이거든."

나영은 천천히 자리에서 일어났다. 담배를 꺼내 문 남자가 연기를 흘리면서 뚜벅뚜벅 다가왔다. 섬세한 입술 선의 끝이 살짝 말려 올라가 있다. 하긴 이 남자는 저렇게 여유로울 수 있겠지. 저쪽은 〈쿨〉하게 살아갈 타입 같으니까. 사랑도, 연애도, 인생도 구질구질한 감정 따위에 얽매일 필요가 없는 오로지 흥미로운 대상일 뿐이겠지. 가진 게 많아 보이는 인간이니까. 매달리는 여자를 쳐내면 쳐냈지, 저가 매달릴 것 같진 않으니까.

"그래서, 잘난 척하고 싶은 건가요?"

"뭘?"

담배 연기를 옆으로 후우 흘리면서 비웃듯 묻는다.

"실연당한 여자를 앞에 두고, 쿨한 자신을 자랑하고 싶으냐. 우위에 선 입장이니까 깔보고 싶으냐, 이 말이잖아요."

"뭐, 별로. 그저 좀 흥미로워서."

"실수하는 여자의 어디가요?"

"빗장뼈가 예뻐."

간결한 대답이긴 하지만, 논점에서 한참 빗나갔다.

"……혹시 의사예요?"

"백수라서 미안하군."

나영은 픽 웃으며 고개를 돌렸다.

"그럼, 집 잘 찾아서 가시게."

남자가 입술에 담배를 문 채 손을 흔들었다. 여유롭게 돌아서는 남자의 넓은 등을 멍하니 지켜보다가, 자신도 모르게 입을 열었다.

"이봐요."

가끔 삶은 생각지도 않은 방향으로 흐른다. 의도하든 의도하지 않든.

그때 왜 그 남자를 붙든 건지 모르겠다. 민나영이 그렇게 헤픈 여자는 아니라고 스스로 생각하고 있었는데, 어째서 그날은 그 남자를 붙들고 싶었던 걸까. 단지, 자꾸만 뇌를 때리는 뻔뻔한 그 녀석 때문에? 한순간만이라도 잊고 싶어서? 뇌를 흐리게 한 술 냄새 때문에? 모르겠다. 그냥 부르고 싶다는 생각을 한 순간, 말이 먼저 나갔다.

"왜?"

담배 연기를 흘리며 남자가 우뚝 서서 눈을 가늘게 떴다.

"혹시, 위층에 사는 여자가 갑자기 목을 맨 시체로 끌려나오면 기분이 어떨 것 같아요?"

살짝 남자의 미간이 찌푸려졌다. 그 미간을 펴려는 듯, 담배를 쥔 긴 손가락으로 천천히 이마를 문지른 그가 입을 열었다.

"목이라도 맬 건가?"

"글쎄, 어떨 것 같냐구요."

"우리 집 천장으로 기어내려 오지만 않는다면, 별상관은 없을 것 같은데."

나영이 쿡쿡 웃음을 터뜨렸다. 남자는 어이가 없다는 듯 몸을 돌리려 했다.

"기어내려 갈까요, 아니면 술 한 잔 마셔줄래요?"

반쯤 돌아갔던 남자의 몸이 다시 돌아왔다. 날카로운 눈으로 잠깐 나영을 탐색하는 것 같더니, 이내 조용히, 그러나 짜증을 섞은 표정으로 대답했다.

"술 마셔주면 넌 나한테 뭘 해줄 거지?"

나영은 분명 술을 같이 마셔달라는 조건을 내걸었고, 남자는 술을 마셔주면 뭘 해줄 거냐는 의문형 조건을 내걸었다. 그러나 아쉽게도 그 둘의 조건은 처음부터 하나도 지켜진 게 없었다.

"술 마셔주면 넌 나한테 뭘 해줄 거지?"

어쩐지 묘한 뉘앙스가 있는 말. 그건 경고일 수도 있었다. 그러니까 위험에 처한 쪽은 분명 여자인 나영이어야 했다. 하지만 현관문이 닫힌 순간, 먼저 달려든 쪽은 분명 나영이었다. 그 남자의 목을 휘어 감고서 그 탄력 있어뵈는 입술을 왈칵 물어버린 것이다.

미치지 않고서야 어떻게 그런 짓을 했을까. 물론 그 남자가 페로몬을 팡팡 방출하는 섹시한 타입이긴 했지만, 특별히 유혹의 눈빛을 보낸 일도 없었고, 안 그런 척 슬쩍 접촉을 시도해서

실연

나영의 몸을 달아오르게 한 일도 없었다.

 모르겠다, 어째서 그런 짓을 한 건지. 입술을 물어뜯다시피 하면서 매달린 순간 남자의 입술은 무척 차가웠고 열릴 생각도 하지 않았다. 냉담했다. 황당한 건지 비웃는 건지 움찔, 따위도 없었다.

 사랑의 비극은 죽음이나 이별 따위가 아니라, 두 사람 중 어느 한 사람이 이미 상대방을 사랑하지 않게 된 날이 왔을 때라고 한다. 김영태의 감정이 그런 것이었다.

 김영태, 의 감정이 그런 것이었다.

 너무 허무하지 않은가. 둘이서 시작해서 한쪽의 마감 선언으로 끝나는 이런 감정. 한쪽은 아직 마음의 준비도 되지 않았는데, 저쪽이 퇴근한다고 하면 그대로 따라야 한다니. 이쪽은 아직 야근도, 잔업도, 정 안 된다면 휴일 반납이라도 할 수 있는데 저쪽은 됐다는 것이다. 필요없다는 거다. 자기는 그냥 퇴근만 하면 된다는 거다. 한때는 이쪽이 먼저 퇴근할까 봐 그렇게 전전긍긍하면서 열렬하게 매달리던 주제에, 너 정말 많이 컸구나.

 탓하면 뭐 하리. 저쪽을 그렇게 키워준 건 바로 사랑을 퍼부은 이쪽인데. 그 불량 싹은 이쪽이 퍼부어주는 물과 양분을 쑥쑥 먹어 어느새 〈재크와 콩나무〉보다 훨씬 커서 민나영의 좁고 허름한 밭이 싫다고 뛰쳐나갔다. 그래, 하늘까지 닿아서 잘 먹고 잘살아라!

 그런데, 어째서 자신은 지금 정작 본인은 제쳐 두고, 아래층의 이 남자에게 시비를 걸고 있는 걸까? 종로에서 뺨 맞고 한강 가서 눈 흘길 생각도 없는데 어째서.

잘난 이 남자도 자신 같은 여자를 만들었을 게 분명하니까 복수의 의미로? 이 세상의 실연당한 모든 여자들을 대표로 체제에 대항한 거? 아니면 그냥 못 먹는 감 찔러나 본 거?

모든 것이 흐릿했지만, 단 하나는 확실했다.

민나영은 미쳤다.

미쳤다고밖에 표현할 수 없었다. 아무나 유혹하고 싶었나 보다. 하지만 슬프게도 그 남자는 꿈쩍도 하지 않았다. 성의를 다해 질척거리며 혀를 움직이고 입술도 살짝살짝 깨물어보고 목에 휘감은 팔을 관능적으로 죄어보기도 하고 가슴으로 남자를 도발하기도 했지만, 그 차가운 입술은 꿈쩍도 하지 않았다.

결국 제풀에 지쳐서 입술을 떼고서 벽에 쿵 부딪치며 흘러내렸다. 어떤 반응도 보이지 않는 남자 앞에서 완전히 쪽팔리고, 매력지수 빵점으로 비춰졌다는 현실을 인식하는 건 생각보다 더 고통이었다. 그래도 열심히 작업을 건 탓에 숨이 차서 헐떡거리고 있는데 천천히 그림자가 졌다. 위에서 덮어온 그림자가 아래로 내려오는 것 같더니 손가락 끝으로 나영의 턱을 치켜올렸다.

"이봐, 잘까?"

나영은 멍한 눈으로 고개를 끄덕였다.

"잘래요. 피곤해서 돌아버리겠어. 술은 안 마셔도 돼요."

어쩐지 자신이 무척 한심해졌다. 딸칵, 고개를 떨어뜨리고 있는데 나영의 몸이 덜렁 들렸다. 나영은 눈꺼풀을 들어 위를 올려다보았다. 남자는 넥타이를 풀면서 어디론가 가고 있었다. 그러니까 나영을 안아 든 채로.

"어디 가는 거예요?"

마치 시골 버스에 탄 아줌마처럼 느릿느릿 물었다.

"침대."

"아아, 그러세요?"

꿈쩍도 안 하더니. 웃겨.

마음속의 투덜거림을 들었을 리도 없는데, 그 남자가 이렇게 말했다.

"키스로 끝낼 자신은 없거든."

그 말이 그 남자가 내뱉은 가장 인간적인 말이었다. 그러니까 그 후의 일은 지금 다시 생각해도 깜짝깜짝 놀랄 정도로 경기를 일으킬 수준이었다. 삼 년이나 사귄 그 녀석하고는 한 번도 느끼지 못했던 생소하고 미묘한 그 모든 것을, 도저히 말로 표현할 수 없는 민망스러운 감각들을, 그 폭력적이다 싶을 정도로 막 나가는 남자에게서 양껏 받아버린 것이다.

이건 무슨, 애 셋 딸린 몸으로 남편과의 지루한 섹스밖에 알지 못하다가 바람나서 새 인생 찾은 사십대 유부녀도 아니고…… 어째서 그 남자와 침대로 쓰러진 순간 이후 겪은 모든 감정이 그렇게 신랄하고 생소한 건지. 어째서 그렇게 세포까지 달달 떨리는 쾌감에 완전히 휩쓸려 정신을 놓은 건지.

섹스 하다가 기절한다는 말, 말로만 들어봤지 직접 경험한 순간의 그 극치의 쾌감은 말로 설명할 수 없는 것이었다.

주, 죽고 싶어! 죽을 것 같아!

아마도 이 미친 혀는 그런 말까지 음란한 신음 소리에 섞어 비명처럼 내질렀던 것 같다. 아아, 똑똑히 기억나서 더 미치겠다.

남자의 허리가 움직일 때마다 온몸이 산산이 부서질 것 같은 쾌락, 그것은 어느 순간부터 쾌락을 넘어서 공포까지 느껴졌다. 차라리 이런 쾌감은 사양하고 싶어 후덜덜 떨면서 침대에서 기어나가려다가 몇 번이나 잡혀 끌려갔는지 모른다.

"아악! 당신 좋마야! 인간이야!"

자신도 모르게 그런 소리를 부르짖었던 것도 같은데……. 그것도 훌쩍훌쩍 울면서. 좋아서 우는 건지 싫어서 우는 건지 구분도 못했다. 이 인간은 한마디로 지칭할 수 있었다. 섹스에 환장한 미친 머신이란 것. 근육 마디마디가 나사로 조여 있을지도 모른다.

옷을 벗으면 드러나는 꽉 조인 단단한 근육, 하지만 이 싸이코는 거기에서 끝나지 않을 것 같다는 사실. 그 근육을 한 번 더 벗겨보아야 한다. 거기에는 온갖 메카닉의 총집합이 그대로 오색찬연하게 드러날 것이다. 어쩌면 그런 것 있지 않은가. 지구를 구하기 위해 발명하던 중 방향이 살짝 잘못되어, 지구를 구할 데이터와 섹스에 미친 데이터가 혼선을 일으켜서 돌연변이 종이 탄생한 것.

근육을 벗겨보면 튀어나올지도 모른다. 그러니까 생체 섹스 병기나 혹은 에로 건담 같은 것…… 환각제를 먹고 지구를 구하기는커녕 지구의 여자들을 침대에서 죽이기 위한, 섹슈얼 매커니즘의 총집합체.

그러니까 겁을 상실하고 들이민 결과가, 이런 것이었다. 허리 아래가 완전히 벌집이 되어버린 것. 〈심봤다!〉를 외쳐야 하는 건지, 〈똥 밟았다〉를 외쳐야 하는 건지 도저히 판단할 수 없는 이런 상황, 정말이지, 너무한 거 아니야?

"여어, 깼으면 일어나시지?"

분명히 쥐 죽은 듯 누워 있었다고 생각했다. 어제의 일을 생각해 보려는 찰나, 등 뒤쪽에서 신문이 넘어가는 소리가 들렸던 것이다. 그러니까 남자 쪽은 벌써 깨서 조간신문을 탐독 중이시라는 말이다. 출근도 해야 하는 여자는 이렇게 생판 모르는 남자의 집에서 누워 있고.

어쩌면 좋아. 이걸 어쩌면 좋아!

나영은 입술을 꼭꼭 씹으며 끝까지 눈을 감고 있었다. 제발 먼저 출근이라도 해주지? 아니지, 어제 분명히 백수라고 했으니까 그럴 리가 없지.

어떻게 해! 나 완전 인생 좋친 거 아니야? 하필이면 저 얼굴에 뻑 가서는, 이대로 백수의 돈줄이라도 되는 거? 어제의 섹스를 빌미로 이제부터 돈을 뜯겨야 하는 건가? 저 남자 생긴 걸로는 지대로 제비족에 여자 등골 파먹고 살게 생겼는데.

어쩌면 이 방 어딘가에 몰래카메라가 돌아가고 있을지도 몰라. 그래, 어떤 책에서도 그런 게 있었잖아. 골 빈 상대를 끌어다가 침대에서 한판 거나하게 치르는 모습을 비디오에 담아 그대로 뒷거래 시장에 파는 거지. 모자이크 처리도 안 된 상대방 얼굴은 그대로 변태들의 시선에 노출되고, 하루에도 수십 통의 휴지를 낭비하게 만드는 암거래 시장의 마돈나가 되어 있는 거야. 그런 자신의 상황도 모른 채, 골 빈 그 여자는 또 남자한테 넘어가서 침대로 엎어지고…….

아니, 내가 지금 무슨 암울하다 못해 무서운 상상을 하고 있는 거야. 유혹한 건 내 쪽이면서 저쪽을 사이코로 만들고 있다니.

하지만 뭘 어떻게 해야 할지 모르겠단 말이야. 차라리 실연 따위 고이 받아들이고 꿋꿋하게 살 걸. 아무런 원한도 갖지 말고 미련도 갖지 말 걸. 그럼 이런 일에 휘말리지도 않았을 거 아냐. 어째서 스스로 작두 아래에 목을 들이밀고서 이렇게 괴로워해야 하는 걸까.

"좋아, 안 일어나면 한 번 더?"
"이, 일어나요! 일어날게요!"
나영은 화들짝 놀라 불에 데인 사람처럼 벌떡 몸을 일으켰다.

무슨 섹스가 리필이냐고. 한 번 더는 무슨 빌어먹을 한 번 더입니까. 댁도 양심이 있으면 벌집 된 이 꼴도 생각 좀 해봐요!

힘껏 노려보니 벌써 반쯤 침대로 기어들어 왔던 남자가 피식 웃더니 다시 뒤로 물러나서 싱글 소파에 앉았다. 깔끔한 화이트 셔츠 차림에 단추는 두세 개 풀러 섹시한 쇄골이 그대로 노출되었다. 지금 바로 카메라를 들이밀고 뉴욕 비즈니스맨의 나른한 아침을 테마로 촬영을 시작해도 무방할 분위기다. 하지만 아쉽게도 저 남자는 백수라지?

그에 반해 자신은 아직 나체였다. 일어나면서 본능적으로 시트를 움켜쥐고 가리며 일어났기에 망정이지, 시트 안의 상황을 떠올린 순간 정말이지 앞이 깜깜했다. 저 사이코, 일 치르고 옷도 못 입게 했던 것이다. 그뿐이랴, 샤워도 못하게 하고 계속 리필 신청이었다. 한 번 더? 한 번 더? 아아, 정말 무서운 밤이었다. 완전 변태 작렬! 하지만 먼저 시작한 쪽은 이쪽이니 할 말 없다.

"저, 저기 뒤로 좀 돌아줄래요?"

죄지은 사람처럼 목소리가 기어들어 갔다. 입 안은 숙취와 죄책감으로 쩍쩍 마른 지 오래였다. 침마저도 잘 넘어가지 않았다.

"왜?"

"옷 갈아입고 가봐야 하니까요."

당장이라도 소리치고 싶었지만 불만만 살짝 묻혀 기어들어가는 목소리로 대답했다. 하지만 남자의 시선에는 동요가 없었다. 그 까만 눈동자로 시종일관 들여다보는 것이다. 이 생명체는 도대체 어떤 술집에서 굴러다니는 여자일까, 라고 묻는 듯.

아, 그래! 그거다!

"그, 저기…… 출근은 안 해요?"

"그쪽은?"

그렇지. 바로 그 질문을 기다리고 있었다.

"무, 물론 나도 해야죠. 지금부터 집에 돌아가서 좀 자다가 저녁 때 나가봐야 하거든요."

"저녁이라……. 무슨 출근 시간이 그렇지?"

"아아, 그게 수, 술집에 출근을 하거든요. 호, 호스티스예요. 언제 기회있으면 우리 가게 오세요. 자, 잘해 드릴게요."

이건 또 무슨 소리냐? 기왕 이렇게 된 것, 아예 완전히 값싼 여자가 되자. 풍덩 빠지자는 수작이었다. 맨정신으로는 도저히, 번듯한 회사에 출근하는 여자로서 그런 정신 나간 유혹을 했다는 소리는 못하겠다. 어차피 한 번으로 끝날 관계, 대놓고 직업여자로 말해두고 나면 창피할 일도 없고, 고민할 필요도 없다.

"호오, 그래?"

남자가 흥미를 보이는 건지 아닌 건지 미묘한 표정으로 눈썹을 살짝 문질렀다. 가게 이름은 대충 아무렇게나 지어서 알려주고 친구 집에 피신해 있다가 후딱 이사 가는 거다. 아, 정말 자존심 상하고 쪽팔리고 마음 무거워 못살겠다.

"휴대폰."

남자가 갑자기 짧게 말해서 나영은 히뜩 놀랐다. 휴대폰 뭐? 있으면 그걸로 때려주리?

"번호."

정말 짧게 말하는 남자다.

"버, 번호요?"

"그래. 서로 알아야 할 것 같은데."

"그, 글쎄요. 이쪽은 별로 내키지가……."

"번호!"

"010!"

히뜩 놀란 나영은 속으로 눈물을 줄줄 흘리면서 번호를 불었다. 도대체 이 남자 앞에서는 왜 이 모양 이 꼴인 건지 모르겠다. 하긴 그렇게 똑똑한 년이었으면, 그 녀석한테 걷어차이지도 않았고, 이런 상황에 처하지도 않았겠지. 하지만 나름 딱 부러지는 아가씨라고 생각하고 살았는데.

딱 한 번 불러버렸는데도 남자는 그걸 기억하고서 여유로운 얼굴로 자신의 휴대폰에 입력했다. 두 번 물어보지도 않고서 잘도 누르고 있다. 설마 저걸로 다시 확인을 하는 건 아니겠……지?

휴대폰을 척 하고 든 남자가 귀에 댔다. 신호가 가고 있을 테지만 침대 옆에 떨어져 있는 나영의 백 안에 든 휴대폰이 울릴 리가 없었다. 일부러 뒷번호를 바꿔서 가르쳐 줬으니까.

하지만 저 번호에도 주인은 있을 테고, 전혀 관계없는 사람이 전화를 받았는지 남자가 천천히 입을 열었다.

"아아, 죄송합니다. 번호를 잘못 알았나 보군요."

시종일관 단 한 번도 시선을 떼지 않고 나영의 하얗게 질려가는 표정을 똑바로 쳐다보며 정중한 어투로 말을 마치고는 휴대폰을 내렸다. 짙은 눈썹이 살짝 휘어져 올라갔다. 정말 열 받을 건데도 눈빛 자체에는 동요가 없었다.

나영은 기가 팍 죽어서 그의 시선을 피하고 있었다.

"어이, 혹시 휴대폰 딴 놈한테 주고 왔어?"

"그, 그것이……."

"남자가 받더군?"

"그, 그러니까 그게 가게 사장님한테 맡긴 걸……."

"조용히 불겠나, 아니면 시트를 벗겨 버릴까."

"마, 말할게요!"

이건 숫제 협박이었다. 신고해야 한다. 112, 남의 심장을 폭행한 강도 신고? 119, 본능에 불 지르게 한 화재 신고? 114, 인격 상실된 인간 검색 신고?

나영은 어쩔 수 없이 제대로 된 번호를 알려주었다. 다시 남자가 통화 버튼을 눌렀을 때 백에서 섹시 남자 가수의 음성이 원음 벨소리로 흘러나왔다. 확인을 한 남자가 휴대폰을 탁 덮고서 내려놓았다. 그리고 긴 한쪽 다리를 꼬더니 입술 끝을 말아 올리는 미소를 지으며 말했다.

"벨소리 바꿀 생각 없어?"

"……네, 그렇게 할게요."

"정 뭐하면 내가 선물해 줄 수도 있고."

"아니요. 벨소리 결제도 돈 들고 번거로울 텐데 그냥 내가 할게요."

"우리, 연애할까?"

이리저리 시선을 피하며 헛짚고 있던 나영의 눈이 번쩍 떠졌다. 나영은 온통 시트로 휘감긴 채, 세상에서 제일 두려운 말을 듣기라도 한 듯 남자를 노려보았다.

"무, 무슨 말을 하는 거예요?"

"연애, 하자고. 재미있을 것 같은데."

얼굴은 지(智)의 이미지, 표정은 색(色)의 이미지, 섹스는 광(狂)의 이미지, 말투는 독(毒)의 이미지, 생각은 멍―한자없음!!―의 이미지를 풍기는 남자다. 도대체 저 남자가 지금 뭐라는 거야?

"미쳤어요? 내가 왜? 뭣 때문에 그쪽 같은 남자랑!"

"나, 내가 어때서?"

보란 듯 머리카락을 쓸어 넘기는 꼴을 보고 있자니, 금방 내뱉은 분노가 우습긴 하다. 물론 모자라는 면은, 보이는 부분에서는 없다. 다만 넌 백수고 또 밤새도록 더럽게 괴롭히는 변강쇠에 이쪽을 가지고 놀려는 바람둥이잖아!

"미안하지만 난 연애 같은 거 할 마음 없어요."

"아아, 아직 옛 남자를 못 잊었다?"

"그, 그래요."

그럴 리는 없다. 그 녀석 따위, 집착하는 이유는 미련이고 원망이지 사랑이 사라진 지는 오래였다. 그동안 당한 게 얼만데. 여우 같은 기집애가 생긴 후로 얼마나 구박을 당했는데 아직도 사랑을 해? 헤어지고 난 후에 여자 쪽이 슬픈 건, 더 사랑하지 못하는 아픔보다 차였다는 데서 오는 자괴감이 더 크다. 다만 미련이 남는 건, 그가 내게 잘해줄 때의 아련한 추억이 너무나 영롱해서⋯⋯.

그게 가슴 아플 뿐. 하지만 지금은 영태를 이용해서라도 이딴 싸가지 더하기 변태 바람둥이에게서 벗어나야 했다. 술집 다닌다는데도 사귀잔다. 아니, 그러니까 더 사귈 마음이 든 건가? 확실히 여자 등골 빼먹는 기생충이 분명하다!

"얼마나 사랑하는데. 아직 그 사람의 목소리가 떠나질 않는데⋯⋯."

현실성을 높이기 위해 눈물까지 쥐어짜 냈다. 나 어쩌면 연기해도 될지 모르겠다. 눈물이 마구 나와주고 있다.

스스로의 재능에 놀라서 감탄하고 있는데 갑자기 어깨가 뒤로 휙 넘어갔다. 그대로 침대로 눌려서 잡아먹힐 듯 깊은 키스를 당했다. 이빨까지 딱딱 부딪치는 독한 키스였다. 한참을 심장 저 밑바닥에 있는 기운까지 모조리 뽑아 먹히고서야 풀려날 수 있었다. 온 기력이 쇠진된 채 허망한 눈으로 남자를 올려다보았다. 젖은 나영의 입술을 섬세한 손가락 끝으로 만지작거리면서 남자가 빙글 웃었다.

"눈물까지 바치는 옛 남자라. 그런데 어제 입술은 그렇게 절망적이지 않던데?"

그리고 나영의 눈꺼풀을 스윽 쓸었다. 거짓 연기의 증거인 그 액체가 남자의 손가락 끝에 묻었다. 그가 손을 들더니 빨간 혀를 내밀어 손가락 끝에 묻은 눈물을 할짝 핥았다. 나영의 뺨이 확 달아올랐다. 그가 씨익 웃었다.

"달군. 원래 진심이 담긴 눈물은 좀 더 짭짤해야 하는 거 아닌가? 감정이란 게 묻어서 올라온 눈물의 농도라면 이것보다는 짙을 테지."

"궤변인 것 같은데요."

"난 궤변을 좋아하거든."

나영을 남겨둔 채 남자는 벌떡 일어났다. 반짝이는 커프스 버튼을 우아한 동작으로 채우면서 짧게 말했다.

"한도진."

"……"

"내 이름. 잘 기억해 둬."

흥! 돌았니? 오늘이면 빠이빠이야. 이사 가고 말 거야.

"출근은 몇 시? 태워주지."

"앗! 출근!"

나영은 화들짝 놀라 벽에 걸려 있을 시계를 찾았다. 다행히 시간은 아직 일곱 시. 휴우, 다행이다. 이 시간이면 지각하지 않을 수도 있……

 어떤 예감에 천천히 고개를 돌리니 그 남자, 도진이 싱긋 웃고 있었다. 그러니까 여러모로 한심스러운 거짓말이 저 악귀처럼 예리해 보이는 남자에게 통할 리가 없었다는 소리다. 야성의 감이 살아 숨 쉬는 것 같은 저런 남자, 정말 무섭다.

 차인 걸 인정하는 순간 인생은 잿빛이었다. 하지만 그보다 무서운 핏빛이 기다리고 있었다는 걸.

 "서재에 가 있을 테니까 샤워하시게. 설마 샤워도 안 한 몸에 옷을 꿰입고 내려갈 생각은 아니었겠지? 지저분한 건 딱 질색이거든."

 그리고 그 남자는 곧 사라졌다. 나영은 시트를 움켜쥔 채 털썩 무너졌다. 어쩐지, 암울한 구름이 뭉게뭉게 몰려드는 기분.

Act 2

연애, 그게 그렇게 쉬운가?

나영은 퇴근하자마자 회사 앞에 대기하고 있는 도진의 차에 반 강제로 올라타야 했다. 백수라더니 차종은 끝내주게 잘빠진 은색 외제차였다. 어째서일까. 게다가 그 아파트도 동네 수준에 가격 대비를 볼 때 결코 백수가 지낼 법한 곳이 아니다. 나영도 직장 생활 동안 모은 돈을 탈탈 턴 것도 모자라 대출까지 받아서야 겨우 들어갈 수 있었으니까, 라는 건 아침까지만 가졌던 의문이다. 결국 진실은 밝혀졌으니까.

아침에 도진이 나영을 세워준 곳은 한 디지털 단지의 커다란 빌딩 앞이었다. 척 보기에도 일하는 분위기가 물씬 풍기는 빌딩을 흘끗 쳐다본 그가 말했다.

"일하는 곳은 지하? 이런 빌딩 지하에도 술집이 있다는 건가."

그렇게 비꼬지 말고 차라리 대놓고 말하시지.

경력 오 년차인 베테랑 프로그래머, 그게 나영의 직함이었다.

"어이, 명함."

팔을 뻗어 차에서 내리려는 나영의 가슴 바로 앞을 막은 그가 말했다. 나영은 움찔하며 뒤로 물러나야 했다. 감촉 좋은 재킷에 감싸인 팔의 느낌이 선명하게 되살아났다. 분명히 저 팔로 단단하게 끌어안고서 숨 막히도록 몰아붙인 남자를 이런 환한 아침에 대하자니 더없이 민망했다.

"명함은 왜요?"

어떻게 하면 이 남자를 쫓아낼 수 있을까, 에만 고심하고 있는 사람한테 어째서 명함까지 내놓으라는 걸까. 물론 받는 월급이 많은 직장 여성이긴 했지만, 아주 대놓고 등골을 빼먹으려는 걸까?

"이유? 갖고 싶으니까."

"그럼 그쪽 명함부터 주시죠?"

딱히 받을 생각은 아니었다. 기 좀 죽어보라는 소리였다. 이쪽과 그쪽의 수준 차이를 인식시켜 주려는 의도도 있었다. 제아무리 값비싼 고급 외제차를 몰고 다닌다고 해도 저쪽은 백수라니까. 설마 이 남자 호스트 같은 건 아니겠지? 그럼 정말 내 인생 작살나는 건데.

"아아, 명함."

그가 안주머니에서 지갑을 꺼내더니 명함 같은 걸 내밀었다. 아니, 명함이 맞았다.

〈클럽 XXX 에이스 호스트 한도진.〉

그건 나영의 착시였을 뿐, 분명히 그렇게 인쇄되어 있을 거라 생각한 그곳에는 〈IAP 코리아〉라는 기업명 아래에 〈대표 한도진〉이라는 직함과 이름이 인쇄되어 있었다. 나영의 눈이 번쩍 떠졌다. 〈IAP 코리아〉라면 e-비즈니스 솔루션 전문업체이다. 주로 국내외 기업체에 ERP(전사자원관리시스템)를 구축해 주는 작업을 하는 업체로, 패키지 솔루션 업체로서는 다섯 손가락 안에 꼽히는 업체였다. IT 계열에서 일하고 있는 나영이 모를 리가 없었다.

"이거 본인 명함 맞아요?"

설마 그 한도진이 그 한도진이란 소리일까? 아, 아니겠지.

입술을 축이며, 겨우 물어본 말이었다. 도진은 나른한 표정으로 담배를 꺼내 물었다.

"그런데?"

"그런데? 이봐요. 지금 그런 말 할 때가 아니잖아요. 백수라고 했잖아요. 지금 사람 놀려요?"

너무 화가 나서 죽일 듯 노려보며 쏘아붙여 줬더니 창문을 내려 담배 연기를 흘린 도진이 말했다.

"호스티스라며? 지금 사람 놀리나?"

……할 말 없음이다.

어째서 이렇게만 되는 걸까. 이 남자에게는 도저히 이길 수가 없다. 하지만 자신이 호스티스라고 하기 전에 이미 이 남자는 백수라고 천명을 했던 것이다. 그래서 여자 등골이나 빼먹는 가벼운 바람둥이 정도로 오해를 하고서, 당연히 조금 무시해도 될 것 같다는 생각에 그 수치스러운 유혹을…….

머리가 지끈거렸다. 어떻게 보면 같은 바닥이라고 볼 수도 있는 동종 업계의 남자를, 그것도 그 대단한 기업체의 대표에게 그 짓을 한 것이다. 아아, 정말 미치겠다. 이대로 누가 뒤에서 이 차를 들이받아서 고통없이 가고 싶다. 저 하늘나라로.

"왜 안 내려? 키스라도 진하게 해줄 생각인가?"

나영은 얼른 차문을 열고 빠져나오듯 내렸다. 그리고 뒤도 돌아보지 않고 회사로 들어가 버렸다. 입구를 통과하는 내내 스타킹을 신은 다리가 후들후들 떨렸다.

IAP 대표 한도진이라니. 차라니 최강 호스트 한도진이 낫지.

이쪽과 저쪽의 질 차이를 어떻게 표현하면 좋을까. 아니, 그 정도 자산을 갖고 있는 기업의 대표가 어째서 중저가의 아파트에서 살고 있는 거냐고. 그 아파트가 그 남자의 위치를 알기 전까지나 고급이었지, 〈대표 한도진〉이라는 네임밸류를 떠올린 순간부터는 바로 중저가로 추락이었다.

게다가 젊기는 왜 저렇게 젊담? 타워팰리스에서 마흔한 명의 여 시종들에게 둘러싸여 연일 와인을 쏟아 부은 욕탕에서 난잡한 섹스 파티를 해도 누가 뭐라고 할 사람이 없는 잘난 인간께서, 어째서 깡소주나 검은 봉다리에 넣어 다니는 여자를 방에 끌어들였을까. 아니야, 찾아간 건 내 발이었어.

나영은 고개를 절레절레 저었다. 이건 완벽한 재벌의 노리개 그 이상도 이하도 아닌 꼴이 되었다. 그것도 젊은 재벌의 욕구를 잠시잠깐 식혀줄 웃긴 여자.

내 사주에 있는 남자는 바람둥이밖에 없는 걸까. 삼 년이나 순정을 바친 남자 친구는 여우한테 홀려서 가버렸고, 하필이면 그 후에 걸린 상대는 전 남자 친구와는 비교도 안 될 정도로 어마어마하다. 어떻게 해야 고이 이 관계에서 도망칠 수 있을까. 민나영 나이 스물일곱, 잘난 남자의 한때 상대로 끌려 다니다가 내팽개쳐지기에 그다지 여유로운 상태는 아니란 것이다.

"무슨 생각을 그렇게 깊게 하지?"

차는 청담동 쪽으로 향하고 있었다. 도진의 말처럼 깊은 생각에 빠져 있던 나영은 서둘러 현실로 돌아왔다.

"도대체 내가 왜 이 차에 타고 있는 건지 생각해 보고 있었어요."

"내가 타라고 했으니까."

정말 간결한 대답이자, 자만심의 극치를 달리는 말이다.

"저…… 하나만 물어봐도 돼요?"

"얼마든지."

여유로운 태도로 도진은 관망하는 자의 자세를 취했다. 그러니까 나영이 싫은 건, 바로 저 여유였다. 자신은 좀 더 조바심을 내는 여자고 그런 만큼 다소 경솔한 남자와 어울리는 보통 여자였다.

"연애…… 란 거 정말 할 생각이에요?"

"그럼, 지금 하고 있는 건 뭐라고 생각하지?"

"이건 그냥 차 타고 가는 것 같은데요."

"그런가? 난 연애 중인 줄 알았는데."

나영은 고개를 설레설레 저었다. 심장이 벌떡거리는 강도로 보자면 확실히 연애가 맞았다. 다만 그게 두근거림이라기보다는 두려움 같다는 안타까운 인식이 아쉬울 뿐.

"그쪽의."

"한도진."

"네?"

"이름, 부르라고."

"좋아요. 한도진 씨가 생각하는 연애의 기간은 얼마예요?"

도진이 킥 웃었다. 핸들을 부드럽게 돌리던 한 손을 대뜸 뻗더니 보지도 않고 나영의 머리카락을 귀 뒤로 사르르 넘겼다. 나영은 움찔해서 옆으로 도망갔다. 다시 손을 핸들로 가져간 도진이 말했다.

"그런 건 왜 묻지?"

연애, 그게 그렇게 쉬운가?

"얼마 동안 댁의 페이스에 맞춰줘야 하는 건지 다이어리에라도 적어놓을까 해서요."

"연애 계획표라……."

"연애 계획표가 아니라 생활 계획표예요. 한도진 씨가 내 인생에 끼어들어서 왔다 갔다 할 거라니까 계획은 세워두어야 할 것 같아서요."

"그래서, 내가 왔다 갔다 하는 기간을 딱 정해놓고 싶다?"

나영은 고개를 끄덕였다. 기왕 이렇게 된 것, 하기로 한 건 하는 거다.

"글쎄, 지금까지는 약 한 달이 가장 길었는데 그쪽은 얼마나 가줄까. 연애의 기간은 본인의 매력에 따라 달라지는 걸로 알고 있는데. 그걸 나한테 물으면 어쩌란 거지?"

아, 이런 뻔뻔한 인간을 봤나.

예상은 하고 있었지만, 바로 생각했던 대답이 돌아오니 가슴이 탁 막히는 것처럼 답답했다. 이대로 바람둥이의 재물이 된다는 걸까. 그래도 혹시나.

"사람은 겉만 보면 모르지 않나? 겉으로 보면 바람둥이 같겠지만, 이래 봬도 성실한 타입이거든. 첫눈에 진실한 사랑에 빠질 것 같은 예감이 들었어."

라고 말해주길 바란 걸까. 그렇다면 인간에 대한 실망은 덜 들 텐데. 너무나 예상 그대로의 뻔뻔함과 악랄함과 치사함이라 정말이지 맥 빠졌다.

"내려."

한쪽은 허망함에 몸부림치고 있는데 잘만 목적지에 도착한 남자가 짧은 말을 남기고 내렸다. 자신이 내뱉은 악독한 말은 전혀 인식도 못하는지. 저런 사고방식을 가진 남자가 여자들의 적이란 걸 전혀 모르고 있는 건가? 그 얄미운 입을 때려줘도 모자랄 판에 찍 소리도 못한 이쪽도 바보다.

나영은 백을 들고 터덜터덜 상체를 돌렸다. 막 차 문에 손을 뻗으려는데 달칵 소리가 나더니 저절로 문이 열렸다. 설마 이 차, 인공지능? 우와, 비싼 차는 다르구나. 역시 저 남자는 매커니즘의 총집합체로서…… 라는 건 아니었고, 남자가 밖에서 문을 열어준 것뿐이다. 그러니까 도진이 정중하게 문을 잡고 서 있었다.

어쩐지 의미있는 여자 취급을 받는 것 같아서 일순간 기분이 좋아지려고 했지만, 바람둥이들은 최고의 매너를 가지고 있다는 일반론이 머릿속을 후려쳐서 기쁨은 금세 사라졌다. 잘하면 잘할수록 정신을 똑바로 차려야 한다, 라고 전두엽이 침을 튀겨가며 경고해 주고 있었다.

걱정 말라구. 내가 그렇게 호락호락할 것 같아?

물론, 자신은 없었다. 도진의 군더더기없이 쫙 빠진 장신의 명품 몸매와 그윽한 눈매, 담배를 꺼내 무는 긴 손가락 등을 볼 때마다 더더욱, 두 번째로 걷어차일 날이 얼마 남지 않았다는 암울한 생각만 한가득이었다.

그래도 끌려가고 있는 난 뭐지?

과연 끌려가는 걸까, 아니면 내가 걸어가는 걸까. 그 차이를 구분하지 못하겠다.

"어머, 저엉말 아름다우세요. 몸매가 어쩜 이렇게 예쁘세요."

단물이 뚝뚝 떨어지는 칭찬을 받아가며 거울에 비친 자신의 모습을 바라보았다. 둘 중 하나다. 저 여자의 뻥이 진실이든지 이 거울이 뻥을 치고 있든지.

확실히 도진이 선택한 드레스를 입고 나온 자신의 모습은 자신이 봐도 아름다워 보였다. 청담동에 즐비한 명품 숍, 이런 곳에 제 발로 걸어들어 온 것도 처음이려니와 가격표에 공이 몇 개나 달린 이런 옷을 감히 걸쳐 본 것도 처음이었다. 얼떨결에 끌려 들어와서 얼떨결에 서 있다가 얼떨결에 옷을 갈아입었지만, 입고 나서 보니 얼떨결에 하라는 대로 하길 너무 잘했다는 생각이 들었다.

내가 이렇게 속물이었다니.

나영은 허영에 퐁당 빠져 버린 자신의 얼굴을 거울을 통해 물끄러미 들여다보았다. 순간 놀랐다. 글쎄, 그 얼굴이 웃고 있는 것이다. 만족해서는 실실, 행복에 겨워 밝게 빛나고 있다. 지금 누굴 돈에 휘둘리는 노예 취급하느냐고! 당장이라도 소리를 쳐 주고 당당하게 걸어나가야 하는데.

"난 이런 명품에 자존심을 팔지 않아! 시장 패션을 하고 있더라도 당당한 내가 좋다구!"

라는 말은 별로 하고 싶지 않다는 생각만 든다. 어째서일까. 도진이 골라준 옷은 100% 섹시미를 강조한 스타일이었다. 날씨가 날씨인만큼 자신도 어깨를 드러내는 형태의 원피스를 자주 입긴 했다. 하지만 이렇게 가는 끈 하나로 모든 걸 지탱하는 걸로도 모자라 가슴이 깊게 파인 스타일은 비즈니스 우먼으로서 사실 잘 선택하지 않게 되는 것이었다. 입더라도 볼레로를 꼭 함께 입어줬는데.

반 이상은 노출되어선 몽글거리면서 마구 모아지고 있는 내 가슴을 내려다봤다가 깜짝 놀랐다. 이런 가슴은 내 가슴이 아니다. 내 건 좀 더 평평하고 좀 더 인간적이고 친근한 둔덕의…….

"어떠세요? 정말 마음에 드시죠? 이 작품을 이렇게 소화한 분은 없었거든요. 호호호!"

오는 손님마다 다 해줄 법한 말을 알고도 흘리는 매니저 아가씨와 알면서도 듣고 있는 나영이었다. 그래도 그 100% 접대용 칭찬인데도 기분이 나쁘지 않다는 게 더 우습다.

"하지만…… 너무 파여서요."

자신없게 대답하고 나영은 찬찬히 자신의 마음을 돌아보았다. 이래선 안 된다. 입어본 것으로 만족하자. 솔직히 자신도 유행에 민감하고 패션에 목숨을 거는 여자이기 때문에 이런 옷이 좋다. 특히 명품에 사족을 못 쓰는 허영도 어느 정도는 갖추고 있으니 더 끌리는 마음이었다.

하지만 그럴 순 없었다. 이런 것 따위를 얻어 입으니 리어커에서 천 원짜리를 골라 입어도 당당하게 자존심 지키면서 살 거라는 말까지는…… 못하더라도, 이게 바로 제리를 유혹하는 톰의 치즈란 걸 알고 있으면서도 덥석 물어버리는 짓까지는 하고 싶지 않았다. 그 정도는 자신도 이겨낼 수 있었다.

"파이다뇨. 이 정도의 노출은 당연하죠. 여성스러움이 이렇게 살아나는데요. 이 아름다운 목선을 감추고 다니셨다니 제가 다 안타깝네요. 안 그래요, 한 사장님?"

발언권이 도진에게로 넘어갔다. 안 그래도 여기 매니저는 도진과 아주 친분이 있어 보였다. 하긴 그동안 데리고 와서 환골탈태시킨 여자가 얼마겠는가. 처음 나영이 도진의 뒤를 따라 들어서자마자 눈치 채지 못하게 위아래를 흘끗 훑은 여자의 시선을 느꼈다. 저쪽은 프로이니 감쪽같이 했다고 생각하겠지만, 처음부터 이 장소에 위화감을 느낀 나영은 예민하게 감지할 수 있었다. 이번엔 이 여자야? 라는 듯한 느낌의 시선.

뭐 어때. 이렇게 값비싼 명품 의류를 얻어 입을 수 있는데, 드디어 내 인생도 꽃이 핀 거라고 생각할 것 같으니!

소파에 앉아 우아하게 커피를 마시고 있던 도진이 나영을 흘끗 쳐다보았다. 옷을 골라주고는 쳐다보지도 않고 신문만 보고 있던 남자다. 대체 뭐 하자는 건지. 그러는 민나영, 넌 뭘 하고 있는 건데?

"좋군."

짧은 대답이었다. 옷의 퀄리티가 있으니 그 정도면 됐다, 는 뜻으로 받아들여진다. 사실 워낙 선이 잘빠진 옷이라 단점을 잡을 수는 없었다. 그래도 저가 데리고 와선 아무렇게나 대답하는 것 같아서 좀 짜증이 난다.

두 번도 안 보고서 도진은 벌떡 일어났다. 그리고 진열되어 있는 핸드백 중에서 눈알이 튀어나올 정도로 고가의 것을 콕 집더니 함께 계산을 해버렸다. 나영은 그대로 찰랑거리는 새 드레스를 입은 채 도진을 따라 나가야 했다. 팔에는 잘난 핸드백이 들려 있었다.

"이봐요, 이건 뭐 하잔 거예요?"

"한도진."

"그래요, 한도진 씨. 뭐 하자는 거냐구요. 갑자기 왜 옷이에요? 내가 입었던 옷도 싸거나 허술한 건 아니었어요."

가게를 나오자마자 나영이 쏘아붙인 말에 도진은 별다른 말이 없었다. 담배를 꺼내 물고서 뚜벅뚜벅 제 갈 길만 간다.

"그리고 이건 치사해서 말 안 하려고 했는데, 방금 전에 대답하는 게 뭐가 그래요? 좀 더 살펴보고 좀 더 단점을 고려해 보고, 좀 더 신중하게 대답해야 하는 거 아니에요? 가령, 드레스 색감이 얼굴색하고 맞지 않는다든지, 팔다리는 길지만 키가 그렇게 크지 않아 길이가 조금 어중 뜨지 않느냐든지. 집어낼 건 많잖아요."

바로 따라 붙어서 불만을 쏟아냈더니 도진이 그제야 반응을 해왔다. 흘끗 나영을 내려다보더니 위아래를 쓱 훑고는 짧게 대답했다.

"어울리는데, 왜?"

"그러니까 그게 진심이 아닌 것 같으니까 하는 말이잖아요. 그렇게 귀찮을 거면 뭐 하러 일부러 옷을 갈아입히냔 말이에요. 건성으로 대답할 거면……."

갑자기 도진이 우뚝 멈춰 서서 따지던 나영도 따라 섰다. 한 손에는 쇼핑 가방을 들고서, 다른 한 손으로는 도저히 구입할 수 없는 고가의 핸드백을 들고서 보란 듯 턱을 치켜들었다. 뭐라고 말하면 당장 맞받아칠 생각을 하고 있는데, 도진이 그답지 않은 부드러운 눈매로 보다가 손을 뻗어 나영의 뺨을 살짝 쓸고는 다시 걸었다.

나영은 쩡 얼어버린 것처럼 잠시 굳어 있다가 주위를 인식하고는 얼른 그 자리를 벗어났다. 저 남자가 환한 대낮, 은 아니고 사람이 지나다니는 길에서 무슨 짓이지? 그것도 그렇게 촉촉한 눈매로 볼 건 뭐냐구. 정말 심장을 다 빼먹고 돌려줄 생각인 걸까? 아, 모르겠다. 어려워 죽겠다, 정말.

"몇 번째 상대예요?"

"뭐가?"

"그렇게 부드러운 척하면서 강제로 반하게 한 상대가 몇이냐고 묻잖아요."

"반했나?"

윽! 나영은 입을 딱 닫았다. 현 상태를 그대로 고백한 것이나 다름없었다. 게다가 다 알겠다는 듯, 싱긋 웃고 있다. 한시도 긴장을 늦출 수 없는 남자다.

"연애하기로 하면 꼭 옷부터 사줘요? 그건 자신의 수준에 맞추려는 거예요? 아니면 도저히 전 상태를 못 참아주겠단 뜻이에요?"

"둘 다."

그러니까 그런 가슴을 치는 대답은 조금쯤은 고민도 해보고 말하면 안 될까요?

"정말 이기적인 거 알아요? 모든 걸 자신의 상황에 맞춰서 일률적으로 만들어야 성에 차는 건가요? 그런 걸 정신분석학적인 측면에서 뭐라고 표현해야 하지? 아무튼 그건 편집증에 가깝다고 생각해요. 아무리 단기간의 상대라고 해도, 그 상대방 본연이 가진 개성이나 성격이나 특징을 지켜봐 줄 생각은 없는 거예요? 그렇게 자신의 상황에만 맞춰서 조립해서 맞춘 인형이 뭐가 좋아요? 좀 이상하지 않아요?"

길게 떠들고서 주변을 둘러보니 벌써 차로 돌아와 있었다. 보조석의 문을 이번에도 매너있게 열어주면서 도진이 낮게 웃었다. 나영은 그의 미소를 바라보며 천천히 말했다.

"대답해 줄 마음 있어요?"

"아니, 없어."

그럴 줄 알았다. 그래도 끝까지 내 할 말은 할 거니까 뭐라고 하지 말라구요. 그런 의지의 반증으로 시트에 앉으면서까지 계속 불만을 터뜨렸다.

"물론 사랑없이 하는 연애란 거니까, 자신의 마음에 드는 면만 보고 즐기고 싶은 마음은 있겠지만, 댁은 마음 자체가 틀려 먹었어요. 그런 연애, 백날 해도 하나도 깨닫지 못해요. 사랑은 한 번 할 때마다 한 가지씩은 배우는 거라고 생각해요. 설령 실연을 하게 되더라도 뭔가를 느끼는 연애를 해야 하는 거 아닐까요. 그렇게 마음을 쏙 빼놓은 겉핥기식의 만남을 가져봐야 뭐가 좋겠어요. 좀 바꿔야 할 것 같다고 생각하지 않아요?"

중간에 문을 탁 닫아버릴 거라고 생각했는데, 도진은 말이 끝날 때까지 문을 쥐고 서 있었다. 그렇다고 나영을 쳐다보고 있지는 않았다. 담배를 피우며 다른 쪽을 보고 있었는데, 듣고 있는 건지 단순히 담배를 피우느라고 시간을 때우는 건지 알 수 없었다.

"또 대답해 줄 마음 없어요?"

"아니, 있어."

담배를 비벼 끈 그가 허리를 숙여 안을 들여다보며 싱긋 웃었다. 검은 머리카락이 살짝 흘러내리고 그 너머로 눈빛이 반짝 빛나서 묘하게 섹시하다. 이렇게 잘나서 연애의 상대 따위야 어떻든 상관없는 걸까? 그렇다면 차라리 그런 연애, 안 하는 게 나을 거라고 꼭 말해줘야지.

과연 이 남자는 뭐라고 대답해 줄까? 건방지게 간섭하지 말라는 말? 아니면 내 말에 조금이라도 수긍을?

"안전벨트 매."

그의 감각적인 입술 선이 내뱉은 말이었다. 뭔가, 반응 비슷한 걸 해주리라 생각한 이쪽이 바보다. 나영은 눈썹을 찡그리며 그를 노려보았다.

"내 말, 듣기는 한 거예요?"

"들었어."

"그런데도 끝까지 무시하는군요. 대답할 가치도 없다는 뜻인가요, 아니면 수긍할 면이 하나도 없다는 뜻인가요? 상대방이 말을 하면 대꾸 비슷한 건 해야 하는 거 아니에요? 안전벨트 안 매면 죽어요? 그렇게 운전 실력이 형편없어요? 걸려서 벌금 낼까 봐 무서워요? 내가 내면 될 거 아니에요. 하긴 그까짓 벌금이 신경 쓰일 사람은 아니겠죠. 아니면 올바른 교통 문화에 그렇게 이바지하고 싶어요? 지금은 안전벨트보다 앞에 있는 사람이 물어본 말에 대답을……."

나영의 휘둥그렇게 커진 눈이 그림자에 덮였다. 숨도 안 쉬고 떠들어대던 입술은 도진의 입술에 빈틈없이 막혔다. 저돌적인 시작이었지만 이내 혀를 촉촉하게 감아올리는 너무나 부드러운 키스가 이어졌다. 그의 상체가 보조석 안으로 들어와 나영을 껴안았다. 아아…… 이건 뭐지? 천천히 나영의 눈꺼풀이 떨리며 감겼다. 감각적인 자극에 자신도 모르게 녹아내렸다. 달콤한 슈크림 같은 타액이 입 안 곳곳을 자극했다. 아얏! 하지만 마지막은 날카로운 경고였다. 입술을 어찌나 옹골차게 깨물어 버리는

지, 금방까지 데운 우유를 마시는 것 같은 감미로움에 빠져 있던 나영의 눈꺼풀이 번쩍 들렸다.

"지금 뭘…… 치사하게 깨물면……."

"재잘거리는 입술이 귀여운 여자는 처음이라서."

귀여우면 뭅니까! 당신은 개입니까?

나영의 턱을 손등으로 부드럽게 쓰는 것을 끝으로 그의 상체가 멀어졌다. 보조석을 누르고 있던 무릎을 세우고 밖으로 나가더니 문을 탁 닫았다. 천천히 운전석으로 돌아온 그가 곧 차를 출발시켰다. 나영은 뭐가 뭔지 하나도 정리가 안 되는 얼굴로 멍하게 앞을 쳐다보고 있었다.

근데, 또 키스했다!

"나 집에 갈래요."

패닉에 빠져서 중얼거렸다. 바람둥이의 의식 개선을 하기는커녕 뼛속까지 포로가 되게 생겼다. 그 부드러운 키스에 감각이 마비된 순간부터 정해진 순서였다.

"데이트 마치고 고이 모셔다 주지."

"모실 것도 없이 같은 아파트 사니까 걱정 마세요. 도대체 IAP 대표께서 어째서 나하고 이웃사촌이에요? 설마 회사 자금이란 자금은 다 빚진 거예요? 흑자로 뻥튀기를 하고 사실은 적자에 허덕이는 건가? 어떤 쪽이에요?"

"음악을 틀지 않아도 지루하지 않은 여자는 정말 처음이군."

"그러지 말고 한 번쯤은 내 말에 귀를 기울여 봐요. 틀린 말만 하는 건 아니라고 생각……."

"뭐 먹을까?"

"……."

아무리 떠들어 봐야 한도진에게는 동문서답의 통로를 제공할 뿐이었다. 차라리 골치가 아프면 아프다고, 짜증나면 짜증난다고 표현이라도 하면 입이나 다물지. 딴소리로 대답할지언정 끝까지 잘 듣고 있으니, 이런 남자는 어떻게 처리해야 하는 건지 모르겠다.

그 평범하디평범한 김영태의 마음도 끝까지 못 잡고서 중간에 놓쳐 버렸는데, 민나영의 연애 기술 따위 알 게 뭐냐. 안 그래도 그렇게 서투르고 남자 마음 끄는 방법 따위 알지도 못하는데, 상대는 챔피언 급이니. 어쩐지 점점 더 그의 페이스대로만 갈 것 같은 막막한 예감이었다.

오늘 짧은 시간 동안 도진의 발끝이 향하는 곳을 따라다니면서 나영은 처음이라고 할 수 있는 많은 곳을 가보았다. 그리고 도달하는 모든 곳마다 부담스럽다는 느낌을 받았다.

이름도 말하기 어려운 고급 메뉴를 훑어 내려가면서는 뜨악했고, 메인 요리가 나왔을 때는 고기를 씹는 건지 모래를 씹는 건지 모를 이질감을 느꼈다. 반면 도진은 살짝 눈을 내리감은 섹시한 얼굴, 차분한 태도로 제 식사만 할 뿐이었다.

궁금하다. 과연 저 남자는 이런 걸 연애라고 생각하는 걸까?

이런 시간을 가지면서도 정말 좋은 걸까? 연애란 건 좀 더 마음이 편안하고, 이렇게 무겁게 가라앉는 것보다는 둥둥 뜨는 것 같은, 그런 두근거림 속에서 가까워지는 어떤 것이 아닌가? 그러나 그와는 한 걸음 내디딜 때마다 어쩐지 더 거리감을 느꼈다. 확실히 이건 연애가 아니다.

사랑하든지 아니면 증오하는 게 여자의 사랑이란다. 그렇다면 이 남자의 연애로 벌 수 있는 이득은 없다. 연애 장사에서 본전 빼고 남는 건 오로지 사랑이란 감정이다. 이 만남에서는 절대 생길 수 없는 감정.

그렇다면 나영은 이 남자를 사랑할 일도 증오할 일도 없다는 뜻이겠지. 사랑 자체가 성립을 안 하는데 뭘. 그래서 나영은 중용을 유지할 수 있었다. 객관적인 시선으로 이 남자를 볼 수 있을 것 같다. 그런 관계라면, 일방적으로 끝났을 때 슬퍼할 일도 없겠지. 차라리 잘된 일인지도 모른다. 그래, 이대로만 가는 거야. 기왕 발 디딘 것, 여기에서 끝낼 수 없다면 적어도 상처는 받지 않는 방향으로.

영태가 남긴 아픔은 별것 아닌 것 같은데도, 이럴 때는 꼭 발목을 붙드는 수초처럼 느껴진다. 그와 지내온 시간이 청산되는 순간, 나영은 겁쟁이가 된 건지도 모르겠다. 더 이상 그런 아픔은 경험하기 싫다는 자기보호.

그렇게 보면, 모든 걸 자기 페이스에 맞춘 인형과 시간을 보내는 걸 연애라고 생각하고 있는 한도진이란 남자나, 상처받기 싫어 이런 건조한 관계를 환영하고 있는 이기적인 자신이나 똑같다.

"우리 정말 잘 어울리는 바퀴벌레 같지 않아요?"

자조가 돌아서 그런 말을 불쑥 했더니, 도진이 미간을 살짝 찌푸렸다. 감히 바퀴벌레에 비교당해서 성질났다는 의미 같다. 흥, 그쪽이나 나나 오히려 바퀴벌레한테 사과해야 할 상황이란 걸 모르시나 본데.

"허술한 연애를 하다가 실연당한 여자와 연애의 참 의미도 몰라서 시작도 못하는 남자. 정말 찰떡궁합이잖아요."

도진이 나이프를 조용히 내려놓았다. 냅킨으로 입술을 가볍게 누르고는 말했다.

"그 재잘거리는 면이 조금만 덜 귀여웠으면, 내 앞에서 감히 그런 말을 한 걸 후회해야 했을 거야."

"어머, 잘됐네요. 난 귀여우니까."

가증스럽게 웃어주고, 피 맛이 절절 나는 스테이크를 입 안에 쏙 넣었다. 언짢아 보이긴 하지만, 무슨 상관이람?

그때부터 도진은 한 마디도 하지 않았다. 살짝 찡그린 얼굴로 레스토랑을 나섰고, 그 얼굴 그대로 운전을 해서, 그 상태 그대로 아파트까지 도착했다. 나영은 특별히 곤란하다는 마음 같은 것 없었다. 화를 내고 있거나 말거나, 저쪽이 진지하지 않은 이상 혼자 성실해질 마음은 없었으니까.

차에서 내려 입구로 가는데, 카드가 없이는 안으로 들어갈 수 없는 아파트 앞에 낯익은 인물이 서 있었다. 순간 나영의 심장이 철렁 내려앉았다. 그 낯익은 인물이란, 앞으로 절대 그 낯짝을 보고 싶지 않은 김영태, 그였다.

영태는 심하게 동안이다. 스물일곱, 군대도 벌써 제대한 인물인데 하얀 얼굴이, 꼭 요즘 꽃미남 그룹의 한 일원처럼 생겼다. 직장 생활을 하는 샐러리맨이라면, 벌써 그 생기가 사라졌을 법도 한데 타고난 게 워낙 예뻐서 가끔 함께 다닐 때 나영보다 연하냐는 기분 나쁜 질문도 많이 받았다. 그렇다고 나영이 절대 뒤지는 생김도 아닌데, 저 녀석의 성 정체성의 기로에 선 해사한 용모가 문제다. 여전히 영태는 하얀 얼굴에 높은 코, 여자처럼 말려 올라간 긴 속눈썹, 톡톡 생기가 도는 입술을 하고 있었다.

그런데 확실히, 오늘 하루 동안 무척 존재감있고 무게있는 남자의 얼굴을 봐서 그런 걸까, 저 녀석 왜 저렇게 어려 보이냐. 마치 그동안 자신이 아이돌에 정신이 팔린 삼십대 주부 같은 모습을 하고 있었던 건 아닐까, 하는 의심마저 들었다. 오랜만에 본 영태는 당장 주머니에서 매직을 꺼내 사인을 해줄 것처럼 아직도 빛이 나고 있었다. 이쪽은 그렇게 고민하고 또 맘고생을 했는데.

나영이 멈춰 서자 옆에서 걷던 도진이 흘끗 쳐다보았다. 그러나 나영은 지금 연애 흉내를 내고 있는 남자는 뇌의 사정권 밖으로 밀어낸 상태였다. 저 빌어먹을 옛 남자 친구가 왜 남의 집 앞에서 얼쩡대는 건지, 그것이 궁금하다.

"너…… 무슨 일이야?"

영태가 저벅저벅 걸어왔다. 오래 기다려서 화가 나셨나? 얼굴에 노골적인 짜증이 드러나 있었다. 그러니까 누가 맘대로 찾아와서 기다리라니? 그것보다, 기다리긴 왜 기다려?

앞까지 와서 멈춰 선 영태가 나영의 위아래를 쭉 훑었다. 그리고 바로 도진 쪽으로 시선을 돌렸다. 변절한 남자 친구의 눈에서 파바밧 튀고 있는 저것이 분명 불꽃 같긴 한데, 그 생성 이유를 도저히 모르겠다.

더 웃긴 건, 연애를 제안한 남자 쪽은 무심할 정도로 고요하다는 사실이었다. 내가 이럴 줄 알았지. 정말이지, 당신, 이게 무슨 연애니?

"민나영, 너 이렇게 가벼운 여자였냐?"

나영은 들으니 기가 막힌 말이라 영태를 날카롭게 노려보았다.

"지금 뭐라고 했어?"

생각 같아선 당장이라도 이 비싼 백으로 저 뇌가 터지도록 머리통을 쳐주고 싶은 사람인데, 뻔뻔하게 눈앞에 나타나서 한다는 말이 어쩌고 어째?

도진을 턱 끝으로 가리킨 영태가 잘났다고 말을 이었다.

"헤어진 지 얼마나 지났다고 새 남자냔 말이야. 너 그렇게 뻔뻔한 여자였어?"

아아, 너무 뒷골이 당겨서 말도 안 나온다. 이 억울한 심정을 그대로 취재해서 〈아침마당〉 같은 데라도 내보냈으면 좋겠다. 눈앞이 캄캄해지는 영태의 낯짝 두꺼움에 질려 있는데 도진이 휙 걸어갔다. 뒤도 안 돌아보고 걸어가는 저 남자의 특징! 정말 얄미워 죽겠네.

"이봐요! 혼자 가기예요?"

"한도진."

"그, 그래요. 한도진 씨! 혼자 가기냐구요."

"민나영, 너 이제 난 보이지도 않냐?"

영태가 나영의 손목을 탁 잡았다.

"이거 안 놓을래?"

그때 도진이 우뚝 걸음을 멈추더니 고개를 돌려 이쪽을 봤다. 짙은 눈썹 아래 긴 눈매로, 낙지에게라도 휘감긴 것처럼 조이고 있는 나영의 손목을 건조하게 쳐다보았다. 그때쯤 나영은 도진이 보고 있다는 사실 같은 건 이미 폭발음 저 너머로 날아가 있었다. 온 신경은 정말 기분 나쁜 이 감촉에 집중되어 있었.

"너, 누가 맘대로 잡으래? 얼른 놔."

"싫다면?"

"내가 분명히 그랬지? 다시 눈에 띄면 10분의 8만 죽여놓겠다고. 지금 생각이 바뀌었어. 나머지 10분의 2도 한 김에 다 해주지."

그리고 다른 손에 들린 백을 치켜올리는 동시에 영태가 지금껏 보이지 않았던 생소한 터프함으로 나영의 양팔을 눌러 쥐고는 그대로 질질 끌고 갔다. 얘, 언제부터 이렇게 힘이 셌어? 그 여우 같은 기집애가 산삼이라도 캐다 바친 거니?

"어, 어딜 가는 거야! 하지 말란 말이야!"

"너한테 정말 실망이다. 진짜 기분 나빠."

이 악어새 같은 자식이 뭐라고 하는 건지 모르겠다. 남의 감정을 양념까지 쳐서 쪽쪽 다 빨아먹고 떠난 주제에 지금 뭐라고 지껄이는 거라니? 꼼짝도 못하고 끌려가던 나영은 결국 그나마 구원 등판이 될 수 있는 도진을 돌아보며 외쳤다.

"이봐요! 연애하자며? 이렇게 끌려가고 있는데 와주지도 않……."

나영의 목소리가 천천히 식었다. 돌아본 그곳에는 도진의 '도' 자도 보이지 않았다. 놀라운 건 잠시, 곧 치받친 것은 분노였다.

어…… 어떻게 이럴 수 있어! 아무리 시간 때우기용 연애 상대라고 해도, 대놓고 이러는 건 너무하잖아! 완전 치사한 남자!

하지만 그 분노도 곧 희미해졌다. 저 남자한테는, 이쪽에게 옛 남자가 찾아오든 그 옛 남자에게 끌려가고 있든 말든 아무런 관심이 없는 것일 테니. 그저 저한테 필요할 때 있으면 그만일 뿐.

내가 뭐, 정말 서운할 줄 알아?

자존심 상해서 끝까지 반항해 보았지만, 떨떠름하고 씁쓸한 감정은 쉽게 가시지 않았다. 이래서 민나영은 멍청이란 거다. 뭐? 중용을 유지할 수 있어? 그럼 지금 들고 있는 이 증오 비슷한 감정은 뭔데? 물론 증오라고 이름 붙일 만큼 거대한 건 아니었지만, 말끔하게 사라진 그 남자가 서운한 건 어쩔 수 없다.

그것보다, 이 모든 원흉인 요것!

"김영태! 너 정말 나 좀 가만 안 둘래!"

정말 화딱지가 나버려서 구두 굽으로 녀석의 정강이를 냅다 걷어찼다. 순간 몸의 중심을 잃은 영태의 무릎이 꺾이더니 반동으로 나영을 놓았다. 나영은 손을 탁탁 털고 서서 영태를 노려보았다. 진작 이렇게 했으면 됐는데, 잠깐 수비 태세가 무너졌었다. 에이 씨, 빨리 보내 버려야지.

"미, 민나영. 너 진짜 찍었어?"

영태가 찍힌 곳을 문지르면서 나영을 노려보았다.

"그럼 진짜로 찍지, 가짜로 찍니? 긴말 말고 더 대. 아직 10분의 1밖에 못했어."

"나만 욕할 게 아니라 너도 좀 돌아보지? 벌써 다른 놈 만나고 있었던 주제에 그렇게 당당할 수 있는 거냐?"

"너 뇌가 헤까닥 돌았어? 그걸 지금 말이라고 해? 저가 바람피운 주제에 지금 누구한테 덮어씌우는 거야? 내가 누굴 만나든 말든 네가 무슨 상관이니?"

물론 만나는 건 아니지만.

그렇게 쌩 가버리는 남자가 만나는 사이라면, 이 세상 모든 연인들은 다 각성해야 한다. 왜들 그렇게 상대에게 다정하게 대하는 거냐고. 그딴 남자, 다시는 안 봐.

가끔 그런 경우가 있긴 있다고 한다. 헤어진 여친이 끝까지 자신만을 생각해 주기를 바라는 남자의 이기적인 성향 말이다. 바로 그런 생각을 하는 남자야말로 삼대를 멸해야 할 족속이다. 어떻게 그렇게 뻔뻔할 수 있지? 무엇보다 하필이면 그런 말종이 어째서 내 옛 남친이어야 하는 걸까.

"그래도 네가 그렇게 빨리 맘 돌릴 줄은 몰랐어."

얼씨구, 말은 잘한다. 이걸 정말 어떻게 하면 잘 죽였다고 소문이 날까?

"너 정말 사람 화나게 할래? 이별 통보한 바로 다음날, 도토리 들여서 스킨이나 산 주제에 지금 뭐라는 거야?"

영태가 갑자기 씨익 웃었다. 아아, 이 입을 언제 은행 가는 길에 분쇄기에 같이 넣어버리든지.

"헤에, 뭐야. 결국 그랬던 거야? 너 내 싸이에 들어왔었어?"

"난 네 그 뻔뻔함이 제일 짜증나. 감히 여길 와? 내 눈앞에 나타나? 그나마 널 좋게 기억하려고 했던 그 모든 노력이 아깝다. 너 인간이 왜 그 모양이니?"

내가 어쩌다가 이런 남자를 좋아해서 청춘을 허비했을까.

이기적인 질투를, 잘났다고 오물처럼 쏟아내고 있는 이런 녀석 따위…….

실망스러워서 화도 안 난다.

"돈 부치라며? 문자는 왜 안 보냈어?"

"귀찮아서."

한도진 따라 짧게 말하기.

"귀찮아서?"

"그래. 설마, 그 계산 깨끗하게 하려고 돈 들고 찾아오신 거니? 정말 양심적인 인간이구나, 너. 좋아, 얼른 내놔. 분명 이자 이만 원에 위자료 만 원까지 얹어준다고 했었지?"

영태가 허리를 세우고 나영을 쏘아보았다.

"너 스스로 그 위자료를 받을 마음이 든다는 거냐? 왜 그렇게 생각이 없어? 자존심 상하지도 않아?"

"웃기고 있어. 기왕 헤어진 사이. 만 원이라도 더 캐낼 수 있으면 좋지 뭘 그래? 그럼 넌 날 어떻게 기억하려고 했는데? 우아하게 만 원을 물리치고, 청순한 눈물방울을 떨어뜨리면서 너나 그리워하는 여자일 줄 알았어? 실망시켜서 미안하구나. 난 지금 정말 후련하거든. 너 같은 인간이랑 헤어져서 정말 잘됐다. 그래서 이렇게 기뻐 죽겠는데 만 원까지 벌 수 있다니, 어떻게 이보다 더 좋을 수 있겠어?"

"정말 기가 막히는구만."

"막히든 뚫리든 네 여우 같은 여친 옆에 가서 마저 하고 얼른 돈이나 내놔."

척! 손을 내미는 나영의 표정에는 망설임 따윈 전혀 없었다. 영태의 미간이 점점 찌푸려졌다. 설마, 하다가 이럴 수가, 라는 듯한 그 표정의 변화. 나영의 야무진 입매는 더없이 단단했고, 눈동자는 오늘따라 더 선명했다. 그럴수록 영태의 얼굴에는 조바심 비슷한 것이 자꾸만 일었다.

나영은 흔들릴 마음이 전혀 없었다. 적어도 이 녀석이 다시 돌아올 남자가 아니란 건 확실하다. 혹시나 하는 미련에 또다시 첨벙 빠져 허우적거리지 않을 것이다. 마지막으로 매달렸던 미련을 이 녀석은 가차없이 끊어주었으니까. 짜증, 이라는 그 무서운 단어로.

휴대폰 너머에서 그 무심하고 독한 말이 넘어왔을 때 내 기분이 어땠는지 네가 알아?

게다가 그 덕분에 그날 내가 얼마나 비싼 남자를 만났는지 알아? 제 몸만 쏙 끌어서 안으로 사라져 버린 냉정한 남자. 이건 다 김영태, 네 탓이야.

"딴 놈 생겼다고 이제 막가는구나?"

"왜 안 그렇겠니? 게다가 너도 봤으니 알겠지만, 우리 자기가 오죽 잘났어야지. 너를 만났던 시절의 퀄리티를 단번에 끌어올려 줄 것 같지 않던?"

영태가 질투를 생각도 없이 내뿜었던 이유는, 도진의 겉모습 때문일 수도 있겠다. 차버린 여자가 새로 사귄 남자, 그런데 그 상대가 자신보다 훨씬 더 잘난 남자라니. 그걸 호락호락 인정할 남자는 세상에 없으니까. 자존심 상하고 화났겠지. 평생은 아니더라도 한참 정도는 자신의 부재에 슬퍼하고 괴로워해야 하는 여자가 금세 배신을 때린 걸로도 모자라, 멀쩡함을 넘어서 반짝반짝 빛나는 상대를 만나고 있단다. 공들여 쌓아놓은 자만심이 와르르 무너지고도 남지.

속이 훤히 들여다보이는 영태의 낮은 사고방식이 나영까지 수치스럽게 했다. 정말이지, 난 이 녀석의 어디를 좋아한 걸까. 어떻게 그렇게 신념처럼 사랑할 수 있었을까.

사랑이 지나간 자리에 남는 게 추억만이라면 다행이다. 어쩐지 그때를 부정하고 싶은 서글픔이 남는 순간, 누가 대바늘로 심장을 콕콕 쑤시는 것처럼 아리고 또.

"얼른 돈 내놓고 꺼져 버려!"

쪽팔렸다.

순수하고 아련한 눈빛? 그런 거 남길 게 뭐냐. 추억으로라도 예쁘게 남고 싶다? 하고 싶으면 너나 해라. 나영은 그동안 소화되지 않던 모든 것을 단번에 소화해 영태의 앞에 그대로 게워놓고 시원해진 마음으로 돌아섰다. 홀가분함 외에는 어떤 것도 챙기지 않았다. 미련? 슬픔? 아쉬움? 안타까움? 잘하면 남을 뻔했던 걸 녀석이 직접 등장해서 다 지워주었으니까. 영태는 황당 내지는 기막힌 표정으로 그 자리에 서 있었다.

아, 가뿐해. 심장에 넣어두었던 모든 것을 버리고 나니 이렇게 걸음이 발랄해질 수가 없었다. 역시 난 대단하다. 이렇게 모든 걸 버리고 오기도 쉽지 않은데 말이지. 앗! 하나 챙겨온 건 있지. 위자료까지 포함된 십삼만 원.

자아, 이걸로 뭘 살까나?

그래, 혀에 착 달라붙는 와인을 사자. 으음, 글라스가 없는데 머그컵에 따라 마시면 자축의 무드가 안 살겠지? 그래! 잘 찾아보면 사은품으로 와인글라스가 박스 옆에 붙어 있는 기획 상품 같은 게 있을 거야. 좋았어! 그걸로 사는 거야.

입구로 향하던 나영의 걸음은 휙 돌아서서 대로로 나갔다. 택시를 잡아타고 대형마트를 콜 했다. 거기 와인 판매대 정도면 적당한 수준의 와인이 있을 거야. 더 비싼 건 못 사고, 오늘의 이 끈적끈적한 기분을 축하할 만한 거면 돼.

아, 홀가분해. 정말 그런 녀석을 왜 좋아한 건지······.

"아가씨, 뭐 안 좋은 일 있었수?"

앞에서 기사 아저씨가 룸미러를 통해 물었다. 나영은 그제야 자신이 눈물을 뚝뚝 흘리고 있다는 걸 깨달았다.

"아, 아니요. 그냥······ 너무 즐거워서요."

이상한 대답이었지만 택시 아저씨는 착한 분이었는지 다른 말은 묻지 않고 그저 고개를 끄덕였다. 아마 저 아저씨도 질풍노도의 이십대를 보냈는지도 모르겠다. 그러니 저렇게 바로 이해를 해주시겠지. 왜 우는 걸까. 그렇게 독하게 대했고, 그렇게 나 바라던 〈쿨〉한 대응을 했다고 자부하는데. 그런 녀석은 하이힐 굽도 모자라 통굽으로 밟아주는 게 당연한 건데.

연애, 그게 그렇게 쉬운가?

어째서…… 좀 더 빨리 와주지 않은 건지.

한 번쯤은 마음을 바꿔주지 않은 건지, 미련이 남는 건지 모르겠다.

눈에 보이지 않는 사이에 영태에 대한 감정은 정리되고 있었다. 사실 거의 반 이상은 해결되었다. 늘 문제인 것은 남은 반이다.

비록 적당한 대응을 했을지언정 이렇게나 마음이 안타까운 이유는, 첫사랑이기 때문에. 처음으로 사랑이라는 감정을 알게 되고, 처음으로 두근거리게 된 상대가 바로 그 치사빤스 김영태이기 때문에.

첫사랑만큼은 도저히 다른 얼룩이 묻을 수 없는, 성역이기 때문에.

바람이 불고 있다. 영태와 지펴왔던 첫사랑의 촛불은 천천히 꺼지고 있었다. 앞으로도 더욱 희미해지겠지. 그럼 내게 있는 커다란 화재는 어떤 걸까? 작은 바람에 흔들리는 촛불 같은 것 말고, 그 산소에 힘입어 더욱 불길이 거세질 사랑은, 도대체 어디에 있는 걸까.

과연 찾을 수나 있을까? 이 촛불이 다 꺼지기 전에.

그래서 사랑을 할 수 있는 감정마저 무뎌지기 전에 얼른 나타나 주었으면 좋겠는데. 그럼 바로 산소를 불어넣을 수 있는데. 활활 타오를 자신이 있는데.

아니, 아니다.

자신이 있는 게 아니다. 그러고 싶은 희망사항일 뿐.

사랑하고 싶다. 허해진 심장에 자양강장을 해줄 누군가를 기다리고 있다. 또 이렇게 울게 될 일이 기다리고 있을지라도, 외로움보다는 심장이 깎이는 고통을 택하겠다.

Act 3

아리송한 남자

다음날 아침, 출근하기 전에 나영은 일층으로 바로 내려가는 대신 이층에서 힐 끝을 돌렸다. 손에는 어제 들고 왔던 쇼핑백이 들려 있었다. 그곳엔 어제 그가 사준 원피스와 백이 차곡차곡 빵빵하게 채워져 있었다.

심호흡을 크게 하고 초인종을 누르자 잠시 후 문이 열렸다. 새까만 머리카락 색과 어울리는 까만 셔츠 차림이었다. 노타이에 목 부근의 단추를 자연스럽게 몇 개 풀어놓았다. 참, 어떤 색도, 어떤 스타일도 잘 소화하는 남자다. 저렇게 소화를 잘하니 몸매가 좋지.

아니, 그게 아니고……

도진은 현관에 한 팔을 살짝 걸친 건방진 자세로 나영을 조용히 내려다보았다. 문제는 건방지기도 하지만 터프하기도 하다는 것. 아, 짜증나.

"왜? 태워달라는 건가?"

나영이 출근 차림이기 때문에 저런 말을 하는 것 같긴 한데.

말이 〈아〉 다르고 〈어〉 다르다고, 누가 태워달란 말을 하기나 했으며, 또 저렇게 차갑게 고소(苦笑)할 건 뭐야. 기분 나빠서 태워준 대도 안 탄다!

"아니요. 출근하기 전에 꼭 하고 싶은 말이 있어서요."

"눈 부었군."

갑작스러운 말에 나영은 반사적으로 자신의 눈으로 손을 옮겼다. 그러나 먼저 뻗어온 손이 나영의 손을 툭 치더니 눈가를 꾹 눌렀다. 전혀, 에로틱한 손길이 아니었다. 마치 스위치를 누르는 것처럼 꾹!

……기막혀.

"지금 뭐 하는 거예요?"

"눈물 나오나 보려고."

정말이잖아! 스위치 누른 거 맞잖아!

"설마 거기가 눈물샘이라고 생각하는 거예요? 누르면 터진다?"

"아니면 왜 부었지?"

물을 걸 물어라.

울었다. 울었으니까 붓지.

"이상한 질문이네요. 설마 라면 먹어서 부었을 것 같아요?"

"그 남자 때문에?"

긴 손가락이 스위치에서 내려가 뺨을 일자로 쭉 그어 내려가더니 얼굴에서 벗어났다.

나영은 언제부터인가 자기 멋대로 사람을 만지는 그에게 항의를 해야 한다고 생각하면서도, 그 감촉이 싫지 않다는 것 때문에 투덜거리기를 포기했다. 좋다고 느끼면서 항변해 봐야 우스워지는 것밖에 안 된다.

"넘겨짚지 말아요. 와인 마셔서 부은 거니까. 차버린 여자 친구가 다른 남자를 만나고 있다는 걸로 오해하더니 화를 내주네요. 그러니 승리의 축배를 들어야 하지 않겠어요? 와인은 싼 티 나는 거였지만 나름 맛있었어요."

"오해, 는 아니지. 우린 연애하고 있으니까."

뚫린 입이라고 말은 잘 한다. 연애하는 남자가 그렇게 쌩 들어가 버리니? 아, 됐다. 따지기도 수치스럽다.

"아무튼 그쪽은 연애라고 생각하고 싶으면 생각하시고. 난 이거 돌려줄게요."

나영이 쇼핑 가방을 불쑥 내밀자 도진의 시선이 거기로 떨어졌다. 잠깐 흔들렸지만 곧 속을 알 수 없는 그 검은색으로 나영을 쳐다보았다.

"뭘 하자는 거지?"

"하자는 게 아니라 받으란 거예요. 아니, 정확하게 돌려드리는 거예요."

"왜?"

글쎄요, 이유는 쌩 하고 들어가 버린 그쪽이 더 잘 알 것 같은데요.

"부담스러워요. 어제는 사주니까 입었고, 솔직히 거기 옷은 입고 싶어도 못 입던 거라 반쯤 넋이 빠져 있기도 했어요. 나도 어쩔 수 없는 허영덩어리인가 봐요. 그냥 꿀꺽 삼켜 버릴까 생각했거든요. 연애하는 대가로 이런 값비싼 드레스라니, 혹할 만도 하잖아요?"

도진이 천천히 팔짱을 꼈다. 나른하던 시선이 날카롭게 벼른 칼처럼 빛났다.

"솔직하다는 게 늘 장점이 될 수 없다는 건 모르는군."

"뭘 어떻게 생각하든 알 바 아니에요. 어차피 처음부터 좋은 모습을 보여준 게 아니었으니까. 도대체 어떤 성격을 가져서 그런 황당한 짓을 하는 여자한테 흥미를 보였는지 모르겠지만, 그렇게 생긴 흥미를 받아봐야 기쁘지도 않아요. 반쯤 무시당하는 기분으로 만나는 거 가히 반갑지 않아요."

"옛 남자가 찾아와서 마음이 바뀌었나?"

나영은 눈에 힘을 주고 도진을 노려보았다. 이 남자, 뇌가 어떤 방향으로 꼬불거리고 있길래 이런 식의 생각을 할 수 있는 거지? 자기 자신의 문제라고는 절대 생각하지 않는 그 뻔뻔함은 김영태의 뻔뻔함에 지지 않을 정도다. 김영태 때문이 아니라 너 때문이라고, 너!

"글쎄요, 그게 아니라 이 연애 자체의 문제점이랄까요. 어떤 대가를 바라는지 모르겠지만, 마음이 홀가분하지가 않아요. 그래서 사양하겠다는 말 하러 왔어요. 난 이런 옷에 자존심을 팔지 않는다, 라고는 말하지 못하겠어요. 솔직히 그깟 자존심이 뭐가 그렇게 대수냐는 생각도 들고. 무엇보다 그쪽이요, 뭔가 대가를 주고 사람을 만나려는 그런 사고방식은……."

탕!

갑작스러운 힘에, 나영은 하고 싶은 말의 반도 못한 상태로 안으로 끌려들어가 벽으로 밀쳐졌다. 도진의 커다란 손이 빛의 속도로 다가와 나영의 뺨 바로 옆 벽에서 정지했다. 휴우, 뺨 맞는 줄 알았다. 그나저나 맞은 건 아닌데, 왜 이렇게 심장이 달달 떨리는 거지?

그건 이 남자의 위압감 때문이다. 정확히 말해 그 눈빛이 주는 위압감.

나른하거나 건조, 혹은 차가운 빛만 귀찮다는 듯 흘리던 남자가 지금 태워 버릴 듯 강렬한 시선으로 쳐다보고 있었다. 그가 천천히 입을 열었다.

"한도진이라고 몇 번이나 말했어."

나영의 색 짙은 눈이 몇 번 깜빡였다. 뭔가 그를 거스른 것이란 생각은 했지만, 겨우 이름을 부르지 않았다고 이거라고? 이

포스라고?

따지고 싶었지만, 그 기세에 눌려서 나영은 자신없게 되물었다.

"이, 이름만 부르면 되겠습니까?"

"가끔 네 말 중에 거슬리는 게 한두 개가 아니야. 그중에서 가장 화나는 게 뭔지 알아?"

이, 이름을 부르지 않은 거요?

라고 물었다가는 한 대 맞을 분위기다.

"뭐, 뭔데요."

뺨 옆에서 정지해 있던 손이 움직였다. 귀 전체를 덮고서 긴 손가락으로 뺨을 쭉 쓸어내렸다. 나영의 몸이 부르르 떨렸다. 그 도발적인 움직임과 전혀 다른 차가운 눈동자로 그가 말했다.

"가벼운 관계라고 철석같이 믿고 있는 네 굳은 의지."

뺨을 놓은 손이 위로 움직여 뒷머리를 한 손으로 감싸 쥐었다. 솔직히 작은 머리라고는 생각 안 했는데, 그 손에 덮이니 완전히 무방비한 인형의 상태였다. 나, 이렇게 얼굴이 작았나? 이건 필시 기뻐해야 할 일인데도 콩닥콩닥 심장만 뛰는 건, 내 탓이 아니겠지?

"그런 생각을 하는 이쪽이 궁금해."

그러니까 그 부분은 좌뇌? 혹은 우뇌?

태평한 생각에 집중하려고 해도 턱은 제멋대로 달달 떨리고 있었다. 존재감이 있는 남자란 건 뚜렷해서 좋다는 생각을 막연

아리송한 남자

히 했었는데 지금 그 이론이 바뀌었다. 그런 남자는 무섭다. 두렵기까지 하다. 강렬한 눈빛이 꿰뚫듯 나영을 응시하고 있었다.

"난 분명히 연애, 하자고 했어."

"그래요, 연애. 근데 왜 사람을 협박하는 건데요?"

말하다 보니 억울해서 눈물이 울컥 올라왔다. 속눈썹을 파르르 떨면서 노려보자 도진의 눈동자가 흠칫 움직였다. 놀라는 표정 같은데 왜 놀라는 건지 모르겠다. 그가 곧 후우, 한숨을 내쉬었다. 심장을 직접적으로 다그치는 것 같던 그 눈빛은 다소 엷어졌지만, 그래도 아직 억울했다. 지금 한숨 쉬고 싶은 사람이 누군데.

도진이 바지 뒷주머니에서 빳빳하게 다림질되었다기보다 새 것 같은 손수건을 내밀었다.

"닦아."

나영은 자신이 줄줄 눈물을 흘리고 있다는 것도 몰랐다. 홱 뺏듯이 손수건을 가져와서 눈물을 닦았다. 팽, 코도 풀고 싶었지만 그랬다가는 바로 방금 전의 무서운 악귀 같은 표정으로 돌아갈 것 같아 몸을 사렸다.

도진은 쳐다보지 않고 있었다. 시선을 비낀 채 아래 어딘가를 향해 있다. 그나저나 큰일났다, 출근 시간 늦겠다.

"갈래요."

몸을 돌리려 했지만, 어깨를 틀어쥐어 고정시키는 통에 반도 못 걸었다.

"왜, 왜 이래요? 지각한단 말이에요."

"언제든 차버릴 생각을 하는 건가. 아니면 차이고 싶다는 생각을 하는 건가."

아직 삐질 새어나오는 눈물을 손수건으로 닦으며 나영은 도진을 흘끗 쳐다보았다. 솔직히 무슨 뜻인지 잘 모르겠다.

"네?"

"이 연애를 가볍게 생각한 게 내 쪽만은 아니었다는 뜻이지."

이 자시익! 그래도 설마했는데 정말 그렇게 생각한 거잖아! 그걸 지금 잘났다고 떠드는 거니? 응? 응? 응?

"이봐요. 가는 말이 고와야 오는 말도 곱다는 속담 있죠? 아무튼 난 출근해야 하니까 이거 놔요. 어깨 부서질 것 같아요. 아무한테나 시비 좀 걸지 마요. 본인 쪽은 성실하게 대하지 않는 연애를, 이쪽이라고 진지해질 것 같아요? 빠져들지도 않은 사람한테, 그쪽에게 충성하라고 강요하지 말아요. 그걸 당연하다고 생각하지도 말고요."

나영은 도진의 손을 탁 쳐냈다. 하지만 일 초도 못 가 다시 잡혔다. 그대로 끌어당겨진 나영의 입술이 도진의 입술 안으로 사라졌다. 사람의 입술이 무슨 먹이라도 되는 줄 아는지 그대로 삼켜 버린 도진이 턱까지 온통 핥아가며, 말 그대로 야금야금 먹어갔다. 나영은 숨이 턱턱 막혀 허우적거리며 도진의 두꺼운 가슴을 밀었다. 그러나 오히려 양손은 잡혀 구속되고, 그대로 엄청난 힘으로 밀린 나영의 몸이 장식장으로 추정되는 낮은 테이블 위로 겹쳐서 쓰러졌다. 몸을 덮고 사정없이 누르면서, 입술을 망가뜨릴 듯 독한 키스의 비를 퍼붓는 동시에 단정하게 입고 나온 나영의 블라우스를 사정없이 벗겨 던졌다.

다, 당신. 단추 떨어졌으면 정말 가만 안 둬!

나름대로 반항했지만 브래지어를 젖히고 맨살을 덥석 잡은 커다란 손의 느낌에 나영의 몸이 움찔했다. 다른 손은 이미 스커트 속으로 쑥 파고들어 허벅지를 제 살처럼 만지고 있었다. 그나마 스타킹이 보호 장치이긴 했지만, 허리까지 단번에 올라간 손이 그대로 얇은 스타킹을 끌어내렸다.

환장하겠네! 이거 코 나가면 안 된다구! 아니지, 고탄력이니까 괜찮을 거야.

차가운 손이 스타킹을 해제한 순간 바로 엉덩이를 꽉 움켜쥐는 바람에 다리가 경련을 일으키듯 떨렸다. 나영은 펄쩍 뛰어오르며 비명을 질렀지만 메아리는 도진의 입속에서 퍼져야 했다. 입술을 단단히 밀착하고는 혀를 빨판처럼 빨아들여 미친 듯 빨고 계시다. 무언지 모르겠지만 아무튼 온통 축축하게 섞이는 소리와 가쁘게 닳아 올라가는 호흡 소리가 현관을 가득 메웠다.

나영의 허리가 휘자 도진은 스커트를 걷어 올리고 아예 양손으로 엉덩이를 쥔 채 자신의 뻣뻣하게 솟아오른 중심 쪽으로 홱 끌어당겨 그대로 밀착시켰다. 민감한 그 부분에 불룩 솟은 딱딱한 무언가가 와 닿은 순간, 나영의 심장이 파열을 일으켰다. 눈을 번쩍 뜬 나영은 허우적거리던 손으로 도진의 머리를 움켜쥐고는 마구 밀어냈다.

으읍! 으…… 읍!

마음으로는 양껏 소리치고 있는데, 식사가 다 끝나기 전에는 이 입술을 절대 뗄 생각이 없으신 분은 일말의 주춤거림도 보이지 않았다. 혀가 얼얼하도록 빨려서 눈물까지 찔끔 새어나왔다.

예민한 허리 아래가 인식이 되어 미칠 것 같았다. 속옷을 벗기지 않은 상태로, 도진은 나영의 그곳에 피차 자신도 갖출 건다 갖춘 그대로를 밀착하고서 허리를 움직이기 시작했다. 찔러 올릴 때마다 쓸려 올라갔다. 밀어붙여질 때마다 점점 더 상승했다. 몸도 감각도 모조리 다.

겨우 입술이 떨어진 순간 쏟아져 나온 헐떡임이 쾌락을 묻힌 비명으로 변해 터지자 도진이 큰 손으로 나영의 입술을 덮었다. 비명을 그의 손바닥에 퍼뜨리며 나영은 도진의 격렬한 움직임에 함께 반응했다. 그는 이를 악물고 강렬하게 몰두하고 있었다.

퍼지고 있다. 어떤, 말로 표현할 수 없어서 말도 안 되는 열기가……. 화끈거리며 온몸을 태울 듯이, 강하게. 여기서 묻고 싶다. 이건 섹스입니까? 섹스가 아닙니까?

변태였다. 역시 변태였다.

하아…….

하지만 여기서 하나 추가. 민나영도 변태. 전혀 직접적인 결합을 하지 않은 채, 옷도 그대로 입고서 묘하게 맞물려 움직이는 것뿐인데 나영은 이미 느끼고 있었다. 흐느낌이 터질 만큼 자신도 어쩔 수 없을 정도로 강렬한 침몰 속으로. 밀어내려고 쥐었던 도진의 머리를 이제는 끌어당겨 꽉 끌어안고서, 보내주지 않겠다는 듯 매달리면서 오히려 관능에 몸을 떨고 있었다.

목 줄기를 핥고 깨물어 내려가는 도진의 숨소리도 거칠었다. 자욱하게 낀 안개 속에서 들려오는 것 같은 그 낮은 소리, 그것이 나영을 한없이 자극시켰다. 나영의 왼쪽 다리를 치켜들고서 더욱 깊이 몸을 비벼 올리자 나영은 참을 수 없는 감각에 그의 손바닥을 왈칵 물어버렸다. 귓가에 뜨거운 숨결을 토해내며 도진이 속삭였다.

"제대로 된 연애, 한 번 해볼까?"

"으응……."

나영은 자신도 모르게 고개를 끄덕였다. 그냥 끄덕이는 게 아니라 격한 환영으로.

환희에 몸을 떠는 나영을 내려다보는 도진의 입매가 짓궂게 말려 올라갔다. 늘 암팡진 고양이 같던 눈매가 촉촉하게 젖어서 색이 흐려져 있었다. 귀여운 콧망울에 살짝 입술을 맞췄다. 천천히 손바닥을 떼자, 벌어진 입술에선 아직까지 끊임없는 신음이 새어나왔다. 쾌락에 젖어 풀어진 눈매, 당장이라도 눈물 줄기를 쏟아낼 것 같은 그렁그렁 젖은 눈동자. 잠깐 멈춘 사이에도 원하고 있다. 좀 더 깊은 걸 보여줘. 느끼게 해줘, 라는 듯.

일부러 찔러 올리자 고개를 뒤로 젖히며 숨을 몰아쉬었다. 얼굴을 내려 혀로 그 젖은 입술을 희롱했다. 곧장 빨간 혀가 나와 만나려는 듯 안달을 했다. 눈꼬리에 살짝 눈물이 맺혀 있었다. 손가락으로 눈물을 찍어 혀끝으로 핥았다. 반쯤 풀린 눈으로 그를 보고 있던 나영이 그 손을 끌어가더니 금방 도진의 혀가 닿은 손가락 끝을 자신의 앙증맞은 혀로 할짝거렸다. 도진의 눈동자 색이 점점 짙어졌다. 몸이 부르르 떨리며 터질 것처럼 아래가 극도로 팽창했다.

손을 휙 뻗어 그녀의 허리를 움켜쥐고서 얼굴을 바짝 붙였다. 그녀의 생김을 다시 하나씩 하나씩 바라보았다. 얌전한 것 같기도 하고, 당돌한 것 같기도 하고……. 무엇보다 가장 마음에 드는 건 지금의 이런 색 짙은 표정이었다.

탐이, 난다.

도진이 지금 무엇을 하고 있는지, 무슨 생각을 하고 있는지 알아챌 만한 정신머리는 지금 나영에게 없었다. 짓궂었지만, 왠지 따뜻한 미소가 감돌고 있었다는 걸, 본능에 몸부림치고 있는 나영이 어떻게 알리오.

나영의 뒷머리를 끌어 자신의 어깨에 박은 도진이 다시 힘껏 허리를 찌르며 움직이기 시작했다.

"아…… 이제…… 그만……."

"그만?"

"아, 아니……. 아니, 싫……."

"싫다?"

그것도 아니다. 아니야. 싫어. 아니야. 싫지 않아. 그럴 리가 없어. 모르겠어. 신경이 터질 것 같아. 이건 섹스가 아닌데. 어째서 온몸이 젖는 거야.

 이 남자는 참 이상하다. 손도 눈빛도 표정도 그렇게 차가울 수 없는데, 평소처럼 조소도 여전히 특기인데, 겹치고 있는 몸만큼은 사나울 만큼 뜨겁다. 그런데 그게 싫지가 않다. 아니, 오히려 지금의 온도가 그에게 적당한 것 같다. 삽입 같은 것 없었다. 그런데도 뺨이 화끈 달아오를 정도로 노골적이고 민망하고 격정적이다. 얇은 천 너머로 민감한 그 부분이 자극받을 때마다 온몸의 세포가 춤을 추고 녹아내렸다.

 "비난은, 그까짓 연애 한 번 해보고 난 후에 하시지."

 엉덩이를 움켜쥐고 있던 손이 앞으로 돌려져 허벅지 사이, 아니, 좀 더 깊은 곳을, 처음에는 부드럽게 어루만졌다. 점점 더 힘이 들어가 꼬집듯이 주무르다가 매혹적으로 갈라진 부분을 팬티 위에서 고의이듯 아니듯 슬쩍슬쩍 건드렸다. 그때마다 나영의 몸이 움찔거렸다. 신음을 아낌없이 흘리며 허리를 떨었다. 그곳은 이미 화끈거릴 정도의 열기로 가득 차 있었다. 뜨거웠다. 그의 아주 작은 손길 하나에도 당장이라도 터져 분해될 것 같았다. 위험하다. 달달 떨면서 나영은 생각했다.

 이걸…… 어쩌면 좋을까.

 강을 건너고 말았다. 변태와 정상인 사이의 그 좁은 폭의 강을, 급기야 건너고 말았다.

날카로운 통증과 함께 유두가 물렸다. 치아에 쓸릴 때마다 아릿함보다는 허리를 저절로 들게 하는 쾌감만이 일었다. 힘껏 빨아들여 입술 안쪽에서 유실의 끝을 혀로 더듬었다. 한참을 짓궂게 유두를 굴리던 도진이 스윽 기어올라 오더니 귓바퀴를 훑고는 색기 짙은 숨결을 토해내며 낮게 말했다.

"출근, 안 하시나?"

"제대로 된 연애, 한 번 해볼까?"

어쩌자고 그 말에 그렇게나 무방비하게 고개를 끄덕여 버린 걸까. 도대체 이 원수 같은 쾌감이란 건 뭔지, 완전히 흡수되어 버렸다. 그렇다고 다음번에는 절대 유혹에 안 넘어가야지, 다짐하고 있느냐? 그건 또 아니었다.

퇴근한 나영은 친구에게 연락해 만나자마자 바로 이 비상시국에 대해 알렸다.

"느낀다는 게 뭔지 모르겠어. 몸으로 느낀다는 건 마음도 반응했다는 걸까? 그런 건 아니라고 자신하는데, 꼭 그렇지도 않은 것 같은 것이, 정말 나도 잘 모르겠어."

나영의 심각한 중얼거림에 정혜도 고개를 갸웃했다. 정혜는 이런 상담을 하기에 너무나 편한 상대다. 그녀는 소위 골드미스라고 불리는 능력있는 독신 여성에, 프리섹스, 자유연애, 아무튼 좋은 건 다 저가 하고 있는 친구였으니까. 자신이 자유로우니 다른 사람의 섹스 라이프에 무제한적으로 상의를 해주곤 했다. 특히 그녀는 나영의 절친한 친구였으므로 더욱 말하는 데 거리낌이 없었다.

"반한다, 라는 게 도대체 어떤 거니? 그 남자, 정말 너무 위험한 걸까?"

하긴, 자신도 뭐라고 할 말은 없었다. 아니, 없어졌다. 그 남자에게 사정없이 고개를 끄덕여 준 순간부터 이미 변태에의 길에 반은 접어들었으니까. 이제 몸을 뺄 수도 없었다.

정혜가 말했다.

"너〈데몰리션맨〉이란 영화 봤어?"

"봤지."

"거기 보면 가상으로 섹스 하는 장면이 나오잖아. 네가 아침에 남의 집 현관에서 저지른 거랑 비슷하지 않아? 직접적인 접촉은 없었어도 세포는 모조리 느껴버렸다는 말이잖아."

"그걸 꼭 저질렀다고 표현해 주는 네 우정에 일단 감사하마."

"암튼, 호호호."

나영은 웃고 있는 정혜를 찔끔 노려보았다.

"쾌감은 뇌에 있는 쾌락중추에서 관장한다고 하거든? 자극을 받으면 쾌락중추에서 어떤 화학분비물을 뿜어내는 거지. 왜 익스트림 스포츠 같은 거 할 때 사람들이 격렬한 쾌감을 느끼잖아. 그건 죽음에 가까워지기 때문이야. 인간은 죽음에 가까워지면 두려움을 없애기 위해서 뇌가 격렬히 반응을 하거든. 그걸 짜릿함이라고 표현할 수도 있지. 아무튼 두려운 만큼 짜릿해지는 게 쾌감이야. 무서운 만큼 격렬해지는 게 쾌감이라구. 그러니까 네가 더없이 존재감을 느끼는 그 남자한테 쾌감을 느끼는 건 당연하잖아?"

"그렇다는 건, 그 남자의 테크닉 같은 것하곤 관계없다는 말이겠네?"

"웃겨. 네가 두려워하는 건 그 남자의 테크닉이 아니야? 거기에서 두려움을 느껴서 완전히 반응해 버린 거야. 내 말 못 알아듣겠어?"

나영의 어깨에서 힘이 쭉 풀렸다.

"그러니까 결론은 내가 변태 맞다는 거잖아. 그 남자나 나나 다를 바 없다는 거지? 난 완전히 쾌락의 노예가, 아니, 마스터가 되었다는 거지?"

"그렇게 즉물적으로만 생각하지 말고, 기왕이면 감정의 교류라고 생각해. 그 남자 멋지다며? 한편으로는 반했을 수도 있지 않아? 자신이 모를 뿐이지."

"됐다 그래. 말도 안 돼. 이건 완전히 인간의 본능에 관계된 문제야. 감정의 교류 같은 게 있을 리가 없어. 그 남자, 정말 서걱거리거든. 아마 직접 보기 전에는 내 말을 이해 못 할 거야. 나도 날 잘 모르겠으니까."

"서걱거리는 건 또 뭐니?"

"뭐랄까, 심장이 사포로 이루어졌을지도 몰라. 혹은 모래. 너무 건조해. 연애 감정이라, 그가 그런 걸 알까?"

나영은 한숨을 폭 내쉬었다.

"제대로 된 연애, 하자고 했다며."

"도대체 무슨 생각인 건지 모르겠어."

"자기가 바람둥이가 맞고, 한 여자한테 성실하게 정착을 못하는 성향이란 걸 인정한다고 해도, 네 쪽에서 대놓고 이 연애를 단기간이라고 떠드는 건 듣기 싫다는 뜻이겠지."

"그거야 나도 알지. 그런 취급 받고 좋을 사람이 어디 있니? 게다가 그 남자, 자존심이 에베레스트 산이야. 암튼, 그렇다 해도 난 그 남자가 그런 말에 반응할 성격은 아니라고 생각했거든. 무슨 말을 해도 꿈쩍도 안 했단 말이야. 아아, 잘 모르겠어, 그 남자의 정체를 알고 싶어."

"CEO라며?"

"누가 그런 겉으로 보이는 조건을 말하는 거니? 도대체 무슨 생각을 하고 어떤 사고방식을 갖고 있는지를 모르겠다구."

"그런걸 뭐 하러 신경 써. 잘생기고 돈 많은 데다 테크닉까지 숨 꼴딱 넘겨주면 감사하고 받아야지. 남자 하나 제대로 낚아놓고는."

물론 열이면 열, 저렇게 표현할 것이다.

문제는 낚은 건지, 낚인 건지 그것을 알고 싶다, 라는 사소한 골칫거리뿐.

"잘 받은 걸로 끝나면 다행이지. 나중에 회수해 갈 때 난 어떡하고?"

"그때는 그때지. 걱정도 팔자야. 아무래도 네가 그쪽한테 마음이 놓이지 않은가 본데, 그럼 딱 그 선까지만 받아들이면서 만나. 그 남자가 뭐라고 하든 말든, 어차피 단기간인 건 피할 수 없는 사실이잖아? 내 말이 너무 차가울지 몰라도 세상 일이 그렇잖니. 돈 있는 남자들의 변덕이란, 쳇. 거기에서 진심을 기대하는 것 자체가 불행의 시작이야."

나영은 친구의 서릿발 어퍼컷에 좌우 뺨을 맞으며 조용히 생각해 보았다. 이상하게도 정혜의 말에 어떤 서운함도 느끼지 못하는 것은, 그녀가 말한 모든 것이 자신의 우려와 속속들이 맞아떨어지기 때문이리라. 그런 일반론이 현실이라는 걸 인정하는 게 맥 빠지는 것이다.

아아, 정혜의 말대로 〈쿨〉하게 만날 수만 있다면 이보다 더 좋은 일이 또 어디 있겠는가.

그게 잘 안 되는 게 바로 미련한 여심(女心)이리라……

"아아, 암튼 고마워. 내 현실과 그 남자의 상태, 그리고 너의 충고를 잘 고려해서 생각해 볼게."

정혜는 잘해보라며 고개를 끄덕였다. 그리고 이어 물었다.

"영태, 그 자식은 완전히 정리된 거야?"

나영은 쓸쓸하게 웃었다.

"십삼만 원. 그게 삼 년 사랑의 영수증."

"응?"

"아니, 그런 게 있어. 완전히 끝났어. 아무튼 사내자식들은 다 왜 그 모양이니? 있잖아. 어제 하필이면 집 앞에서 그 녀석이랑 그 남자랑 셋이서 같이 마주쳤거든."

"흐음, 그런 말이 있다더라. 헤어진 연인이 다시 연락을 해오는 이유는 다시 해보자는, 아주 얌통머리없는 이유뿐이라고."

"에이, 그럴 리 없어. 어린 여우가 있는데 뭐 하러."

"글쎄. 암튼 그보다 더 중요한 건, 그렇게 다시 시작된 관계가 잘되기는 거의 제로에 가깝다는 거야."

"어휴, 머리카락이 삐죽 선다야."

그 후 나영과 정혜는 헤어진 남자의 치사한 점들을 쭉 열거해서 씹고 공격하느라 여념이 없었다. 동성 친구가 좋은 것은, 이렇게 남자를 욕할 때 완전히 죽이 척척 맞는다는 것이다.

"아우, 김영태 그 자식! 다시 한 번 그딴 짓 하면 거시기를 걷어차 버려!"

정혜가 소리 높여 외치는 바람에 커피숍에 있던 손님들의 주목을 단번에 받아버렸다. 가끔 이렇게 오버가 심해지면, 참 얼굴이 팔리긴 하지만, 그것도 나름대로 동성 친구와 나눌 수 있는 사소한 즐거움이라면 즐거움이 아닐까?

아우, 열 받아.

직장 여성에게 휴일은 더위를 해갈시키는 더없이 달콤한 단

비였다. 그런데 이 좋은 날, 맘먹고 늦잠을 자고 있는 나영의 코털을 건드리는 새앙쥐가 있었으니, 바로 그 김영태란 자식이었다. 벌써 세 통의 부재중 전화가 찍혀 있는 것이다. 영태의 휴대폰 번호라는 걸 안 순간 나영의 눈이 홱 돌아버렸다.

집 앞에서 마주친 날 후로, 그러니까 십삼만 원의 영수증을 받아버린 날 이후로 벌써 사흘이나 지났는데 어째서 또 전화질인 건지 모르겠다. 당장이라도 전화를 받아서, 도대체 뭔 짓인데? 라고 따지고 싶었지만 목소리를 듣는 게 싫어서 휴대폰을 팽개쳐 두었다. 아니, 싫다기보다 두려웠다. 그날 와인을 마시면서 펑펑 우는 걸로 이쪽은 힘겹게 마무리를 지었는데, 고작 저 열 받는다는 이유로 이렇게 전화질을 해대는 게 정말 화가 났다. 겨우 벗어났다고 생각하는 사람을 괴롭히고 있다.

아무렇지 않을 수 없는데, 그걸 알고서 이 짓거리를 하는 것 같아 더 짜증났다.

게다가 제대로 된 연애를 해보자던 변태는 그 아침 이후 코빼기도 못 봤다. 아무리 위아래 층에 살아도 각자 출근하는 입장이었으니 마주칠 일도 없었다. 그렇다고 이쪽에서 연락할 수도 없으니 이대로 쭉 못 만나도 뭐라 할 말이 없었다. 그럴 거면 그런 말은 왜 한 건데?

어제 정혜를 다시 만나 새벽까지 술을 마신 바람에 속은 쓰려 죽겠는데 놈의 문자 메시지가 또 도착했다.

〈안 받는 거 다 알아. 너 그러는 거 아니야. 어떻게 삼 년의 시간을 그렇게 모질게 외면할 수 있냐? 독하다 정말.〉

아우, 아우, 아우!
이거 정말 어느 은하계의 뻔뻔별에서 쳐들어온 외계인이냐!
이젠 대놓고 이쪽의 잘못으로 덮어씌우고 있다. 이렇게 할 짓이 없는 녀석을, 그것도 첫사랑이라고 괴로워해 준 자신이 불쌍했다.
"이 불쌍한 영혼에게 라면을……."
신경질 나는 몸을 겨우 일으켜 주방 싱크대를 모조리 열어보았는데, 하필이면 라면 봉다리까지 코빼기조차 보이지 않는다. 대충 세수를 한 나영은 라면을 먹겠다는 일념으로 카디건을 찾아 걸쳤다. 그러니까 슈퍼마켓 가는 여자들의 공통적인 차림, 무릎 늘어난 추리닝 바지, 집에서만 입는 목 늘어난 흰 면 티에 카디건, 거기에 짝퉁 필라 모자.

그렇게 허름하게 걸치고서 휴대폰과 지갑을 들고서 현관문을 밀고 나섰다. 숙취로 후들후들 떨리는 다리, 퀭한 눈을 하고서 계단을 짚어 터덜터덜 내려갔다. 모자를 푹 눌러쓰고서 가능하면 아무도 마주치지 않기를 바라며 걸었다.

입구를 통과해서 슈퍼마켓 쪽으로 터덜터덜 가는데 무언가 아주 긴 전봇대 같은 게 자신의 앞을 가로막았다. 설마, 하는 생각에 슬쩍 시선을 반쯤 들었더니, 익숙한 남자의 몸이 보였다.

그녀에게 익숙한 남자의 몸이라면 두 가지 종류가 있다. 첫 번째는 야들야들 눈처럼 뽀얀 피부, 다소 마른 체격의 김영태요, 두 번째는 멋지게 각진 어깨를 필두로 역삼각형의 몸매, 근육이 잘 잡힌 세련된 체형의 한도진. 그리고 지금 눈앞에서 딱 떨어지는 슈트에 휘감겨 있는 남자의 몸은 야들야들 쪽보다는 탄탄 쪽이다.

그러니 절대 영태는 아니라는 것. 그렇다면 막아선 사람이 누구겠는가. 정말, 힘 빠진다.

이건 무슨 머피의 법칙도 아니고…… 하필이면 며칠 동안 코빼기도 못 보던 인간을 꼭! 이런 상태일 때 마주친다는 것이다. 이건 전 세계에 통용되어 있는 진리다. 피타고라스의 정리보다 더 정확하다.

헤헤헤.

그냥 웃을 수밖에 없었다. 제발 눈곱은 끼어 있지 않기를 바라며 고개를 마저 드니, 역시나 한심해 죽겠다는 눈으로 도진이 자신을 내려다보고 있었다. 사소한 경멸의 기운까지 보이는데, 설마 내가 잘못 본 거겠지?

"그런 꼴로 돌아다녀지나?"

그냥 비꼬는 독백이었으면 좋겠는데 대답을 들어보겠다는 태세였다. 원하신다면야 대답해 드릴 수야 있습지요.

"라면 사러 가는 길이거든요. 이런 꼴이라도 일단 먹고 봐야죠."

"적어도 인간 꼴을 한 여자하고 연애하고 싶은데."

"지금 모습은 잊어주세요."

"아무래도 줄곧 어른거릴 것 같군."

"그럼 말든지요."

나영은 매끈하게 말하고는 그를 지나쳐 갔다. 근데 이상하다. 잡아도 벌써 몇 번은 잡았어야 할 남자에게서 소식이 없다. 그렇다고 지금 돌아보는 건 속 보이는 짓 같아서 나영은 그대로 앞으로 걸어갔다. 뭐야! 정말 창피하다는 거야? 꼴도 보기 싫다는 말?

뭐가…… 이래?

이래서 저 남자를 알 수 없다는 거다. 제 입으로 제대로 된 연애를 하자더니 그날 이후로 얼굴도 안 비춘 걸로도 모자라, 너저분한 모습 좀 했다고 사람 취급도 안 해? 게다가 지금이 몇 시야? 오전 열 시, 휴일에, 그것도 이 시간에 집에 들어오는 주제에.

어디 갔다가 무슨 짓을 하고 들어온 건지도 모르면서, 깔끔하게 차려입었다고 저만 당당하다는 거야?

여자가 남자를 사랑하는 방식은 단순하다. 확인하는 거 아니면, 확인하는 거. 또는 확인하는 거. 그렇다. 늘 확인하는 게 여자가 하는 일 전부다. 사랑받고 있다는 확신을 얻고 싶어한다. 물론 저 남자와 제대로 된 연애를 해보자는 협상만 했지, 하나도 진전된 건 없었다. 그런데도 저 남자가 아주 작은 확신조차

주지 않아서 화가 나려 한다.

　미련한 감정이 시작될 것 같아서 기분이 한껏 가라앉았다. 남자 쪽에게 수긍을 한 순간 저쪽의 흥미가 딱 떨어졌을 것 같아 걱정이라니, 이게 무슨 코미디인지 모르겠다. 사실 아무런 관계도 아닌 주제에, 휴일 오전에 귀가한다는 사실에도 신경 쓰고 있는 것부터, 라면발이 쭉 펴질 일이다.

　됐다 그래! 그까짓 남자 다 필요 없어. 난 끝까지 라면을 먹고 말 테야. 라면을……

　따리리.

　벨소리를 바꾸라는 저 요상한 남자의 명령에 의해 기본 벨소리로 바꾼 휴대폰이 또 울렸다. 성질나서 홱 치켜들었더니. 요 자식! 너 잘 걸렸다. 그래, 한번 붙어보자.

　"김영태! 도대체 왜 이러는 거야? 뭘 원하는 거니? 내가 어떻게 했으면 좋겠어?"

　휴대폰을 귀에 붙이자마자 동네가 떠나가라 소리를 질렀다.

　[네가 화내는 이유도 알아. 당연하다고 생각해. 너보고 어떻게 하라는 거 아니야. 잠깐이라도 좋으니까 우리 한 번 만나자.]

　도대체 이 녀석에게 무슨 홀딱 병이 걸린 건지 모르겠다. 어떻게 안면몰수하고 이런 짓을 하는 거지? 헤어지자마자 싸이 스킨도 바꾼 주제에. 민나영, 바보 멍청이! 사랑이 깨진 것보다, 겨우 그딴 거에 집착하고 있는 한심이!

　"만나긴 뭘 만나? 싫어, 난 이미 정리했어. 도대체 이러는 이유가 뭐니? 그 여우랑 헤어지기라도 했어?"

이건 그냥 물어본 말일 뿐이었다.

[……그래. 깨졌어. 나, 너랑 다시 시작하고 싶어.]

저럴 줄은 정말 몰랐단 말이지!

나영은 뻐끔뻐끔, 단숨에 금붕어가 되어선 말을 찾지 못했다. 고드름처럼 굳어서 휴대폰을 귀에 대고 서 있을 뿐이었다. 사람을 뭘로 보고! 화가 나는 건지. 아이고 고소하다! 비웃어주고 싶은 건지. 이런 미친 새끼! 욕해 주고 싶은 건지.

뭐가 뭔지 하나도 정리되지 못한 채, 그저 눈만 껌뻑이고 있는데 갑자기 손이 가벼워졌다. 하도 놀라서 휴대폰을 떨어뜨린 건가 했더니, 바닥을 구르고 있어야 할 휴대폰이 오히려 위로 불쑥 올라가 떠 있다. 가신 줄 알았던 도진이 위에서 휴대폰을 빼앗아 귀에 살짝 대고 있었다. 무표정한 눈으로, 지금도 계속되고 있을 영태의 양 싸대기 후려치기의 진수인 말을 듣고 있다.

"뭐, 뭐 하는 거예요? 당장 내놔요!"

나영이 팔을 뻗어 허우적거렸지만, 다른 손으로 가볍게 이마를 누른 도진이 나영의 접근 자체를 막았다. 도대체 이 남자의 출연 경위를 모르겠다. 이쪽의 추리닝 패션을 경멸하던 중 그날처럼 그대로 휙 들어가 버린 줄 알았더니, 설마 그 자리에 있었다는 건가? 아니면 몇 걸음 걸어가다가 동네가 떠나갈 듯 소리를 질러 버려서 되돌아왔다는 걸까?

미간을 찌푸린 채로 그가 입을 열었다.

"이봐, 미안하지만 내가 시간이 많이 없어서 그쪽을 만나줄 수는 없겠는데."

영태에게 날리는 일갈이었다. 심각한 상황이란 건 알고 있었지만, 나영은 자신도 모르게 풋, 웃음이 났다. 아마도 영태는 청취인의 주체가 바뀐지도 모르고 계속 만나자는 수작을 벌인 모양이다. 몇 초도 안 돼 도진이 휴대폰을 내밀며 말했다.

"끊는군."

누가 안 끊겠는가. 자신도 모르게 게이가 되어버린 상황인데.

도진에게 그렇게 간절하게 매달렸으니, 김영태는 이제부터 호모다.

그건 웃겨도 남의 전화를 마구 가져가서 무단 사용한 것에는 화가 나서 불퉁해 있는 나영에게 도진이 고개를 갸웃하며 말했다.

"이상해. 이런 상태의 여자한테 아직도 관심을 갖고 있다니."

이 남자가 지금 뭐라는 거야?

"그런 여자한테 연애를 하자고 한 그쪽은요?"

"이 정도일 줄은 몰랐지."

깔끔한 걸 좋아한다더니, 오늘 이 패션이 워낙 치명타이긴 했나 보다. 창피한 건 창피한 거고, 라면은 절대 포기할 수 없었다. 지금도 위가 제멋대로 경련을 일으키고 있었다.

"흥! 왜요? 성형수술이라도 해요?"

"글쎄, 앞을 덮고 뒤를 새로 파면 모를까. 견적이 영……."

아리송한 남자

놀리는 거 맞지? 심하게 놀린 거 맞지? 최선을 다해 놀린 거 맞지!

"지금 숙녀한테 그게 할 말이에요?"

"이 동네에선 무릎 튀어나온 추리닝 입고 라면 사러 가는 여자를 숙녀라고 하지 않아."

꼭 저렇게 싸가지없이 말을 해야 한도진이지.

모자 아래에서 입술을 삐죽거리고 있는데, 도진이 나영의 모자를 톡 쳐서 주의를 끌었다. 미간을 좁히면서 그를 올려다보니, 그가 나영의 핸드폰을 가리키며 말했다.

"그 남자, 왜 그러는 거지?"

영태를 두고 하는 말인 모양이다. 그 녀석의 의도는 나영도 잘 모른다.

"무슨 상관이에요?"

퉁명스럽게 되묻자, 도진의 반듯한 눈썹이 천천히 찌푸려졌다. 나영은 모자의 창 너머로 그의 얼굴을 소심하게 쳐다보았다. 지금 저 표정, 내 말 때문에 기분 나쁘단 거니? 아니면 세수만 한 맨얼굴을 쳐다보니 속이 안 좋아서 저러는 거니?

눈을 가늘게 뜬 채, 도진이 되물었다.

"아무 상관 없을 거라고 생각해?"

다행히 전자 쪽인가 보다.

"헤어졌대요. 나 버리고 떠날 만큼 좋아서 헬렐레하던 상대랑 헤어졌다는데요?"

"들었어. 떠들더군."

아, 쪽팔려라. 그 녀석은 대체 뭐라고 떠들어댄 거야? 그러니까 왜 남의 전화기는 무단 탈취를 해선!

"걷어차 놓고 보니 조강지처가 낫더라, 뭐 그런 이기적이고 제멋대로인 생각 아니겠어요?"

갑자기 도진이 모자를 있는 힘껏 누르는 바람에 나영은 그대로 땅을 뚫고 심겨질 뻔했다.

"아프잖아요! 뭐 하는 거예요!"

나영은 모자 위를 문지르면서 원망스럽게 도진을 노려보았다.

"단어 좀 가려서 써라. 듣기 싫어."

그대로 돌아선 그는 뚜벅뚜벅 입구로 걸어가 사라졌다. 단어? 듣기 싫어? 가만, 내가 뭐라고 했지? 설마…… 조강지처? 아니면 이기적이란 표현? 음, 전자일 확률이 높았다. 하긴 그런 말은 민나영 자신을 깎아내리는 단어다. 결혼도 안 한 주제에, 다 퍼준 것처럼 조강지처라니. 너 정말 다른 남자랑 연애를 할 마음이 있는 거니, 없는 거니?

저 혼삿길을 저가 막고는…….

생각해 보니 무척 커다란 실수를 저지른 것 같다. 그렇다고 이미 뱉어버린 말을 어쩌겠는가.

1. 정말 그 여우랑 헤어져서 상심한 마음에 만만한 민나영을

아리송한 남자

건드린 것이다.

2. 나 갖기엔 싫고 남 주긴 아깝다, 라는 해묵은 진리를 실천 중이시다.

3. 그녀에게 생긴 다른 남자가 사나이의 자존심을 건드릴 만한 상대라 괜히 깽판 치고 싶은 마음이다.

4, 정말, 진심으로 뒤늦게서야 민나영의 소중함을 깨달았다.

일단 가능성있는 상황을 추려보면 저 네 가지로 요약할 수 있겠다. 과연 김영태의 속내는 무엇일까. 그 네 가지 중 어떤 상황이더라도 콧방귀를 뀌어줄 만큼 마음은 멀리 떠났지만, 궁금한 건 사실이었다. 앞으로의 연애를 위해서도, 이 녀석의 의도를 알아야겠다는 생각이 들었다.

어떤 경우든 마음껏 비웃어 주리라!

그리고 하나 더.

전에 못 죽인 10분의 9를 마저 처리해 주마.

얼마나 이 민나영을 우습게 봤으면 그딴 행동을 하지? 네 가지 중 어떤 것이라도 기분 나쁜 것이지만 가장 나쁜 건 2번이다. 첫사랑 한번 제대로 더럽게 망가진다. 진흙탕에 빠지는 건, 차였다는 그 사실 하나만으로도 충분했는데 어째서 사랑의 기간, 감정, 그 전체에 머드팩을 묻히지 못해 안달인 건지.

그렇게 뒤늦게 발광하면, 이미 쩍쩍 갈라진 사랑의 표면이 반질반질해질 것 같니?

응? 대답해 봐. 김영태.

라면이 담긴 까만 봉다리를 달랑달랑 들고서 깊은 생각에 빠져 엘리베이터에서 내리는데, 갑작스러운 힘이 휙 끌어당겨 나영은 고개를 번쩍 들었다. 누구겠는가, 낮도깨비 한도진이지.

이 남자 오늘 왜 이러는지 모르겠다. 아까 전에도 간 것처럼 굴다가 쑥 나타나더니, 지금도 벌써 집에 들어간 줄 알았더니 그 차림 그대로 엘리베이터 옆에서 기다리고 있었나 보다. 도진은 나영의 손목을 힘주어 쥐고서 제멋대로 아래층으로 내려가고 있다.

"어, 어디 가요? 나, 라면 먹어야 해."

"먹어."

참 깔끔하게도 대답해 주신다.

"끓여야 먹죠!"

"끓여."

아으! 참말로!

철컥! 현관문을 열고 강제로 나영을 끌고 들어간 도진은 그대로 주방의 싱크대 앞에 나영을 세워놓고는 제 갈 길로 갔다. 나영은 멍한 얼굴로 잘난 싱크대를 바라보고 서 있었다. 이건 또 뭐냐?

"먹어."

"끓여."

아리송한 남자

그러니까 그 두 명령형 동사를 잘 버무려서 순서를 착 바꿔보면, 끓여서 먹으라는 소리다. 어디서? 바로 이 인텔리전트 키친에서. 구조는 308호와 똑같은데 설비 하나는 진짜 좋네. 그나저나 정말 웃기는 남자다. 보기도 싫은 추리닝 바지 차림의 여자가 제 집 주방에서 라면 끓여 먹는 꼴을 지켜보시겠다고?

아니면, 라면을 두 개 산 걸 알고서 제 것까지 끓이란 소린가? 하긴 밤을 새고 어디서 뭣짓을 하고 왔는지 모르니, 저쪽도 속이 쓰릴 수 있다. 나영의 이마에 핏대가 섰다. 발소리가 들려 상체를 휙 틀었다. 소매 단추를 열고 있는 남자를 노려보며 소리쳤다.

"그쪽 것까지 끓이란 말이에요, 지금?"

"한도진."

"그래요. 한도진 씨 라면까지 끓이라고?"

"한번 잘 끓여봐."

……그, 그러죠.

이상하다. 더 화내야 하는데, 라면을 먹겠다고 하는 남자 때문에 화가 싹 가시고 있었다. 전혀 입에도 대지 않을 것처럼 생긴 남자가 의외로 재깍 대답해 줘서일까? 아아, 모르겠다. 내가 왜 어째서, 황금 같은 휴일에 다른 남자의 주방에서 라면을 끓이고 있어야 하는 걸까? 그것도 끓여서 바쳐야 하는 이유는 뭐냐구.

"있잖아요. 계란 넣어요?"

그런 것까지 묻는 이유는 뭐냐? 완전히 대놓고 충성이잖아!

"원하시는 대로."

도진은 거실 한쪽에 놓인 책상에 앉아 노트북에 집중한 채 건성으로 대답했다. 널찍한 어깨, 그 곧은 등을 보고 있자니, 라면 하나쯤은 거둬 먹여줘도 괜찮을 것 같다는 생각이 든다. 저 정도의 남자랑 연애를 할 예정인 무릎 나온 추리닝의 여자라. 뭐, 라면쯤 바쳐도 절대 손해 보는 장사는 아니니까.

저쪽이 성실하게 협조를 해줄지는 미지수지만, 아무튼 찐한 연애를 하고 나면 적어도 김영태와의 십삼만 원보다는 더 나은 감정의 영수증이 남지 않을까. 만약 제대로 된 열정의 교류가 오고 간다면이라는 단서가 붙어야 가능한 일이겠지만 말이다.

팔팔 끓는 물에 면을 풍덩 넣으며 나영이 슬쩍 물었다.

"저기요, 외박했어요?"

도진은 담배를 물고서 팩스로 넘어온 자료를 읽어 내려가고 있었다. 손을 안 쓰고도 담배를 필 수 있구나. 별게 다 놀랍다. 그것보다 소매, 목의 단추를 열고서 일하고 있는 도진의 모습이 신선했다. 처음엔 말짱한 백수인 줄만 알았더니, 이제 보니 백수란 게 더 안 어울리는 모습이다. 머리카락이 그 반듯한 이마로 살짝 흘러내린 모습이 더 뭐랄까…… 야성적이라고 할까, 자유로워 보인다고 할까, 편안해 보인다고 할까. 그래, 섹시하다, 고 해 주지.

대답은 안 해줄 모양이다, 포기하고 스프를 탈탈 털어 넣는데 도진의 목소리가 들렸다.

"일했으니까 다른 오해는 사양하지."

빈 라면 봉지에 빈 스프 봉투를 쏙 집어넣는 나영의 입가에 빙긋 미소가 걸렸다.

설거지를 마치고 돌아보니 도진은 소파에 길게 누워 읽고 있던 책을 가슴에 얹은 채 잠들어 있었다. 이 남자의 말대로라면, 오전까지 일하고 퇴근한 거니 피곤한 게 당연하다. 무방비하게 잠든 그를 보는 게 또 신기했다. 쿠션에 뒷머리를 기대고서, 얼굴이 아래로 약간 기울어져 있다. 머리끝에서 다리 끝까지 누워 있는 길이를 보니, 길기도 하다.

가슴에 얹혀 있는 섬세한 손가락도 하나하나 길다. 이 남자는 아무튼 다 길다. 감겨 있는 짙은 눈꼬리도 길고, 싸가지도 길게 민나영의 뺨을 후려치고…….

나영은 도진의 옆에 쪼그리고 앉아 그의 얼굴을 물끄러미 들여다보았다. 하얀 얼굴이다. 어떤 색의 옷을 입어도 잘 어울리는 건 이 피부 탓일 가능성이 크다. 부드럽게 흘러내린 머리카락을 치워줄 요량으로 손을 뻗었는데, 그 피부를 만져 보고 싶어서 손등으로 살짝 뺨을 쓸었다. 만지다 보니 높은 콧날이 시선을 잡아끌어 또 슬쩍 손가락 끝으로 그어 내려갔다. 그러다 보니, 그 끝에 입술이 걸려 있어 이번엔 엄지로 입술을 살살 만졌다. 탄력 있는 입술은 감촉도 좋았다.

민나영은 변태다.

거기서 끝내야 했는데, 입술 아래로 또 시선이 가서 턱을 살짝 만져 보고, 열린 셔츠 단추 너머로 섹시한 목선과 쇄골이 궁금해 미치겠어서 손을 쑥 집어넣었다. 아아, 그때는 살짝, 이어야 했는데 어째서 쑥, 같은 무식한 행동을 한 걸까.

덕분에 도진이 눈을 번쩍 떴다. 그 긴 속눈썹이 위로 끌려 올라가면서, 쌍꺼풀이 짙게 졌다. 피곤이 잔뜩 묻은 눈이었다. 나영은 쪼그리고 앉은 채 바짝 굳었다. 일났다!

뚫어져라 쳐다보고 있는 도진. 나영은 자신도 모르게 손을 뻗어 도진의 눈앞을 왔다 갔다 하면서 중얼거렸다.

"졸린다. 너는 지금 졸린다. 졸린…… 죄송합니다."

언제나 사고만 치고 만다. 최면이 통할 거라고 생각한 민나영이 한심하다. 응징은 바로 들어왔다. 그대로 붙잡혀서 소파로 덜렁 들려 올라갔다. 도진의 가슴 위에 놓여 있던 책은 나영 대신 바닥으로 떨어졌다. 대신 나영이 그 위치를 차지했다.

도진의 두꺼운 가슴 위에서 그를 덮쳐 누른 꼴이 된 나영이 차마 시선 둘 데를 찾지 못하고 쏟아내듯 말했다.

"그, 그것이. 방해 안 할 테니까 좀 놔주면 안 될까요? 지금 나 추리닝 입었거든요? 게다가 라면도 먹었고……."

뻗어온 커다란 손이 나영의 뺨과 귓불을 동시에 덮고서 너무나 감미로운 손길로 만지작거렸다. 아래에서 지그시 올려다보며 그가 말했다.

"진짜, 해버릴 것 같아. 사랑이란 거."

나영의 얼굴에 확 피가 몰렸다.

지금 내가…… 무슨 말을 들은 거지? 하지만 사람의 혼을 쏙 빼간 도진의 팔은 천천히 묵직해지더니 아래로 툭 떨어졌다. 그대로 눈을 스르르 감고서 잠이 들었다. 나영은 눈을 깜빡거리며 도진을 내려다보다가 벌떡 일어나 그의 품에서 일단 벗어났다. 턱을 쥐고서 곰곰이 생각해 보았다.

1. 자기가 뭔 말을 한 건지 기억 못할 가능성이 크다.
2. 다른 여자로 착각하고 한 말일 가능성은 더 크다.
3. 잠꼬대로서, 헛소리였을 가능성이 가장 크다.
4. 집어치워라. 라면 먹고 자면 눈이나 붓는다.

나영은 지갑과 휴대폰을 챙겨서 돌아섰다. 몇 걸음 걷다가 문득 멈춰 서서 도진을 돌아보았다. 그는 여전히 깊은 잠에 빠져 있었다.

사랑 같은 것에 구애받을 것 같지 않은 남자.

하지만 그가 하는 사랑은 어떤 건지 궁금해진다. 그 대상이 나라면…… 이라는 생각을 했다가 깜짝 놀라고 만다. 그게 지금 그와 자신의 관계, 그 이상도 이하도 아니었다. 어쩐지 안타까움이 밀려들어 나영은 얼른 208호를 떠났다.

Act 4

연애 감정

⟨**마**음속의 사랑은 써놓고 보내지 않은 편지와 같다.⟩

야근이 끝나니 시간은 벌써 열 시였다. 피곤해서 잘 움직이지 않는 다리를 질질 끌어 집에 도착하니 시간은 열한 시에 육박했다. 나영은 핸드백을 팽개치고 침대에 벌렁 누웠다. 멍하니 천장을 올려다보고 있자니, 바로 아래에 있을 남자가 떠올랐다.

제대로 된 연애, 시작하자고는 했는데 또 만나지 못한 기간이 일주일은 훌쩍 넘어가고 있었다. 바쁜 남자였다. 집에 들어오지 않을 때가 더 많은 것 같고, 더 웃긴 건 그 흔한 전화 한 번, 메시지 한 번 안 보낸다는 것이다. 그러니 이쪽에서도 보낼 이유가 없다. 물론 마음은 굴뚝같았지만, 전혀 생각하고 있지 않을지도 모른다는 두려움이 문자를 찍어보던 손가락에 경련을 일으키며 그만두게 했다.

사랑, 이라고 표현할 수는 없었지만.

아무튼 그런 비스므리한 감정을 시작하는 여자 쪽의 공통적인 감정은.

연락이 안 되는 동안, 저쪽이 혹시라도 이쪽에서 먼저 연락해주기를 기다리는 건 아닐까 하고 기대한다는 것이다. 저쪽이 용기가 없어서 망설이고 있을 때, 때마침 이쪽에서 먼저 연락을 해주면 저쪽이 곧 용기를 얻어 오래지 않아 적극적으로 나오지 않을까 생각한다는 것. 완전히 이쪽의 조바심을 그대로 드러내는 웃긴 사고방식이 아니고 무엇인가.

하지만 남자 쪽이 소심한 경우는 거의 없다, 는 게 슬픈 현실이었다. 남자들은 생각보다 그렇게 용기가 없지 않다. 아무리 바빠도, 혹은 조금의 망설임은 있을지언정 저들이 좋으면 바로 연락을 때리는 적극적인 족속들이다. 여자들처럼 망설이고 망설이며 재고 또 재보는 그런 성격들이 되지 못한다. 연락이 없다는 건, 절대 연락을 못하고서 소심하게 욕망을 죽이고 있는 게 아니다. 그럴 마음이 없다는 것일 뿐.

지금 나영의 가슴 안에는 쓰기만 하고서 부치지 못한 편지가 차곡차곡 쌓이고 있었다. 물론 아직 사랑은 아니다. 확실했다. 그냥 궁금한 것일 뿐이다. 바쁜 건 이해하지만, 이쪽도 만만치 않게 바쁘지만, 그 바쁜 와중에 가끔은, 아주 가끔은 이쪽 생각을 조금이라도 할까. 그게 궁금하고 또…… 그랬으면 좋겠다는 기대를 하게 된다.

사랑에 폭 빠지지는 않았을지라도, 무언가가 조심스럽게 시작된 건 사실이니까.

"……정말 모르겠어!"

나영은 시트에 뺨을 묻고서 곰곰이 생각해 보았다.

왜 이렇게 혼자 불안해하고 있는 걸까. 꼭 처음 자고 난 후, 상대방의 연락을 기다리는 여자처럼. 아니, 정말 그런 여자라고 해도 무방하다.

몸을 허락하고 나면 여자 쪽은 아무래도 더 조바심을 낼 수밖에 없지 않나. 한 번 잔 걸로 신비감이 떨어진 건 아닐까. 흥미도가 쑥 내려간 건 아닐까. 볼 장 다 봤으니 이젠 마음이 바뀐 건 아닐까. 설마 배신을 때리는 치사한 짓을 하는 건 아닐까.

어쩔 수 없이 그런 생각이 든다. 그래서 자나 깨나 전화를 기다리고 벨소리 하나에도 움찔 반응하게 되는데…….

"내 경우는 더 참담해."

나영이 그럴 수밖에 없는 게, 이미 자버렸으니 데미지 하나. 저쪽은 연애에 그렇게 목매는 것 같지 않아서 데미지 둘. 이쪽은 한 번 실연당한 경험이 있기 때문에 작은 일에도 소심해진다는 데미지 셋. 그 연애를 저쪽 남자가 알고 있다는 사실에 데미지 넷.

에휴, 그만 하자. 온통 데미지인데 더 따지면 뭘 해.

나영은 옷을 벗어 던지고 브래지어와 팬티 차림으로 욕실로 들어갔다. 그리고 뜨거운 물을 받아 속옷을 마저 벗어 던지고 욕조 안으로 들어갔다. 몸을 푹 담그니 그나마 기분이 나아졌다. 씻고 나가서 뭔가 달콤한 걸 먹어야지. 그럼 기분이 좀 더 좋아질 거야. 한참을 욕실에서 머무르다가 나왔다.

그러나 달콤한 걸 먹겠다는 결심은 잊은 채 침대에 털썩 누워서 습관적으로 핸드폰을 들었다. 순간 나영의 눈이 공처럼 커졌다.

부재중 전화 한 통. 그건, 잘못 본 게 아니라 한도진이었다.

나영은 벌떡 일어나 앉아 휴대폰을 만지작거렸다. 부재중 전화가 찍힌 시간은 십 분 전. 어떡하지? 전화를 해볼까? 집에 있는 걸까? 지금 이 아래층에 있다는 거? 하지만 시간이 너무 늦었어. 〈쿨〉하게 넘겨 버리고서 내일 오전쯤에 무슨 일이었냐는 듯 짐짓 무심한 어조로 전화를 해보는 게 이쪽의 이미지 상 더 낫지 않을까? 그리고 저쪽이 먼저 전화를 해올 수도 있으니까, 부재중 전화 글자가 찍힌 걸 보자마자 홀랑 전화해 버리는 것보다야 백배 나은 효과를 거두겠지.

"내가 지금 무슨 밀고 당기기를 하고 있는 거람."

나영은 기가 차서, 성질대로 버튼을 꾹 눌렀다.

재고 따지고, 됐다 그래라. 그런 거 한다고 갈 남자가 안 가는 것도 아니고, 올 남자가 안 오는 것도 아니다. 이미지 관리? 아무리 해도 떠날 놈은 떠난다.

김영태가 그랬다. 아아, 어째서 내 사랑학 임상실험 대상자는 그 골빈 녀석 하나뿐인 걸까. 좀 더 다양하게 경험을 했으면 지금 이 시점에서 더 많은 가설을 세울 수 있었을 텐데.

이런 바보! 그럼 바로 이 남자도 임상실험 대상자로 치면 되잖아. 그렇게 되면 다음번엔 좀 더 풍부한 자원을 가진 상태에서 연애, 란 걸 해볼 수 있게 되는 거 아냐? 그래, 그거 아주 좋은 생각이야. 게다가 한도진 정도면 제대로 된 임상실험 대상자지. 좋아, 아주 좋아. 적당해. 큭큭.

[전화해서 아무 말 안 하고 웃기만 하는 건 무슨 경우지?]

으앗! 벌써 전화를 받았나 보다. 너무 건설적인 생각에 빠져 있다 보니 깜빡 정신을 놨다.

"아아, 미안해요. 다른 생각 하다가. 아니, 그건 아니고 아무튼, 전화했었어요?"

[두 가지 중 하나라고 생각했지.]

"뭐가요?"

[자고 있다. 아니면 마시고 있다.]

섹시한 목소리로 무슨 탐탁지 않은 상상을 하고 있는지 모르겠다.

"야근하고 지금 들어왔어요. 욕실에 있어서 못 받았어요."

가만, 숙녀가 이런 말을 함부로 해도 되나? 나, 너무 경각심이 없는 거 아니야? 이런 거, 남자한테 매력없는 건데.

연애 감정

[잤군, 욕실에서.]

저쪽도 경각심이 없기는 마찬가지다. 기껏 그 뿌연 수증기로 아롱지는 욕실을 두고서 생각하는 게 그것입니까?

"그런데 어쩐 일로 전화를 다 하셨어요?"

[비꼬는 건가?]

"다분히 자연스럽게 물어본 건데요?"

[보고 싶으니까.]

순간 심장이 철렁했다.

[라고 대답하는 게 연애, 란 거지. 흠, 그런 건가.]

뭘 혼자서 연애학개론을 검토하고 계신지 모르겠다. 그러니까 저는 아무런 감정도 없는데 일반론이 그렇다는 걸 혼자 피력하고 계시다는 거? 아아, 왜 이렇게 얄밉지?

"할 말 없으면 끊을래요."

휴대폰을 내리려는데 이어진 도진의 말이 나영의 동작을 멈추게 했다. 그대로 나영의 심장을 꽉 조여 버린 그의 말이었다. 나영이 어떤 반응도 하지 못하자 도진은 전화를 끊었다. 나영은 멍하니 휴대폰을 쥔 채 앉아 있었다.

피곤한 기색이 역력히 묻어나는 꽉 잠긴 목소리이긴 했지만……

아무런 대꾸도 할 수 없었다는 게, 뒤늦게 가슴을 쳤다. 완전히 동요한 꼴이 되어버린 걸까? 아직은 그런 마음이 되고 싶지 않다. 아니, 그런 마음이 되어가고 있다는 게 들켰을까 봐 신경이 쓰인다. 감정이란 것, 왜 이렇게 점점 치사해지는 건지 모르겠다.

그가 한 말은,

[……그런데 정말, 보고 싶었던 것 같아.]

편지 잘 받았어요?

그를 보면 묻고 싶은 말이었다. 써놓고 부치지 않은 그 많은 편지를 이 남자는 봉투 끄트머리라도 봤는지 모르겠다. 운전을 하고 있는 그를 물끄러미 보며 그런 생각을 하고 있었다.

도진에게서 연락이 온 건, 그날로부터 사흘 후였다. 퇴근 시간에 맞춰 회사로 오겠다고, 낮도깨비처럼 메시지를 툭 보내왔다. 쳇, 이쪽 사정은 없는 줄 아나? 저가 시간 날 때 연락하면 나는 뭐 무조건 예스, 할 거라고 생각하는 거야, 뭐야.

하지만 정확히 퇴근 시간이 되자 벌떡 일어난 나영은 홀딱 내려와 도진을 기다렸다. 겉과 속이 완전히 다른 이 여자를 낳고도 엄마는 미역국을 드셨겠지.

"얼굴 뚫리겠군."

너무 쳐다보고 있었던 모양이다. 나영은 속마음이 들킨 것 같은 민망함에 고개를 돌렸다.

"나만큼 보고 싶었단 걸로 해석하지."

그 시점에서 나영은 심각하게 고민했다. 〈나만큼〉이라는 세 글자가 들어가서 문장의 의미 자체가 변했다. 사람을 살살 놀리던 말속의 조소가 사라져 있는 것 같다. 먼저 자신의 상태부터 솔직하게 인정하는 저런 바람직한 태도는 며칠 동안 일하면서 혼자 터득한 걸까?

이럴 때는 혼자 고민하고 있는 것보다 물어보는 게 낫다. 그래, 용기를 내자.

"나, 보고 싶었어요?"

"그랬는지도."

대답을 꼭 구렁이 담 넘어가듯 피한다. 확답하기는 싫다, 이건가?

"무슨 대답이 그래요? 자기 마음을 자기가 잘 모르겠다는 의미잖아요."

"그건 아니고……."

뭔가 상당히 어려운 걸 생각하는 듯한 표정을 짓고 있다. 깊이 생각하면 반듯한 미간이 찌푸려진다. 그런 변화를 지켜보는 게 어느새 나영을 즐겁게 만드는 몇 가지가 되었다.

"이따금씩, 아니, 자주 생각이 났는데 그게 궁금한 건지, 보고 싶은 건지 잘 분간이 가지 않았어. 그런데 생각해 보니까 그 두 가지가 다를 게 없더군. 결론은 하나던데, 알려줄까?"

갑자기 급브레이크를 밟는 바람에 나영은 앞으로 쏠린 몸을 가까스로 추슬러야 했다.

철컥!

안전벨트 풀리는 소리가 들리는 동시에 나영의 턱이 번쩍 들렸다. 위에서부터 덮어온 뜨거운 숨결. 그가 나영을 힘껏 끌어안고서 고개를 뒤로 크게 젖히게 한 채 혀를 깊이 섞었다.

"으응……."

나영은 입술을 크게 벌리고서 그의 하중을 받아냈다. 숨 막히는 압박, 입 안의 살점까지 깨물어가며 공격적으로 이어지는 키스였다. 미처 흡수되지 못한 타액이 흘러내렸다. 뜨거운 혀가 나와서 나영의 턱을 모조리 핥았다. 그대로 잘근잘근 씹어 내려가면서 목덜미를 깊이 빨아들였을 때, 그의 손은 이미 나영의 가슴을 힘껏 비틀어 쥐고 있었다.

"도진 씨…… 으응…… 차…… 지나가잖아요. 하앗……."

걱정된다는 소린지, 더 해달라는 소린지.

차마 끝맺지 못한 말이 다시 그의 입술 안으로 빨려 들어갔다. 블라우스 위, 젖가슴의 정점 위치에서 도진의 손가락이 에로틱하게 움직였다. 몇 번 굴리지 않았을 때, 유두는 꼿꼿이 자신의 존재를 드러냈다. 엄지로 꾹 눌렀다가 손가락의 면으로 부드럽게 원을 그렸다. 나영의 턱을 짚고 내려간 더운 숨결이 블라우스째로 유실을 왈칵 물었을 때, 나영은 허리를 튕기며 매달리듯 도진의 목을 감싸 끌어당겼다.

시트가 뒤로 넘어가는 동시에 블라우스의 단추가 바쁘게 풀어져 나갔다. 세 개 정도밖에 열리지 않았을 때, 이미 다급해진 손은 안으로 들어와 브래지어를 위로 밀어 젖혔다. 창피하게도 단단하게 서버린 유두를 나영은 스스로도 느꼈다. 그녀는 도진의 단단한 어깨와 목선 사이에 얼굴을 묻고서 파르르 떨리는 몸을 진정시켜야 했다. 엄지와 검지로 유실을 집고서 마치 다치기 쉬운 무언가를 만지듯 한참을 만지작거리고 동글동글 그리던 도진이 입술을 가까이 가져왔다. 그대로 단단한 망울이 입술 틈으로 쏙 빨려 들어가자 나영은 탄성을 흘리며 고개를 뒤로 젖혔다.

그 상황에서도, 차 유리가 은밀해서 다행이구나 생각했다.

허벅지를 타고 은근한 손길이 올라오자 나영은 더 참지 못하고 상체를 벌떡 일으켰다. 그의 가슴을 한 손으로 밀면서 다른 손으로는 블라우스의 앞섶을 움켜쥐었다. 졸지에 뒤로 밀린 도진이 욕망이 가시지 않은 눈으로 나영을 들여다보았다.

"왜?"

"더는 안 돼요. 아직…… 깜깜하지도 않고, 불안해요."

"깜깜하면 되는 건가."

장난하려고 말한 게 아닌데, 낮게 웃고 있다. 정말이지 갈수록 미운 남자다. 아니, 생각해 보니 처음엔 더 미웠나?

"키스…… 해줄게요. 지금은 여기서 그만 해요."

도진의 눈이 살짝 커졌다. 그가 흐트러진 옷매무새를 바로잡고는 자신의 자리로 돌아갔다. 어슴푸레 어둠이 깔리는 시간이었다. 나영은 블라우스의 단추를 잠그고 가만히 앞을 바라보았다. 도진도 팔짱을 낀 채 앞을 보고 있었다. 나영은 머리카락을 손가락으로 대충 쓸어내리고서 도진을 돌아보았다.

"지금 뭐 해요?"

"기다리는 중."

"에…… 키스요?"

얼굴이 제멋대로 달아오른다.

"깜깜해지는 것."

맥이 차악 빠진다. 그러니까 키스보다 어떻게든 마지막까지 가고 싶다는 소리입니까! 그럴 거면 키스 따위 안 할래. 사람이 나름대로 용기 내서 한 말인데, 그런 하찮은 취급을 하다니.

"이봐."

"민나영이요."

나영에게는 이름 부르라더니, 저가 부를 때는 이봐, 어이다.

"그래, 민나영. 심장 끊어질 것 같으니까 빨리 해."

"네?"

"키스."

도진이 천천히 고개를 돌려 나영의 뺨을 쓸고 머리카락을 귀 뒤로 넘겨주었다.

"심장이…… 끊어져요? 댁도?"

"한도진."

"그래요. 한도진 씨도?"

"말이 많아."

저런 남자라서, 심장이 끊어질 쪽은 이쪽이 되어버린다.

나영은 천천히 얼굴을 가져갔다. 머뭇머뭇하던 손을 뻗어 도진의 뺨 바로 위에서 멈추고 말했다.

"잡아도 돼요?"

도진이 부드러운 눈매로 고개를 끄덕였다. 양손으로 가볍게 뺨을 감싸는 순간, 손가락 끝이 가볍게 떨렸다. 이미 마지막까지 간 사이에 이런 설렘은 도대체 뭔지 모르겠다.

"눈 감으시죠?"

"설마."

도진이 말도 안 된다는 듯 고개를 저었다. 나영은 어쩔 수 없이 자신 쪽에서 눈을 질끈 감고서 각도를 살짝 틀어 그의 입술에 자신의 입술을 댔다. 아직 젖어 있는 입술을 머금다가 혀를 움직였다. 섹시하게 열리는 입술 안으로 미끄러져 들어갔다. 첫날, 그렇게 반응없던 차가운 입술은 이제 닿기만 해도 뜨거운 열기를 뿜어내고 있었다. 그 변화의 차이가 무엇일까?

기다리고 있는 그의 혀를 만나 부드럽게 엉켰다. 달콤한 타액을 주고받으며 입술을 섞었다.

각도가 몇 번이나 엇갈리면서 긴 키스가 끝났을 때 나영은 천천히 눈을 떴다. 눈꺼풀이 살짝 들리는 순간, 눈동자에 경악이 찼다. 이 남자, 지금껏 눈을 뜨고 있었다. 설마, 다…… 보고 있었던 것입니까!

"누, 눈 감는 건 예의라구요. 그런 매, 매너도 없어요?"

나영이 파다닥 떨어지면서 투덜거렸더니 도진이 쿡 웃었다.

자신의 입술을 손가락으로 만지작거리면서 시동을 넣었다.

나영은 귓불까지 빨개져서 고개를 푹 숙이고 있었다. CD의 플레이 버튼을 누르자 라흐마니노프의 잔잔한 선율이 차 안을 채웠다. 도진의 낮은 울림을 담은 목소리가 선율을 타고 들려왔다.

"키스란 거, 좋군."

갑자기 비가 내렸다. 남세스러운 일을 치르고서 한참 달릴 때만 해도 날씨가 좋았는데, 예고없이 전면의 유리창에 빗방울이 톡톡 떨어지는 것이다.

"비 오네요."

나영은 차창에 와서 부딪치는 빗줄기를 바라보며 중얼거렸다.

"춥진 않아?"

"네, 괜찮아요."

하지만 도진은 에어컨을 껐다.

"양수리 쪽으로 나가볼까 했는데 안 되겠군."

가까운 유턴 구역에서 도진이 차를 돌렸다.

"괜찮아? 분위기 좋은 카페에 갈 생각이었는데, 괜히 내가 미안해지는군. 오랜만에 만난 건데."

어쩐지 마음이 들뜬다. 이렇게 배려를 해주는 사람이었나, 싶을 정도로 좀 놀랍기도 하고, 또 고맙기도 하면서도 왜 저러지? 의심스럽기도 하고.

오랜만에 만난 건 사실이지만, 딱히 특별한 장소에 데리고 가지 않아도 되는데. 그는 정말 제대로 된 연애를 하고 싶다는 걸까? 오로지 그 사실에만 충실한 걸까, 아니면 마음이 먼저 민나영이라는 여자를 즐겁게 해주고 싶단 걸까.

〈사랑은 불이다. 아무에게 불을 붙여서는 안 된다.〉

그 진리를 이 남자는 알고나 있을까. 천천히 이쪽의 가슴에 모닥불이 지펴지고 있다는 걸. 그래서 그가 조금만 산소를 불어넣어도 여기 이 여자는 금세 활활 타오를 수도 있다는 걸.

기대하게 된다는 건 기쁜 일이지만, 그만큼 두렵고 어려운 것이기도 하다.

차는 다시 서울로 돌아가고 있었다.

"제대로 된 연애를 하기엔 시간이 너무 부족하군. 시간을 많이 못 내서 미안해. 불만스러우면 평소처럼 투덜거려도 좋아."

나영은 쿡 웃었다. 그러다가 토라진 어조로 말했다.

"미안하지만 바쁜 분은 그쪽만이 아니거든요? 이래 봬도 이 사람도 할 일 많은 직장인에 친구도 많은 사람이라구요. 무작정 남자만 목 빠져라 기다리고 있는 사람처럼 말하지 않았으면 좋겠네요."

도진이 빙긋 웃으며 유연하게 핸들을 돌렸다.

"말인즉슨 나와 관계없어도 할 일은 많으시다?"

"아무렴요."

"그래도 난, 민나영이 나와의 시간만을 기다렸으면 좋겠는데. 욕심인가?"

심장이 두근두근 뛰기 시작했다.

"다, 당연히 욕심이죠!"

말 몇 마디로 상대방의 심장을 조절할 수 있는 건, 사랑의 끈을 쥐고 있는 상대편만의 특권일까.

아아, 그 남자 참. 자꾸만 설레게 해서 기대하게 되면 나더러 어떡하라구.

"자, 바쁜 민나영 군. 이틀에 한 번 정도는 한도진에 대해 생각하나?"

군, 은 뭡니까.

"……집요한 질문이네요."

"중요한 질문이기도 하지."

"그 질문 그대로 돌려 드릴게요. 한도진 씨는 어떤데요?"

"흐음."

도진이 미간을 살짝 찌푸리며 정면을 응시하다가 말했다.

"그런 질문을 받으니까 정말 연애하는 것 같군."

꼭 막판에 저렇게 맥 빠지게 하신다. 지금껏 진짜 연애를 하는 것 같다고 좋아하고 있었더니, 역시 저 남자는 철썩 안도하기엔 위험한 상대일까?

"내 경우는, 이틀도 길어. 하루에 두 번은 꼭 생각하니까. 습관처럼."

 나영은 빨갛게 달아오른 얼굴을 감추기 위해 괜히 창밖을 보는 척을 했다. 동시에 속으로는 득실(得失)에 대해 따지고 있었다. 하루에 두 번이라. 가만있어 봐. 난 몇 번이더라?

 아침에 일어나자마자, 출근하기 전에 아래층으로 내려가면서, 지하철에 타서 할 일 없을 때 자연스럽게, 점심 먹고 커피 마시면서 멍하게 한 번 더, 퇴근길에 또 지하철에서, 아파트에 도착해서 엘리베이터에 타면서 당연히, 잠들기 전에 문자 오지 않았나 휴대폰 살피면서…….

 아아, 돌겠네. 너무 많잖아! 이건 정말 밑지는 장사야. 이건 연애가 아니야. 이 남자는 역시 날 놀린 거였어.

 괜히 서운해서 뾰로통해 있는데 도진이 말했다.

 "아침에 일어나서 점심때까지, 점심 먹고 잠들기 전까지. 그럼 손해 본 거 아니지?"

 이 사람이 정말!

 나영은 확확 열이 오르는 눈으로 도진을 노려보았다. 남의 머릿속에, 아니, 심장 속에 들어와서 한바탕 휘젓고 간 것도 아닌데 어째서 그렇게 잘 알 수 있는 거냐 말이야. 어쩌지? 이 남자는 연애의 프로였던 거야? 아니지, 처음부터 알고 있던 사실이었는데 이제야 다시 깨닫다니.

 이건 긴급 사태였다. 베테랑 바람둥이 앞에서 어떻게 해야 목숨을 보존할 수 있을까? 뒤늦게 경각심이 들고 있다. 하지만 그런 말은 싫지 않아. 하루 종일 생각한다는 말, 그냥 사탕발림일 수도 있는데 어째서 이렇게 심장이 뛰는 걸까.

노골적으로 씨익 웃고 있는 도진에게서 짓궂은 기운이 넘어왔다. 그런데도 화를 낼 수 없다. 나 지금 상당히 만족하고 있소, 라는 얼굴로 그를 바라보고 있을 테니 뭘 어쩌리오.

"자, 민나영은 어떻지?"

발언권은 자신에게 넘어왔다. 그렇다고 묵비권을 행사하면, 창밖으로 던져질지 모른다.

나영은 막다른 길로 몰린 기분으로 심각하게 고민했다. 대놓고 있는 그대로 대답해? 아니, 그건 때려죽여도 하기 싫다. 이건 자존심 문제가 아니라, 서투른 대응이 되는 것이다. 남자 쪽에서 꿀을 바른 말을 살살 흘렸다고 해서 이쪽도 똑같이 솔직했다간, 나중에 뒤통수 맞을 때 쪽팔린 과거의 경험이 하나 더 늘 뿐이다. 어쨌거나 마지막까지 신비주의로 가는 게, 어떤 연애든 오래갈 수 있는 방법이 아닐까. 잡힐 듯 안 잡히고, 보일 듯 보이지 않는 것. 그것이 바로 길게 가는 연애의 왕도인데.

그렇게 잘 알고서도 차인 민나영, 너는 뭐냐?

"흠흠, 나는……"

아무튼 잔머리를 굴려가며 대답해 보려고 입을 여는 순간 도진의 휴대폰이 울렸다. 그가 반듯한 이마를 찡그리며 액정을 흘끗 보다가 곧 빠르게 손을 뻗어 폴더를 열었다. 그 분위기로 문득 생각한 건데, 무척 그의 신경을 잡아끄는 전화인 것 같았다.

나영은 대답할 타이밍을 놓친 채 물끄러미 도진을 바라보고 있었다.

[사장님, PI(경영혁신) ERP 프로젝트 수주 건에 문제가 생겼습니다.]

휴대폰 밖으로 남자의 다급한 목소리가 터져 나왔다.

"그게 무슨 말이야? 내가 마지막까지 다 확인하고 나왔는데, 말이 되는 소리를 해."

[그게…… 막판에 컨소시엄에서 타사의 소프트웨어를 제안했습니다.]

"기다려. 곧장 갈 테니."

휴대폰을 닫는 도진의 얼굴이 더없이 딱딱하게 굳었다. 나영도 동종의 일을 하는 사람으로서 어느 정도는 알아들을 수 있었다.

"도진 씨, 일이…… 잘못된 거예요?"

지금 같은 때는 안 묻는 게 나을 것 같기도 하지만, 그렇다고 무심하게 입 꽉 다물고 있는 것도 이상할 것 같아 결국 물어보는 걸 선택했다.

IAP 코리아가 하는 일은 ERP(전사적자원관리) 시스템 구축을 위한 솔루션 소프트웨어를 제공하는 것이다. 그러기 위해서는 일단 국내 대기업들이 시스템 구축 사업권을 보다 많이 획득해야 했다. 그래야 대기업이 추진하는 사업에 소프트웨어를 제공할 더 많은 기회가 생기는 거니까.

나영이 알고 있는 건, 이번에 경영혁신(PI)을 위한 시스템 구축 사업권을 놓고 국내외 IT 업체들이 치열한 경합을 벌였다는 것이다. 규모 백삼십여억 원의 거대 프로젝트였다. 사실 현재까지는 주로 외국계 컨설팅 회사들이 사업권을 독식해 온 것이나 마찬가지였다. 그래서 업계에서도 올해 역시 외국계 IT 기업에게 사업권을 내주는 게 당연할 것이라 예견하고 있었는데, 놀랍게도 업계 최초로 국내의 컨소시엄 사에서 이번 공기업 PI · ERP 프로젝트 사업권을 획득한 것이다. 바로 그 컨소시엄 사와 IAP 코리아 간에 소프트웨어 수주 건에서 차질이 빚어진 모양이었다.

도진은 잠시 생각하는 것 같더니 찬찬히 입을 열었다.

"내 실수였어. 마지막까지 지켜봤어야 했는데."

나영은 괜히 자신까지 미안해졌다. 그는 그 거대 규모의 일정을 두고 시간을 냈던 것이다. 설마 나 하나를 위해서, 라는 생각은 들지 않았지만 아무튼 만나고 있는 건 자신이니까.

"시간을 많이 못 내서 미안해. 불만스러우면 평소처럼 투덜거려도 좋아."

이제야 방금 전 그가 한 말이 진심이었다는 것을 가슴으로 느꼈다. 더없이 기쁘고 가슴 따뜻할 상황인데, 악재가 끼어서 좋은 마음을 가질 여유도 없었다.

"한도진, 모자란 인물이군."

그가 빙긋 웃었다. 걱정하지 말라는 뜻일까? 안심시켜 주려는 그라서 더 마음이 무거웠다.

"자, 칠칠치 못한 인물은 망해도 싸지. 그나저나 오늘 시간은 여기에서 끝내야 할 것 같은데, 이래저래 마무리도 못하고 어떻게 한다?"

"그렇게 말하지 말아요. 분명히 내 탓도 있잖아요. 그렇게 자기만 흉보면 내 마음이 편해질 거라 생각해요? 잘못 짚은 거예요."

화난 목소리로 쏘아붙이고 있는 나영을 흘끗 쳐다보며 도진이 싱긋 웃었다.

"객관적으로 실수한 건 사실이니까 한 말이외다. 그렇게 삐치지 마시게."

"난 괜찮으니까 이 근처에서 세워주세요. 얼른 회사 가봐야죠."

"아니. 적어도 하나는 제대로 마무리하고 싶어. 집까지 태워주지. 그래야 마음이 편할 것 같아."

나영은 단호하게 고개를 저었다.

"아니요. 저 여기에서 내려주세요. 나온 김에 커피 마시고 들어가고 싶어요. 아! 저기 보이네요. 이층에 커피숍 있잖아요. 〈들꽃〉이래. 이름도 예쁘다. 나 저 앞에서 내릴래요."

도진은 물끄러미 나영을 보다가 이내 아무 말 없이 차를 정확히 커피숍 앞길에 세웠다. 비는 계속 내리고 있었다. 그나마 보슬보슬 내리는 비라 다행이었다.

"우산도 없으면서."

도진이 투덜거리는 듯한 어조를 흘린 건 처음이지 싶었다. 나영은 그런 그의 모습이 왠지 귀엽다는 생각을 했다. 절대 이 남자와 어울리는 단어가 아닌데.

"얼른 가보세요. 가끔 비도 맞아줘야 키가 자란대요."

호호. 난 꽃이잖아요. 다른 때라면 그런 말도 덧붙여 주려 했지만, 급박한 도진의 앞에서 그런 실없는 소리까지 흘릴 정도로 눈치가 없지는 않았다. 한 마디 한 마디 내뱉는 모든 말에 신경이 쓰였다. 되도록 밝은 분위기를 만들어주고 싶은데, 그게 오히려 오버일 것 같아 뭐가 적당한 대응인지 모르겠다. 그는 아무런 내색도 하지 않는데.

그가 생각보다 더 진지하고 내성이 강한 사람이라는 걸, 오늘 느낄 수 있었다. 이렇게 어른스럽게 대응할 수 있는 그가 부럽다.

차 문을 열고 내리려는데 도진이 불렀다. 나영은 반쯤 밖에 걸친 자세로 도진을 돌아보았다. 도진의 긴 눈매가 잔잔하게 나영의 얼굴을 훑었다.

"좀, 많이 민망하군. 집에 들어가면 메시지 보내줘. 기다릴 테니까."

뭐라고 말을 해야 할까. 지금은 한없이 그의 얼굴만 들여다보고 있고 싶어진다. 하지만 허락된 시간은 많지 않았다. 그의 따뜻한 마음 한켠을 본 것만으로도 이렇게 행복해질 수 있다니.

이거 어떡하지? 어쩐지 불안해. 이 마음이 치즈에 퐁당 빠진 식빵 같아서.

겨우 대답할 수 있었다.

"신경 쓰지 말고 일해요. 도착하면 귀찮을 정도로 메시지 보낼 거니까 각오해요."

나영은 멍하니 창밖을 바라보고 있었다. 조용한 음악이 카페 전체를 적시고 있었는데, 주인의 센스가 돋보이는 선곡이었다.

쇼팽의 〈빗방울 전주곡〉이라······.

슬프고 아련해서 구슬프기까지 한 피아노 선율이 정말 빗방울이 되어 내리기라도 하듯 나영을 조금씩 젖어들게 하고 있었다. 창밖에는 진짜 빗방울이, 카페 안에는 피아노의 빗방울이 똑똑, 떨어지고 있다.

쇼팽이 이 곡을 작곡할 당시의 일화는 널리 알려져 있다. 폐결핵으로 삶을 얼마 남겨두지 않은 쇼팽은 연인 상드와 햇살이 좋은 남쪽으로 요양을 떠났다. 어느 날 늦은 귀가를 서두르고 있는 상드, 그날 자신의 불안한 마음처럼 비가 추적추적 내리고 있었다. 그런 상드를 기다리는 쇼팽, 그는 피가 섞인 기침을 하면서도 피아노를 치고 있었다. 억수같이 쏟아지는 비를 헤치고 상드가 집으로 돌아왔을 때, 집 안에서 일어나고 있는 풍경이란.

쇼팽의 건반 위에서 더 세찬 빗방울이 흘러넘치고 있었던 것이다.

삶과 죽음, 그리고 사랑이 섞여 있어 더욱 애잔한 곡이 아닐까.

연인을 두고 생을 접어야 하는 쇼팽. 그리고 그가 떠나도 남아 있어야 하는 상드. 평생 쇼팽이 가슴에 품고 다니던 상드의 편지에는 상드의 마음이 표현된 짧은 문장이 적혀 있었다고 한다.

〈나는 당신을 열렬히 사랑합니다.〉

지금 나영도 조용히 그 비를 맞고 있었다.

"우산도 없으면서."

"좀, 많이 민망하군. 집에 들어가면 메시지 보내줘. 기다릴 테니까."

쇼팽에게 상드의 한 문장이 가장 귀한 언어였다면, 나영에게는 요즘 들리는 도진의 모든 목소리가 아름다운 음악이고 소중한 보물이었다. 귀로 빗방울을 느끼며 눈으로 창밖을 바라본다.

인정해야지.

아무래도 난…… 그 남자를 사랑하는 것 같아.

Act 5

그치지 않는 빗방울 전주곡

그로부터 한 달.

그리워하는 사람은 전혀 보지 못했는데 짜증나는 누구는 하루도 쉬지 않고 찾아오고 있었다. 정말이지 궁금한 사람은 메시지 한 통 안 보내고, 필요없는 인간은 휴대폰에 불이 날 정도로 난리인 것이다. 전자는 한도진이요, 후자는 김영태.

어이, 김영태! 너 돌았니? 미쳤니?

하도 안 받았더니, 그 녀석이 머리를 썼는데 공중전화에서 전화를 걸어 발신자 번호를 은폐하는가 하면 발신번호 제한이라는 마지막 방법까지 거리낌없이 써대는 것이다. 도착한 메시지는 몽땅.

〈만나서 얘기하자. 한 번만 만나자, 응?〉

대충 그런 의미가 문장의 순서만 바뀌어서 연일 폭격처럼 쏟아지고 있었다. 영태의 속을 모르겠다. 하지만 굳이 알 생각도 없어 절대 답장은 보내지 않았다.

비 오던 날 집에 도착하자마자 메시지를 보내라고 했던 인물께서는, 그 이후로 감감무소식이었다. 물론 나영은 바로 메시지를 넣었는데 말이다.

〈잘 들어왔어요. 일은 잘되고 있는 거죠? 걱정돼요. 무리하지 말고 해요. 하지만 무리가 필요하면 파이팅!〉

그런 앞뒤가 전혀 안 맞는 메시지였다. 〈들꽃〉 카페 앞에서는 메시지를 보내는 순간 답장을 보낼 것처럼 굴더니, 사태가 생각보다 더 심각한지 답장은커녕 코빼기도 안 보인다. 이따금씩 아래층으로 내려가 기웃거려 보기도 하고, 초인종도 눌러봤지만 안에선 어떤 반응도 없었다. 결국 경비 아저씨에게 물어서 도진이 약 일주 전에 한 번 들렀다는 사실을 알아냈다. 아마도 옷이나 기타 등등을 챙겨 갔으리라. 그 후로는 완전히 빈집이라고 하니.

"흥, 아무리 바빠도 그렇지, 짧은 문자 하나 보내주는 게 그렇게 힘드나? 손가락이 부러지나?"

나영은 한 달 동안 퇴근하자마자 바로 집으로 직행하는 모범적인 삶을 살고 있었다. 언제 이 남자가 귀환할지 모르니 대기하고 있자는 취지였다. 그래서 그 좋아하는 술도 작파하고 이리 성실한 삶을 살고 있건만······.

그 뒤의 심정은 차마 슬퍼서 기술하지 않으련다.

[너 아주 옴팡 빠졌구나? 조심해. 좀 잘해준다고 헬렐레 빠졌다가 나중에 울 일, 반드시 있다.]

요즘 통 만나주지 않았더니 삐친 건지, 정혜가 전화를 걸어오자마자 공격적으로 퍼부어댔다. 정혜의 전화가 혹시나 도진에게서 걸려온 게 아닐까, 하고 기대하고 있었던 나영은 내심 실망해서 불퉁한 어조를 내뱉었던 것이다.

"네가 웬일?"

바로 그런 식으로.

[야, 솔직히 말해서 그 규모의 회사에 그 직책에 그 인물에, 우리하고는 레벨 차이가 있잖아? 그런 남자들은 결국 지들 물에서 여자 찾아서 결혼한다구.]

좀 따돌렸기로서니 이렇게 적나라하게 후벼 팔 건 뭐냐구.

"누가 모른대? 그리고 내가 언제 그 남자랑 결혼한다니?"

[어머, 그럼 뭐야? 왜 만나고 있는 건데?]

"그거야, 그냥 연애. 연애하고 있는 거잖아. 그쪽도 그렇고."

[그러니까 더 위험하지! 우리 나이가 몇이니? 결혼은 생각하

지도 않고 연애만 하자니, 그 남자 싹수가 노란 거 아니니?]

나영은 슬슬 치밀어 오르는 화딱지를 가라앉히려고 안간힘을 써야 했다. 남자 문제 때문에 친구와의 우정에 스크래치를 낼 수는 없으니까.

너 심정혜, 후딱 사과하고 반성 안 할래!

하지만 정혜는 반성의 기미는커녕 계속해서 염장만 지르는 것이다.

[바이런 왈, 남자의 사랑은 그 일생의 일부요, 여자의 사랑은 그 일생의 전부다. 정신 똑바로 차리고 있어, 이 기집애야. 남자는 어차피 낮에는 꽃 따라 밤에는 별 따라 헤매는 종족일 뿐이야. 바로 눈앞에 민나영이 있어서 잠시 쫓는 것뿐이라구. 안전빵을 찾아. 그 남자는 솔직히 너무 위태롭다. 매듭지어질 확률이 너무 적잖아. 안 그래도 실연당한 지 얼마 되지도 않는 것이 상처를 즐기는 것도 아니고 뭐 하는 거니? 아아, 물론 널 무시하는 건 아니야.]

"이 기집애야. 충분히 무시당하고 있거든?"

[애가 또 우정을 짤로 보네. 그게 아니라니까. 내 우정은 무조건 친구의 등을 떠밀어주는 경솔한 게 아니야. 잘못된 길을 들어가려는 친구에게 충고를 해주는 게 내가 생각하는 우정이라구. 못 믿어? 못 믿니?]

"아아, 몰라몰라. 사랑 같은 거 아니야. 그냥 남보다는 더 관심이 가는 것뿐이야. 정말이라니까. 못 믿니? 못 믿어?"

똑같이 돌려주었다. 정혜는 이렇게 대답했다.

[그래, 못 믿어. 너 지금 심각한 상황이야. 스스로는 모르고 있겠지만 아주 위험하다구. 내가 널 모르니? 김영태랑 사귈 때 어땠어? 그 녀석이 전부인 줄 알았지? 언제 한 번 한눈이라도 판 적 있었어? 근데 결국 결과가 뭐니?]

나영은 새어나오려는 한숨을 본능적으로 막았다. 정혜만큼 자신을 잘 아는 사람도 없다.

"겨, 결과가 뭐가 어때서? 김영태 그 인간, 요즘 계속 연락하고 있다구. 다시 만나자고 난리란 말이야. 그래도 내가 연애, 잘못한 거라고 말할 수 있어?"

[글쎄, 나도 모르겠다. 아무튼 똑똑하게 행동해. 너한테 남자 경험이라곤 김영태 하나뿐이잖아. 그 남잔? 적어도 쭉 세워놓으면 열 맞춰 몇 줄은 될 거다. 무조건 다 바치지 마. 내 말은, 연애하는 건 좋은데 너도 챙길 건 챙기고 남길 건 남기란 소리야. 올인하지 말라구. 알았지?]

걱정되어서 하는 소리란 건 안다.

하지만 나영이 눈물을 머금을 수밖에 없는 건, 이미 남길 것 따윈 없는 것 같다는 자괴감이었다. 사실 이대로 뻥 차여도 민나영은 건질 게 하나도 없었다. 이미 몸도 주고, 마음도 주고. 이게 도대체 뭐 하는 짓인지 모르겠다.

걱정할 거란 거 알면서도, 아무리 생사가 걸린 일에 집중하고 있다고 해도 문자 한 통 보내지 않는다는 사실은 이미 끝난 거라고 보는 게 옳지 않을까. 차마 그 말까지 정혜에게 상담하지 못하는 건, 사실로 인정하기가 두려운 것이 아닐지.

또 열한 시. 야근이 잦은 직장이다. 코딩한 프로그램이 잘 돌아가는지 테스트하느라 이 시간까지 회사에 잡혀 있었다. 막차를 타고서 꾸벅꾸벅 졸고 있는데, 바지 주머니에 넣어둔 휴대폰이 진동했다. 또 김영태인가 하고 눈살을 찌푸렸지만, 금세 나영의 눈에서 졸음기가 싹 가셨다.

전화는 아니고 메시지였다. 오매불망 기다리던 한도진, 원수 같은 남자에게서 온 것.

〈어디? 다 끝내고 겨우 돌아왔는데 없군. 신고도 없이 어딜 돌아다니시나?〉

이렇게 뻔뻔한 남자다. 그런 남자를 목 빼고 기다리고 있었던 자신이다. 나영은 답장 버튼을 눌렀다가 곧 그만두었다. 휴대폰으로 입술을 꾹 누르며 가만히 고민해 보았다.

이건 명백히 제멋대로인 행동이다. 자신의 볼일이 다 끝나니 연락을 해왔다. 한도진에게 민나영이란 존재는 자신이 한가할 때만 생각나는 사람인가? 자존심 상해서 미치겠다. 서운해서 정말 속상하다.

"내 경우는, 이틀도 길어. 하루에 두 번은 꼭 생각하니까. 습관처럼."

거짓말쟁이. 완전히 꿀 바른 말만 흘리는 바람둥이. 가볍고 가벼운 남자. 속을 줄 알고?
하지만 너그럽게 뒤집어서 생각해 보면.
일이 끝나자마자 누구도 아닌 민나영에게 연락을 했다. 물론 그가 다른 사람에게 먼저 연락을 했는지 안 했는지는 지금 알 수 없다. 하지만 현재 시간과 이 기다리는 듯한 문장을 잘 혼합해 보면, 최초로 연락한 사람이 민나영이라고 생각해 볼 수도 있다는 사실이다.
모르겠다. 어떤 면을 믿어야 하는 걸까. 그저 〈쿨〉하게 '응. 연락이 왔구나? 일이 끝난 모양이네?'라고 생각할 수는 없는 걸까. 감정이 옅으면 그런 건 충분히 가능하다. 예를 들어, 김영태에게 차이고 몇 주일 동안은 미친 듯이 그 녀석의 연락을 기다렸다. 하지만 지금은 어떤가. 아무리 연락을 때려도 소 닭 보듯 액정에 뜬 영태의 이름을 지켜볼 수 있지 않은가. 〈쿨〉할 수 있다는 소리다. 어디 그뿐인가. 귀찮기까지 하다. 감정이 옅은 탓이다. 옅기는커녕 보기도 싫다.
그렇다면 한도진에 대한 감정은?
'아무래도 난…… 그 남자를 사랑하는 것 같아.'
그날 빗방울 전주곡을 들으며 가슴까지 스며드는 그를 느꼈다.

빨리 도착했으면 좋겠어.

결국 마지막 내린 결론은 그것이었다. 그 남자가 한때의 필요로 민나영을 찾든, 그의 뇌 속에서 민나영이란 존재는 아주 작은 점일 뿐이든 중요하지 않았다. 자신이 그를 보고 싶고, 그의 연락에 이렇게 미칠 듯이 설렌다는 것.

나영은 천천히 휴대폰을 열었다. 그리고 메시지를 작성해서 망설임없이 전송했다.

〈지금 퇴근하는 길이에요. 금방 갈게요.〉

그것이면 됐다. 마지막을 정해두고 시작하는 사랑이 어디에 있을까. 마지막에 슬픈 사랑은 있어도, 시작부터 슬픈 사랑은, 없으니까.

그가 없는 동안 자신의 삶 곳곳에서 찾았던 비극을 이제 그 남자에게 돌려주려 한다. 너도 한번 받아봐라! 라면서 그의 면전에 대고 던져 줄 것이다. 복수의 의미가 아닌, 이제 비극은 필요없어도 된다고 안심하는 내 모습을 보여주려 한다. 당신이 기다리고 있으니까.

숨도 쉬지 않고 208호까지 달려왔다. 초인종을 누르고서 오랫동안 보지 못해 이제 가물가물하기까지 한 남자의 얼굴이 나타나기를 기다렸다. 얼마지 않아 천천히 문이 열렸다. 하지만 가장 먼저 보고 싶었던 그의 얼굴은 다른 것에 의해 막히고 말았다.

나영을 기다리고 있던 건, 짙은 향기를 확 풍기는 붉은 장미 다발. 그것이 문이 열린 순간 나영의 시야를 가로막았다. 굳어 버린 나영의 시선이 천천히 장미를 훑었다. 위에서 그 남자의 목소리가 떨어져 내렸다.

"너무 늦었나?"

대놓고 물으면 대답할 말이 없다. 그렇다고 투정부리기도, 아니라고 착한 척하기도 싫다. 장미를 받아 들어야 하는데 나영은 곧장 뜀박질하듯 뛰어올라 도진의 목에 매달렸다. 헐렁한 검은색 니트를 입고 있는 남자의 얼굴이 생각보다 더 까칠했다. 면도는 깔끔하게 되어 있는데, 어쩐지 안타깝기만 하다.

나영이 매달리는 순간 도진의 몸이 뒤로 잠깐 밀렸다. 겨우 나영을 받아내고서 그녀의 등에 팔을 둘러 꽉 끌어안았다. 장미는 이미 현관 바닥으로 떨어졌다. 그의 마음이 뒹굴고 있는 것 같아 아쉬웠지만, 지금은 그를 느끼고 싶었다.

"못 보는 사이에 적극적이 되셨나?"

약간 쉰 듯한 목소리. 낮고 낮은 음성마저 피곤이 묻어 있는 것 같다. 무작정 그의 몸 안에 생기를 불어넣어 주고 싶다는 가당치 않은 생각이 들었다. 원하기만 한다면, 밀쳐 내지만 않는다면 좋겠다. 고개를 살짝 틀고서 그의 입술에 자신의 입술을 겹쳤다. 도진의 몸이 움찔했다.

뭐라고 말을 하려는 듯했지만 나영은 일방적으로 막아버리고

서 겹친 입술을 비벼가며 혀로 까칠한 입술을 적셨다. 촉촉해졌으면 좋겠다. 왜 이렇게 그리운지 모르겠다. 윗입술, 아랫입술 정신없이 빨아가며 혀를 그리다가 그 사이를 갈랐다. 도진의 손이 올라와 나영의 목을 받치고서 고개를 뒤로 홱 꺾었다.

입술이 아프도록 빨렸다. 타액이 섞이고 뒤엉켰다. 각도를 틀어가며 몇 번이고 입술이 겹쳐질 때마다 미처 삼키지 못한 타액이 턱을 타고 흘러내렸다. 압력이 느껴질 만큼 밀착되어 한참 동안 서로의 입술을 게걸스럽게 빨고 핥고 깨물었다. 누가 먼저랄 것도 없이 서로의 옷을, 경쟁하듯 벗겨 내렸다.

도진의 헐렁한 티셔츠가 바닥으로 떨어지고 나영의 칠부 남방이 그 위로 흘러내렸다. 두 사람의 바지가 동시에 벗겨져 내려가는 순간 도진의 굵은 허벅지가 나영의 다리 사이를 파고들어 은밀한 부분을 찍듯 올려붙였.

나영은 한탄 같은 신음을 흘리며 도진의 등에 손톱을 세웠다.

"……열렬한데?"

도진이 잠깐 입술을 떼고 갈라진 목소리로 입술 위에서 속삭였다. 나영은 고개를 한껏 젖혀, 이미 흐릿해진 눈으로 그를 올려다보며 말했다.

"사랑해…… 줘요."

도진의 눈동자가 흔들렸다. 입술에 쪽 짧은 키스를 하고는 눈꺼풀에, 콧등에, 이마에, 뺨에 수없이 자잘한 키스를 퍼부었다. 나영은 도진의 벗은 등을 만져 내려가며 그의 입술이 닿을 때마다 짙은 신음을 흘렸다. 한 손으로 나영의 이마를 쓸어 올린 도진이 한참을 이마에 손을 얹은 채 그녀를 내려다보며 쉰 목소리로 중얼거렸다.

"오늘…… 미쳐 볼까?"

진지한지 장난인지 모르겠는 어조.

나영은 정신없이 고개를 끄덕였다. 첫날부터 무조건 오케이인 정말 웃긴 여자다. 하지만 자조 같은 것도 돌지 않을 만큼 그에게 빠져 있다. 그를 원한다. 이미 몸은 뜨거워져서 자신도 감당할 수 없을 정도였다. 그의 손이 닿은 순간부터, 아래는 이미 젖어 있었다. 이건 정말이지, 너무나 충실한 본능이 아닌가.

"해줘요."

창피하다는 걸 따질 겨를이 없었다.

"뭘?"

이마를 쓸던 손을 아래로 내려 턱을 눌렀다. 열리는 입술에 혀를 곧장 밀어 넣고 닿는 대로, 잡히는 대로 모조리 샅샅이 핥고 맛보았다. 내부의 점막을 깨무는 순간 나영이 쾌락 섞인 비명을 질렀다. 다른 손이 움직여 허벅지를 파고들더니 곧장 위로 올라가 팬티의 이음매를 길게 쓸었다.

"하아…… 빨리 안아줘요."

나영은 파르르 떨며 몸을 휘게 해 그에게 허벅지 사이를 더욱 노출시키며 재촉했다. 입술은 한시도 떨어지지 않고서 축축한 소리를 흘렸다. 질척하게 혀가 섞이는 음이 두 사람의 중추신경을 민감하게 자극했다.

팬티의 이음새가 젖혀지는 순간 긴 손가락이 나영의 안으로 곧장 파고들어 왔다. 딱딱한 이물이 몸 안으로 들어오는 참을 수 없는 감각에 나영은 비명 같은 소리를 삼키며 도진의 머리카락 속에 손톱을 박아 꽉 끌어당겼다. 나영의 한쪽 다리를 들어 올린 도진이 손가락을 움직이자 나영은 허리를 떨면서 헐떡거렸다. 상체가 휘어지면서 어쩔 줄 몰라 하자 도진은 입술을 겨우 떼고 다른 손으로 브래지어 위에서 젖가슴을 그러쥐었다. 비틀면서 손가락으로는 그녀의 안으로 거칠게 출입했다.

뜨겁고 부드럽고 질척한 그 내부가 그의 내부에 화르르 불을 지폈다. 나영의 손을 끌어 단단한 자신의 욕망에 가져가자 나영은 흠칫 놀라는 것 같았다. 귓가에서 도진의 낮은 목소리가 들렸다. 짙은 애원이 담긴 음성······.

"제발······."

그가 자신에게 부탁하고 있는 것이다. 애원하고 있었다. 나영은 파르르 떨리는 손으로 팬티 겉에서, 무서울 만큼 단단해져 있는 욕망을 천천히 움켜쥐었다. 도진의 목에서 한숨이 짙게 토해져 나왔다. 나영은 말할 수 없는 쾌감을 느꼈다. 그를 조종할 수 있다. 이 작은 움직임으로도 도진을 움직이게 할 수 있는 것이다. 딱딱한 기둥을 따라 움직이던 손을 천천히 거두자 도진의 손가락이 나영의 안으로, 더 들어올 수 없을 만큼 깊숙이 찔러 들었다. 항의하는 것처럼, 벌주는 것처럼.

나영은 쾌감으로 입술을 깨물며 도진의 팬티 안으로 손을 넣었다. 순간 도진이 더 참을 수 없다는 듯 팬티를 벗어 던지고 나영의 한쪽 다리를 그대로 위로 올렸다. 벽으로 밀어붙인 채 숨이 끊어질 만큼 격렬한 힘으로 삽입했다. 나영의 목에서 헝클어진 신음 소리가 터졌다.

하지만 벽에 납작하게 깔린 나영도, 그녀를 밀어붙이고 있는 도진도 다음 순간 괴롭게 얼굴을 찡그려야 했다.

"……힘들군."

도진이 젖은 숨을 토해내며 나영의 다리를 더 올려 힘주어 자신을 찔러 넣었지만, 그게 생각보다 쉽지 않았다. 깊숙이 삽입이 이루어지지 않은 채 도진도 헐떡이고 있었고, 나영도 숨을 몰아쉬고 있었다. 나영은 천천히 아래를 내려다보았다. 순간 나영의 눈에서 폭발이 일었다. 만질 때부터 어쩐지 이상하긴 했지만……. 공포로 나영의 낯빛이 하얗게 질렸다.

도, 동네 사람들……. 아무래도 나…… 변강쇠랑 연애를 하는 것 가, 같아요오.

이걸…… 기뻐해야 하나요, 아니면 슬퍼해야 하나요.

무섭게 팽창한 도진의 욕망은 만질 때보다, 그러니까 약 1.5배는 더 부풀어 있었다. 그를 흥분시킬 수 있는 사람이 자신이라는 것에 뿌듯함을 느끼는 건 사실이지만, 사태가 이 정도면…… 살상 무기다. 과연 이 상황을 긍정적으로 받아들여야 하는 건지 아닌지, 마음이 복잡했다.

첫날 벌집이 된 이유가 바로 여기에 있었던 것이다. 그러니까 섹스 메커니즘의 돌연변이. 이 남자의 정체를 그동안 깜빡하고 있었다니.

"너무…… 빡빡해."

아웃! 내, 내가 여기서 짚고 넘어갈 게 있는데요. 빡빡한 게 아니라…… 그쪽의 사이즈 문제가……. 어째서 엑스라지로……. 으앗…….

"아, 아파……. 어떡…… 아앗……!"

나영도 이미 충분히 젖어 있었음에도 이 모양이었다. 도진은 나영의 한쪽 다리를 더욱 높이 올려 고정시키고서 눈을 맞춰왔다. 대뜸 짙은 키스를 하더니 입술을 떼는 순간.

"참아라!"

외치고 그대로 푹 찔러 넣었다.

"으앗!"

나영은 또 한 번 벌집의 악몽을 떠올리며 도진의 어깨에 손톱을 꽉 박고 내리눌렀다. 어떻게든 초반 삽입의 고통을 줄여보고자 그를 밀어냈지만, 이건 절대 본심이 아니라는 걸 그가 알아주었으면 좋겠다. 싫다는 게 아니라, 좀 살살…….

나영의 엉덩이를 움켜쥔 도진이 그대로 허리를 올려붙이자 나영은 도진의 어깨를 꼬집듯 세게 쥐고서 어떻게든 자신도 맞춰보기 위해 허리를 움직였다. 그대로 폭풍처럼 격렬하게 도진이 움직이자 나영은 입술을 깨물며 가슴을 뒤로 젖혔다.

"아앗! 좀 처, 천천히…… 도…… 도진…… 씨…… 이, 앗! 거, 거기…… 아, 아파. 아웃! 아, 아니……. 아파, 조, 좋아…… 아파…… 아웃!"

나영은 숫제 말을 하는 건지, 광란을 보이는 건지 자신도 모르는 채 정신없이 비명을 흘리고, 지르고, 삼켰다. 따라가기에도 벅찬 도진의 움직임에 다리 전체가 경련을 일으켰다. 도진의 힘에만 의지해 버티고 서 있는 것이었다. 밀어 올려붙여질 때마다 벽에 마찰된 등에서 통증이 일었다.

"하아, 드, 등……. 도진 씨, 나 등이……. 아아, 좀 천천 흐억……!"

이건 정말 개그를 하는 건지, 애원을 하는 건지.

나영의 등에 손을 뻗어본 도진이 한쪽 눈썹을 살짝 찌푸리더니 나영의 손목을 꽉 잡고서 자신을 뺐다. 나영은 겨우 살았다는 안도감에 눈물까지 찔끔 새어나왔다. 하지만 고개를 들어 도진을 본 순간 나영의 입이 딱 벌어졌다. 욕망에 탁해진 검은 눈동자는 뜨겁게 활활 타오를 뿐이었다. 그대로 나영을 뒤로 돌리자 나영은 고개를 돌려 등 너머로 도진에게 사정했다.

"아, 저기……. 나 아직 뒤로는…… 게다가 지금 우린 직립 보행자세……. 아무래도 불가능……."

"멈추는 게 더 불가능해."

나영의 등 뒤에서 두 팔을 움켜쥔 도진이 그대로 하나로 모아 등 위에 포갰다. 한 손으로 나영의 두 손목을 그러쥔 채 다른 손으로 다리를 벌리게 하고는 그대로 다시 삽입했다. 나영은 현관을 채 벗어나지도 못하고 장식장에 가슴을 댄 채 뒤에서 도진을 받아들여야 했다.

"으앗! 혀, 현관…… 차, 창피하잖아…… 요. 아아…… 좀…… 그러니까…… 하윽!"

아아, 이게 무슨 남세스러운……. 으앗! 아픈데…… 이건 아무래도 수치스러운 자세로서…… 사람의 눈을…… 봐야지…… 수, 숨바꼭질을 하는 것도…… 아니고…… 으응, 근데 뭐가 이렇게 좋아져…… 허억…… 이건 또…… 뭐니…….

출입이 반복될수록 나영의 허리는 더욱 내려가고 상체는 더 젖혀져 그를 가장 깊은 곳까지 받아들이게 되었다. 자발적인 참여로 등이 휘자 도진의 삽입이 더욱 깊고 거세졌다. 뒤에서 껴안은 채 목을 만져 내려가다가 브래지어를 젖혀 올리고서 젖가슴을 비트는 순간 나영은 미친 듯 비명을 질렀다.

아아…… 아파? 아니…… 좋아서 미치겠다.

나…… 내가 죽거든…… 쾌락에 미쳐 죽었다고…….

유두를 손가락으로 비튼다. 그 와중에도 피스톤 운동은 멈추지 않았다. 피부끼리 부딪치며 마찰하는 소리가 질척하게 울렸다. 땀으로 젖어가는 나영의 등을 따라, 척추 한 마디 한 마디를 전부 짚어가며 혀를 그려 올라갔다. 나영의 어깨를 강제로 세워 더욱 강하게 찔러 올리는 순간, 나영은 자지러질 듯한 비명을 지르며 뒤로 그의 가슴에 무너졌다. 도진은 가뿐하게 받아내고

그치지 않는 빗방울 전주곡

서 그대로 나영을 끌어안아 소파로 옮겨갔다.

나영은 두 눈을 팔로 가린 채 숨을 몰아쉬다가 천천히 눈을 떴다. 가쁜 숨을 헐떡이며 팔 너머로 그를 올려다보니 도진의 촉촉한 입술이 땀으로 흠뻑 젖은 나영의 어깨에 입을 맞추고 있었다. 그렇게 빗장뼈 타령을 하더니 어깨에 한참을 키스하던 뜨거운 입술이 가슴으로 내려왔다. 브래지어를 풀면서 깨물어 옮겨갈 때마다 온몸에 불길이 일었다. 붉은 입술이 빨아들이는 흔적을 따라 깊은 화인이 남겨졌다. 나영은 심장이 터질 듯한 짜릿함에 온몸을 떨었다.

"저, 저기요. 나 물어볼 거 있는데······."

빨간 유실을 잘근잘근 물고 있는 도진의 머리카락을 움켜쥐고 나영이 말하자 도진이 입술을 떼고 손끝으로 유실을 굴려가며 상체를 들었다.

"뭐가?"

"그게······ 더······ 할 거예요?"

그러니까, 싫다는 건 아니었다. 아무래도 한 번 멈췄기 때문에, 당신의 그 부담스러운 두께를······ 길이를, 굵기를······ 다시 집 안으로 들이기가 힘들지 않을까 하여······.

차마 그 말은 못하고서 더듬거리고 있자 도진이 나영의 가슴 위로 철퍽 쓰러졌다. 보드라운 젖가슴을 손바닥으로 둥글게 그리는 등, 마치 엄마 젖을 만지는 아들 같은 요상한 행동을 하다가 갑자기 짙은 한숨을 내쉬었다.

나영은 왠지 미안해서 두 손으로 자신의 눈을 가리고서 소심하게 말했다.

"차, 참아볼게요. 대신 끄, 끊어서 두 번⋯⋯ 그러면 안 돼요."

단번에 삽입해 주시오, 를 최대한 순화해서 표현한 말이었다. 그게 나영이 할 수 있는, 최대의 양보였다. 가슴 쪽에서 도진이 쿡 웃는 소리가 들렸다. 아무래도 수작이었던 모양이다. 상체를 일으키는 게 느껴졌다.

"입 벌려."

다시 시작된, 이성을 흐리게 하는 달뜬 키스. 입술이 떨어져 나가는 순간, 턱을 옹골지게 물더니 나영이 놀라서 비명을 앗! 지른 순간 씩 웃으며 그대로 또 침입했다. 나영은 숫제 달달 떨면서, 마치 들이박듯이 하는 그를 받아들여야 했다.

이건 무슨⋯⋯ 망치입니까? 드릴이십니까?

이후로는 반은 헐떡거리면서 한없이 흔들려야 했다. 찔러 올릴 때마다 온몸의 피가 몰려서 몽글몽글 타닥타닥 멋대로 응집되었다가 타 들어갔다. 소파가 삐걱거리며 흔들렸다.

"아! 앗! 읏!"

밀릴 때마다 온갖 요상한 소리가 입을 타고 제멋대로 터졌다. 그건 확실히 쾌락 탓도 있었지만, 강제적인 힘의 차이로 인한 물리적인 이유 탓도 컸다. 몸이 흔들릴 때마다 불기둥이 아래를 지지는 것 같은 충격에 온통 얼얼했다.

그치지 않는 빗방울 전주곡

"아파…… 아웃, 그, 그만 해요."

벌집, 그거 또 가능하다는 소리였다.

"그만? 그럴까?"

그건 또 싫다! 자신도 모르게 그의 목을 꽉 끌어안았다. 그때 도진의 입가에 어떤 미소가 돌았는지, 지금 정신이 반쯤은 나가 있는 나영이 알 리가 없었다. 어떤 움직임으로 미소가 지어졌는지.

도진은 쉬지 않고 만지고, 쓸어내리고, 탐했다. 어느 순간부터 그 움직임이 더 이상 버틸 수 없을 정도로 빨라졌을 때 나영은 몸을 휘며 미친 듯 고개를 내저었다. 허리에 힘이 들어갈 때마다 뭐라고 표현할 수 없는 감각이 나영의 몸을 지배한다는 사실이었다. 고통스럽기도 하고 미친 듯 세포가 분열되는 것 같기도 한, 불규칙한 그 모든 감각. 그것은 분명 참기 힘든 쾌락의 한 종류였지만 그 하나로 구분할 수도 없는 것이었다.

가슴을 쥐고 있는 커다란 손에 결정적인 힘이 들어가 아프도록 비틀렸을 때, 도진은 나영의 밖에서 울컥울컥 자신을 토해냈다. 동시에 나영도 온몸을 떨며 절정에 올랐다. 겨우 살아난 느낌, 이건 전쟁 중에 들은 휴전 소식보다 더한 안도감이었다.

나영은 주체할 수 없는 감각 밖으로 더듬더듬 기어나왔다.

돌려받은 호흡을 다스리고 있는데, 부드러운 키스가 입술 위로 떨어졌다. 녹아내릴 것 같은 다정한 입맞춤이 인사처럼 다가와서 촉촉하게 지속되었다. 나영은 희미하게 떴던 눈을 다시 천천히 감고서 그의 입맞춤을 느꼈다. 쪽, 입술에서 떨어져 나간 입술이 나영의 동그란 코끝에 내려앉았다가, 관자놀이를 누르고, 다시 가쁜 숨을 몰아쉬고 있는 입술을 상냥하게 빨았다.

관계 후의 애무가 더 좋다는, 정혜의 말도 틀리지 않았다. 나영은 한없이 따뜻한 기분을 느끼며 도진의 자잘한 키스를 받아들였다. 마치 어미새가 아기새의 부리에 부비듯 온기를 주고받는 입맞춤이 한참이나, 몇 번이나, 몇 군데나 지속되기를 얼마 후.

갑자기 도진이 벌떡 일어나더니 나영을 안아 들었다. 만족감에 축 늘어져 있던 나영이 눈을 번쩍 떴다.

"어, 어디 가요?"

"욕실."

"에? 내, 내가 갈게요. 걸어서 갈래요."

"아니, 같이 들어갈 거니까."

나영의 머릿속이 텅 비었다. 뭔가 짐작이 되는 불안함에 나영은 달달 떨면서 겨우겨우 말했다.

"나, 나만 하면 안 될까요?"

"안 될걸?"

"왜, 왜요!"

"한 번 더 해."

명령조다! 완전 명령조다!

괴롭게도, 여전히 이 남자는 리필을, 아주 좋아했다. 그 섹시한 얼굴로 사악하게도 도저히 정상적인 상태로는 집으로 돌려보내 주지 않겠다는, 굳은 의지를 미소로 흘리고 있었다.

"나, 난 못해요! 더는 못해요!"

욕실 문이 열리는 순간, 문 프레임을 붙들고 낙지처럼 달라붙어 외쳤다. 그러나 간단히 떼어져서 안으로 들어간 순간 문이 탁 닫혔다. 그대로 샤워기 아래에 서서 따뜻한 물살을 맞았다. 물줄기 아래에 나영을 강제로 세워놓고 마주 선 도진이 그녀의 뽀얀 가슴을 둥글게 그리고 내려갔다. 나영은 얼굴이 붉어져서 어떻게든 도망가 보려고 했다. 순간 어느새 엉덩이까지 내려가 주무르던 손에 힘이 빡 들어가 자신에게 확 밀착시켰다. 그 순간 매우 단단하게, 어쩌면, 아니, 도저히 그럴 리는 없겠지만, 그래도 분명히 아까 전보다 약 1.2배는 또 더 커진 것 같은 무언가가, 도저히 이 세상 물체라고 할 수 없는 그 형이상학적인 근육 덩어리가 나영의 깊은 곳을 기다리고 있다가.

마치 ET와 순수한 소년의 감정마냥 조우하는 순간.

"어, 엄마야……."

나영은 꼴까닥 그 자리에 쓰러지고 말았다. 도진 씨, 내 사랑을 의심하진 말기를. 다만 난 아직 그리 익숙지 못하여…….

……야구배트도 배트 나름이지, 너무하잖아요.

하지만 정말 강적인 것은, 한도진 그 남자. 기절한 나영의 뺨을 톡톡 쳐서 급기야 깨워선 그대로 다시 두 번째의 쾌락을 선물하고 받아내고야 말았다는 것이다. 섹스 도중에 다시 반 기절 상태를 느끼며 나영이 흐느끼듯 외쳤다.

"조, 좀 아웃! 주, 줄여요……!"

도진이 힘껏 찔러 올리는 와중에도 쿡쿡 웃음을 터뜨렸다.

"뭐어?"

"주, 줄여요. 가능하면……. 주, 죽이자는 거야? 사랑하자는…… 거야?"

정말이지 꼴까닥, 하고 싶은 심정이었다. 절정을 향해 치달려 가면서 나영이 혼미해진 머릿속으로 중얼거린 말은 그래서.

과유불급. 넘치는 것은 모자람만 못하느니…….

마지막 스퍼트를 가하는 도진의 머리카락을 정말로 미워서 쥐어뜯으며 나영이 외쳤다.

"줄여, 인마!"

그게 마지막 비명이자 애원이었다.

〈별을 좋아하는 사람은 꿈이 많고,
비를 좋아하는 사람은 슬픈 추억이 많고,
눈을 좋아하는 사람은 순수하고,
꽃을 좋아하는 사람은 아름답고,
이 모든 것을 좋아하는 사람은 지금 사랑을 하고 있다.〉

나영은 정확히 천 송이로 이루어진 장미를 이리 보고 저리 보고 고개를 왼쪽으로 틀었다가 오른쪽으로 틀기를 반복하며 앉아 있었다. 턱을 괸 채 그 아름다운 장미 속에서 시각이 헤엄을 쳤다.

별을, 비를, 눈을, 꽃을, 그 모든 것을 좋아하는 자신은 지금 사랑을 하고 있다.

세상 모든 것이 아름다워서 어쩔 수 없을 정도이니, 이게 바로 사랑이겠지. 싱크대에 걸린 국자도 아름답고, 비데의 버튼도 아름답고, 붙박이장의 손잡이가 떨어진 자국마저 아름다워지려 한다. 그중에서 제일 아름다운 건, 208호 남자의 미소.

다만, 사소한 문제가 있다면······.

조금만 줄어들었으면 좋겠다는, 헙! 내가 지금 또 무슨 남세스러운 생각을 하고 있는 거야.

나영은 벌게진 얼굴을 양손으로 문질러 가며 욕실로 후다닥 달려들어 갔다. 문득 거울을 쳐다보는데 벌어진 티셔츠 깃 사이로 온통 붉은 자국이 남아 있었다. 이건 정말, 사람을 씹어 먹다가 뱉어도 이 정도는 아니겠다. 본능적으로 깃을 확 모았다가, 뭐 어때란 생각이 들어 다시 펼쳤다. 그 남자, 정말 식인종인지도 모르겠다.

천천히 손을 씻고 밖으로 나와서 무심코 달력을 쳐다보던 나영의 눈이 커졌다.

"앗!"

깜빡 잊고 있었다. 이제 곧 자신의 생일이 다가오는 것이다. 빨갛게 동그라미 쳐놓은 저 표시는 생리가 끝나는 날 같은 게 절대 아니었다. 이 귀한 존재가 세상에 내림한 날.

그러니까 앞으로 딱 사흘 남았다.

생일에 받고 싶은 선물?

이제 다 커버려서 선물 같은 건 별로 기쁘지 않다. 다만 꼭 함께 있고 싶은 사람은 있다. 그러니까 절대 침대로만 안 가면 되는 분위기의 장소에서 오래오래 키스하면서, 만지기만 하면서 밤을 새고 싶다, 라고 하면 한도진은 들은 척도 안 할 거야.

"그나저나 어떻게 생일을 알리지? 내가 내 입으로 말할 수도 없고."

나영은 심각한 고민에 휩싸였다. 무슨 일이 있어도 함께 지내고 싶은데 적당한 방법이 없었다. 사실 그가 먼저 데이트 신청을 해주면 좋겠지만, 생일이란 것도 모르고 있을 테니 그냥 넘어갈 가능성이 컸다. 또 여전히 바쁜 것 같고…….

나영은 손목시계를 들여다보았다. 아직 저녁 여덟 시다. 그는 퇴근했을까? 만약 집에 있다면 슬쩍 가서, 어떻게든 생일을 함께 지낼 수 있는 방법을 찾아낼 수 있을 텐데.

나영은 곰곰이 생각해 보다가 휴대폰을 열었다. 투다다닷 메시지를 찍어 보냈다.

〈지금 어디예요? 저녁은 먹었어요?〉

이건 그냥 안부 메시지다. 뭐 이 정도는 물어볼 관계는 되니까.
이번 메시지는 또 며칠 후에나 도착해서 또 며칠을 돌아 답장이 오려나, 생각하고 있는데 의외로 바로 메시지 도착음이 울렸다.

〈집.〉

짧기도 하시다. 그래서 뭐 어쩌라고? 바쁘단 소린가? 방해하지 말란 소리?
나영은 침대에 벌렁 누워 〈집〉이라는 한 글자를 멍하니 올려다보았다. 그러다 보니 잠이 솔솔 와서 눈꺼풀이 살금살금 감기려는데, 손에 든 휴대폰이 삐리리 울리는 바람에 번쩍 눈을 떴다. 액정에서 바로 메시지가 쏟아져 내렸다.

〈1분경과. 왜 안 오시나?〉

나영의 입가에 빙그레 미소가 걸렸다. 그런 즉 그렇게 바쁘지 않다는 말씀?
흥! 그렇다고 내가 쪼르르 달려갈 줄 아나? 나영은 핸드폰을 침대에 놓은 채 엎드려서 다리를 달랑달랑 저어가며 턱을 괴고서 액정을 들여다보았다. 역시나 다시 메시지 음이 울렸다.

〈2분경과. 내가 가리?〉

어디, 그 귀한 몸이 움직이시나 볼까?
나영은 여전히 침대에 배를 깔고 누워서 일어날 생각을 하지 않았다. 또다시 메시지 도착 음.

〈3분경과. 당장 달려오시지?〉

큭, 결국 자기가 움직이는 건 절대 안 하는 남자다. 나영은 턱을 침대에 딱 붙이고서 꾹꾹 메시지를 작성해 전송했다.

〈나도 바빠요. 안 갈 거예요.〉

한 번 튕겨줘야 도리거든. 뭐라고 대답이 올까나.
……
하지만 너무 튕겼나? 일 분이 지나도, 이 분이 지나도, 오 분이 지나도 아무런 대답이 없었다. 그 남자 성격에 삐쳤을 리는 없고, 안 온다니까 그냥 그런가 보다, 라고 넘어갔을 가능성이 크다. 이러면 안 되는데……. 적어도 한 번은 더 권해줘야 하는

그치지 않는 빗방울 전주곡

거 아니야? 뒤늦게 휴대폰의 목을 조르듯 틀어쥐고 있는데 메시지 수신음이 귓전을 때렸다. 벌떡 일어나 살펴보니.

〈알현 원합니다. 보고 싶어.〉

이거다, 이거다! 절대 놓쳐선 안 된다. 나영은 그대로 휴대폰을 손에 든 채 날랐다. 어디로? 208호로.

계단을 이용해 아래층으로 내려가서 폴짝 착지하는 순간 나영의 어깨를 살짝 덮는 머리카락이 팔랑거렸다. 몇 걸음 걷던 나영은 스물일곱이나 먹은 주제에 이렇게 폴짝거려선 안 된다는 생각에 걸음걸이를 조신하게 고쳤다. 집에서 오는 길이었지만, 오늘은 무릎 튀어나온 추리닝 차림이 아니었다. 폴로셔츠와 스키니 진이다. 나름대로 다리는 잘 **빠졌다**고 생각하니까 자신 있었다. 숙녀처럼 조신조신 걸어가는데, 뒤에서 하이힐 소리가 들렸다.

이층에 사는 여자려니 하고 돌아보지 않았다. 무척 **빠른** 걸음이었다. 여자가 나영을 스쳐 지나가는 바람에 나영은 여자의 뒷모습을 쳐다보았다. 작고 볼륨 있는 엉덩이가 제일 먼저 보였다. 몸에 꼭 맞는 스커트 정장을 입은 여자는 칠흑처럼 까만 머리카락이 **쫙쫙** 펴져 있어서, 뒷모습만 보면 전형적인 중국 미인이 딱 생각나는 생김이었다. 링링이라든지 칭칭이라든지 그런 이름이 어울리는.

그런데 내가 왜 이렇게 관심있게 쳐다보고 있는 거지? 궁금해하기도 전에 여자가 어떤 문 앞에서 걸음을 딱 멈췄다. 덕분에 또각또각 시끄럽게도 울리던 힐 소리도 멎었다. 나영은 고개를 갸웃했다. 여자가 서 있는 곳은 208호 앞이었다.

'설마 저 여자도 취했나? 나처럼 집을 잘못 찾아온 건가?'

그럴 리는 없었다. 옆모습을 보이며 서 있는 여자는 전혀 취한 기미가 아니었다. 잡티 하나 없는 상앗빛 피부에 앞머리는 뱅 스타일로 잘랐고 입술 색이 선명하게 붉었다. 얼굴을 보니 중국 미인보다는 일본 쪽이 더 어울렸다. 커다랗고 시원스런 눈으로 208호를 한참이나 쳐다보던 여자가 곧 초인종을 눌렀다. 얼마 기다리지 않아 철컥 문이 열렸다.

"……웬일이야?"

분명히 도진의 목소리였다. 아는 사이라는 말이었다. 나영은 바위처럼 굳은 채 서 있었다. 분명 저 앞에 서 있어야 할 사람은 자신인데, 어째서 저 여자가 자리바꿈을 하고 있는 걸까.

"잘 빠져나갔던데?"

여자의 어투는 무척 호전적이었다.

"염려해 준 덕에."

받아치는 어투는 냉소적이었다. 분위기로 봐서는 철천지원수, 아니면 어제 갓 싸운 상대 같은데.

"얘기가 길어질 것 같으니까 들어갈게."

"아니, 돌아가."

도진의 모습이 보이지 않았다. 숙녀를 문 앞에 세워두고 현관 앞까지도 안 나온다는 소리다. 어쩐지 잘하고 있다, 라고 말해주고 싶다. 하지만 아무래도 수상쩍어.

"전화도 안 받으니 찾아올 수밖에 없잖아? 우리가 이렇게 끝날 관계였어?"

과, 관계?

그 단어는 어쩐지 어감이 질척거려서 별로 듣기에 좋지 않았다.

"이렇게 끝날 관계, 맞아."

코빼기도 보이지 않는 도진은 계속 냉소적이었다.

"아무튼 좀 비켜줘. 이대로 돌아가리라곤 생각하지 않지?"

"못 말리는 여자로군."

"이제 알았어?"

"올 사람 있어."

"하! 갑자기 결별을 통보하더니 그게 이유란 거야? 혹시 여자 생겼어?"

겨, 결별?

나영은 머리가 띵 울렸다. 충격도 좋지만, 나름대로 받아들일 수 있는 준비를 한 상태였다면 좀 더 나은 반응을 보일 수 있었을 텐데. 한도진에게 여자가 없으리란 생각은 하지 않았지만, 그 상대가 일본 여자였다니! 아니지, 그게 아니야. 그녀는 분명히 어엿한 한국인일 테고. 아니야, 지금 한국이니 일본이니 그게 중요한 게 아니잖아.

"그만 귀찮게 하란 말이 결별 통보가 되나? 이상하군."

"여자, 생긴 거냐고."

"네가 상관할 일이 아니야."

교묘하게 대답을 피해가는 저 남자의 특징은 여전히 어디에서도 빛나는구나.

"난 들어야겠어. 어떤 여자야?"

그녀가 팔짱을 척하고 꼈다. 덕분에 늘씬한 허리 선이 확 드러났다. 나영은 반사적으로 자신의 허리를 내려다보았다. 이쪽도 잘룩하다. 뭐, 이 정도면 명품 허리지.

"연애하고 있는 여자."

도진의 목소리였다. 흐음, 저 정도면 대충 만족해야 하나?

여자가 풋 웃었다.

"뭐어? 연애? 한도진이 연애 한두 번 해?"

아, 이건 또 머리가 아파오는 문장이다.

"겨우 그깟 여자 때문에 날 화나게 했단 말이야?"

끝까지 안쪽에 딱 달라붙어 있을 줄 알았던 도진의 모습이 현관 밖으로 천천히 드러났다. 현관을 나선 도진이 여자를 지그시 쳐다보며 입을 열었다.

"잘 들어. 너하고 난 그 어떤 관계도 없어. 더 이상 건방지게 굴면 안 참는다."

"한도진, 당신 정말······."

여자의 턱이 파르르 떨렸다. 그러나 눈썹 하나 까딱 안 하고 도진이 말을 이었다.

"나온 김에 한 마디 더 하고 들어가지. 말 함부로 하지 마. 그깟 여자가 아니라, 내가 만나고 있는 여자다. 그만 돌아가."

철컹!

매몰차게도 문이 닫혔다. 덕분에 문 앞에 있는 그녀보다 나영이 더 놀랐다. 세상에, 못됐어도 저렇게 못된 남자가 있다니. 가만있어 봐. 난 어째서 내 편을 들어준 남자를 욕하고 있는 거지? 여자는 온몸을 바들바들 떨며 문을 노려보고 있었다. 세련된 그 얼굴이 망가지려 한다. 안 돼. 나를 포함해서 예쁜 여자들은 절대 망가지지 말고 우아하게 일생을······.

멍하니 여자를 쳐다보고 있던 나영의 눈이 다음 순간 공처럼 커졌다. 그 요염하게 예쁜 여자가 갑자기 그 긴 손가락으로 초인종을 마구 누르기 시작하는 것이다. 나영은 화들짝 놀라 주위를 두리번거리다가 벽 뒤로 쏙 들어가 숨었다. 눈만 살짝 빼고서 지켜보니 여자는 여전히 초인종에 분풀이 중이었다.

그뿐인가.

"안 나와? 한도진! 내가 여기에서 물러날 줄 알아? 지난번 일 같은 건 얼마든지 터뜨려 줄 수 있어! 꽤나 고생했다지? 결국 다시 일을 따낸 한도진, 정말 대단해. 그렇게 잘나서 날 무시하니? 뭐? 만나고 있는 여자? 소중한 척 연기하고 있네. 바람둥이 한도진이 어디 가? 안 열어? 안 열래? 진심있는 척해봐야 한도진이 거기서 거기지 안 그래? 다른 여자한테 진심일 리가 없잖아? 내 말이 맞으니까 못 나오는 거지, 한도진! 정말 안 열어? 흥, 그 여자가 불쌍하군. 어디 있는지 알면 바로 달려가서 알려주고 싶은데 말이지. 변태에 섹스 밝힘증이란 거 알면 눈물을 철철 흘리면서 도망갈걸?"

아, 저기요……

이쪽은 이미 다 알고 있거든요?

실례지만, 그쪽도 아시는 것 같은데, 설마 우리 자기랑 이미 한 번 잔 사이입니까?

그 많은 말을 저 고상한 얼굴로 쏟아내고 있는 여자의 오기도 대단했지만, 안에 들어가 있는 남자의 끈기도 대단했다. 끝까지 문을 열지 않는 것이다. 시끄러운 걸 무척이나 싫어하는 저 성격으로 봐서는, 겁나서 피하고 있는 건 아니라는 생각이 들었다. 한마디로 완전 무시라는 건데……. 와우, 나중에 어쩌다가 잘못 보이면 저 여자 꼴이 내 꼴이 되는 건 아니겠지? 그걸 상상하니 소름이 절로 돋았다. 그만큼 학을 떨게 하는 한도진의 문전박대였다.

그러나 그건 1차전이었을 뿐.

빽빽 소리치던 여자는 결국 제 분을 이기지 못하고 다리를 척 올리더니 하이힐 굽으로 정신없이 문을 차기 시작했다. 나영은 입을 쩍 벌릴 수밖에 없었다. 와아, 한 길 물속은 알아도 열 길 사람 속은 모른다더니, 정말 다혈질인 여자구나.

그치지 않는 빗방울 전주곡

저 여자를 아는 사람들 중 누가 저런 모습을 상상이나 할까. 아니, 주변 사람들은 잘 알지도 모른다. 저 여자의 겉모습만 보고 판단해 버린 일반 시민들이 상상도 못하겠지. 근데 그 일반 시민들은 누구냐?

나영은 벽에 딱 붙어서 여자의 엽기 행동을 지켜보고 있었다. 하지만 한도진은 저런 짓까지 참을 것 같지는 않았다. 그러나 아무리 지켜봐도 도진은 나올 기미를 보이지 않았다. 대신 계단이 시끄러워지는 소리가 들렸는데, 헉헉거리며 뛰어올라 온 사람의 정체는 경비였다. 나영을 그대로 지나쳐 달려간 경비가 여자를 발견하고 소리쳤다.

"이봐요! 거기서 뭐 하는 겁니까!"

나영은 황당한 눈으로 208호 쪽을 쳐다보고 있었다. 서, 설마, 아니겠지. 도진이 신고해서 경비가 올라온 거? 에이, 그럴 리가 없어. 아마 옆집 사람 중에 아무나 신고한 거겠지.

"이거 놔요! 난 저 남자랑 꼭 할 말이 있단 말이에요!"

"멀쩡하게 생긴 분이 왜 이러세요? 이러다가 정말 경찰 달려옵니다."

"하! 내가 경찰을 무서워할 것 같아요?"

"그럼 경비를 무서워하든지요."

저 아저씨, 개그 센스 쓸 만하다.

"갑시다. 이러면 정말 곤란합니다."

"이거 놔요! 놓으라니까!"

소리치던 여자는 결국 경비에게 질질 끌려 내려가야 했다. 나영은 모르는 척 휘파람을 불며 스윽 딴청을 부리다가, 두 사람이 완전히 사라지자마자 곧바로 208호로 달려갔다. 초인종을 눌렀지만 조용했다. 절대 열어주지 않을 남자라는 걸, 아까 전에 눈으로 확인했다.

"도……!"

철컥!

목소리를 확인시켜 주려고 잔뜩 폼을 잡고 있는데, 채 이름이 끝나기도 전에 문이 열렸다. 안에서 쑥 나온 손이 나영의 손목을 쥐고 안으로 꽉 끌어당겼다. 나영은 얼떨떨해서는 안으로 딸려 들어갔다. 나영을 당겨다가 놓은 도진은 주머니에 한 손을 찌른 채 담배를 피우며 여유롭게 거실로 걸어갔다.

"앉아."

그가 상석에 앉아 소파를 아무렇게나 가리켰다. 그렇다면 이쪽은 한도진의 무릎 위에…… 앉았다가는 상황도 상황이니만큼 창문 밖으로 던져질지도 모른다.

나영은 조심스럽게 앉아서 도진의 표정을 살폈다. 눈을 살짝 아래로 내리깐 채 담배를 피우고 있던 그가 눈꺼풀을 들어 올렸다.

"왜?"

입술이 열리자 물고 있는 담배도 함께 움직였다.

"아, 아니요. 피곤해 보여서요."

나영은 어색해 보이지 않기를 바라며 작은 웃음과 함께 말했다. 그 모든 광경을 지켜봤다는 말은 차마 못하겠다. 물어보고 싶은 마음은 차고 넘쳤지만.

탁탁!

갑자기 도진이 자신이 앉은 소파의 두툼한 팔걸이를 두드렸다. 때 아니게 먼지는 왜 털고…….

"이리 와."

기가 죽어 앉아 있던 나영의 어깨가 뒤로 확 빠졌다. 절대 불가능하다. 자신은 생일을 함께 보낼 수 있는지 없는지 알아보려 온 거지, 잘못하면 무드로 빠질 수 있는 위험천만한 길에 발을 디딜 마음은 전혀 없었던 것이다.

"피, 피곤한 것 같으니까 오늘은 그만 올라갈게요. 어머, 너무 오래 있었네."

한 삼십 초 있었나?

입가에 경련이 이는 미소를 띠어가며 슬금슬금 물러가려는데.

"현관에서 또 잡히고 싶나?"

"……갈게요."

나영은 고개를 딸각 떨어뜨리고서 다가가 도진의 옆에 엉덩이를 걸치고 앉았다. 반쯤은 선 채 엉거주춤한 자세로 의지만 하고 있는데, 단단한 팔이 허리를 휘감더니 그대로 끌어 내렸다. 덕분에 나영은 완전히 도진의 가슴에 폭 안긴 채로 무릎 위에 앉은 꼴이 되어야 했다.

뜨아!

물론 그 무릎 위에 앉고 싶은 마음은 있었지만…….

"저, 저기요……?"

"왜."

도진이 담배를 비벼 끄면서 귀찮다는 듯 짧게 대답했다.

드, 등이 찔리고 있거든요? 뭐, 뭔가 묵직한 것이…… 거기에 있거든요? 아니겠죠? 서, 설마 그건 아니시겠죠?

나영이 차마 묻지 못할 말을 안으로 삼키는 그때, 도진이 나영의 고개를 홱 틀어 자신 쪽으로 돌려 그대로 키스했다. 도진의 무게를 받아가며 나영은 점점 뒤로 누워야 했다. 위험하다. 아래에서 느껴지는 화강암, 아니, 현무암, 아니, 이 남자의 아주 중요한 부분의 굳기로 보나, 혀의 농후함으로 보나, 목덜미를 만지고 있는 손길의 끈적함으로 보나.

위험했다.

나영은 허우적거리던 팔을 겨우 고정하고서 도진의 어깨를 힘껏 밀었다. 섹스도 좋지만, 일단은 일상생활은 가능하게 해줘야죠! 자신을 밀어내는 나영의 팔을 단번에 제압한 도진이 나영의 어깨를 으스러지듯 끌어안고 더욱 깊숙이 입을 맞췄다. 결국 나영의 피가 점점 뜨거워졌다. 하아…… 목에선 내 것이 아니었으면 하는 신음이 맴돌았다.

커다란 손바닥이 어깨를 쓸어내리다가 허리로 내려가 꽉 쥐더니 셔츠 안으로 파고들었다. 질척한 소리를 내며 입술이 떨어져 나갔을 때, 이미 나영은 당신을 원해, 란 눈이 되었다. 반쯤은 넋이 나가서 그를 올려다보았다. 시선을 똑바로 맞추면서 도진이 손만 움직여 브래지어를 걷어 올렸다. 나영은 입술을 꾹 깨물며 신음을 삼켰다. 손가락이 유두를 희롱하고 있었다.

아아……. 나영의 표정이 바르르 떨리며 변하는 걸, 도진은 눈 한 번 깜빡하지 않고 꿰뚫듯 지켜보았다. 태워 버릴 듯 강렬한 시선으로 나영의 촉촉이 젖어가는 눈망울을, 키스의 여운으로 번들거리는 입술을, 오뚝 선 콧망울을 바라보았다.

젖가슴을 힘껏 움켜쥐자 나영이 핏기가 가실 정도로 입술을 깨물어가며 잇새로 흐느낌을 내뱉었다. 마치 시험하듯, 조사하듯 사람을 똑바로 쳐다보고 있다. 그가 지켜보는 앞에서 나영은 입술을 동그랗게 좁히며 신음에 헐떡였다.

욕망, 혹은 쾌락에 대한 갈구로 이미 흐려진 눈이 점점 젖어가고 있었다. 자신을 감당하지 못하고 울어버리고 마는 것이다. 그 모습이 사랑스러워 도진의 아랫도리가 더욱 뻐근해졌다. 하지만 이대로 또 끝까지 간다면 아마도 민나영은 기절 정도로 끝나지 않을 것이다. 그 뺨을 툭툭 쳐서 살려내 섹스를 하는 것도 두 번은 못할 짓이었다.

때문에 도진은 만지는 것으로 만족하며 고개를 숙여 나영의 입술에 뜨거운 키스를 퍼부었다. 농후하게 혀가 감기고 치아가 부딪치고 입술이 맞물렸다. 천천히 입술을 뗐을 때, 키스로 인해 더욱 붉어진 그 말캉한 살갗이 그렇게 사랑스러울 수가 없다.

쪽, 윗입술에 짧은 입맞춤을 하고 천천히 나영을 일으켜 세웠다. 이마를 쓸어 올려주고 자신의 이마를 콩 기댔다.

"봤지?"

아직 열망의 여운이 가시지 않은 나영의 눈이 순간 크게 떠졌다. 그에게서 옅은 담배 내음이 났다. 그런데 전혀 싫지 않다. 아마도 간접흡연으로 죽게 되더라도 마지막까지, 한도진만은 복수 명단에서 이름을 빼리라.

나영은 천천히 고개를 끄덕였다. 목격한 건 잘못이 아닌데, 그의 눈을 똑바로 쳐다볼 수 없었다. 어째서 자신이 죄지은 사람처럼 느껴지는 걸까.

"미안."

들으니 생소한 말에 나영은 눈을 깜빡거렸다. 내가 지금 무슨 소릴 들은 거지?

"봤을 것 같았다. 미안해."

"……도진 씨?"

"널 만나기 전에 다른 여자가 없었다고는 말하지 않겠어."

나영은 천천히 눈꺼풀을 들어 그와 시선을 맞췄다. 그의 손가락이 나영의 입술을 만지작거렸다. 붉다. 그리고 촉촉하다. 부드럽다. 사랑스럽다. 애잔한 눈으로 뺨을 만지다가 목덜미 뒤쪽까지 손바닥을 깊이 찔러 넣고 천천히 끌어당겨 이마에 짧게 입술을 눌렀다. 그대로 끝내려고 했지만 입술은 채 떨어지지 못하고 콧대를 따라 내려가 입술까지 도착했다. 다시 부드럽게 섞이는 키스가 시작되었다. 나영은 그에게 있어, 언제든 폭발할 수 있는 스위치와도 같았다. 건드려지는 순간, 반응하게 되어버리고 만다.

천천히 혀를 빼자 타액이 은사(銀絲)처럼 이어졌다. 도진이 속삭였다.

"다만 앞으로 다른 여자는 없을 거다."

나영의 가슴속 가득 깃드는 충만감. 하지만 이 말을 정말 믿어도 될까? 정혜의 말도 그렇고, 오늘 눈앞에서 본 것도 그렇고, 아무래도 마지막까지 의심해야 하는 건데…… 왜 의심하고 싶지 않다는 마음이 드는 걸까. 이미, 후자가 이기고 있다.

믿고 싶어요. 속고 속인다는, 거짓말을 한다는 그런 생각은 하고 싶지 않아. 무엇보다 도진 씨는 그런 사람이 아닌 것 같아. 내가 아주 많이 부족해서…… 불안한 마음은 아직 있지만 그래도 도진 씨를 믿고 싶으니까.

사랑하고 있는걸요.

"키스해 주겠어?"

부탁이라기보다는 정중한 질문 같은 느낌.

나영은 작게 웃으며 그의 입술에 입을 맞췄다. 이미 생일을 함께 보내지 못하면 어쩌나, 하는 생각은 저편으로 넘어가 있었다. 생일쯤 함께 못 보내면 어때. 1년 365일 마음이 함께할 텐데. 이 키스가 그에게 내 마음의 확신을 전해주었으면.

입술이 부드럽게 빨릴 때마다 말로 표현할 수 없는 행복감이 서로를 숨 막히게 했다. 빗방울 전주곡이 아직도 그치지 않았나 보다. 영원히 보슬비가 내리고 있었다.

Act 6

맘먹은 대로 안 되는 것

[생일파티? 그건 또 무슨 소리니? 오늘 너, 너의 그 너무나 특출난 연인이랑 같이 보내는 거 아니었어? 난 당연히 그럴 줄 알고 오늘 약속 잡았지. 우린 어제 술 마셨잖아.]

물론 정혜의 말은 틀린 게 없었다. 아니, 한 마디 한 마디가 다 맞았다.

다만, 생일을 홀로 보내야 하는 이 미련함이 너무나 서글플 뿐.

나도 당연히 한도진과 함께 보낼 줄 알았다. 내 멍석을 내가 깔지 못한 탓에 미리 말하지 못했지만, 그래도 오늘 불쑥 찾아가서 나 생일이에요, 라고 외쳐 주면 별말없이 같이 보내줄 사람이기 때문에 철석같이 믿고 있었는데.

그런데 아무리 기다려도 도진이 퇴근할 생각을 않는 것이다.

벌써 시간은 아홉 시. 아마도 야근이 분명했다. 그렇다고 바쁜 사람한테 전화하기도 그렇고. 게다가 얼마 전에 그 커다란 위기를 겨우 넘긴 분위기라서.

[설마, 너 바람맞은 거니?]

정혜가 바로 헛다리를 짚고 나왔다.

"무슨 쏘리! 그런 거 아니야. 그냥 내가 말을 못했어. 나 그렇게 소심한 여자 아니었는데, 한도진 앞에만 있으면 이상하게 말이 잘 안 나와. 헛소리는 꽤 잘나가는데. 뭐가 문젤까?"

[헛소리는 잘나간다는, 바로 그게 문제인 것 같다. 아, 예! 금방 갈게요! 어떡하니, 나영아. 언니, 지금 가봐야겠다.]

"그래, 정혜 언니. 좋은 시간되길. 씨 유."

[너도 얼른 그 남자 찾아서 붙들어 매. 최소한 연인이라면 생일은 챙겨줘야 하는 거 아니니? 그리고 다시 말하지만 분위기에 넘어가서 절대 올인하지 말고. 알았지?]

서둘러 끊는 것 같았지만, 마지막까지 할 말 다 하고 끊는 정혜였다. 하지만 이미 물 건너갔다, 는 걸 친구는 어째서 아직 모르는 걸까. 민나영이 한도진과 만난 지, 만 하루 만에 후딱 자버렸다는 걸, 어째서 상상도 못하고 있는 걸까. 사실, 그걸 누가 상상이나 했겠는가.

만약 그렇다는 사실을 알리면, 시국은 〈바람둥이와의 전쟁〉

선포로 이어질 것이고, 정혜의 엄포에 의해 나영과 도진은 그대로 포박되어 끌려가 꿇어앉아 그간의 일을 상세하게 토해내야 할지도 모른다. 그리고 오늘 같은 날 함께 있지 않은 것에 대해서도 분명 심한 협박이 쏟아질 것은 당연했다.

그건 다른 친구들도 마찬가지였다. 어제 이미 생일파티를 해놓고 오늘 또 만나자고 하면, 바로 그 촉새들은 나영의 미지의 연인을 입방아에 올릴 것이다. 딱히 나쁜 마음이 없어도 일단 물고 늘어져 수다를 떨고 싶어하는 게 여자들의 특징이니까.

"애고, 잠이나 자야지."

나영은 한숨을 폭 내쉬고 화장대 앞에 앉았다. 화장대 한쪽에는 어제 친구들로부터 받은 생일선물이 쌓여 있었다. 정말 좋은 친구들이다. 선물을 줘서 이런 말을 하는 건 절대 아니다.

클렌징크림의 뚜껑을 여는데 침대 한쪽에 던져 둔 휴대폰이 울렸다. 그 후로는 실로 신속 정확한 동작이었다. 단번에 침대로 날아간 나영은 그대로 핸드폰을 낚아챘다. 확실히 날았다.

하지만 괜히 날았다. 액정에 찍힌 번호는 기다리는 사람이 아니었다. 그 이해할 수 없는 진드기. 배신을 양 싸대기로 날리더니 저가 차였다고 다시 칭얼거리고 있는 덜 자란 남자, 김영태였다.

당연히 받을 마음이 없었기 때문에 휴대폰을 내려놓았다. 하지만…… 왜 그런 생각이 들었는지 오늘만은 그 휴대폰을 물끄러미 바라보고 있었다. 혹시, 생일 축하해 주려고 전화한 거면?

그것까지 받지 않는 건 너무 매몰찬 게 아닐까? 절대 외로워서 이러는 건 아니다. 내가 외롭다고 그동안 꼴도 보기 싫어하던 영태를 다시 상대한다는 건 너무 이기적인 거니까.

칫, 이기적인 거 한두 번이니.

나영은 휴대폰을 척 열어 귀에 댔다.

"여보세요."

[아아, 받는구나. 약 백 번째 시도 같다. 잘 지냈어?]

영태가 숨도 쉬지 않고 쏟아낸 짧은 문장들이었다. 얄미운 마음을 약간 걷어내고 들으니, 어쩐지 마음이 짠하다.

"있잖아. 김영태군. 나 정말 너하고 말할 기분이 아니야. 계속 전화 오는 거 무시하기도 싫고, 더 나쁜 사람이 되는 것도……."

[생일 축하해.]

나영의 입술이 천천히 닫혔다. 왠지 찡, 한 것이 눈물이 핑 돌았다. 어째서 이 녀석은 이렇게 타이밍을 잘 맞추는 걸까. 정말 간사하다. 그보다 더 화나는 건, 어째서 사람의 마음은 이렇게 약한 걸까. 난 왜 좀 더 강한 사람이 못 되는 걸까. 도진이 일부러 생일을 안 챙겨준 것도 아니고, 작정하고 모르는 척하고 있는 것도 아닌데. 차라리 나쁜 사람은 자신인데. 바보처럼 말도 안 해주고서 서운해하고 있다니.

가엾다. 이런 자신이 불쌍하다. 아마도 마음 어느 한구석에는 그에게 당당하지 못한 자신이 있는 모양이다. 정혜의 말에 흔들리고 있는 건지도 모르겠다. 그가 진심일 리가 없다는 것. 그건 정혜의 잘못이 아니다. 그런 생각에 사로잡히는 못난 자괴감이 범인이지.

영태의 전화를 받고도 계속 도진의 생각이다.

[같이…… 보내고 있지?]

"……그래."

[멋진 남자 같더라. 나하고는 비교도 안 되는…….]

설마 했는데, 영태는 정말 도진과 자신을 비교한 모양이다. 그래서 그의 잠자고 있던 자존심을 건드린 건지도 모르겠다. 하긴 그런 일반론은 흔한 경우니까.

[사실, 여기 네 아파트 앞이야. 내가 너한테 아주 많이 잘못한 것 같아서, 마지막으로 생일 축하 정도는 하고 싶었거든. 미련하게 굴어서 미안하다.]

"여자 친구랑 싸웠더라도 네가 먼저 사과해. 잘 지내야지."

뭔가 이쪽은 여유로운 듯한 태도로 말하고 있다. 아무튼 이것도 생일 덕담이다.

[……그래. 그래야지. 너도 행복해.]

"고마워."

[그럼 그만 끊을게. 다시 전화 안 할 테니까 마음 놔.]

"으응, 잘 지내."

나영은 천천히 휴대폰을 귀에서 떨어뜨렸다. 잘했다. 전화를 받길 잘한 것 같다. 이로써 영태와도 잘 해결된 것 같…….

[나영아! 한 번만, 딱 한 번만 보자. 나 앞에서 기다리고 있어.

나올 때까지 밤새도록이라도 기다릴게. 한 번만 보자. 응? 내가 잘못했다. 한 번만 보자.]

잘되긴 뭐가 잘돼? 이 녀석은 이런 녀석이었어. 정말이지 민나영을 가만히 두지 못하는 원수 같은 녀석. 사귈 때도 만날 저랬었지. 저가 잘못해 놓고는 혼자 삐쳐서 연락도 안 하고 연락도 안 받고 있다가, 겨우 마음 정리되려 하면 나타나서 집 앞에서 밤새우겠다고 난리 치고…….

그래, 너 변하지 않았구나. 그 근성만은 인정해 준다.

"언제까지 기다릴 건데?"

[며칠이라도. 몇 달이라도 기다릴게.]

"굶어죽으려고?"

[그래도 좋아. 한 번만 보자. 민나영, 마지막 부탁이다. 생일에 그렇게 매몰차게 굴면 안 된다, 응?]

그래, 이런 녀석이라서 그렇게 휘둘리고 그렇게 좋아하고 그렇게 미워했었지.

나영은 물끄러미 자신의 방을 돌아보았다. 이 시간 이후에 이 방에서 할 일이 없다. 스물여덟이 되는 생일이 너무 지루하다.

"알았어. 나갈게. 대신 딴소리하면 10분의 9, 알지?"

괜히 나왔다. 내가 미친년이지.

나영은 가슴을 치고 있었다. 그놈의 동정, 그놈의 덜떨어진 동정!

늘 이렇게 휘둘렸다는 걸 알고서도 또 이 모양이다.

나영은 팔짱을 낀 채 영태를 노려보고 있었다. 포장마차 앞에 앉은 영태는 완전히 취해서 해롱해롱 중이시다.

"야, 인마! 너 그러면 안 된다. 그래선 안 되는 거 아니냐? 네가 어떻게 그렇게 나를 무시하고, 싸악 잊어버릴 수 있냐? 다른 여자는 몰라도 너는 그래선 안 되는 거 아니야?"

어휴, 이걸 정말 어떻게 해야 귀신한테 보내서, 그 귀신더러 이 녀석을 잡아가라고 하지?

나영은 차분하게 물었다.

"왜 나는 그래선 안 되는데?"

"너니까! 민나영이니까!"

무슨 답이 저 따위인지 모르겠다. 김영태가 술을 마신 건지, 술이 김영태를 마신 건지 모르겠다. 하긴 영태는 맨정신으로도 저런 소리를 잘도 나불거렸다.

"정말 기분 나빠 죽겠네. 너 지금 나 무시하는 거니? 저는 바람피워서 딴 여자 만나놓고 왜 나는 안 된다는 건데? 내가 무슨 조선시대 아씨라도 되는 줄 알아? 바람난 남편 오매불망 기다리면서 인고의 세월을 보내는 그런 여자라도 되는 줄 아냐고. 왜? 은장도라도 던져 주지? 너 뇌가 어떻게 생긴 거야? 어떻게 생겼길래 그딴 위험한 소리를 함부로 하는 거니?"

"누가 너더러 인고의 세월을 보내래? 최소한 일 년. 일 년은 기다려 줬어야 하는 거 아니냐고!"

이것이 정말 돌았나?

"너 당장 정신병원 신고해 버릴 거야."

"첫사랑이잖아! 넌 내 첫사랑이고, 난 네 첫사랑이잖아!"

"하, 애 말 참 우습게 한다. 근데 넌? 넌 왜 딴 여자 만났는데? 왜 홀딱 넘어갔는데?"

"난 네가 날 기다려 줄 줄 알았다고."

완전히 에고로 똘똘 뭉친 영태가 택도 없는 소리를 하고 있다. 하긴 이런 소리를 들어주고 있는 자신이 더 바보다.

포장마차 옆으로는 차가 쌩쌩 잘도 지나다니고 있었다. 나영은 마치 자신의 인생이 그 거리에 버려진 휴지 조각 같아 울컥 눈물이 올라오려 했다.

"나 갈래."

벌떡 일어나려는 나영을 영태가 억지로 앉혔다.

"그래, 내가 이기적인 거 알아. 내가 잠깐 돌았었나 봐. 너하고 하도 오래 사귀어서 좀 심심하다는 생각을 하고 있을 때, 지희가 나타난 거야. 그래서 나도 모르게 끌려가고 말았어. 하지만 이상하게 난 네가 내 가족 같고, 누나 같고, 여동생 같고 엄마 같아서……."

"얼씨구."

"이상하게도 네가 계속 날 기다려 줄 것 같더라."

"하! 기다리지 말라고 매몰차게 말한 사람이 누구더라?"

"그거야…… 지희가 워낙 옆에서 감시를 해서 그런 거였지."

맘먹은 대로 안 되는 것　175

"미치겠네, 정말. 이번엔 그 애 탓이니? 도대체 너 자신은 언제 돌아볼래? 자기가 자기를 잘 단속하지 못한 주제에 무조건 여자들만 탓해? 너를 봐주고 있는 내가 정말 한심하다."

"미안하다. 하지만…… 나한테 한 번만 더 기회를 주면 안 되겠어? 반성할게. 이 자리에서 무릎을 꿇으라고 해도 꿇을게."

"웃기고 있어. 시끄러우니까 얼른 집에 가서 발 닦고 자라, 응?"

"빌어도 안 돼? 그 남자 때문이야? 나보다 더 잘난 놈 만났으니까 옛 남자 친구 따위는 보이지도 않는다는 거냐? 너 그렇게 속물적인 여자였어?"

아아, 이 물귀신이 어째서 또 그 남자는 붙들고 늘어지는 거라니.

"그 남자랑 사귀면 속물적인 여자가 된다는 거니, 지금?"

"그래! 난 그놈이 싫어! 온몸에 덕지덕지 잘난 척을 묻혀놓고 사람을 깔보듯 내려보는 놈이잖아!"

몇 번이나 봤다고 저런 소리를 하는지 모르겠다. 나영은 어쩔 수 없이 김영태 치료에 들어갔다.

"너, 그 남자 때문에 꽤나 속물적인 타격을 입었나 본데, 그 남자하고 나, 아무 관계도 아니야."

방법은 이것밖에 없었다. 아무래도 이 녀석은 자기보다 잘난 한도진에 대한 질투로 눈동자가 이글거리는 것 같으니까. 그것 때문에 이렇게 집착하고 있는 것 같으니까.

하아, 생일이라고 전화를 받아준 내가 바보다.

"뭐?"

영태가 취한 눈을 번쩍 들었다.

"그 남자하고 아무런 관계도 아니라고. 우연히 몇 번 같이 있었어. 그 남자가 돌았니, 나처럼 평범한 여자를 사귀게?"

"너, 그 말 진심이지?"

"내가 너한테 왜 거짓말을 하는데?"

"그럼 나랑 다시 시작해! 그럼 되겠네!"

"정말 기가 막히고, 코가 막혀서. 그 남자하고 관계없이 난 너 자체에 정이 떨어졌거든? 네가 싫다고. 김영태가 정말 짜증난다고. 알아들었어?"

"몰라. 못 알아들었어. 우리를 막는 게 없다면 다시 시작하지 못할 이유가 없어. 나한테는 역시 너밖에 없어. 너여야 해."

아주 좋은 말이란 말은 다 골라 쓰고 있다. 하는 김에, 우리 사랑하게 해주세요! 라고 모 CF라도 찍지 그러냐. 혀를 끌끌 차고 있는데 테이블 위에 놓아둔 휴대폰이 울렸다. 이 늦은 시간에 누구야? 툴툴거리며 액정을 내려다보던 나영의 눈이 핫! 커졌다. 나영이 손을 홱 뻗는 순간, 뒷골이 당길 일이 일어났다. 번개 같은 속도로 휴대폰을 빼앗아간 영태가 휴대폰을 열자마자 다짜고짜 소리를 질렀다.

"한도진? 당신이 한도진이야? 어째서 당신이 이 시간에 나영이한테 전화를 하는 건데? 이거 놔! 나 할 말 있으니까. 이봐, 당신! 사귀는 사이도 아니라면서 이렇게 전화를 해도 되는 거야? 당신, 미쳤어? 민나영은 아직 내 여자 친구라고! 넌 좀 가만있어 봐! 너 같은 놈한테는 절대 나영이 못 줘! 아무 관계도 아니라면서 어째서……. 야, 민나영!"

"너 정말 뭐 하는 거야!"

나영은 온통 몸싸움을 한 끝에 겨우 휴대폰을 빼앗아 들고서 혀를 찼다. 그 짧은 시간에 영철이 도진에게 퍼부어놓은 말을 떠올려 보니 골이 다 띵했다. 아니, 어쩌자고 저런 소리를 한 거냐 말이다. 겨우 저 같은 놈 떨어뜨리려고 거짓말한 걸 그대로 고해바치면 어쩌냐구.

게다가 이 남자도 그렇다. 무슨 타이밍이 이렇게 안 맞아? 하루 종일 연락 기다릴 때는 메시지 한 통 없더니만, 생일 다 지나가고 나니까 웬 전화?

나영은 도저히 앞길이 보이지 않아 막막했다. 고민해 봤지만 어쩔 수 없어 휴대폰을 귀에 댔다. 심호흡을 크게 하고서 액정을 들여다보니 아직 통화 중이었다. 먼저 끊진 않았다는 소린데.

"여, 여보세요?"

정말 내가 못살겠다.

[……]

분명히 통화 중인데 저쪽에선 아무런 대답이 없었다. 나영은 다시 한 번 액정을 확인하고 기어들어 가는 소리로 말했다.

"……여보세요?"

[왜 거기 있어.]

딱딱 끊어지는 낮은 목소리.

"그게, 저…… 사실은요. 좀 복잡한……."

[사귀는 사이가 아니다? 그렇게 생각하고 있었나.]

나영은 어쩐지 심장이 비단 찢어지듯 날카롭게 베이는 느낌이었다. 아니, 그건 정말 아닌데. 설명을 할 시간을 주면……. 하지만 무엇부터 어떻게 설명해야 할지 머리가 복잡했다. 어떻게든 마음을 가다듬고서 입을 열려는데 도진이 먼저 말했다.

[잊지 못하는 연인이라……. 처음 만나는 순간부터 끼어 있더니, 끝까지 그렇다, 란 건가.]

그의 말투가 듣기 싫었다. 평소에도 저런 식으로 비꼬는 게 싫었지만 오늘은 더 참기 힘들었다. 물론 오해할 만한 상황이긴 하지만, 저 남자의 저런 아무렇지 않은 어투가 사람을 화나게 한다. 고요하다. 흔들림 자체를 모르는 것 같다. 자신이 스스로 정리를 하고 납득하면 된다는 듯…….

서운하게 한다.

"나, 아직 아무런 말도 안 했잖아요. 마음대로 해석하고 마음대로 결론 내리면 되는 거예요?"

골칫거리는 영태였는데, 사실 근본적인 원망은 도진에게 향하고 있었나 보다. 나는 그에 대해서 아는 게 하나도 없다. 그의 성격도 접할 때마다 놀랍다. 물론 하나하나 알아가는 게 연애다. 하지만 그를 이해하는 게 어렵기만 하다. 얼마나 더 만나야, 익숙해져야 그를 알게 되는 걸까. 지금 이 순간, 그게 까마득할 것 같아 두렵다.

다른 세상에 있는 사람처럼, 멀게만 느껴진다.

낯설다.

[결론만 말해.]

"……무슨 뜻이에요?"

[그 친구, 다시 시작하겠다는 건가?]

"만약 그러겠다고 하면…… 납득하고서 정리할 생각인가요? 그게 한도진 씨 특기니까 그렇게 하겠다는 건가요?"

나영은 흐르는 눈물을 그대로 내버려 두었다. 닦고 싶지조차 않았다. 왜 이렇게 울고 있는 건지 모르겠다. 바보처럼 왜…….

저렇게 간단하게 묻고 있으니 간단하게 대답해 주면 되는 건데.

그게 〈쿨〉한 만남, 한도진이 바라는 연애의 실제 모습일 텐데.

[왜 함께 있는 건지, 설명해 봐.]

한참이나 후에 흘러나온 도진의 어투는 조금 기세가 꺾여 있었다. 그대로 얼음처럼 냉랭하게 끊어버릴 줄 알았더니? 정말, 어떻게 저렇게 냉정한 사람이 있을 수 있을까. 여자가 문 앞에서 미친 듯이 구둣발로 걷어차도 꿈쩍도 안 하던 남자였다. 어떤 사연이 있는지는 모르겠지만 그래도 한때 만나던 사이인 건 확실한 것 같은데, 그 남자는 경비로 해결해 버렸다. 그녀의 모습에 자신의 모습이 겹쳐 보이지 않았다면 거짓말이다. 한도진이란 남자가 무섭다. 그날부터 오늘까지 어쩌면 쭉…….

나영은 울음을 터뜨리고 말았다. 흐느낌을 미처 막을 수가 없었다. 울고만 있자 도진도 독촉하지 않았다. 나영은 울고, 도진은 듣고만 있다.

한참이나 후에 나영은 흐느낌을 채 정리하지 못한 상태로 입을 열었다.

"생일이라서…… 마지막으로 생일 축하한다고 말하고 싶다고 해서 만났어요. 잘못된 거예요? 하루 종일 전화해도 안 받는 누구랑은 다르게 찾아와서까지 축하해 주겠다는데 어떻게 냉정하게 돌려보내요? 정말 나, 연애란 걸 하는 게 맞긴 맞는 거예요?"

분명히 그를 원망하지 말자고 생각했는데, 그렇게나 다짐했는데 어째서 이 모양 이 꼴로 말이 나가는 걸까.

[왜…… 말 안 했어.]

그러니까 저런 말이 나올 줄 알았다. 그래, 잘못은 자신에게 있는 것이다. 이것 재고, 저것 재다가 말하지 못했다. 아니, 사실은 자신이 없어서 멍석을 못 깔았다. 나 이제부터 당신의 특별한 여자니까 생일은 챙겨줘야지, 따위의 말을 어떻게 해.

상대방을 떳떳하게 만들어주는 건 연애를 하는 상대방의 몫이다.

스스로 아무리 확신한다 해도, 혼자 설치는 꼴밖에 되지 못한다.

하지만 나영은 몰랐다. 자신의 그 말이 도진에게 어떤 영향을 끼쳤는지. 그저 그날 밤은 모든 것이 뒤섞인 채 이상한 방향으로만 흘러가고 있었다. 서로가 서로에게 서운한 것만, 상처 입은 것만 되새기고 있다니, 그런 게 무슨 생일일까.

[넌 내게 먼저 말했어야 해.]

"……그랬군요."

아아, 그랬군요. 그랬구나. 그래, 누가 그걸 모르나.

[날, 믿지 못했던 건가.]

나영은 대답하지 않았다. 아니라고 해도, 변명밖에 되지 못한다.

[그날, 내 마음을 보였다고 생각했는데 넌 아니었단 말이군. 그래서 옛 남자에게 한도진과는 아무런 관계도 아니라고 대답해 주었다?]

못된 남자. 이놈이나 저놈이나 똑같다. 자기들이 상처 입은 것만 생각한다.

그와의 사랑이, 그와 주고받은 감정 교류가 다른 사람보다 빠르다고 착각을 해버렸다. 빨랐던 건, 몸의 접촉뿐이었다는 걸. 육체의 교류뿐이었다는 걸.

정혜가 걱정한 건 바로 이런 게 아니었을까. 그에게 무언가를 요구할 수가 없었다. 화를 내고 있는 그를 이해할 수 없다. 제멋대로 비꼬는 그에게 화가 났다. 만약, 만약 내가 좀 더 소중한 사람이었어도 저렇게 무턱대도 나쁜 생각부터 했을까? 내가 만약 조금만 덜 헤프게 보였다고 해도 저렇게 함부로 말을 했을까?

김영태에게 어퍼컷을 먹고, 한도진이 가뿐하게 K.O. 패를 내려주었다.

"실제로 그렇지 않아요? 우리가 무슨 관계인가요? 제대로 된 연애, 그딴 게 도대체 뭔데요? 한도진 씨는 왜 날 만나는 거죠? 솔직히 말해봐요. 그냥 연애나 한번 해보고 싶은 거예요, 아니면 나랑 연애하고 싶은 거예요? 사실은 그 자리에 누가 있든 상관없는 거 아니에요?"

누가 지금 내 입을 좀 막아줬으면 좋겠다. 나영은 바들바들 떨리는 손을 다른 손으로 꽉 쥐고서야 겨우 핸드폰을 지탱하고 있을 수 있었다. 이렇게 동요하면서 어째서 말은 독한 마음만 묻어서 나가는 걸까. 아닌데, 이게 아닌데…….

[훗.]

도진에게서 넘어온 건 그런 짧은 웃음소리였다. 나영의 심장이 철렁 내려앉았다. 노려보며 말했다.

"난…… 당신의 그 여유가, 정말 싫어."

[좋아. 어차피, 성실을 요구할 수 있는 관계도 아니니까.]

심장이 갈기갈기 찢어졌다. 저 남자는 언제든 비웃을 준비를 하고 있었던 사람처럼, 아무렇지도 않게 심장에 손톱을 세우고 할퀼 수 있다. 사적인 미련이 뚝뚝 떨어지면서도 제 분을 이기지 못해 손톱을 세우는 이쪽과는 상황 자체가 다르다.

날카로운 칼끝에 베인 것처럼 심장에서 무언가가 뚝뚝 떨어졌다. 눈물인지, 핏방울인지 모르겠다. 너무 아파서 오히려 먹먹하다는 느낌만 아련하다.

[너무 늦지 않게 귀가했으면 좋겠군. 아직까지는 이쪽의 연인이 맞으니까. 그럼.]

매몰차게 전화가 끊겼다. 비꼴 대로 다 비꼬고, 마지막까지 냉정하게 도진은 사라진 것이다. 망설임 하나 없이, 처음부터 꼿꼿하던 모습 그대로 아무것도 흔들리지 않는다.

아니, 흔들 수 있는 능력이 자신에게 없었다. 물론 그를 움직이게 할 수 있는 사람이라고 생각한 적이 있긴 했다. 섹스란 것을 할 때.

그 외에는 이렇게나 무력한 타인일 뿐인데.

탁자에 놓인 양손이 부들부들 떨렸다. 천천히 고개를 드니, 더 기가 막히다. 영태가 죽일 듯이 자신을 노려보고 있었다. 너, 감히 지금 날 노려봐?

나영은 천천히 일어났다. 말도 필요 없었다. 그대로 휙 돌아서서 포장을 걷고 나가 뚜벅뚜벅 걷는데.

"아니! 저 총각이 미쳤나! 이봐요, 아가씨! 저 총각이 지금 술에 취해서 제정신이 아닌 것 같아!"

등 뒤에서 포장마차 아주머니의 요상한 외침이 들렸다. 나영은 또 무슨 짓을 벌이나 싶어 한숨을 폭 내쉬며 고개를 돌렸다. 제발 자신을 그냥 두어주었으면 좋겠다. 지금이라도 208호로 달려가서 상황을 차근차근 설명할 수 있다면 얼마나 좋을까. 그러고 싶은 마음만 한가득인데, 도대체 왜 귀찮게…….

"꺄악! 김영태!"

나영의 생각은 더 이어지지 못했다. 그녀는 화들짝 놀라 그대로 비명을 내지르며 달렸다. 영태가 길 한가운데로 뛰어들어 팔을 벌리고 서 있었다. 미쳤다. 그나마 차가 자주 지나가는 도로가 아니라 다행이었지, 저 상태로 비틀거렸다간 죽어도 벌써 열두 번은 더 죽었을 상황인 것이다.

나영은 심장이 두근두근 뛰는 걸 느끼며 그대로 도로로 뛰어들었다. 두려움 같은 건 없었다. 일단 저 또라이를 끌어내야 한다는 일념뿐이었다. 뒷덜미를 겨우 낚아채는 순간 영태가 몸부림을 치며 오버를 했다.

"날 믿어주지 않으면 이 자리에서 죽을 거야! 네가 보는 앞에서 죽으면 내 말을 믿어줄 거냐!"

이게 정말, 어느 영화를 보고 이 짓인지 모르겠다. 나영은 식은땀이 흐르는 걸 느끼며 어떻게든 영태를 질질 끌어내 도로를 벗어나려고 낑낑댔다. 다행히 다른 아저씨들이 달려와서 도와주었다. 서울 시민들이 이런 일에 내 일처럼 나서줄 만큼 정이 많지 않은데, 이건 정말 이 녀석의 명줄이 길다는 걸 알려주는 반증이 아닐까.

"너 미쳤니? 도대체 무슨 짓을 하는 거야!"

분통이 터져서 질질 끌고 나온 영태를 도로가에 확 팽개치는 그때였다.

확실히, 앞에서 오는 차는 한 대도 없었다. 하지만 영태는 그대로 교통사고를, 당했다. 정통으로 부딪쳐서 무시무시한 비명을 지르며 인도와 도로를 걸쳐 가며 굴렀다. 그리고 나영이 보는 앞에서 천천히 눈을 감았다. 영태의 의식이 끊어졌다.

치였다!

나영의 눈앞이 캄캄해졌다.

사고······. 교통사고······. 그러니까, 자전거 교통사고.

뒤에서 달려오던 자전거에 치여서 등을 정통으로 부딪치고, 그 바람에 인도 턱을 잘못 밟아 발목을 접질려 죽는다고 소리치던 중, 방향을 틀지 못한 자전거에 또 깔려서 기절했다. 마지막 의식을 잃은 건, 사고 때문이라기보다 술에 절어 블랙아웃이 된 것.

정말이지 눈앞이 캄캄해졌다. 너무 쪽팔려서, 앞을 쳐다볼 수가 없었다.

이 녀석이 정말, 내 옛 연인이 맞는 거야? 제발 아니라고 해줘!

"여기가 어디냐?"

영태가 눈을 뜬 건 새벽 일곱 시였다. 응급실에서 당직 레지

던트에게 처치를 받고 입원실로 옮겨져 내내 자다가 지금 일어난 것이다. 그동안 나영은 보호자로서 따라 뛰어다니며 입원 수속을 밟는 둥, 한잠도 자지 못하고 변절자를 위해 이것저것 해주며 밤을 새워야 했다. 그나마 다행인 것은, 비용은 영태의 지갑에 있던 카드로 해결했다는 것뿐.

그 어떤 것도 현재 상황에 대한 위로가 되지 못했다. 가족에게 연락을 하려니, 영태의 가족 앞에 모습을 드러내야 했는데 그게 싫어서 자신이 보호자를 해버렸다. 나영은 딱 한 번, 영태의 모친을 만난 일이 있었다. 하도 집에 놀러가자고 해서 따라간 적이 있었기 때문이다. 그런데 지금 무슨 낯으로 영태의 모친 얼굴로 다시 본단 말인가. 자신이 알기로, 영태는 자신의 이야기를 모친께 전부 하는 것 같던데 헤어진 이야기를 하지 않았을 리가 없다.

"병원이야. 너 입원했어."

나영은 침대 옆에 앉아 피곤한 눈으로 중얼거렸다. 그래도 다행이다. 이제 깼으니 자신은 집으로 가야겠다. 출근도 해야 하고…….

"설마 너, 계속 옆에 있어준 거야?"

영태가 그 꽃돌이 같은 얼굴에 어떤 기대를 품고서 나영을 올려다보았다. 그래서 나영은 짜증이 나버렸다.

"있어준 게 아니라 어쩔 수 없이 있었어. 너 어제 일, 기억은 나니?"

"그래, 내가 죽겠다고 하니까 결국 네가 날 구했지. 우리 다시 시작하기로 한 거지? 기억이 확실히 나."

"……아무래도 머리가 다친 것 같다. 정신 차리렴, 응? 다시 시작하긴 뭘 다시 시작해?"

영태가 입술을 삐죽거렸다.

"미안하다. 나도 그러려고 한 건 아니었는데, 술김에 화가 난 것 같아. 어제 그 남자한테 전화 왔었지? 나한테는 아무 관계 아니라더니 둘이 통화하는 거 들어보니까 그게 아니던데? 어째서 날 속인 거냐? 다시 시작할 마음도 없으면서, 왜 솔로인 척한 거냐구. 기분 나빴어."

나영은 한숨을 폭 내쉬었다. 어쩐지 극도의 행동을 하더라니, 다 저만의 이유가 있었구나.

"솔직히 대답해. 네가 나한테 질투한 이유. 내가 아쉬워서가 아니라, 네가 찬 여자가 만나는 사람이 생각보다 괜찮은 남자이기 때문이 아니야? 자기보다 더 멋진 남자를 만나고 있는 것에 질투를 내는 거 아니냐구. 틀려?"

얼굴 여러 군데 긁히고 상처가 나서, 그 좋은 피부에 반창고가 덕지덕지 붙은 영태가 나영을 물끄러미 바라보았다.

"그래…… 사실 그런 이유도 있었어. 하지만 그게 다는 아니야."

"아니, 내가 보기엔 그게 다야."

"지희, 우리 둘이 부러웠나 보더라. 그래서 너한테서 나를 빼

앉으면 똑같은 연애를 할 수 있을 거라 기대했대. 하지만 아니었지. 지희하고 난, 너와 나처럼 될 수 없어. 난 걔가 그냥 귀여웠어. 그런데 지희는 내가 너한테 한 것처럼 모든 시간을 다 자기한테 투자하기를 원했어. 사랑, 이라기보다는 센세이션 같은 짧은 설렘이었어. 시작부터 툭탁거렸어. 그리고 나이 들어서 어린애 만나니까 힘들더라. 너하곤 편했는데, 아마 그걸 지루함으로 착각한 것 같아. 그건, 우리가 오랜 시간을 보냈기 때문에 가능한 편안함이었는데."

영태의 눈동자가 아련해져 있었다.

"난 중요한 사실을 놓쳐 버린 거야."

나영은 천천히 고개를 숙였다. 영태의 말은 틀리지 않았다. 그래, 영태는 사귈 때만큼은 정말 좋은 남자였다. 그의 말처럼 자신의 모든 시간을 나한테 주었고, 열정도 기쁨도 슬픔까지 모두 다 함께 나누었다. 내 것도 그가 덜어가고, 그의 것도 내가 가져오고.

삼 년, 그 시간이 흐르니까 그런 마음도 천천히 덜해지고, 어느 순간부터 무척 가까운 가족처럼 되었어. 연애 상대라기보다는 오빠 같고, 남동생 같고, 아빠 같고…….

어제 영태가 말한 표현도 틀리지 않았던 것이다. 엄마 같고, 누나 같고, 여동생 같고…….

"하지만…… 넌 실수를 해버린 거잖아. 다른 여자를 만났어도, 아무리 그 애가 신선하고 귀여웠어도, 나하고는 이제 그런 걸 기대할 수 없는 매너리즘에 빠진 관계가 되었다고 해도, 돌아선 건 사실이잖아. 그걸로 끝이었어. 그렇기 때문에 다시 변할 건 없어. 떠날 때의 넌 아무것도 눈에 보이지 않는 남자 같았으니까. 그런 네가 너무 낯설었어. 넌 정말 너무 아프게 날 버렸어."

"미안. 정말 미안해."

"지금 그 사과로 끝내자. 여기에서 더 할 수 있는 게 없잖아."

나영은 진심으로 그렇게 말했다. 영태의 마음을 조금은 알 수 있게 되었다. 그래서 다행이었다. 여러 가지 복합적인 이유로 인간관계가 틀어질 순 있는 거니까. 그냥 아무것도 없이, 저 녀석이 사실은 완전히 싸가지 없는 인간 말종이라 차인 것뿐이라면 사는 것 자체가 싫었을 테니까.

내가 알고 있던 그 해사하던 김영태가 사실은 딴 사람이었다는 걸 인정하는 게 정말이지 싫었다. 가장 아픈 건 아마도 그 때문이었던 것 같다.

얼마든지 유혹은 있을 수 있다. 격류에 휩쓸리기도 하고, 휘말리기도 하고, 유혹에 넘어가기도 하고 배신당하기도 하고, 그게 삶이 아닐까. 살아가는 게 아닐까.

다만 너와 나의 인연은 여기가 끝인가 보다, 라고.

"어디 아픈 덴 없어?"

"어, 다리가 좀……."

"그러게 말이다. 부러졌거든."

"뭐!"

너무나 평이한 나영의 어조에 영태가 눈을 크게 뜨며 버럭 외쳤다.

"부러졌다고?"

"그래. 무겁지 않던? 깁스에 완전히 갇혀 있을 텐데."

영태가 목을 쭉 빼고 아래쪽을 내려다보려고 노력했다. 나영은 천천히 일어나 시트를 걷고는, 깁스에 갇힌 영태의 다리를 척 들어 보여주었다. 으아아! 영태가 아프다고 자지러졌다. 나영은 킥 웃었다.

"발목 좀 삔 거 갖고 엄살은."

"좀 삔 걸로 깁스를 하냐? 설마 뼈가 부서진 거야? 어떤 차였어! 날 이 정도로 만들려면 트럭 정도는 됐겠지? 도대체 언제 부딪친 거냐!"

"미안하지만, 자전거였어."

알면서 저렇게 딴청을 피우고 있다. 나영은 현실을 바로 인식시키기 위해 단호하게 기억을 주입시켜 주었다.

"안전하게 도로 밖까지 나왔다가 자전거에 틱 얻어맞아서 쓰러졌는데, 사실은 자전거에 부딪친 것보다 취해서 접질린 바람에 넘어간 거고, 그 상태에서 또 자전거한테 깔린 것 같아. 기절한 이유는 네 술 냄새에 네가 쓰러진 거고."

"그, 그랬냐? 하하하. 그랬구나."

영태가 괴로운 표정으로 허허 웃었다.

"축하해. 깁스를 하다니 너도 이젠 어른이 됐구나."

영태의 어깨를 치며 살살 놀리는 나영을 영태가 찌릿 노려보았다.

"깁스하면 어른 된다고는 누가 그러던?"

"지금 내가 지어낸 말이야. 암튼 난 출근해야 하니까 그만 가볼게. 가족들한테는 네가 연락해. 난 못하겠더라."

"환자를 내팽개치고 가겠다는 거냐, 지금?"

"그렇다고 결근까지 하고 옆에 붙어 있어줄 이유도 없잖아."

"민나영. 친구로도 안 되는 거야? 난 지금 몸이 아파서 마음까지 여려진 상태라고. 불쌍하지도 않냐?"

"금이야 옥이야 여기는 부모님이 있는데 무슨 상관이람."

홀가분하게 돌아서는 나영의 등에 대고 영태가 말했다.

"또 안 올 거야?"

문을 열면서 나영이 빙긋 웃었다.

"식구들 없을 때 메시지 보내. 한 번은 올게, 병문안."

"정말이지?"

"물론, 난 의리있는 여자잖아. 대신 지희인지 뭔지 개도 불러. 나만 오는 건 싫으니까."

"지희하고는 끝났다니까?"

"그럼 다른 여자라도, 암튼 얼른 애인 만들어. 그렇지 않으면 나 여기에 못 와. 당당하게 친구로 오고 싶으니까."

탁! 문이 닫혔다.

영태의 쓸쓸한 눈빛이 그 문을 한참 동안 바라보고 있었다.

"하아…… 피곤해."

벽에 기대 반쯤 졸고 있던 나영은 엘리베이터가 서자 느릿느릿 내렸다. 손목시계를 보니 여덟 시가 가까워 온다. 서두르지 않으면 지각이다. 복도를 따라 걸으면서, 도진은 지금 뭘 하고 있을지 생각해 보았다. 하지만 어제의 그 냉소적인 어조들을 떠올리면, 이렇게 생각하는 것 자체가 정 떨어진다. 그것만이면 다행인데 명치끝이 콕콕 쑤신다.

현관문 앞에 서서 번호를 누를 때까지 문 옆에 누군가가 기대서 있다는 걸 몰랐다. 네 자리 번호를 누른 후에야 옆에서 인기척을 느꼈다.

"……"

나영은 문을 쥔 채 정지해 있었다. 도진이 팔짱을 낀 채 등을 기대고 서서 아래를 내려다보고 있었다. 이쪽은 밤새도록 환자 간호하느라 팍삭 삭았을 텐데, 도진은 여전히 말쑥하기만 했다. 빈틈없이 차려입은 슈트, 부드럽게 흘러내린 까만 머리카락, 깊은 눈매 안에서 언제나 거리낌이 없는 눈동자.

그러나 지금은 자신을 쳐다보지 않는다. 평소부터 밝은 분위기의 남자는 아니었고, 오히려 입을 꾹 다물고 있는 게 어울리는 남자였다. 하지만 지금은 더 어두워 보였다. 밤의 기운처럼 차갑다. 시리도록 차갑게 선 날, 너무 깔끔해서 단면처럼 예리했다.

"……미안해요. 어제 전화로 한 말은……."

"자고 온 건가."

순간 나영의 눈이 번쩍 뜨였다. 반쯤 조느라고, 머리가 너무 복잡하고 무거워서 깜빡 잊었다. 지금은 아침이고, 일단 아침 귀가라는 건 어디에선가 잤다는 것. 게다가 어제 같이 있었던 인물은 옛 남자 친구…….

하지만 곧장 그렇게 연결 지을 건 뭐야.

"아, 아니에요! 좀 복잡한 일이 있어서 휘말리는 바람에. 아무튼 자고 온 게 아니라, 밤을 샜어요. 영태가 좀 다쳐서 병원에서……."

"다쳤다, 라. 사고뭉치로군. 스물일곱씩이나 먹었으면서."

빙글 웃는 그 웃음이 싫다.

"그래요. 사고뭉치예요. 나랑 똑같이 수준이 낮죠. 누구누구처럼 어른인 사람하고 똑같겠어요?"

탁!

손목이 붙들려 등 뒤로 눌렸다. 나영은 사납게 쏘아보는 도진의 눈을 차마 쳐다보지 못하고 피했다. 한쪽 손목이 잡힌 채, 그와 자신의 차이를 인정한다. 우성과 열성, 뭐 그런 생물 시간에나 배웠을 법한 고리타분한 이론 같은 것. 그에게는 늘 휘둘리고 만다. 아무렇지도 않게 다가오고, 아무렇지도 않게 마음을 가져가고, 아무렇지도 않게 아픔을 만든다.

빠진 쪽이 패자, 그게 사랑이다.

"비꼬는 것도 무서워서 못하겠네요. 이거 놔요."

더 차갑게 내뱉고 싶은데 훌쩍이고 있었다. 손목을 압박하던 힘이 풀렸다. 도진은 차갑게 손목을 놓아버렸다. 그에게는 잡고 놓는 것이 저렇게나 쉽다. 붙들리는 쪽은 언제나 수만 가지 상념으로 손길이 닿을 때마다 복잡한데. 놓아지는 건, 더 아픈데……

"도대체 언제 끝낼 거지, 그 관계?"

"무슨 말인지 모르겠어요. 옛 남자 친구라고 말했잖아요."

"그런데 휘둘리고 있나."

"모든 사람이 모든 관계를 칼처럼 쉽게 끊는 건 아니에요. 그리고 난, 휘둘리고 있지 않아요. 사람 무시하지 말아요."

휘두르는 건 당신 쪽이다.

"다시 시작하지 그래?"

말 한 마디가 주는 위화감. 그 칼날에 베어 벌어진 상처가 섬뜩하다.

나영은 지그시 입술을 깨물었다. 그를 노려보지 않았다. 너무 너무 아파서, 지금은 그의 눈을 볼 수 없었다.

"……그럴까 해요."

도진의 날카로운 눈매가 가늘어졌다. 천천히 그의 입술이 열렸다.

"하아, 그랬군."

애초에 이 남자에 대해 아는 건, 몸뿐이다. 그 상실감이 지금 자신을 어처구니없는 거짓말 속에 빠뜨렸다. 적어도 당신에게 먼저 차이고 싶진 않아. 그런 대책없는 자존심이 현재로서는 목숨줄처럼 강렬한 욕구로 나영을 휘감았다. 질식될 것 같다. 비난을 받을지언정, 이 남자에게 버려진 여자는 되고 싶지 않다고. 아래로 추락하기가 싫다. 용서 못할 자존심, 가망없는 현재, 서투른 자신의 모습, 자신없게 만드는 이 남자.

"즐거웠나, 그동안?"

"뭐, 나름대로요."

턱이 번쩍 들렸다. 사나운 시선이 나영을 꿰뚫듯 위협하고 있었다. 자존심을 다친 남자의 눈빛이 활활 타올랐다. 표정은 더없이 차가운데 눈빛은 뜨겁게 끓고 있었다.

다시 시작하지 그래?

그 짧은 문장이 나영에게 어떤 의미일지 이 남자는 전혀 모르고 있다. 만약, 아주 조금이라도 진심이었다면 그런 말을 그렇게 쉽게 할 수 있었을까.

너무 차가운 거 아니에요? 〈쿨〉할 수 있는 이유는 이 관계를 냉정하게 맺고 끊을 수 있기 때문인가요? 그럼, 나도 〈쿨〉할래요. 나도 당신만큼은 할 수 있어.

감정이라는 건, 내 건 무시하고 일단 상대방의 낮은 배려만 집착하듯 파헤쳐서 스스로를 지치게 만드는가 보다. 그래서 이렇게 스스로 놓은 덫에 상처를 받아 피를 흘리게 만드나 보다.

정말 지친다.

"조금만, 진심으로 대해주면 안 돼요? 내가 너무 많은 걸 바라는 거예요?"

상대방에게 굳건하게 자신을 가질 수 있는 사랑의 모습이, 과연 이 세상에 얼마나 존재할까. 도진의 눈빛에서 활활 타오르던 빛이 순식간에 가라앉았다. 무기질의 표정으로 입을 열었다.

"진심이 뭔데?"

이미 젖어 있던 나영의 눈동자가 다시금 젖었다. 벌은 한 번 자신의 침을 쏘고 나면 죽어버린다고 한다. 벌에 쏘인 사람도 잘못하면 죽는다. 하지만 이 사람도, 나도 무서운 말을 주고받으면서도 이렇게 잘살아 있다.

"가르쳐 줄 것 같더니, 몸을 빼버렸으면서."

그때는 그의 말이 무슨 의미인지 이해할 수 없었다. 다만 그런 말을 하는 그가 원망스러우면서도, 미우면서도 그 표정이 어쩐지 슬퍼 보여서 그에게서 눈을 뗄 수 없었다.

서로를 공격하고 있는 지금 상황에서도, 이상하게 그 남자와 눈을 마주한 순간 온몸에서 맥이 탁 풀렸다. 까만, 아주 까만 그의 눈동자만이 증폭되어 다가왔다. 그 시선이 나영의 입술로 떨어지는 순간 나영의 심장, 그 화덕에 장작이 마구 던져졌다. 정말 그의 숨결이 가까이 온 것인지, 그렇게 느껴졌을 뿐인 건지 잘 모르겠다. 우습게도 환상 속에서 자신도 모르게 나영의 입술이 벌어졌다. 심장이 찌르르 떨리면서 눈꺼풀에 열이 확 올랐다. 이건 뭘까? 어째서, 이런 수치스러운 반응을 하게 되는 걸까.

키스해 줬으면 좋겠다는 생각을 하는 걸까. 필요한 게 몸뿐인 관계라면, 가끔 만나 그 쾌락을 즐기는 관계라면 그것이면 된다고 생각하는 걸까. 차이기 싫다고 했으면서도, 타오를 것처럼 키스를 하고 반목하기 전으로 돌아가고 싶다.

도진이 고개를 엇갈리더니 천천히 입술을 가져왔다. 윤곽 짙은 그의 입술이 열리자 나영의 심장은 수만 개의 바늘이 일시에 꽂힌 듯 따끔따끔 아팠다. 눈물이 또르르 떨어졌다. 숨결이 이미 먼저 묻고 열린 입술이 나영의 작은 입술을 감싸기 바로 직전, 도진은 뺨을 짚고 있던 손을 뗐다.

"됐다, 그만 하지. 지루해."

멀어져 간다.

나영은 고개를 숙였다. 반질반질한 대리석 바닥에 눈물이 똑똑 떨어졌다.

그에게선 더 이상의 말이 없었다. 지루하다는 이유로, 결국 결별이 떨어졌다. 어떻게든 차이지 않을 거라고 각오한 이 관계, 하지만 먼저 빠진 순간부터 우위는 정해져 있었다. 어떤 식으로 되든, 남겨지는 쪽은 자신일 것이라고. 그리고 그건 예견되었던 그대로 실현되었다.

뒷모습도 남기지 않고 사라진 그의 흔적을 눈으로 더듬으면서, 깨닫게 되었다.

이미 모든 것을 알고 있었다. 차가운 남자는, Good bye를 입 밖으로 낸 순간 그대로 끝이라는 것을.

　왜 이렇게 된 걸까. 정말 이러고 싶지 않았지만, '뜻대로' 되지 않았다는 것만이 선명할 뿐. 그를 만나고, 시간을 보내고, 안기고, 키스하고, 서로를 느끼고, 눈빛을 주고받던 모든 시간이 급속도로 희미해져 갔다.

　남은 건, 그를 몰랐던 때로 돌아가야 하는 자신뿐이었다.

〈사랑하지 말아야 되겠다고 하지만
뜻대로 안 된 것과 같이,
영원히 사랑하려고 해도 뜻대로 되지 않는다.〉

Act 7

요상한 일족, 히메(ひめ)

"**알**았어. 내일 갈게. 간다니까."

나영은 핸드폰을 멀찍이 떨어뜨리고는 되는 대로 말하고 있었다. 벌써부터 영태가 전화를 해서는, 그날 이후 한 번도 안 오는 것에 대해 저편에서 징징거리는 것이다.

[독하다, 너 정말 독해. 오겠다고 해놓고선 어떻게 그렇게 발을 딱 끊을 수 있는 거냐?]

두 번이나 실연당한 가여운 여자를 왜 이렇게 괴롭히는지 모르겠다. 그것도 지금 현재 괴롭히고 있는 놈은 첫 번째로 찼던 놈이다. 네 이놈!

게다가 두 번째로 찬 남자는 지금 아래층에 있으려나?

"너 대체 나랑 무슨 원수를 져서 이러니? 내가 진짜 너 때문에……."

[나 때문에 뭐?]

"됐다, 말을 말자."

이 녀석을 붙들고 무슨 소리를 한단 말인가. 게다가 그 대단한 자전거에 치여서 부상을 당해 있는 환자다. 굳이 잘잘못을 따질 일도 없고, 그러고 싶지도 않았다. 딱히 책임 소재를 물을 만한 곳이 없었다. 정 따진다면, 도진과 그렇게 된 것은 둘의 쌍방 책임이다. 불장난 한 번 거나하게 했달까.

[근데 너 지금 뭐 하고 있어?]

게다가 이 녀석에게 한도진과 진짜로 끝냈다는 걸 말했다간 그대로 인생 끌려가고 만다. 절대 놔줄 녀석이 아니다. 차라리 배신당했던 그때가 행복했나?

"내가 뭘 하고 있든 무슨 상관이신데?"

[또, 또 그렇게 매몰차게 말한다. 그래도 옛정이 있는데 이러면 안 되는 거 아니냐?]

안 되는 거 아니냐? 라는 저 말, 김영태가 특허 낸 모양이다.

"엄마 없어? 심심하면 엄마랑 놀아!"

[안 그래도 모친, 벌써 가셨다. 오늘 모임이 있다고 금지옥엽 아들을 팽개치신다. 참, 엄마가 너 얼른 놀러오래. 보고 싶다나 봐.]

컥!

전화를 받으면서 홀짝홀짝 마시던 소주가 걸려서 캑캑거렸다.

"뭐, 뭐가 어째?"

[날 구해준 용사가 너라고 했더니 보고 싶다고 하시더라고.]

아, 이 뻔뻔별의 왕족을 해도 모자를 자식.

"그래서? 내 얘기를 했단 말이야?"

[그래. 엄마는 아직 너랑 나 사귀고 있는 걸로 아시니까.]

"그런 얘기는 이미 아니라고 설명을 하라고! 내가 왜 너랑 사귀는 인물로 남아 있어야 하는데?"

[알 게 뭐야. 우리 엄마 심장 약하신데, 잘난 아들이 두 마리 토끼 잡으려다가 다 놓쳤다는 말을 어떻게 하냐?]

"그걸 지금…… 말이라고 해? 그딴 소리 듣는 내 심장은 철강인 줄 아니? 아니, 그것보다 그런 뻔뻔한 말이 입 밖으로 나오니, 넌?"

[그러게, 나오네. 아무튼 내일 당장 와. 내일모레면 퇴원이라고.]

"그럼 그대로 퇴원해!"

[안 되지. 한 번쯤은 더 병원에서 너의 간호를 받아보고 싶어. 내 평생소원이야.]

뚝! 나영은 전화를 끊어버렸다. 그리고 바로 소주잔을 채워 고개를 꺾고 마셨다. 메시지가 삑삑 도착해 열어보니.

〈꼭 와아. 기다리고 있을게.〉

소주병에 담아서 한강에 띄워도 모자랄 자식!

거실에 앉아 혼자 소주를 마시며 투덜거렸다. 테이블과 소파를 멀쩡히 두고 바닥에서 이 짓이다.

실연의 아픔을 견디는 나름의 방법이랄까. 정혜에게는 구원 요청을 하지 않았다. 만약 상황을 알리기라도 하는 날엔.

〈내가 그럴 줄 알았어〉로 시작해서 〈어디까지 갔어? 다 줬니? 다 바쳤어?〉로 이어져 〈이런 바보! 이 한심한 기집애야〉로 마무리가 될 게 뻔했기 때문이다. 상상하는 것만으로도 머리가 딱딱 아파서, 차라리 집구석에 몰래 숨어 혼자 마시는 걸 선택했다. 그나저나 벌써 아홉시다. 내일 출근하려면 오늘은 이 정도로 끝내고 자야 했다.

오기가 나서라도 잘살아주겠어! 라는 건 다짐일 뿐, 뭘 어떻게 해야 잘사는 것이며, 어떻게 살아야 한도진이 자신을 놓친 걸 땅을 치고 후회하게 만들지 전혀 감이 오지 않았다. 생각해보니, 이걸로 끝, 그 이상도 이하도 없었다. 한도진은 한도진대로 살아갈 것이고, 자신은 자신대로 살아가겠지.

그게 이별 후에 남는 관계란 말인가!

게다가 아무리 자신이 끗발나게 잘살아도 한도진만 하겠냐, 는 어이없이 현실적인 생각이 들자 슬퍼져서 펑펑 울고 싶었다. 벌써 다른 여자를 만나고 있을지도 모르지. 바람둥이야 본래 그렇고 그런 거니까. 그 야구 배트를 또 누구에게 휘두를지 알 게 뭐야.

순간 얼굴이 확 달아올라 나영은 눈을 질끈 감고 다음 잔을 들이켰다.

안주로 내놓은 참치가 질려서 냉장고에서 오징어라도 꺼내오려고 자리에서 일어났다. 바로 그때 갑자기 천둥 같은 소리와 함께 현관문이 쾅쾅 울려서 나영은 화들짝 놀랐다.

"뭐, 뭐야!"

그 세기나 간격으로 볼 때, 이건 분명 누가 현관문을 걷어차는 소리였다. 아니, 이 수준 있는 동네에서 이 무슨 경박하고 무서운 짓거리지? 근데 가만있자니, 발로 차는 걸로도 모자라 이젠 위쪽까지 막 울리고 있다. 그건 손으로도 치고 있다는 소리였다. 순간 머릿속에 든 생각은 혹시…….

한도진?

"문 열어! 야, 한도진! 문 열란 말이야! 이 나쁜 자식아아!"

그러나 생각이 무색하게 바로 문밖에서 땡! 이라고 대답을 해주었다. 하긴 한도진이 저런 짓을 할 인간이라면 다행이지. 그 무관심하고 철가면처럼 냉랭한 인간이 술 마시고 여자 집 문을 두드릴 위인이라면.

지금쯤 어느 분위기 좋은 바에서 양주잔에서 얼음이 녹아드는 걸 우아하게 내리깐 눈으로 지켜보며, 다른 사냥감을 물색하고 있지 않으면 다행이다.

생각해 보니 열 받는다. 정말 차가운 남자. 무심한 남자. 못된 놈!

어떻게 단 한 번 연락도 안 해. 벌써 일주일이 지나가는데. 꼭 처음부터 몰랐던 것처럼 전혀 인생에서 보이지도 않고 일절의 연락도 없었다. 피부 안에 메커니즘의 총체가 있는 게 아니라 빙산이 들어 있었던 것이다. 다만, 꼭 그거 할 때만 활활 타오르는!

"한도진! 문 안 열래? 너 정말 계속 이럴 거야! 한도진!"

가만있어 봐. 내가 이럴 때가 아니다. 문이 저렇게 울려대고 있는데 지금 무슨 팔자 편한 사랑 타령이냐. 저러다가 우리 집 문짝 날아갈라.

누군지는 대충 상상이 갔다. 한 번 눈으로 직접 목격했으니 오죽할까. 그 일본 전통인형처럼 생긴 여자, 기모노를 걸치면 바로 히메가 될 것 같은 그 여인일 것이다. 근데 어째서 여기에 와서 저러지? 여긴 내 집이라구, 308호!

생각한 순간 나영의 머릿속에서 번개가 쳤다. 설마 저 여성분, 여길 208호로 착각하고?

세상에, 나 같은 인간이 또 있다니. 그것도 저렇게 예쁜 여자가 나와 같은 〈겉만 멀쩡, 속은 물컹〉 족의 종족이었다니!

나영이 활짝 문을 여는 순간, 마구 공격해 오던 여자의 몸이 안으로 휙 쏠려 들어왔다. 덕분에 나영은 여자의 늘씬한 몸을 안듯 받쳐 들어야 했다. 거기까지는 좋았는데, 여자가 갑자기 주먹으로 나영의 어깨를 사정없이 치기 시작해서 화들짝 놀랐다.

"흑흑. 어떻게 이럴 수 있어? 지금에야 문을 여니, 응? 그래도 이번엔 열어주네? 정말 너무한 거 아니야? 한도진, 어떻게 이렇게 냉정할 수 있어!"

물론 나영이 남자라면, 그리고 자신의 가슴이 도진의 그것처럼 아주 넓고 단단했다면 여자의 이 주먹질이 콩콩 투정을 부리는 것밖에 되지 않았을 것이다. 그러나 이 여인보다 더 작고 가는 몸을 가진 나영은 그 비난이 담긴 애교살 주먹질에 퍽퍽, 두들겨 맞아야 했다.

"한도진! 한도진, 정말 어떻게 나한테 이래? 어떻게 이럴 수 있어!"

이 여자, 김영태 투(two)다. 그 일족의 신념은, 네가 어떻게 나한테 이럴 수 있어! 라지. 하지만 그에 앞서 집을 잘못 찾아온 걸 보면 민나영의 일족인데 말이지.

여자한테서 짙은 술 냄새가 났다. 하긴 저렇게 취했으니까 몸 차이를 못 알아차리고서, 한도진이라고 철석같이 믿고 있는 거겠지. 게다가 나영도 얼큰하게 소주가 오른 상태였기 때문에 더 빨리 술 냄새를 맡지 못했다. 도대체 이 여자, 얼마나 마신 거라니?

한도진은 좋겠다. 두 여자가 저 하나 때문에 이렇게 취해 있으니. 만신창이가 될 정도로 취해 있으니.

그녀에 비하면 나영은 덜 취한 것이었지만, 나영은 섬뜩한 예감을 하고 있었다. 만약 자신도 이 여자만큼, 똑같이 해버릴지도 모른다. 생각한 순간 솜털이 쭈뼛 섰다. 그러니 어찌 이 여인이 자신과 겹쳐 보이지 않겠는가.

"저, 저기요……. 정신 좀 차려보실래요? 전 한도진이 아니라 보다시피 여자……."

"나쁜 놈! 내가 얼마나 널 좋아했는데! 딱 한 번 쳐다보지도 않아. 내가 어떤 마음으로 널 봤는데!"

명청 일족의 여인은 이미 맛이 간 것 같았다.

어쩔 수 없이 여자가 때리는 대로 툭툭 맞으며 나영은 사랑의 깊이에 대해 생각하고 있었다. 이 여자의 사랑도 참 깊구나. 하지만 그 남자는 이 여자에게까지 그렇게 차갑게 대했구나. 그 남자 앞에서의 내 모습과 다를 바가 없구나.

똑같은 처지구나.

어쩐지 눈물이 왈칵 올라와서 나영은 훌쩍이고 말았다.

이게 도대체 무슨 황당한 짓일까. 그 남자한테 올인한 여자한테 얻어맞아 가며 이렇게 울고 있는 민나영이라니. 아파서 우는 건 절대 아니지만, 아픈 것도 한몫은 했다. 아, 어깨 결려. 그만 좀 때리면 안 될까요?

"한도진…… 이 나쁜 놈아……."

풀썩! 때릴 만큼 때렸는지 인사불성인 여자는 그대로 나영의 현관에서 쓰러졌다. 설마 무슨 일이? 싶어 얼른 살펴보았더니 다행히도 그냥 잠든 것 같았다. 술에 취해서 기절한 인간을 연이어 둘이나 보게 되니, 무슨 인생이 이러나 싶다. 영태 때와 똑같았다. 자기 술 냄새에 자기가 질려서 기절한 듯. 그게 아니면 제 주사에 지쳐 저가 쓰러진 거라든지.

여자를 두고 나가서 현관문 밖을 살피니 정말 암팡지게도 우그러뜨려 놨다. 과연…… 이 형태를 이 우아한 여자의 하이힐이 만들었단 소리겠지?

나영은 다시 문을 탁 닫고 들어와서 일단 여자를 옮기기 위해 팔을 어깨에 걸치고 일어나려 했다. 낑! 하지만 똑같이 취한 나영도 그만 앞이 핑 돌아서 바닥에 주저앉고 말았다. 게다가 취한 사람은 여자든 아니든, 우아하게 차려입은 미인이든 아니든 너무 무거웠다. 나라도 좀 덜 취했으면 다행일 텐데…….

"이걸 어쩌지?"

그렇다고 이대로 현관에 두기도 그렇고, 경비한테 연락할 수도 없고. 왜냐, 그녀는 경비에 대한 뼈아픈 추억이 있는 여자였으므로. 최소한 같은 일족끼리는 그런 상처를 보듬어줘야 하니까……. 그래 놓고는 경찰한테 연락하는 잔인한 짓을 할 수는 더욱 없었다.

나영은 방으로 털레털레 들어가 담요를 꺼내 현관에서 쭈그린 채 기절해 있는 여자에게 덮어주었다. 따지고 보면 이 여자는 연적이다. 아직도 도진에게 마음을 끊지 못하고서 이렇게나 괴로워하고 있는 것이다. 그런데 어째서 담요를 덮어주고 있는 걸까. 내 집 문을 아작 낸 사람과 동일인물이기도 하며, 아직도 어깨가 쑤실 정도로 얻어맞았는데 어째서…….

집을 잘못 찾는 같은 멍청 일족이기 때문이라는 허접한 말은 하지 않으련다.

그냥, 여자가 울부짖으면서 가슴을 뜯는 모습이 너무 가여워서. 그 모습에 자신이 그만 데자뷰를 해버려서. 겹쳐져 버려서…….

"그 남자, 아주 냉정해요. 너무 차가워요. 그러니까 우리 그만, 마음 끊어요."

지친 듯 깊이 잠들어 있는 여자의 머리맡에서 쭈그리고 앉아 중얼거리다가, 잠결에 휘두른 팔에 정통으로 얻어맞아 으앗! 소리쳐야 했다.

"야아! 한도진! 문 열어! 문 열란 말이야! 한도진!"

이것은 무슨 소리냐. 일본 인형처럼 생긴 여자에게 잠결 어택을 당한 지 약 일이 분 후, 208호로 달려간 나영이 도진의 현관문을 두들겨 대며 소리치고 있는 말이었다. 있을까, 없을까? 소리치는 와중에도 갸웃하며 생각하고 있는데.

철컥!

문이 열리더니, 기가 차서 죽겠다는 얼굴로 도진이 밖을 내다봐 왔다.

그래도 그 일본 인형 여자한테는 죽어도 안 열어주던 문을 나한테는 열어줬다는 사실에 기뻐해야 하나? 멍청이가 되는 지름길이 바로 그것이니, 기뻐하고 싶으면 기뻐해라, 민나영아!

"너, 뭐냐?"

방금 샤워를 한 걸까. 도진의 머리카락이 젖어 있었다. 비누 향기도 풍겨…… 오는 게 뭐가 어떻다고.

나영은 반쯤 풀린 지루한 눈으로 소리만 높인 외침을 입술을 뻥긋거리며 이었다.

"한도진! 너 어떻게 나한테 이럴 수 있어! 내가 널 얼마나 좋아했는데에?"

도진의 눈동자가 움찔했다. 나영은 꼿꼿이 서서 연극같이 흘리던 어조를 끝내고는 말했다.

"라고 누가 전해달라는데요? 인상착의는 하얀 얼굴에 빨간 입술, 일본 도자기 인형처럼 생겼고, 우리 집 현관문을 마구 차면서 소리치다가 지금은 현관에서 쓰러졌어요. 취해서 자고 있어요."

"뭐?"

"그쪽 좋아하는 여자 같으니까 얼른 데리고 가요. 우리 집에 재울 수는 없잖아요. 내가 데리고 나가보려고 했는데, 보다시피 저도 좀 상태가 안 좋아서 불가능이더군요. 한도진 씨 친구니까 한도진 씨 집에 데리고 가서 재워요. 그럼 난 할 말 다 했어요."

휙 돌아서다가 골이 띵해서 휘청거렸다. 쯧쯧, 당연히 뒤에서 혀를 차는 소리가 들렸다. 나영은 못 들은 척하고는 계단으로 향했다. 꼭 술에 취했기 때문만은 아니다. 며칠 만에 저 얼굴을 보니, 아무리 부정하려 해도 마음이 아픈 건 어쩔 수 없었다. 전혀 아무렇지 않은 말쑥한 얼굴을 보니까 심장이 찔리듯 아팠다.

정말 그는 아무렇지 않은 걸까? 괜찮은 거예요? 나란 사람은, 그냥 그거였어요? 아무렇지도 않은 거?

우리 집에서 자고 있는 일본 히메처럼, 언제든 냉랭하게 쳐낼 수 있는 여자?

"조심해."

등 뒤로 바짝 다가온 낮은 목소리가 나영의 정신을 울렸다. 어깨가 부드럽게 잡혔다가 곧 아래로 내려간 손이 허리를 감쌌다. 화들짝 놀라 돌아보았지만, 그는 그냥 잡아준 것뿐이었다.

제발 남의 몸을 마음대로 잡지 않았으면 좋겠다, 라고 생각하고 싶지 않다. 자존심은 상하지만, 그의 손길이 싫지 않은 본능을 속일 수가 없다. 나 정말, 너무 솔직한가? 이걸 〈쿨〉한 걸로 대충 쌤쌤 해주면 안 되나?

"다쳐서 남자 친구하고 같이 입원이라도 하겠다는 건가."

딴생각에 빠져 있느라 어떻게 걸어가고 있는지도 몰랐는데, 그게 꽤 위태로워 보였던 게지. 하지만 그쪽이 뭐 하러 신경 써. 헛디뎌서 엎어지든 자빠져서 납작콩이 되든.

가슴이 아프다. 아예 영태에게 자신을 밀어내려는 의도처럼 보인다. 그렇게 하지 않아도, 괜히 들러붙고 그러지 않는다구요. 오늘은 갑자기 일본 히메가 방문을 하는 바람에…….

허리를 잡아주고 있는 그의 손이 미친 듯 인식이 되었다. 온몸의 신경세포가 거기로 집중 응집되어 있는 것 같다. 워낙 바짝 붙어 있어 계단을 밟아 올라갈 때마다 몸이 살짝살짝 부딪치는 것만도 고역이었다. 그의 단단한 가슴이 느껴진다. 허리에 둘려진 팔이 느껴진다. 살짝 짚고 있는 손가락의 힘이 느껴진다. 숨결까지, 느껴진다.

다리 힘이 풀린 건, 술 때문이 아니라 한도진 때문이었다.

나영의 몸이 아래로 쑥 내려가는 순간, 도진이 단단하게 받쳐 끌어 올렸다.

"아아, 미안해요. 아니, 안 미안해. 나…… 잡지 말아요. 부탁이니까 떨어져서 걷게 해줘요. 괜찮으니까, 다쳐도 상관없으니까, 똑바로 걸을게요. 나 좀 놔줘."

나영은 그를 벗어나 기어이 난간을 잡고 한 걸음 한 걸음 걸어 올라갔다. 더 이상 저 남자를 느끼고 있으면 신경이 폭발하고 만다. 벌써 닳아서 반쯤은 날아간 상태다.

도진은 아무 말 없이 뒤에서 따라오는 것 같았다. 하긴 하지 말라는 걸, 굳이 할 남자도 아니다. 짓궂게 놀릴 때 말고는, 거치적거리는 걸 싫어하는 성격이다. 그 짓궂음도 관계가 있을 때 외에는 일절 없다.

뒤에서 따라오는 그가 인식되어, 아직도 몸에 달라붙어 있는 그의 체온이 인식되어, 다리가 가늘게 떨렸다. 취기 때문이라고 생각해 주길 바라며 벽을 짚어 겨우 308호에 도착했다.

문을 열자, 히메는 아직도 현관에서 자고 있었다. 그 긴 몸을 접어서 담요를 폭 덮고 잘도 자고 있다.

"침실이 꽤 가깝군."

놀리고 있다. 그래요, 우리 집 침실은 현관 앞입니다.

"도저히 들 수가 없어서요. 아아, 무거운 건 아니고 제 상태가 좀 이래서……."

설명하다가 쳐다보니 도진은 남의 말은 듣지 않고 내부를 쭉 둘러보고 있었다. 둘러볼 것도 없이 어차피 208호랑 같을 텐데, 구조도, 천장 높이도, 거실에 널려 있는 소주병도…… 으앗! 소주병!

나영은 얼른 뛰어들어 가 소주병과 안주거리를 치웠다. 얼마나 창피한지 얼굴이 다 화끈거렸다.

"역시 애주가로군."

도진은 긴 다리로 현관에 버티고 서서 비꼬기 중이었다. 아, 정말 수치스럽다. 제발, 이 술의 원인이 본인이란 건 몰라주시길.

"아, 아무튼 얼른 데리고 가주실래요?"

"뭘?"

"뭐가 아니라 저 여자 분요. 그쪽 여자 친구 같은데."

"그쪽이 아니라 한도진. 뭐, 이젠 어떻게 부르든 상관없나?"

나영의 가슴이 찡 울렸다. 알고서 의도하는 걸까, 아니면 정말 담백하게 말하는 걸까.

"내 여자 친구도 아니고."

"하지만 한도진 씨를 찾아온 건 맞잖아요."

"너 찾아온 거 아니었나?"

"한도진! 문 안 열어! 네가 어떻게 나한테 이럴 수 있어! 다시 한 번 복습해 드릴까요?"

도진이 쿡 웃었다. 얼굴에 냉혈가면을 쓰고 있는 줄 알았더니 별일이다. 아무튼 이제 가려는 건지 도진이 여자를 어깨에 들쳐 멨다. 생각해 보니, 두 사람은 이제 곧 같은 공간에 있게 된다. 에잇, 이제 와서 그게 무슨 상관인데.

"침실, 어디지?"

들쳐 멘 그대로 곧장 뒤로 돌아서 나가야 할 인물이 구두를 벗고 들어오면서 물어온 말이었다.

"네?"

"침실, 갖다 놔야지."

"무엇을요?"

"이 여자."

나영은 기가 막혔다. 자신을 그렇게나 애타게 찾아오는 히메를 이 여자라고 대충 칭하고 있는 것이다. 그런데 그것도 모자라 끝까지 데리고 가지 않겠다는 것? 게다가 내 집에 재울 생각까지?

"마, 말도 안 돼. 얼른 데리고 나가요. 내가 어째서 한도진 씨를 좋아하는 여자랑 한집에서……."

"들이기 싫으니까."

"……."

"다른 여자는 내 집에 들이기 싫으니까."

그리고 그는 성큼성큼 걸어 정확히 침실 쪽으로 갔다. 어차피 물을 필요도 없는 게, 그 집이 그 집 구조란 건 미리 말해둔 바 있다.

근데 그의 말은 무슨 뜻일까? 다른 여자를 내 집에 들이기 싫다니. 다른 여자란 어떤 의미일까? 하지만 저 남자의 실력만 봐서는 한두 번 여자를 들인 분위기가 아닌데.

침대에 히메를 눕힌 도진이 소매를 툭툭 털면서 나왔다.

"……다른 여자, 많이 들였잖아요."

지금 와서 무얼 따지고 싶은 걸까. 그래, 자기만 무척 고매하고 깨끗한 척하는 게 마음에 안 들어서야. 이유는 그것뿐이야. 불쑥 화가 치밀어 오르는 건, 그가 웃겨서 비웃어주려는 것뿐이야.

"그렇게 생각해?"

"네. 분명히."

"그럼 그렇게 믿어."

도진은 너무도 깔끔하게 정리를 하고는 할 일이 끝났다는 듯 현관으로 돌아섰다. 쌩, 가버리려는 것이다. 어떻게 저렇게 모든 게 단호할 수 있을까.

"이봐요, 한도진 씨!"

나영은 어쩔 수 없이 달려가 그의 소매 끝을 잡았다. 도진이 잡힌 소매 쪽을 흘끗 쳐다봤다.

"왜?"

"나, 나 자신없단 말이에요."

"뭐가."

"그러니까…… 저 예쁜 여자 분, 일어나면 뭐라고 해요? 깨면 뭐라고 하냐구요. 몰라서 그렇지, 내가 처음에 얼마나……."

두들겨 맞는데.

뭔가 대책을 세워주고 가야지, 저렇게 장소만 옮겨줄 거면 뭐하러 본인이 왔느냐구. 힘쓰는 일이 필요한 거였다면, 정말 경비를 불렀을 것이다.

고민을 역력히 드러내며 서 있는데, 갑자기 손이 쓰윽 뻗어와 나영의 턱을 들었다. 시선을 맞춘 그가, 아무리 봐도 잘 알 수 없는 그 검은 눈동자로 말했다.

"이봐, 인내심 시험 좀 하지 마."

"무, 무슨……."

"도대체 누가 쿨하다는 건지 모르겠군."

나영은 잘 이해할 수 없는 말에 그저 그를 빤히 쳐다보기만 했다.

"이제 관계없는 남자라고, 여자를 내 집에 보내겠다는 건가?"

나영의 눈동자가 흔들렸다.

"이쪽은, 같이 있었단 사실 자체가 싫었는데 말이지."

"왜…… 그런 말을…….."

"장소가 병원이라고 해도."

그 말을 하는 도진의 눈매는 너무 날카로워서 쳐다보는 것조차 욱신거리게 했다.

"피차 예의를 지키지."

"무슨, 뜻이에요?"

"다른 여자, 내 집에 들이지 않을 테니까 너도 당분간은 자중하란 뜻."

자중? 자중이라니? 문장의 순서에 입각해 해석을 해보자면, 다른 남자를 들이지 말라는 의미 같은데, 그걸 왜 나한테? 설마 내가 정말 그런 여자라고 생각하는 거야? 하긴 만나자마자 달려들어 결국 침대로 뛰어들게 한 인물이니 할 말 없다. 하지만 자기가 뭔데 간섭을……. 간섭? 으음, 간섭. 간섭이라, 간섭? 왜?

"전 남자 친구가 그랬던가? 헤어진 지 얼마나 됐다고 벌써 다른 남자냐. 전적이 있기 때문에 마음을 놓을 수가 없어서 말이지."

턱에 정지해 있던 손이 천천히 목 안쪽으로 들어왔다. 머리카락을 파고들어 커다란 손으로 뒤에서부터 목 전체를 완전히 감싸 자신 쪽으로 끌어당겼다.

"단기간이었지만 연애는 연애였지. 이 집에서 다른 남자가 발견된다면, 이 손이 앞으로 옮겨갈 거야. 이렇게."

앞으로 돌아온 손이 나영의 목을 한 손에 쥐었다. 나영은 불안한 눈으로 도진을 쳐다보고 있었다. 무언가가 안에서 심하게 울렁거렸다. 협박을 하고 있는 남자와 그 매서운 눈빛, 그리고 속마음을 알 수 없는 말의 의미가 제멋대로 휘몰아친다. 울렁거린다. 메스껍다. 속이 상한다. 섬뜩할 정도로 야비하게 협박을 하다니……

물론 힘은 전혀 주지 않았지만 목에서 정지해 있는 손만으로도 충분히 위협이었다. 기분이 나빴다. 뭐라고 독한 말이라도 퍼부으려 했지만 입술이 잘 열리지 않았다. 오한 같은 냉기가 몸을 관통하면서 소주 냄새가 훅 하고 올라왔다. 어, 어떡해. 속이 안 좋아.

다행히 목에서 손이 멀어졌다. 하지만 그 손은 아래로 바로 떨어져 셔츠 위로 굴곡을 드러내고 있는 가슴에서 멈췄다. 손바닥이 유두 위치에서 멈춰 서 천천히 그러쥐는 순간.

"읍! 우욱!"

결국, 일은 저지른 걸까? 아닌 걸까?

모르겠다. 바로 그의 가슴 위로 엎어진 것 같은데, 그와 동시에 뭔가 아주 신경 쓰이는 냄새가…… 그대로 블랙아웃이었다.

천이 온몸에 감기는 감촉이 좋았다. 정혜한테 듣기로 알몸 수면이 좋다더니, 이렇게 곧바로 서늘한 기분을 느낄 수 있어서 좋다는 걸까? 가슴에도 압박이 없고, 아래쪽도 아주 편안하다. 브래지어와 팬티는 여자에게 어쩌면 속박인지도 모르겠다. 꽉 조이는 그것이 여자들의 정신을 무의식적으로 묶어놓는 것.

해방되니까 이렇게 편하고 가뿐한 걸. 그러니까 코르셋까지 갖춰 입었던 서양의 여인들은 얼마나 힘들었을까. 가슴이 꽉 조이는 한복을 입고 살았던 조선의 여인들은 어떻고.

잠과 현실의 사이를 오가며 그런 생각을 하고 있던 나영은 그 어느 날보다 부드러운 촉감에 뺨을 비비며 눈을 살며시 떴다. 근데 우리 집에 이렇게 감촉 좋은 시트가 있었던가? ……그리고 언제부터 내 방에 한도진을 똑같이 닮은 실물 크기의 인형이 있었지? 그 실물 크기의 한도진 마네킹은 소파에 앉아 침대 쪽을, 그러니까 나영을 차갑게 쳐다보고 있었다. 금방이라도 고드름이 뚝뚝 떨어질 것처럼.

"뭐, 뭐예요! 왜 여기 있어요!"

나영은 침대를 짚어 일어나며 버럭 소리쳤다. 훌렁! 그 바람에 시트가 불쑥 내려가 몸이 노출되었다. 뭔가 허전한 것을 느낀 나영이 고개를 내리는 것과 동시에 도진의 눈매가 가늘어졌다.

"꺄아악!"

나영은 비명을 지르며 시트를 홱 잡아당겨 가슴을 가렸다. 모든 게 일시에 이해가 되었다. 시트의 촉감이 유난히 좋았던 이유는 한도진 집의 값비싼 침구 세트이기 때문이었고, 자는 동안 다른 때보다 더 편했던 이유는 알몸이기 때문이었다.

다만, 밤새도록 한도진 소유의 시트에 온몸을 칭칭 감고 있었던 것. 그것도 아무것도 입지 않은 채로, 라는 게 문제였는데.

나영은 앞이 캄캄해 눈물까지 삐질 새어나왔다. 무엇보다.

"어째서 내가 여기 있어요? 그리고 왜 거기 앉아 있어요? 왜 옷이 다 벗겨져 있어요? 도대체 무슨 짓을 한 거예요!"

일단 도저히 정리가 안 되는 것부터 속사포처럼 쏟아냈다. 이쪽은 정말 자살 욕구까지 일 정도로 간절해 죽겠는데 도진은 언제나처럼 한 치의 표정 변화도 없었다. 단지 다른 때보다 더 날이 서 있는 것 같긴 하지만…….

"어제, 기억 안 나?"

"왜요? 어제 무슨 일이 있었는데요? 아 참, 그 여자 분은 어떻게 됐어요? 설마 내 집에 다른 사람을 재워두고 난, 아니, 왜 내가 여기에 있는 거지? 설명 좀 해줘요. 부탁이에요. 제발 알려줘요."

나영은 푹 젖은 눈으로 도진에게 애걸을 했다. 설마 내가 취한 김에 이층으로 내려와 이 남자의 침대 앞에서 스스로 옷을 벗고 유혹을 한 것? 물론 그런 욕구는 있었지만, 그런 짓을 실제로 저지르리라곤…….

"짧게 설명할 테니까 잘 들어. 토해서 데려와서 씻겼다."

아아, 그랬구나.

으앗! 지금 수긍이나 하고 있을 때가 아니잖아!

"토, 토……."

그제야 불현듯 머리를 강타하고 지나간 섬광의 끄트머리를 홱 낚아채서 면밀히 살펴보았다. 기억이…… 난다. 마지막에, 그러니까 블랙아웃이 되기 전에, 꼭 이 남자의 가슴팍 같은 장소에 쓰러지는 순간 뭔가 시큼한 냄새도 함께 올라왔었다. 그러니까 내가, 어디에? 거기에, 그 광활한 남자의 대지에, 무엇을? 음식물을, 어떻게? 꺼내서 확인한 것이다.

……것인가!

"미안해요."

나영은 너무나 크나큰 현실을 감당하지 못하고 고개를 푹 숙였다. 생각해 보니 어제 도진의 차림은 새하얀 와이셔츠에 정장 팬츠, 그러니까 퇴근 직후의 스타일이었는데 지금은 가슴에 딱 붙는 세련된 티셔츠에 청바지.

갈아입은 것이다. 누구 때문에? 나 때문에. 뭐 하려고? 샤워하려고. 왜? 오물을…… 아아, 그만 생각하자. 딱 죽고 싶다, 진짜로.

"정말 미안해요. 하지만 그렇다고 왜 여기로 데리고 와서…… 그냥 팽개쳐 두지. 그리고 최소한 옷은 입혀줘야……."

중얼거리던 나영이 고개를 번쩍 들었다.

"설마, 그쪽이 씻겨준……?"

도진이 귀찮다는 듯 고개를 까딱했다. 나영의 머리 위로 먹구름이 일시에 몰려들었다. 뭘 묻니? 당연한 걸 갖고. 이 집에서 이렇게 누워 있는데, 그럼 누가 씻겼겠어.

"우리 집에도 욕실 있는데……."

겨우 중얼거릴 수 있는 변명의 한계였다.

"반 이상은 거기에서 씻겼다. 그대로 데리고 올 수는 없는 상태였으니까."

그렇게 자세하게 설명 안 해줘도 대충 정황 파악이 된다. 하긴 커다란 건더기는 우리 집에서 처치를 하고, 정신이 끊어진 여자를 여기로 데리고 와서 나머지를 씻기…… 홀딱 벗기고…… 이 남자의 눈에 다 노출이 되어서…….

아, 정말 돌아버리겠다.

"감상 잘했어."

윽!

아아, 정말 나는 왜 태어난 걸까.

무엇보다 저 남자, 왜 안 비꼬시나 했다. 나영은 귓불까지 빨개져서 시선으로 시트만 더듬었다.

"오, 옷쯤은 입혀줬으면 좋았잖아요. 창피해 죽겠네, 정말."

"속옷이 없었으니까."

정말 간단한 대답이다. 아무리 공격할 점을 찾으려고 해도 허점이 없는, 그야말로 원천봉쇄의 답안. 없으니까 못 입힌 걸 어쩌라고? 아아, 그렇습니까.

"티는요? 티는 있을 거 아니에요. 그거 입히면 되잖아요!"

아! 드디어 내 머리도 좀 돌아가는구나. 어때요, 한도진 씨? 이 질문에는 못 피해가겠지?

"입히기 싫은데. 왜, 문제 있어?"

아닙니다. 변태에게 변태성을 더 부각할 수 있는 질문을 해봐야 뭐 하겠어요. 같은 종류의 술에 술을 섞는다고 더 진해지지 않는다는 논리와 같죠.

남자의 구릿빛 가슴팍에 파전이나 부치는, 더한 변태가 수그릴 뿐.

"좀 돌아 있어봐요. 옷 갈아입고 가봐야 해요."

큭!

도진이 갑자기 소리를 내어 나영은 그를 흘끗 쳐다봤다. 좀 토했다고 사람을 잡아먹을 듯 노려보고 있더니, 비웃음이긴 했지만 어째서 웃을 생각이 든 건지 모르겠다.

"왜요? 갑자기 왜 웃어요?"

"첫날로, 돌아간 것 같아서."

나영의 얼굴이 새빨개졌다. 그랬다. 그날도 이 모양 이 꼴로 침대에 앉아 시트에 칭칭 감겨서 돌아달라고 했었지. 아아, 난 왜 이렇게 발전이 없는 걸까.

"입어."

그가 흰 티를 내밀면서 말했다. 내 건 아닌 것 같고 저 남자 것인 모양인데.

고마워요. 한도진 씨는 매너가 있군요. 하지만…… 기왕 주는 거 일어나서 여기까지 가져다주든지, 아니면…….

"더, 던져 줄래요?"

"싫은데."

또! 장난하려는 거다. 또, 사람을 놀리고 비웃으려는 거다! 최선을 다해 놀리려는 거다!

"저기요, 지금 우리가 장난하고 있을 사이는 아니지 않아요?"

너무 딱딱하게 말해 버렸나. 한 손으로 턱을 괸 채 다른 손으로 티를 내밀고 있던 도진의 표정이 천천히 굳었다. 그나마 엷게 돌고 있던 매력적인 미소, 혹은 조소도 사라졌다. 아, 난 왜 이렇게 타이밍을 못 맞추는 걸까. 거기에서 꼭 그 말을 했어야 했니? 사실은 자기도 저런 미소 싫지 않으면서.

그냥, 어떻게 반응하면 좋을지 모르니까…….

도진이 소파에서 일어났다. 괜히 미안해서 시트를 둥둥 감은 채 나영도 일어나려고 하는데 어깨가 꾹 눌렸다. 앞까지 온 도진이 침대 위에 한쪽 무릎을 대고 상체를 숙인 채 나영을 내려다보았다.

"왜……."

반사적으로 뒤로 빠지려는 나영의 등을 그의 다른 한 손이 받쳤다. 나영의 어깨가 가늘게 떨렸다. 만약 이대로 그의 숨결이 조금만 더 다가오면, 아마 자신은 아무런 반항도 하지 못하리라. 하고 싶지 않은 건지, 하지 못하는 건지 구분도 명확하지 않았다.

등을 받친 채 천천히 다른 손이 올라왔다. 귀 쪽으로 가자 어깨가 흠칫 떨렸다. 머리카락에 닿으려던 손은 결국 멀어졌다. 침대가 가벼워지면서 그가 바닥을 딛고 섰다.

"입고 가."

그는 그대로 서재로 들어가 버렸다.

"기다리고 있었어요."

도진이 침대 위에 놓고 간 면티와 반바지를 헐렁하게 입고 집으로 들어선 순간, 나영은 깜짝 놀랐다. 어제 술에 취해 반쯤 기절해서 자고 있던 히메가 일어나 앉아서 그 누구보다 서늘한 아름다움을 빛내며 기다리고 있는 것이다. 예쁜 여자들은 숙취라든지, 술로 인해 눈이 붓는 현상도 없는 건지 정상인보다 더 정상 같았다. 더 화가 나는 건 번진 마스카라라든지, 밀린 화장 자국이 전혀 없다! 잡티 하나 없는 저 하얀 피부는 땀구멍조차 보이지 않는 것이다.

비칠 정도로 투명한 피부는 파우더 같은 화장품이 아닌 본래의 피부색인 것 같았다. 왜 이렇게 오늘 아침의 자신이 추레하게 느껴지는 걸까.

"……기다렸…… 다뇨?"

"여기가 아가씨 집 맞죠? 자고 일어나니까 아무도 없더군요. 아무래도 날 재워준 것 같은데, 둘러보니 여자가 사는 집인 것 같아 기다리고 있었어요. 고맙다는 인사는 해야 할 것 같아서."

정말 생긴 것만큼 딱 부러지는 성격이다. 물론 말투 자체에 냉기가 묻어 있는 게 흠이긴 했지만, 일부러 그런다기보다 성격 같았다. 저 얼음 나라 국민들은 어째 모두 저 모양이니.

히메 여인에, 국왕 208호 남자라.

"아…… 그렇구나."

어색하게 웃을 수밖에 없었다. 지금 당신이 만나고 싶어하는 남자의 집에서 자고 왔다는 말을 어떻게 할 수 있을까. 그것도 알몸으로, 과감하게! 어제 그의 눈앞에서 실오라기 하나 걸치지 않고 씻어졌을 생각을 하니 정말이지 내 입을 틀어막든지, 그 모든 일의 원흉인 위를 없애고 싶었다.

"근데, 아침부터……. 어머, 나도 참 별걸 다 궁금해한다니까."

히메는 호호 웃었지만, 뭘 묻고 싶어하는 건지 단박에 알아차렸다. 아, 창피해.

"애인? 어머, 난 왜 이렇게 궁금해하고 있지? 호호호."

실수인 척하면서 계속 궁금해하고 있잖아요.

그러고 보니 이 여인, 좀 특이했다. 생긴 걸로만 봐서는 눈빛이 닿는 곳마다 다 얼려 버릴 것처럼 차게 생겨선, 잘 웃으니 좋긴 하다. 누구처럼 사람을 놀리면서 희열을 얻는 것 같아, 그게 문제였지만.

"연인이 같은 아파트에 사나 봐요? 어머어머, 난 몰라. 궁금한 건 못 참는 성격이라서."

"저기…… 제가 곧 출근해야 하거든요."

"어머! 그럼 아침 먹겠네요? 난 토스트면 돼요."

뜨아!

나영은 자신보다 더 철판인 여자를 쳐다보며 입을 벌릴 수밖에 없었다.

"땅콩 잼 정도는 있겠죠?"

"네, 그건 냉장고에……."

"난 땅콩이 씹힐 때의 고소함이 좋거든요. 아가씨, 아니, 뭐라고 부르지? 암튼 그쪽도 땅콩 좋아해요?"

"네, 술안주로요. 제 이름은 민나영이에요."

"어머, 술도 좋아하는구나? 그럼 언제 우리 한잔해요. 이것도 인연인데. 나 주워서 재워줘서 정말 고마워요. 보답할게요."

나영은 그저 핫핫핫 웃을 수밖에 없었다. 어떻게 이 집에 들어오게 되었는지 전혀 기억에 없나 보다. 댁이 날 얼마나 두들겨 팼는지, 그 정도는 기억해 내라구!

"내 이름은 노은수예요. 은수라고 불러요. 참, 몇 살이에요?"

"스물일곱이요."

"난 서른이에요. 아아, 알아요. 그렇게 들어 보이지 않는다는 거죠? 워낙 가꾸다 보니 그렇지만, 사실 나도 자세히 보면 주름 많아요. 솔직히 하나도 안 보이지만요. 호호호."

저기요, 아주 잘 보이거든요? 웃으니까 자글자글하구만요!

한 마디도, 어떤 대응도 하지 않았는데 자문자답에 북 치고 장구 치는 걸로도 모자라 살풀이까지 하는 히메, 아니, 은수를 멍하니 바라보았다. 이러다가 턱 빠지겠다.

한도진, 재잘재잘거리는 게 귀여운 여자는 내가 처음이라더니, 거짓말이잖아! 이 여자가 백배는 귀엽구만! 사실 귀엽단 표현보다 미인이란 어감이 더 맞았지만, 미인은 뭘 해도 예쁘고 귀여운 건 사실이니까.

도대체 한도진과는 무슨 관계예요? 라고 묻고 싶은 걸 꾹 누르고 있었다. 서른이라는 걸 보니 동갑인 모양인데 걷어차인 건지, 합의하에 헤어진 건지, 차버렸던 건지 정말 궁금했다. 사귀지 않았을 리는 없다. 이런 미인과 그런 섹시맨은 궁합도 볼 필요 없는 천생연분이 아닐까.

"미안하네. 나만 먹잖아요. 암튼 출근 준비해요. 참, 차 있어요? 없으면 내가 태워줄게. 보답하는 의미로."

주방에서 들려오는 말을 들으며, 나영은 방에서 옷을 갈아입다가 한숨을 폭 내쉬었다. 별로 필요없거든요? 그저 고이 가주시면 됩니다. 칠부 소매의 에스닉한 남방과 정장 팬츠를 입고 거실로 나오자 은수는 토스트를 계속 먹고 있었다. 아침 같은 거, 크로와상과 블랙커피 한 잔을 은쟁반에 받쳐 우아하게 먹는 것 아니면 입에도 대지 않게 생겨선, 남의 식빵을 잘만 뜯어먹고 있다.

뭐랄까, 좀 주책맞은 타입 같다. 민나영의 인격이 아니었다면, 이런 히메는 바로 테라스에서 고공낙하감이다. 게다가 땅콩잼이 묻은 손가락을 쪽쪽 빨고 계시다. 예쁘게 손질된 손톱이 아까운 광경이다.

"으으, 한도진. 정말 가만 안 둘 줄 알아."

갑자기 부르르 떨면서 이를 가는 바람에 나영의 어깨가 움찔했다. 그 남자의 이름이 들리는 동시에 조건반사가 일어난 것이다. 그나저나 저렇게 이를 가는데, 이 동네 오뉴월에 용케 서리가 안 내렸다.

"그, 한도진이란 사람은 누군데요?"

이렇게 설레발 식으로 물어보면 꼭 대답해 줄 것 같아서 한번 떠봤더니.

"누군 누구예요, 검은 마왕이지. 정말 그 못된 남자, 한 번만 제대로 걸려주면 좋겠는데."

"……아주 사이가 안 좋은가 봐요?"

그래, 이거다. 궁금한 건 나도 못 참는 성격이거든. 얼른 술술 불어라.

"안 좋죠. 안 좋아요. 뭐랄까, 어릴 때부터 알던 사이인데, 내가 중학교 때 프러포즈를 하고, 고등학교 때 청혼을 하고, 대학교 때 혼담을 넣었는데 모조리 다 걷어차였죠."

아아, 머리가 굵어질 때마다 매매 똑같은 짓을 하셨구만. 프러포즈나, 청혼이나, 혼담이나!

"여자로 안 보인다는 거예요. 그런 게 가능하기나 해요? 어떻게 나처럼 완벽한 여자를 흘끗 쳐다보지도 않는 건지 도대체 이해가 안 가. 무슨 일이 있어도 꼭 내 발 아래에 정복시키고 말 거야. 자존심 상해서 정말 미치겠어."

그러면서 토스트를 우걱우걱 씹고 계시는 저분, 저 히메, 저

은수님.

아무래도, 도진의 마음도 살짝 이해가 된다지?

그러니까 별 관계 없이, 일방적으로 무시당한 여심이 칼을 갈고 있었던 것이구나. 사귄 사이가 아니라니 어쩐지 마음이 놓였다. 아니, 어째서! 왜!

"저 지금 나가야 하거든요? 같이 나가실 거죠?"

내 집에서 어째서 손님한테 이런 질문을 하는지는 모르겠다만.

딩동!

그때 울린 초인종 소리에 나영은 백을 챙겨 들어 현관으로 다가갔다. 세탁소 아저씨가 세탁물을 갖고 온 걸까? 별생각없이 문을 열었다가 깜짝 놀랐다. 문 앞에 서 있는 남자는, 한도진이었다. 나영의 얼굴이 반사적으로 확 붉어졌다. 감색 정장을 깔끔하게 차려입고 떡 벌어진 어깨를 과시하듯 문 앞에 당당하게 서서 나영을 물끄러미 내려다본다.

굳어서 아무 말도 못하고 있는 나영을 스윽 스쳐 지나 안으로 들어가면서 그가 낮게 말했다.

"그런 얼굴 하지 마. 아무 관계가 없어도 덮쳐 버리고 싶으니까."

나영의 심장이 쿵 떨어져 발등에서 굴렀다. 쩡 얼어 있다가 겨우 정신을 차리고 뒤늦게 몸을 돌렸다.

"여, 여긴 왜 온 거예요!"

"수거하러."

무척이나 황당한 대답.

일단 놀랐다가 그 의미를 되새기곤, 어쩔 수 없이 쿡 웃음을 흘렸다.

저 남자 표현, 미치겠다, 정말.

빠른 걸음으로 도진을 따라 들어가니, 수거 대상 히메는 식탁에 앉아 땅콩 잼을 쪽쪽 빨고 있었다. 여전히 저 짓이다.

"응? 누가 왔어요?"

중지에 묻은 잼을 빨던 중 고개를 들던 은수의 눈이 정지하더니 벌떡 일어났다.

"하, 한도진!"

도진은 팔짱을 척 끼고는 은수를 차갑게 노려보았다.

"뭐 해?"

"내, 내가 묻고 싶은 말이야. 여긴 어쩐 일이야? 나 이 집에 있는 거 어떻게 알았어?"

"따라와."

절대 길게 설명하는 법이 없는 남자가 그 말만 남기고 돌아섰다가, 뒤에 서 있던 나영을 발견하고는 우뚝 멈춰 섰다.

"또 찾아오면 나한테 연락해."

나영은 고개를 끄덕였다. 별달리 할 말이 없었다. 두 번 두들겨 맞고 싶은 마음도 없었고, 또 문도 더 걷어차였다간 떨어지고 말 테니까.

요상한 일족, 히메(ひめ)

"잠깐, 두 사람 무슨 관계?"

은수가 얼른 식탁에서 나와서 앙칼진 소리로 외쳤다.

"뭔가 있어 보이잖아. 안 그래? 어째서 그렇게 잘 아는 사람처럼 말하고 있냐고 묻잖아. 나영 씨라고 했죠? 이 남자하고 무슨 관계예요?"

은수가 직접적으로 나영에게 따지고 들었다. 땅콩 잼하고 식빵까지 준 사람한테 너무 안면몰수다. 히메, 그러면 벌받는다!

"그게, 그러니까……."

나영은 대답할 말을 찾지 못했다. 무슨 관계냐고 물으면 아무 관계도 아니라고 대답해야 하는데, 대놓고 말하기는 또 싫다. 우물거리는 나영을 물끄러미 지켜보던 도진이 나섰다.

"그걸 네가 왜 물어?"

"이, 이것 봐! 편드는 것 같잖아. 이상해. 수상해. 도대체 어떤 사이야? 내 눈앞에서 지금 무슨 짓을 하는 거야?"

"네가 뭔데."

아아, 저 너무나 매몰찬 빙설보다 차가운 말발이여. 나한테 안 날아오기 정말 다행이구나. 나영은 진심으로 속으로 성호를 긋고 있었다.

당연히 은수의 하얀 얼굴이 더 하얗게 질렸다.

"한도진, 너…… 어떻게 그렇게 하나도 안 변해. 꼭 그렇게 대놓고 무시하기야?"

"찾아오지 않으면 무시당할 일도 없겠지."

"한도진! 정말 그럴 거야? 어째서 난 여자 취급도 안 해주고는, 둘이서 그런 모드를 조성하는 거냐고 먼저 물었잖아!"

요상한 히메다. 이상한 모드는 조성한 게 없다. 결단코 그저 평범한 분위기로 대화한 것뿐인데.

"뭘?"

도진의 짧은 물음에 이번에는 동조해 주고 싶었다. 뭘? 뭐가 그런 모드였습니까?

"한도진, 내가 널 한두 해 봐? 네가 그런 눈으로 여자를 본다고?"

응? 무슨 눈? 어떤 눈인데?

"다시 여기 와서 실수하지 마."

"봐! 봐! 편들었지? 지금 나영 씨 편든 거지?"

"연애."

도진의 별안간스러운 말이 흘러나온 순간 흥분해서 날뛰고 있던 은수도, 한쪽에서 관자놀이를 짚고 있던 나영도 동작을 딱 멈췄다. 두 사람의 시선이 동시에 도진에게 향했다.

"했다."

연애…… 했다.

그가 한 말의 전부였다. 더불어 브라보! 를 외쳐 주고 싶을 만큼 정확한 표현이었다. 했지? 그럼, 했지. 연애했지. 과거형이지. 아주 정확하지.

은수의 눈이 점점 확장되다가, 저러다 터지는 건 아닐지 걱정

될 정도로 부풀어 올랐다. 지금 보니, 히메의 눈은 약간 붕어눈의 기미가 보였다. 워낙 다른 부분이 출중한 미모를 자랑하고 있어서 몰랐는데, 눈꺼풀 위가 다소 돌출형이었다. 하긴 저런 여자들이 또 예쁜 경우가 많지.

"뭐, 뭘 해? 여, 연애를? 두 사람이 사, 사귀었단 말이야?"

"네."

합! 나영은 깜짝 놀라 입술을 막았다. 당연히 도진도 대답할 줄 알고, 같이 대답해 준다고 나름 신경 쓴 거였는데 도진은 아무 말도 없었다. 덕분에 나영만 열렬히 수긍한 꼴이 되었다. 이번엔 은수의 화살비 같은 시선이 나영에게로 콕콕 쏟아졌다.

"당신, 그럼 그걸 알고도 이것저것 물은 거예요? 뭐가 이렇게 치사해요? 페어플레이를 해야지. 그럼 그때 말하면 좋았잖아요. 한도진하고 그런 관계라면, 미리 말을 했으면 이런 우스운 꼴은 안 당했잖아!"

"……미안해요."

아아, 좀 더 길게 사과하고 싶은데 한도진한테 짧게 대답하기를 그새 배워 버린 모양이다.

"정말 기분 나빠. 자존심 상해. 너무너무 화나."

은수는 열불을 참지 못하겠다는 듯 손부채를 팔랑팔랑하며 눈꺼풀을 마구 깜빡거렸다. 붕어눈에 약간 정서불안의 기미까지 추가.

"하지만 지금은 이미……."

"알았으면 다신 실수하지 마. 어서 나와."

현재의 관계에 대해 설명하려던 나영의 말은 도진에게 막혀 버렸다. 일부러 그런 건지, 타이밍이 그렇게 된 건지 알 수가 없었다. 은수는 차가운 눈으로 나영을 쏘아보다가 백을 홱 챙겨 들고 현관으로 향했다.

어쩐지 저 두 사람이 빚 받으러 왔다가 각서 쓰게 하고 당당하게 나가는 채권자 쪽 같고, 나영은 봉투 붙이다가 별안간 들이닥친 빚쟁이들한테 시달린 채무자 같은 기분이었다. 온몸에서 힘이 쭉 빠졌다. 도진은 현관 앞에 서서 문을 열고 기다리고 있었다. 구두에 발을 끼워 넣은 은수가 나영을 홱 돌아보았다.

"흥, 당신도 곧 알게 될 거야. 한도진은 어차피 연애 같은 거 진심으로 못하니까."

그렇게 말 안 해도 알고 있다.

"진심이 뭔데?"

도진에게 들었던 가장 아픈 말. 하지만 대놓고 또 들으니, 즐거울 리 없다.

도진이 고개를 절레절레 흔들며 이마를 꾹 눌렀다. 저렇게 기분 나쁜 소리를 듣고도 반론 따위 하지 않는 걸 보니, 역시 그런가 보다.

라고 쿨하게 생각하련다.

요상한 일족, 히메(ひめ)

"결국 한도진은 내 남자가 되게 되어 있어. 우린 어울리는 사이니까."

"……."

도진은 은수를 물끄러미 보기만 했다. 기가 막힌다는 표정이란 걸 알 수 있었다.

"그러게요. 그래 보이네요. 알았으니까 그만 가주시죠, 한도진 팬클럽 회장님."

도진의 말을 딱 자르고 나선 나영 때문에 은수의 눈이 일 초에 약 이백 번은 흔들린 듯했다. 믿을 수 없다는 얼굴로 나영을 쳐다본다.

"지금 뭐라고 했어?"

"땅콩 잼, 맛있었죠?"

"그, 그거야……."

"쪽쪽 빨아먹는 걸 보니까 꽤 맛났던 모양인데, 그쪽 미인이고 나쁜 사람 같진 않지만 기본적인 예의가 없군요. 최소한, 하룻밤 재워준 걸로도 모자라 바쁜 출근 시간 쪼개서 토스트까지 차려준 사람한테 이러는 거 아니에요. 그만 가보세요."

현관에 기대선 도진이 쿡 웃었다. 저 남자는 뭐가 좋다고 웃는 건데? 원흉이 누구냐구.

"너, 고작 한도진이 선택했다고 나한테 우위를 내세우는 거라면……."

"가실래요? 경비 부를까요?"

제대로 찌른 건지 은수가 하얗게 질려선 또각또각 소리를 내며 밖으로 휙 나갔다. 뒤도 안 돌아보고 그녀가 사라졌는데도 도진은 현관에 서 있었다.

"안 따라가요?"

나영은 어쩐지 초토화된 것 같은 자신의 거실을 둘러보며 물었다.

"내가 왜?"

"수거하러 왔다면서요."

"밖으로만 내놓으면 알아서 실어가니까. 노은수 경우는 발이 달렸으니까 알아서 걸어가겠지."

나영은 고개를 절레절레 저었다.

"진심인 것 같던데, 그렇게 계속 무시해요? 자존심 상해서 그러는 거란 생각은 안 해봤어요?"

왜 이렇게 시비를 걸고 싶은 건지 모르겠다. 지각도 했겠다. 대놓고 매몰차게 따졌더니, 도진이 기대고 있던 등을 스윽 들어 안으로 뚜벅뚜벅 들어왔다. 나영은 반사적으로 뒤로 밀려나면서 더듬거렸다.

"오, 오지 마요. 내, 내가 잘못 말한 것도 없잖아요."

"그럼, 노은수 받아줄까?"

벽으로 나영을 가두며 내뱉는 도진의 목소리가 차디찼다.

"그, 그걸 왜 나한테 물어요?"

"너처럼?"

"무슨 말이에요!"

"한 번 배신한 옛 남자도 받아주는데, 좋다고 오기 부리는 여자쯤 못 받아들일 것도 없지."

나영은 입술을 꼭 깨물고 고개를 돌렸다. 옛 남자를 받아줘? 완벽하게 잘못 짚고 있다. 그건 사실이 아니라고, 지금 말해봐야 안 통하겠지? 어떻게 그렇게 바로 믿어버릴 수 있는 걸까. 아니면 그렇게 생각해 버리고 싶다는 걸까.

"너무 걱정하지 마. 섹스가 고프면 자연히 받아줄 마음이 생기겠지."

"당신……!"

입술이 손가락으로 꾹 눌리는 바람에 더 말을 잇지 못했다. 얼굴이 가까이 다가왔다. 허리를 숙여 뺨에 입술이 닿을 거리까지 위치시키고는 말했다.

"노은수, 조심해. 진정될 때까지 내 집에서 지내도 좋아."

"누, 누가!"

흥분해서 움직이는 바람에 뺨과 입술이 닿아버렸다. 나영은 어깨를 밀어가며 되도록 거리를 만들었다. 연애 같은 거 끝낸다고 했으면서, 됐다고 했으면서, 지루하다고 했나? 그랬으면서 틈만 나면 이게 무슨 짓인지 모르겠다.

"불도저로 밀고 들어올지도 모르거든. 그런 여자야."

반항하던 나영의 동작이 딱 멎었다. 눈이 공처럼 커져서 도진을 쳐다보았다. 추, 충분히 수긍이 되었다. 가능했던 것이다. 어쩐지 이상한 히메…… 두렵다고 생각한 순간, 그 표정이 고스란히 드러난 얼굴을 내려다보고 있던 도진이 참을 수 없어 킥 웃고 말았다.

뭐, 뭐야. 농담이었어?

하지만 진짜로 속아버릴 뻔했다.

안도의 한숨을 폭 내쉬고 있던 입술이, 성큼 내려온 입술에 꽉 물렸다. 자지러지게 놀랄 정도로 물어버리고는 물러나는 것이다. 나영은 눈을 세모꼴로 번쩍 치켜뜨고 도진을 노려보았다.

"정말 왜 이래요! 함부로 해도 좋다고 누가……."

"새벽에 시중 들어준 거 기억 안 나?"

더 따질 용기가 팍 수그러들었다.

"수고비를 받은 것뿐인데 불만있나."

……아닙니다. 없습니다요.

체념하고 있는 나영의 고개가 뒤로 젖혀졌다. 도진이 고개를 엇갈려 키스 포즈를 하고는 눈을 가늘게 떴다. 섹시한 그 눈매로 조소하듯 말했다.

"수고비, 아직 모자란 건 알고 있겠지?"

"뭘 어떻게 해주면 되는데요? 나 지각했어요. 청소라도 해줘요? 밥할까요? 빨래라도 해요?"

"그런 건 뭐 하러."

"그럼 뭘 해드리면 될까요?"

"알면서도 묻는 건, 영악한 것도 뭣도 아니야."

요상한 일족, 히메(ひめ) 239

서서히 내려오며 벌어지던 입술이 나영의 입술을 덮기 직전 멈추어 선, 너무나 얄밉게 말했다.

"키스하겠어. 아니면 네가 좋아하는 그 밥, 빨래를 해주겠어."

나영은 흐릿해지려는 이성을 단속하기 위해 일부러 눈을 크게 뜨고 있었다. 눈을 감는 순간, 그가 만드는 감각 속으로 빨려 들어 가고 만다. 그럼 아마도 또 그의 페이스대로 욕망에 몸부림치는 여자가 되겠지. 되도록, 몸을 유혹하는 욕구를 밀쳐 내기 위해 나영은 또박또박 말했다.

"밥, 빨래를 하죠."

도진의 입술이 살짝 말려 올라갔다.

"아쉽군."

손가락이 천천히 나영의 머리카락을 쓸어 올렸다. 드러난 이마에 짧게 입술을 누르고는 나영을 놓아주었다. 나영은 가늘게 떨리는 손가락으로 이마를 짚으며 그를 보았다.

"빨래는 안 할래요. 지금 걸로 교환."

"큭, 말도 안 되는 소리. 내가 너한테 받아내는 키스가 그런 단순한 키스일 거라고 생각하나."

나영의 사고가 바로 굳었다.

도진이 씩 웃으며 나영의 이마를 톡톡 두드렸다.

"언젠가 말했지? 키스로 끝낼 자신은 없다고. 자, 그 정도의 보상을 한번 기대해 보지. 웬만한 가사일로는 안 될 거란 사실만 알아두시게."

그 말을 끝으로 도진은 돌아섰다. 그리고 지각에, 가정부 예약의 이중고를 떠안고서 비틀거리는 여자를 두고 휭 떠났다. 아아, 이럴 줄 알았으면 진작 김영태한테라도 돌아갈 걸 그랬나. 그럼, 이 마수에 걸려들지 않았을까.

술이 원수다. 아니, 삶이 원수다. 사랑이 원수다. 모든 것이 원수였다.

Act 8

사랑과 투쟁의 식탁

아홉 시, 퇴근하자마자 전화로 도진의 집으로 끌려간 나영은 냉장고를 뒤져 강제로 저녁 준비를 해야 했다.

"이 시간까지 저녁도 안 먹고 뭘 했담."

냉장고에 있는 재료는 간단했다. 스테이크 재료와 맥주.

소고기, 맥주, 빵가루, 맥주, 양파, 맥주, 브로콜리, 맥주, 맥주, 맥주, 맥주……

"메이드가 아직 안 왔는데, 감히 먹을 수야 있나."

도진의 얄미운 말을 못 들은 척 흘리면서, 나영은 어느새 캔 맥주를 하나 따서 마시면서 스테이크와 전쟁을 치르고 있었다. 그녀가 그런 요리를 할 수 있을 리가 없었다. 술 마신 다음날,

콩나물국도 못 끓이는 변변찮은 실력으로 무슨.

일단 요리책을 보며 따라 하고는 있다지만 아무래도 다 된 요리를 내놨을 때 스테이크로 얻어맞든지, 포크로 찔리든지, 나이프로 썰리든지 셋 중 하나다. 결국 자포자기로 맥주만 홀짝거리는 중이었다.

"그런 자세로 요리를 하다간 기름에 자네를 튀길 우려가 있어."

냉장고를 열어 캔맥주를 꺼내면서 도진이 한 말이었다. 절대 공감이다.

이쪽은 퇴근하자마자 손만 씻고 주방으로 밀어 넣어졌는데, 저쪽은 샤워를 한 후의 너무나 산뜻한 모습으로 관능을 흩뿌리며 서 계시다. 저러려고 고의로 퇴근 시간까지 기다린 거지. 아무렴, 그러셔야 한도진 씨지.

늘 딱 떨어지는 이지적인 정장 차림이었는데, 지금은 멋스러운 남방을 바지 밖으로 빼고 편해 보이는 청바지에 맨발이었다. 강인한 느낌의 턱 아래로 목과 어깨로 이어지는 견고한 선이 드러나 있고, 물기만 말려 자연스럽게 헝클어뜨린 느낌의 머리 스타일이 또 그에게 잘 어울렸다. 눈매가 워낙 짙고 얼굴형이 반듯해서 머리에 까치집을 지어도 절대 우습게 보일 타입이 아니다.

대충 요리책을 보며 소스를 만들면서도 시선은 흘끗흘끗, 식탁 의자에 앉아 맥주를 마시고 있는 그 남자를 살폈다. 드러난 쇄골이라든지, 맥주를 마실 때 시원하게 울리는 목울대라든지, 뼈가 툭툭 튀어나온 맨발의 느낌이라든지.

그와 섹스를 할 때, 그런 생각을 문득 했었다. 한창 움직일 때 그의 등을 천장에서 내려다보면 어떤 느낌일까. 어깨뼈에 땀이 맺히는 모습이라든지, 허리가 강하게 밀어 올려질 때의 파동이라든지, 그 단단한 등에 힘이 들어갈 때의 형태라든지. 그런 게 보고 싶다고.

아, 정말 변녀가 아니라면 그 누가 그런 생각을 할까. 바로 지금, 그런 생각을 쓰잘데기없이 하면서 나영은 혼자 얼굴이 빨개져서 굳어버렸다.

"어이, 소스 만들다가 기절했나?"

동작 정지 상태였나 보다. 도진의 말에 화들짝 놀라서 얼른 손을 움직였다.

"시, 신경 쓰지 마시죠. 그보다 맥주 마실 거면 거실에서 마셔요. 누가 있으면 요리가 안 된단 말이에요."

"난 예술 작품을 만들라는 게 아니라 먹을 수 있는 걸 하라는 거다."

"그럴 건데요?"

"과연 먹을 수 있을까, 궁금해져서 말이지."

"흥!"

나영은 고개를 팩 돌리고 다시 요리에 집중했다. 과연…… 정곡을 찔렸다. 자신도 그게 걱정이다. 흐음, 이 죽 같은 소스를 먹을 수 있을까나. 이 소스, 도배하면 딱이겠다, 라고 생각하고 있던 나영은 갑자기 등 뒤로 다가온 느낌에 깜짝 놀라 고개를 돌렸다. 이 남자가 또 무슨, 사람 곤란하게 하는 행동을 하려고……

하지만 그건 아니었다. 심장을 녹아내리게 하는 접근을 하면 정말 양파로 때려줄 생각이었는데, 그는 그냥 무미건조한 눈으로 나영의 어깨 너머를 보고 있었다. 그러니까 요리가 잘되어가고 있는지, 감시 차원인 모양이다. 문득 그가 말했다.

"칼 쓸 때 조심해라."

나영의 심장이 팔짝 뛰었다.

"네, 네?"

한도진도 인간이라고 걱정해 주는 건가?

"베면, 핥아주지."

스윽 뺨으로 입술을 가져오는 저 뻔뻔한 남자. 머릿속이 오로지 그쪽으로만 뻗어가는 저 남자…… 의 등은 섹스할 때 얼마나 섹시할까, 라고 생각하는 이쪽이니 정말 할 말 없다.

"가끔……"

사라락, 긴 손가락이 나영의 목선을 스쳤다. 온몸의 솜털이 쭈뼛 섰다. 나영은 시퍼런 식칼을 들고서 멍하니 도진을 바라보았다. 허리에 한 손을 얹은 채 상체를 기울이고 있어 입술의 거리가 가까웠다. 허스키한 어조로 낮게 이어지는 말.

"참을 수 없이 섹시하게 느껴질 때가 있어."

머리카락 속으로 손이 들어왔다. 마치 한 가닥 한 가닥 세는 느낌으로 어루만진다. 피부가 직접 만져진 것처럼 저릿했다. 손가락에 한 번 감아 살짝 잡아당긴 도진이 나영의 귓가에 천천히 속삭였다.

"내가 발견한 보물을, 그 녀석은 이미 알고 있었던 거겠지?"

나영의 눈이 번쩍 떠졌다. 무언가 어마어마한 분노가 치솟아 올라 오려는데 도진은 다음 말을 먼저 내뱉었다.

"그러니 못 놓는 거겠지."

자존심이 너무 상했다.

원망스러운 눈으로 도진을 노려보았지만, 그는 손을 떼고서 이미 돌아섰다. 나쁜 남자다. 그런 말을 해서 무얼 얻으려는 수작인 걸까? 민나영의 가치가 그렇게 크다는 소리니 기뻐하라는 걸까? 그게 아니면 저쪽은 쿨하게 나영과 영태 커플을 인정하고 있으니 칭찬해 달라는 걸까. 무심한 어조로, 너무나 날카로운 일침을 놓는다.

그의 입을 통해 나온 말 한 마디 한 마디가 그녀에게 어떤 식으로 흡수가 되는 건지, 전혀 모르거나 관심없거나, 아니면 그러거나 말거나.

그의 말에 독을 바르는 사람도 그녀 자신, 가시를 만들어 박는 것도 그녀 자신. 그래서 그 독에 쓸리고, 가시에 찔리는 것도 그녀 자신이다. 아무렇지도 않게 내뱉는 말쯤, 아무렇지도 않게 받아들여 깡, 소리가 날 정도로 쳐버려 홈런이 되는 걸 지켜보면 되는데.

그는 되는 〈쿨〉이 나는 왜 안 되는 걸까.

"한도진 씨."

그를 불렀다. 부르니 돌아본다. 여유롭게 돌아보는 그 오만한 입에 그대로 소스를 묻힌 손가락을 찔러 넣었다. 반사적으로 입술이 열려 손가락이 쑥 들어갔다. 눈과 눈이 마주쳤지만 후퇴하지 않았다. 손가락의 한 마디가 잡아먹힌 것처럼 그의 입술 속으로 들어가 있어 보이지 않았다. 시간이 정지한 것처럼, 그도 나영도 말이 없었다. 동작도 없었다.

천천히 도진이 손을 들어 나영의 손목을 꽉 쥐었다. 그대로 업어치기라도 당할 줄 알았는데, 나영의 손가락 끝에서 할짝, 혀의 움직임이 느껴졌다. 곧 압박을 주어 손가락을 쪽 빨면서 혀로 핥는다. 보란 듯 둥글게 혀를 돌리는 바람에, 공격하려던 나영의 심장은 오히려 공격당해 거세게 뛰었다.

천천히 도진의 손에서 힘이 풀렸다. 입술이 열리는 순간, 나영은 얼른 손을 뺐다. 소스가 아니라 그의 타액이 묻은 손가락 끝이 화끈거렸다. 아니, 몸 전체가 화끈거렸다.

당황해 있는 나영에게 도진의 목소리가 떨어져 내렸다.

"양념을…… 맞춘 거냐. 쑤셔 넣은 거냐. 맛없다."

정말 미운 남자인데…….

프라이팬은 제자리에 잘 걸려 있었다. 저것만 어떻게 잘 휘두르면, 복수할 방법이 영 없는 것도 아닌데.

사랑과 투쟁의 식탁　247

"네? 휴일인데요?"

나영의 항의 가득한 멘트에 도진은 깔끔하게 대답했다.

"휴일이니까."

어찌 보면, 휴일에 할 수 있는 여러 가지 일들에 대한 무척 달콤한 상황들을 떠올릴 수 있는 말이었다. 그러나 그건 그냥 말 그대로 휴일은 하루 종일 오프이니까 딱 좋은 날이란 뜻일 뿐이었다. 무엇을 하기에? 대청소하기에.

먹고 죽지 않을 정도로 만든 스테이크를 저녁 식사로 내놓은 다음날부터 나영은 야근을 하게 되어 다행히 도진을 피할 수 있었다. 진심으로 하는 말인데, 일부러 일 핑계를 댄 게 아니라 정말 야근이 걸렸다. 하지만 고의가 아니었다고 해도, 도진에게 안 끌려가도 된다는 사실에 속이 다 편했다. 며칠 동안의 죄수 메이드 생활에 대한 스트레스로 위염까지 올 지경이었는데, 속이 따끔거리는 기미도 덕분에 싹 나았다.

그리고 맞이한 휴일, 집에서 편히 쉬어보려는 사람을 저렇게 바로 콜 하신 것이다.

"밥, 빨래를 하죠."

나영이 그에게 한 대답은 그것. 밥은 했으니, 이제 빨래를 하란 소리다. 하지만 단지 빨래가 아닌 대청소 속에 포함된 빨래. 그나마 다행인 것은, 도진은 그날 출근해야 하기 때문에 집에 없다는 것. 호랑이가 없는 호랑이 우리는, 그마나 감사한 조건

이었다. 그 집 거실에 서게 되었을 때, 한도진이 퇴근하기 전에 얼른 해치우고 돌아가야겠다는 생각이 마구 들었다.

일단 세탁기를 가동하고 열심히 청소기를 돌리고 있을 때였다. 꼭 초인종 소리가 들리는 것 같아 나영은 청소기를 잠깐 껐다. 역시 초인종이 정신없이 울리고 있었다. 한 번 누르는 것도 아니고 심하게 여러 번. 저렇게 방정맞게 초인종을 누르는 사람은 누구일까? 도진이라면 자신이 열고 들어올 테고, 장난기가 발동했다고 해도 저런 짓을 할 성격이 아니다. 택배 아저씨라도 저건 좀 심한 간격인데…….

"누구세요?"

고개를 갸웃거리며 다가가 인터폰을 든 순간이었다. 가슴 철렁 놀라게도 화면에 비친 사람은 불량 히메, 은수였다.

[한도진! 빨리 문 열어! 또 여기 펑펑 차줄까? 아니면 위층으로 바로 올라가는 수가 있어!]

위층이라면 자신의 집이다. 와아, 저 여인 정말 대단하다. 순간적으로 나영의 머릿속에 든 생각은 바로 그런 것이었다. 이상하게도 경외감마저 드는 것이다.

저렇게 레퍼토리가 바뀌지 않을 수 있다니.

나영은 별다른 거부감 없이 문을 열어주었다. 사실 피하면 뭐 하겠는가, 란 생각이었다. 게다가 주인도 없는 집 현관문을 걸어차면, 안에 있는 사람이 더 불안하다.

철컥 문을 열자, 은수는 또 쏟아지듯 안으로 들어왔다. 곧 두 여자는 서로를 보며 대치하는 상황이 되었다. 은수의 잘 정리된 눈썹이 위로 한껏 치켜 올라간 건 당연한 결과였다.

"당신이 왜 여기 있어?"

"그러게요. 나도 알고 싶은 일이에요."

"장난해?"

"오랜만이네요."

"한도진, 어디 있어?"

"일단 이 집 안엔 없어요."

"그런데 왜 여기 있어? 주인 없는 집에서 뭐 하는 거지?"

"주인이 절 가둬두고 출근했거든요."

스토커 기질이 있어 보이는데, 출근한 것도 모르고 여기로 찾아오다니. 저 여인은 겉모습은 정말 완벽한데 아무래도 군데군데 허술하다.

은수가 버찌 같은 빨간 입술을 꼭 깨물며 나영을 노려보았다. 나영은 무심한 눈으로 고개를 쓰윽 돌렸다. 사실 자신은 당당했다. 일단 저 여인은 도진과 연인 관계도 뭣도 아니었을 뿐더러, 무엇보다 지금 자신은 인질처럼 끌려와 청소를 하고 있는 것이다. 난리치면서 왜 여기 있느냐고 물어도, 입장은 있고 싶지 않아도 있어야 하는 상태였던 것이다.

근데 어째서 유부남 꼬드긴 여자 취급을 받아야 하는 걸까. 저 눈빛 좀 보라지. 지금 바로 종이를 대주면 바로 잘라 버릴 듯한 안광이로구나.

"어쩐지 문이 열린다 했더니, 한도진이 없었군."

"……."

저런 소리를 자신의 입으로 말할 수 있는 그녀가 참 용하다. 바로 저런 모습이, 나영 자신이 그토록 목표하고 있는 〈쿨〉한 모습인 걸까. 아니면 분위기 파악 못하는 〈맹〉한 모습인 걸까.

"연락이라도 해보고 오지 그러셨어요."

"문도 안 열어주는데 전화라고 받겠어? 그걸 말이라고 해?"

그걸 왜 나한테 따지는 거냐, 넌.

"그 남자, 그만한 가치가 있을까요?"

자신도 모르게 입이 막 열리고 있다. 큰일났다. 입에 신이 내렸나 보다.

은수의 눈꼬리가 바로 찢어졌다.

"무슨 뜻이야?"

"그렇게 찾아오고 항의할 가치요. 은수 씨 에너지가 허비되잖아요. 나라면 그렇게 하는데도 꼼짝도 안 하는 남자라면……."

"그만 안 할래?"

나영의 입술이 딱 멎었다. 다행이다, 저리 무섭게 노려보는데 입에 강림한 신이 눈치도 없이 계속 활개를 치면 이쪽이 죽음이다.

"감히 당신이 뭘 안다고 우리 사이에 대해 떠들어? 하! 한도진의 관심을 얻어냈다고 잘난 척이라도 하겠다는 거야?"

물론 그럴 생각은 없다. 안 그래도 자기 잘났다고 생각하는 남자의 콧대를 더 높여주는 그녀의 방식이 마음에 안 들 뿐. 그 남자는 어차피 진심이란 게 없는 사람인데.

그녀도 자신도 허탕만 치고 있는 게 아닌가. 결과적으로 열리지 않을 문을 긁고 있는 것뿐. 이런 마음 따위, 딱 끊어지면 좋으련만.

"한창 꿈에 부풀어 있을 텐데 이런 말 해서 유감이지만, 그쪽도 그렇게 여유 부릴 처지는 아닐걸?"

그렇죠. 이렇게 여유 부릴 때가 아니라 호랑이가 소굴로 돌아오기 전에 빨리 청소를 해야 하거든요.

"한도진은 어차피 다른 여자한테 정 못 줘."

"그런가요?"

나영은 훗 웃으며 대답했다. 기껏해야, '한도진은 어차피 노은수 거야'라고 말하고 싶은 거겠지. 하지만 이미 다 알고 있고 포기한 사실······.

"강희연, 한도진이 처음이자 마지막으로 사랑한 여자 이름이야."

마음 푹 놓고 있다가 갑자기 번개를 맞은 기분이 이럴까.

나영의 심장이 울리고 있었다. 천천히 눈이 확장되었다. 빛은 똑같이 쏟아지고 있는 낮인데, 마치 좀 더, 좀 더 끌어들여야 앞이 보이는 것처럼.

"무슨······."

은수의 입술이 말려 올라갔다. 승리자의 표정으로, 후련하다는 듯.

"그 남자한테 진심이 남아 있을 것 같아? 강희연에게 다 써버렸는데. 심장 한 조각까지 다 바쳤을 텐데? 지금의 그 남자 맹한 표정하고는 비교도 안 돼. 강희연을 사랑할 때의 한도진이 어땠을 것 같아? 당신이 상상이나 할 수 있을까? 하긴, 어차피 무료해서 만나는 여자인 당신이 뭘 알겠어."

은수는 그 한도진이 맹하다지만, 나영은 현재 본인이 상당히 맹한 상태라고 생각하고 있었다. 윙, 소리가 귓가를 울린다. 청소기를 켜놨나? 끈 걸로 아는데.

"그 남자도 사랑을 했다는…… 말인가요?"

생각지도 못했던 사실. 단 한 번도…….

바보 같다. 일부러 선동하는 게 분명한 여자한테 뭘 또 묻는 건데.

아니, 그럼 또 어쩔 건데.

"아니, 틀렸어. 과거형으로 말하면 안 되지. 아직도 하고 있으니까."

"그러니까 그게 무슨 말……!"

"끊을 수 없거든. 강희연은 죽었으니까."

죽었으니까.

철근 같은 것이 그대로 바닥으로 철컹 내려앉는 느낌.

"사랑하는 여자는 죽으면서 남자의 심장에 무덤을 만든다지? 한도진은 그 무덤을 아주 소중하게 간직하고 있을 테지."

날카로운 목소리. 어째서 나한테 독을 묻힌 화살을 쏘는 거야.

나영은 자신이 흔들리고 있다는 걸 깨달았다. 아무리 아니라고 해도 어쩔 수 없었다. 속일 수 없는 것이다. 파르르 떨리는 손끝으로 벽을 짚고 섰다. 천천히 이동하면서 겨우 입을 열었다.

"이상하네요. 그렇게 경계할 필요 없는데. 그 남자하고 난 어차피 아무런 관계도……."

"거참, 시끄럽네."

열린 현관문 밖에서 들린 목소리에 나영의 눈동자가 멈칫했다. 아래로, 아래로 가라앉던 몸의 기운이 일시에 곤두박질쳤다. 천천히 입구로 도진의 모습이 드러났다. 은수도 당황한 얼굴로 그쪽을 보고 있었다. 도진은 지금까지 봤던 그 어떤 모습보다 차갑게 식은 표정으로 서 있었다. 그런데 이상하다. 은수를 노려봐야 적합한 그 눈매가 어째서 자신을 향해 있는 걸까.

꼭꼭 감춰둔 저 남자의 성역을 파헤친 사람은 은수가 아니던가? 이쪽은 그저 말해주니 들었을 뿐이고, 들어도 상관없어야 하는 주제에 흔들리고 있는 죄밖에 없는데. 그것까지 하지 말란 거야?

"노은수, 머리가 어떻게 됐군. 정신병원에 연락해 줄까?"

날이 선 어조. 하지만 이런 때조차도 정나미 떨어질 정도로 차분하다.

저 남자의 저런 차분함이 싫다. 냉철함이 두렵다. 의미는 분명히 분노를 품고 있으면서도, 표정은 절대 흥분하지 않는다. 하긴 그런 가면이니, 가슴에 품은 사랑쯤 충분히 자기만 소중하게 가지고 있을 수 있었겠지.

"진심이 뭔데?"

언젠가 그가 물었던 말.
그래, 그는 진심을 모른다는 게 아니라, 한 여자를 제외한 사람에게 해당되는 진심을 이해하지 못한다는 의미였나 보다. 필요성을 느끼지 못했다는 뜻이겠지.
"가."
도진이 짧게 말했다. 그 매서운 시선을 받고 한 마디도 하지 못한 채 질려 있던 은수가 곧 부르르 떨며 밖으로 돌아섰다.
"아니요. 내가 갈게요."
나영은 폭풍우가 치고 있는 감정을 겨우 억누르며 평온을 가장해 단화에 발을 구겨 넣었다. 그리고 은수를 지나 밖으로 나가려는 찰나 도진의 손에 붙잡혔다.
"너한테 한 말 아니야."
"놔요!"
불에 데이기라도 한 듯 그의 손을 쳐냈다. 도진이 움찔했다. 급격하게 가라앉는 공기, 나영은 고개를 푹 숙였다. 그러니까…… 왜 잡냐구요.

잠시 동안 모두 조용했다. 침묵을 깬 건 나영이었다. 고개를 들고, 그녀는 웃었다.

"미안해요. 고의로 그런 건 아니었어요. 그냥, 본능이었달까."

그를 바라보았다. 시선을 피하지 않고 맞추었다.

참 많이 고민했었는데, 어째서 그는 연애라고 스스로 이름 붙인 관계에 그렇게나 건조한 시선을 보내는 걸까. 그랬더니 아주 아주 안쪽 저편에 그 진짜 이유가 있었다. 그냥 그의 성격이라고 생각했던 건, 사실이 아니었다.

"청소기 돌리다가 말았어요. 걱정 말아요. 배가 고파서 밥 좀 먹고, 그리고 내려와서 다시 돌릴게요. 올라간 김에 샤워도 좀 하고 올게요. 좀 끈적거려서요. 그렇게 오래 걸리진 않을 거예요."

그를 스쳐 지나 발끝에 힘을 주며 걸어갔다. 도진은 더 이상은 잡지 않았다. 하긴 그는 처음부터 그런 사람이었다. 변명을 바란 건 아니다. 좀 더, 좀 더…….

아니, 모르겠다. 결국 바란 긴 변명이었나 보다.

진심으로 눈을 맞추고 말해주는 변명.

진심이 뭔데?

하지만 그의 대답은 이미 들었던 것이다.

초인종 소리도 안 들렸는데 현관문이 열렸다. 문을 안 잠갔나 보다. 나영은 샤워하고 젖은 머리카락도 말리지도 않고서 소파에 멍하니 앉아 있었다. 갈아입은 얇은 린넨 셔츠 위로 물방울이 뚝뚝 떨어졌다. 어깨가 한참이나 젖어가는데도 움직이지 않았다.

다가오는 것 같던 발걸음이 어딘가로 가더니 잠시 후 젖은 머리카락 위로 무언가가 푹 덮어 씌졌다. 수건이었다. 그래도 나영은 움직이지 않았다. 그 남자는 옆에 서 있는 것 같다. 아무 말도 하지 않는다. 어떤 표정을 하고 있을지 궁금하다. 차가운 냉기가 나영의 거실을 감돌았다. 수건 위로 손가락이 내려앉는 것 같더니 갑자기 고개가 들려 깊은 키스를 당했다.

혀를 구기듯 밀어 넣고는 폭력적인 기운으로 입 안을 헤쳤다. 치아가 딱딱 부딪치면서 혀가 얼얼할 정도로 빨렸다. 너무 아파서 눈물을 뚝뚝 흘렸다. 하지만 단순히 통증 때문에 우는 건지 모르겠다. 핏기가 가실 정도로 압박하고 있는 남자의 성 난 완력, 그런데 어째서 이렇게 심장이 아린 걸까.

입술이 거칠게 떨어져 나가는 동시에 도진이 나영을 꽉 끌어안았다. 뺨을 맞대고 꽉 눌렀다. 흘러내린 나영의 눈물이 그의 뺨에 번졌다. 등을 조이고 있던 손이 올라가 머리카락 속으로 파고들어 꽉 움켜쥐었다. 그의 재킷 소매도 머리카락의 물이 번져 젖어갔다. 목 깊숙이 손을 찔러 넣고 힘주어 끌어당겨 자신의 어깨에 나영의 얼굴을 짓이기듯 눌렀다.

사랑과 투쟁의 식탁

"울지 마. 나도 아파."

도진의 목소리가 머리를 통해 울려서 심장으로 전해졌다. 나영의 어깨가 떨렸다. 아프다고 한다. 하지만 자신만큼이나 그럴까? 도대체 왜 이렇게 가슴이 아픈 걸까.

누군가를 만나온 사람이란 건 알고 있었는데, 앞으로 다른 누군가를 만날 사람이란 것도 각오하고 있었는데. 무엇보다 그와 자신은 이미 끝난 관계인데.

차라리 백 명을 사랑했다고 해도, 이만큼 아프지는 않을 것 같다.

"여자들은 참 이기적이다."

소파 앞에 무릎을 대고 앉아 나영을 끌어안은 채로 도진이 낮게 속삭였다. 아니, 속삭이는 건지 한숨을 토해내는 건지 모르겠다.

나영은 반항하고 싶었다.

이기적인 사람은 내가 아니잖아요. ······아직도 그 무덤이 있나요? 당신의 심장 안에.

"멋대로 좋아하고, 멋대로 실망하고, 멋대로······ 죽어버리지."

드, 듣기 싫어.

나영은 귀를 막으려고 손을 들었다. 하지만 그 동작은 가볍게 막혀 더욱 **빡빡**하게 도진의 팔 안에 갇혔다. 움직이는 것도 못하게 한다.

"좋아하지 않았나."

허스키한 음성이 나영을 파고들었다. 날카롭게 찌르고 들어와 따끔따끔 찔렀다.

"······나를."

"······."

"이젠 싫어진 거냐."

나영은 입술을 꽉 물었다. 자신은 어린애처럼 토라져 있다. 현재 상태가 그렇게 유치하다.

도진은 나영의 정수리에 깊숙이 코를 묻었다. 그의 접근 하나하나에 심장부터 몸 전체가 저릿하다는 걸 알고도 이렇게 쉽게 다가올 수 있을까. 젖은 머리카락을 만지작거리면서 그가 쉰 목소리를 흘렸다.

"좋아."

"진심이······ 뭐냐고 물었잖아요. 전혀 모르는 사람처럼. 진심이 뭔데, 그런 말밖에 할 줄 모르면서."

"어지러워."

나영은 입술을 삐죽 내밀었다. 뭐라고 해도 제 할 말만 하는 이 남자는 나쁜 남자다.

"바보처럼, 초등학생도 아는 것도 모르는 주제에. 그깟 진심이 뭐가 그렇게 어렵다고 알지도 못해."

"단순하군."

"뭐예요?"

사랑과 투쟁의 식탁

도진이 지금껏 끌어안고 있던 자신의 모든 부분을 일시에 떨어뜨리고는 벌떡 일어났다.

"마음대로 해. 어차피 상관없어."

그의 체온이 멀어진 순간, 체향이 떠난 순간 어미 새를 잃은 것처럼 공허해진다. 오늘 대청소를 해야 할 곳은 그의 거실이 아니라 민나영의 심장이었을지도. 하지만 하루 종일 쓸고 닦는다고 불필요한 먼지가 다 사라질까? 오래된 골동품처럼 도무지 산뜻해지지 않을 것 같다.

자신을 보지 않으려는 나영을 내려다보며, 도진이 말했다.

"그 뒷말은 생각하지도 않으면서."

낮게 깔린 비난의 어조.

"진심이 뭔데?"

그의 다음 말이…… 이제야 생각이 난다.

"가르쳐 줄 것 같더니, 몸을 빼버렸으면서."

아아…….

도진의 말을 떠올린 순간 나영의 고개가 번쩍 들렸다. 하지만 그와 동시에 탕! 하는 아주 커다란 현관문 소리가 들렸다. 나영은 벌떡 일어나 현관으로 달려갔다. 하지만 문 바로 앞에서 걸음은 정지하고 말았다.

그는 나가 버렸다. 보이지 않는다. 망설임도 없이 나가 버린 남자, 그 부재(不在)가 그의 결론이라는 것 같아 가슴이 너무나 아팠다.

이미…… 늦은 걸까.

너무 매달리고 싶은 사람에게는 오히려 그러지 못한다.

나, 당신을 이렇게 사랑하게 됐어. 그런데 당신은…… 어째서 내가 손 뻗는 것조차 못하게 해.

설령 잡아주지 않아도, 나 뻗어보려 했었는데.

〈사랑은 서로를 마주 보는 게 아니라,
서로 같은 방향을 바라보는 것이다.〉

안다. 알아서 그 남자를 포기하기로 했다.

"울지 마. 나도 아파."

그 말로 알 수 있었다. 한도진은 민나영을 싫어하는 게 아니다. 아니, 어쩌면 아주 깊은 관심이 있는지도 모르겠다. 민나영 역시 한도진에게 관심이 있다. 두 사람은 서로를 보고 있다. 하지만 아직 같은 방향을 바라보는 것은 아니다. 그래서 사랑이 아니다.

자, 시작되지도 않은 사랑이 끝난 순간, 가장 먼저 해야 할 것은 무엇인가. 그건 좀 아파보는 일……. 어쩌면 아주 많이 아플지도.

그리고 이렇게 우연히 퇴근길에 만나게 되었을 때, 좀 웃어보기도 하는 것.

"오랜만이에요."

먼저 말을 걸 수도 있다. 민나영은 그렇게 꿈에 그리던 〈쿨〉한 인간이 되었다. 하지만 그게 전혀 기쁘지 않다. 만족감을 느낄 여유를 갖지 못할 정도로, 이 남자의 얼굴을 보는 게 아프다.

도진은 입에 담배를 물고 있었다. 나영은 웃었지만 그는 웃지 않았다. 왠지 시건방진 고교생처럼 꼬나무는 느낌으로 입술에 머금고 있던 담배를 손에 쥐고는 연기를 후우 흘렸다. 바라보는 눈빛도 아련하거나, 하는 느낌이 아니었다. 언제나처럼 무기질의 눈이다. 물끄러미 나영을 내려다보아서, 나영도 말끄러미 그를 바라보았다.

"뭐가 그렇게 즐거워서 웃어?"

황당한 소리를 한다. 이 여인네라고 뭐가 그렇게 즐겁겠습니까. 웃지 않으면 울 것 같으니까 이러는 거지. 결국, 〈쿨〉하려면 택도 없다는 결론.

"저기요, 하나만 물어도 돼요?"

핸드백을 만지작거리다가 용기를 내서 말해봤더니.

"싫다."

짧게도 대답해 주신다. 어쩜 저렇게도 못됐을 수가.

"그래도 물을래요."

"하나 물을 때마다 조건 하나씩 교환."

"안 묻고 말랍니다."

뭐 그렇게 목숨 같은 질문이라고, 괜히 물었다가 또 끌려가서 밥하고 빨래하고, 그러다가 사람 몸을 멋대로 만져서 심란하게

만 할 테지. 손버릇 정말 나쁜 남자.

도진이 가버리려 해서 나영은 얼른 붙들었다.

"정말 물으면 안 돼요?"

아파트 앞에서 딱 마주친 남자는 미련의 끄트머리도 보이지 않는다. 어째서 저 모양인 걸까. 포기가 그렇게 쉽나? 연애도 쉽게 하더니 포기도 만만치 않으신가 보다.

도진이 담배를 깊이 빨아들이고는 천천히 고개를 끄덕였다.

"해봐."

"아직도 사랑해요?"

나영이 궁금한 것은 그 하나뿐이었다. 그래요, 나 미련 떨고 있어요. 라고 정통으로 드러내 주는 말이 아니고 무엇인가. 난 어떻게 생겨 먹었길래 이 모양인 걸까. 도진의 눈이 가늘어졌다. 한참을 뚫어져라 나영을 보다가 입을 열었다.

"너한테는 말하고 싶지 않아."

나영의 어깨가 축 처졌다. 나름대로 심각하게 물어본 건데, 차라리 비웃음당하더라도 그것만은 꼭 알고 싶어서 자존심 같은 거 일단 옆집에 맡겨두고 용기를 내본 건데.

이젠 사람 취급도 안 하는 것이냐!

"난 들을 자격도 없다는 뜻이에요, 그 말?"

마음대로 해석해, 따위의 말이나 던져줄 줄 알았더니.

도진이 휙 노려보더니.

"넌, 널 너무 몰라. 지금 후회하고 있어. 차라리 연애하지 말

걸 그랬다. 아니면 내 기억을 때려 부수든지. 내가 어떻게 해줬으면 좋겠냐?"

철천지원수에게 하듯 차갑게 말하고는 돌아섰다.

물었으면…… 최소한 대답을 듣는 시늉은 하고 가야지. 너무하잖아요. 가슴이 찡해서 그의 뒷모습을 하염없이 바라보았다.

"저, 저기요…… 잠깐만……."

분명 그를 부르려고 뛰어간 건데, 사실 도진은 나영이 부르기도 전에 앞서 멈춰 서 있었다. 아파트 입구에서 발이 멎어서 한 자리에 우뚝 서 있다. 앞쪽에 시선을 두고 있는 것 같은데, 어딜 보고 있는 거지? 고개를 갸웃거리며 다가가던 나영의 심장이 철렁했다.

거기엔 병원에서 살아 돌아온 김상사, 가 아니라 김영태가 서 있었다. 게다가 무시무시한 얼굴로 이쪽을 노려보고 있다. 서 있는 도진과 그 뒤에서 알짱거리고 있는 나영까지 동시에 싸그리 모아서 노려보고 계시는 중이다.

그렇다. 그는 벌써 퇴원했을 것이다. 하지만 이러저러한 일로 정신이 없어서 병문안을 가기로 한 약속을 지키지 않았다, 는 것보다 사실 완전히 잊고 있었다. 그런데 지금쯤이면 퇴원을 한 것도 모자라 깁스를 풀어도 남았을 시기인데 어째서 아직 깁스를 하고 있는 거지?

"너, 왜 전화 안 받아. 한 번은 온다며. 근데 전화도 안 받아?

너무한 거 아니야?"

영태가 도진을 싹 무시한 채 등 너머에 있는 나영을 쏘아보며 소리쳤다. 내가 보기엔 네가 너무한다, 네 이놈!

"미안, 좀 바빴어. 근데 너 왜 아직 깁스야. 그렇게 심각하대? 난 그냥 가벼운 상처인 줄 알았는데. 퇴원한 거 아니었니?"

이래저래 미안해서 되는 대로 다 끌어모아 물었더니 영태가 이를 가는 듯한 음성으로 한 마디 한 마디 힘주어 말했다.

"퇴원? 했지. 날 되니까 의사가 나가라더라."

"아…… 그럼 통원치료 받는 거야?"

"넌, 도대체 나한테 관심이 있는 거냐, 없는 거냐?"

"그야 없지."

바로 대답했다가 목발에 두들겨 맞을 뻔했다. 도진이 싹 지나치더니 차가운 기색으로 입구를 향해 걸어갔다. 어째서 지금까지 안 가고 있나 했더니, 하긴 더 있어줄 사람이 아니다. 난 저 사람하고 지금 해야 할 말이 있는데…….

김영태의 타이밍은 언제나 이렇게 기가 막힐 수가 없었다. 또 이 녀석 때문에 한도진을 놓쳐야 할지 모른다. 그 집 현관문은 마음없는 여자한테는 1㎜도 열리지 않는 금단의 성역인데. 이대로 밀려났다간 이제 얼굴은커녕 손톱도 못 볼지 모른다.

"이, 있잖아. 영태야, 내가 약속을 못 지킨 건 미안해. 하지만 나 지금 좀 바빠서……."

"왜? 저 남자 때문에?"

그래, 이 녀석아. 너한테 목발만 없었으면 대놓고 대답하는 건데, 사실 좀 무섭구나.

영태가 으르렁거리며 말을 이었다.

"전에 깁스한 다리가 내 왼 다리였냐? 오른 다리였냐?"

내 다리 내놔, 도 아니고 갑자기 웬 스무 고개?

"무, 무슨 질문이 그러니. 그걸 왜 나한테 물어? 지금 오른쪽에 깁스하고 있네."

"왼쪽이었거든? 이 다리는 다시 다친 거거든?"

아드득 씹어 먹을 것처럼 노려보고 있는데, 깁스를 바꿔 신은 걸 갖고 왜 나한테 난리라니? 근데 깁스도 바꿔 신을 수 있나? 아니, 그것보다 난 빨리 한도진한테 가봐야······.

"그렇게 기다렸는데 결국 안 찾아오더라. 퇴원해서 깁스 푸는 그 긴 기간 동안 전화 한 번 없더라. 받지도 않더라. 그래서 열 받아서 술 마시고 취해서 삼층 계단에서 굴렀다고. 이 다리, 너 때문에 또 다쳤어, 이해 가?"

나영은 눈을 깜빡거리며 잠깐 생각을 정리했다. 허어······ 연락을 안 한 동안 꽤 많은 일이 있었구나. 이 녀석, 결국 또 사고를 친 모양이다. 겨우 상황이 파악되었을 때 나영이 빽 소리쳤다.

"그럼 또 다친 거란 소리야?"

"그래! 너 때문에 미치겠다! 도대체 어떻게 해야 다시 마음에 들여줄 거냐? 정말 안 돼?"

"도대체 스물일곱이나 먹은 남자가 술 먹고 계단 굴렀단 게 말이 되니? 너 정말, 대체 왜 그렇게 살아?"

"어떻게 하면 너하고 다시 시작할 수 있는데. 방법을 알려주면 그대로 할게. 두 다리뿐 아니라 양팔이 부러지라고 해도 할게. 제발 내 마음 좀 이해해 줘라, 응?"

완벽하게 서로 딴 소리를 하고 있는데, 어쩐지 나영은 영태가 가엾다는 생각이 슬슬 들고 있었다. 그래, 이렇게까지 자신을 생각해 주는 남자가 또 어디 있을까, 라는.

한도진이 이렇게 해줄까? 그건 절대 불가능한 일이었다. 그렇다면 자신의 인생에 적당한 남자란, 김영태뿐이란 소릴까. 사랑의 상처는 사랑으로 치유한다고 하지. 김영태와의 사랑을 한도진으로 치유할 수 있을지 모른다고 생각했다. 하지만 그러지 못했다. 그렇다면 한도진과의 이 아픈 감정은, 김영태로 치유될 수도 있지 않을까?

한도진과는 같은 방향을 바라볼 수 없다. 그의 심장에 있는 너무 커다란 부피의 누군가 때문에.

하지만 영태와는 가능할지도 모른다. 영태와는 같은 방향을 볼 수 있을 것이다.

나, 그냥 포기할까 봐.

사실 너무 아파서, 지쳤어. 힘들어. 영태와는 이제 편하고, 오빠 같고 동생 같고 삼촌 같고 친구 같고 연인 같고······.

그래, 지겨워. 한도진 때문에 심장이 오르락내리락하는 거,

정말 지겨워. 너무 힘들어서 그냥 다 때려치우고 싹 다 잊어버리면 속이 편할 것 같아.

그냥 영태랑 사귈까? 다시 시작할까? 저렇게 열렬히 매달리고 있으니까, 몸값 올라간 김에 다시 시작해? 그게 좋은 걸까?

"나영아, 나 잘할게. 이제 다시는 실수하지 않을게. 널 잃고 나서야 네가 얼마나 나한테 소중한지 깨달았어. 널 위해서라면 온몸에 깁스를 해도 좋아. 아니, 네가 없으면 나 정상이 못 될 거야. 한 번만 더 기회를 줘."

영태가 다가왔다. 나영의 손을 쥐고 있었다. 닿는 순간 저릿한 통증도, 전기가 이는 것 같은 짜릿함도, 심장이 뭉텅 잘려질 것 같은 섬뜩함도, 설렘도 어떤 것도 없다. 이렇게 존재감이 없는데 다시 시작할 수 있을까? 하지만 역시 서른 가까이 오는 자신에게 가장 중요한 건 편안함일지도.

그런 면에서 영태는 가장 적합한 상대였다. 더 길게 생각하지 말자. 그냥 대답해. 그래, 한 번만 더 기회를 줄게. 전에 10분의 9 살려줬으니까 그걸로 한 번 다시 시작해 봐. 지켜봐 주지. 그렇게 거만하게 대답해!

하지만, 하지만······.

나영은 망설이며 고개를 푹 숙였다. 손은 여전히 영태에게 잡혀 있었다. 전엔 이 손을 잡으면 가슴이 콩닥콩닥 뛰었는데, 이제 자신의 세포에게 두근거림을 주는 대상은 바뀌었다. 그때와 똑같은 인간인데, 아무리 접촉해도 감각이 없다.

목발에 의지해 힘겹게 팔을 뻗은 영태가 나영의 뺨을 짚고서 어루만졌다. 살짝 상체를 비틀어 얼굴을 가까이 가져온다. 입술이 다가오고 있었다. 거리가 이렇게 가까워지는데도, 어떻게 심장은 이렇게나 평온할 수가 있을까. 그렇게나 좋아했는데, 어떻게 내 심장은 이렇게 변덕스러운 걸까.

천천히 입술이 닿았다. 아니, 닿으려는 바로 직전 순간이었다. 영태의 몸이 뒤로 홱 끌려져 나가떨어졌다. 으악! 소리를 내며, 안 그래도 목발에 의지해 위태롭게 서 있던 몸이 가볍게 내팽개쳐져서 나영의 눈썹이 절로 찌푸려졌다.

"여, 영태야!"

너무 아파 보였다. 안 그래도 영태는 오만상을 구긴 채 충격을 완화시키려고 나름 노력하고 있는 것 같았다. 나영은 갑자기 일어난 일에 팟 하고 나갔던 정신을 겨우 추슬렀다. 사실 영태가 날아간 순간부터, 그의 뒤에 서서 그 어마어마한 완력을 사용한 인물이 누군지 알아차리고 있었다. 믿기지가 않았을 뿐.

"다, 당신 뭐야!"

얼이 빠져 있는 나영 대신 당사자인 영태가 버럭 소리쳤다. 겨우 목발을 추슬러서는 의지하며 주춤주춤 일어나려 했다. 하지만 번개 같은 무언가가 그대로 내리꽂혀서, 반쯤 일어났던 영태의 몸은 허무하게 다시 날아갔다.

"뭐, 뭐 하는 거예요! 환자잖아요!"

결국 나영은 더 참지 못하고 달려가 도진의 팔을 붙들었다. 손에 닿은 그의 팔 근육이 완전히 경직되어 있었다. 단단하게 굳어서 무서울 정도로 힘이 들어가 있다. 나영의 심장이 철렁했다. 이렇게 아무렇지 않은 표정이면서, 몸으로 드러내는 말은 상상도 못할 정도로 성이 나 있는 것이다. 그 팔을 잡은 순간, 나영의 모든 사고가 일시에 멈칫할 정도로.

"……도진 씨?"

"야, 민나영. 넌 뒤로 빠져 있어. 이건 사나이끼리 해결할 문제니까."

벌써 숨이 끊어진 줄 알았더니 영태가 다시 주춤주춤 일어났다. 근데 사나이끼리? 쟨 또 이 심각한 상황에 왜 코미디야.

"당신이 왜 끼어드는 겁니까? 무슨 생각인지는 모르겠지만 나영이하고 나 삼 년 넘게 사귄 사이예요. 우린 헤어질 수가 없는 관계란 말입니다. 다시 시작하려고 하는데, 왜 상관입니까? 도대체 무슨 자격으로."

퍽!

"으악!"

"흐엑!"

또다시 내리꽂힌 주먹에 영태는 용기가 무색하리만치 허무하게 다시 날아가고, 나영은 놀랐으며, 도진은 더 식어가고 있었다.

"도진 씨, 환자라니까요! 깁스한 거 안 보여요? 대체 왜 그래요. 그런 행동할 사람 아니잖아요!"

"열 받아."

사정해서 말했더니, 도진은 그런 이상한 말을 흘렸다. 도무지 알 수 없는 무기질의 눈을 하고 그런 말을 하고 있는 것이다.

지금, 뭐라고 하셨습니까?

"열 받아. 화난다고."

내뱉듯 말하고 성큼 다가가 영태의 멱살을 잡아 벌떡 일으키는 바람에 영태가 눈을 공처럼 뜨고서 비명을 질렀다.

"으아아아!"

바로, 이런 소리.

하긴, 김영태. 그 화사한 미모와 호리호리한 몸매로 여자들의 사랑을 받는 사람으로서, 격투기 같은 것에 관심이 있을 리가 없었다. 오히려 전혀 문외한이었다. 패면 맞을 수밖에 없는 게 김영태의 힘이다. 사실 힘없다고 남자가 아닌 것도 아니고…….

안 그래도 빌빌거리는 녀석을, 환자라는 핸디캡까지 있는데 저렇게 무식하게 쥐 패고 있는 지성인 한도진이 지금은 더 문제 있다. 이성이 짐싸서 어디 여행이라도 가셨나? 이런 비수기에 하필이면 여행을…….

"이, 이거 놓고 말로 합시다."

"말로?"

"그래요. 댁은 깡패입니까?"

사랑과 투쟁의 식탁   271

"그렇다면?"

"창피한 줄 아셔야죠. 멀쩡하게 생겨서 이게 무슨 무식한 짓입니까?"

"무식해서 미안하군."

"아시면 놓으시죠? 이런다고 일이 해결됩니까? 나영이는 어차피 나한테 돌아……."

"입 다물어."

"……마, 말이 심하지 않습니까!"

"해결 같은 거 필요 없어."

"무, 무슨……."

"그쪽이 해결할 일은 없으니까."

냉랭하게 소리치는 동시에 잡고 있던 멱살을 왈칵 놓는 바람에 영태는 비틀거리다가 어어! 다시 엎어졌다. 목발도 별 소용이 없나 보다. 저 바보 같은 녀석, 그럴 땐 목발로 내리꽂아야지. 무기 지참하면 반칙인 조건 같은 것도 없는데.

하긴 김영태가 어디 폭력으로 붙을 인물인가. 그렇다고 한도진이 폭력을 쓸 인물로는 더 보이지 않으니, 이건 대체 무슨 조화일까.

"무시하지 말아요! 당신에게 나영일 내줄 생각 따위 없습니다. 이렇게 폭력적인 사람이면 더더욱!"

"아, 짜증나."

퍽!

또 무언가가 번개처럼 내리꽂혔는데, 너무 순식간이라 어딜 어떻게 때렸는지 모르겠다. 다만 무언가가 섬광처럼 지나가는 순간 영태의 고개가 크게 휘청했다.

"큭큭."

그 순간 갑자기 들린 웃음소리에, 도진의 시선이 천천히 돌아갔다. 상황에 전혀 맞지 않는 그 웃음소리는 남자의 것이 아니었다. 여자의 성대를 울리고 나온 소리.

나영이 떨어져 선 채 웃고 있었다. 겨우 정신을 차린 영태가 주섬주섬 자신을 챙겼다가, 웃고 있는 나영을 보며 맥이 탁 풀린 표정을 하고서 물었다.

"너, 지금…… 웃어?"

도진은 차가운 기색으로 나영을 노려보고 있었다. 갑자기 웃는 나영이 그쪽도 신기했을 것이다. 하긴 나영도 왜 자신이 웃고 있는지 모르겠다. 이런 상황에, 화를 내도 모자랄 판에 쿡쿡거리는 것도 모자라 파하하하 심한 웃음까지 터뜨리다니.

"설마, 나 좋아해요?"

두 남자가 지켜보는 가운데, 나영이 천천히 웃음을 멈추며 한 말이었다.

영태의 눈이 휘둥그레지고 도진의 눈동자는 짧게 흔들렸다. 이제 두 남자의 몸싸움은 강 건너편으로 넘어가 있었다. 더 중요한 건, 갑자기 정신 나간 사람처럼 황당하게 웃더니 더욱 상황에 안 맞는 말을 흘리는 여자. 영태가 화가 잔뜩 난 눈으로 소리쳤다.

"민나영! 너 지금 무슨 소리를……."

"신경 쓰여요?"

하지만 나영은 영태 쪽은 쳐다보지도 않은 채 도진만 바라보며 말했다. 마치 이 공간에 도진밖에 없는 것처럼. 아니, 그건 맞았다. 현재 나영의 시각이 미치는 세계에 있는 것은 도진뿐이었다. 그의 느낌만이 선명했다.

"나한테 반응하고 있잖아요. 나, 사랑해요?"

무시당하든지, 차갑게 밀려나든지.

둘 중 하나겠지. 하지만 이만큼이나 되었으니, 한 번쯤은 도전해 보고 싶다. 욕심이 든다. 비록 말하느니만 못한 상황이 될지라도.

설마 나 때문에 반응하는 거예요? 내가 당신을 조바심 나게 했어요? 나 때문에 화났어요? 영태가, 내 옆에 오는 게 싫어요?

내가…… 좋아요?

하지만 도진은 깨끗하게 돌아섰다. 뒤도 안 돌아보고 앞을 보며 걷는다. 여전히 매끄러운 만큼 매서운 반응이다. 웃긴 소리 하고 있네, 꿈 깨라. 라는 듯한 그 행동.

나영은 천천히 한숨을 내쉬었다. 역시, 우스운 꼴이 되었나? 왠지 하늘을 물끄러미 올려다보고 싶구나. 허전한 건지, 아쉬운 건지.

하지만 슬퍼하지는 않을래. 잠시 동안이지만, 즐거운 상상 때문에 행복했으니까. 나를 좋아해 준다면, 정말······.

도진의 걸음이 우뚝 멈췄다. 휙 돌아서서는 그 뚜렷한 눈매로 얼릴 듯 쳐다보며 말했다.

"안달나게 하지 마. 미치겠으니까."

지금 내가······ 무슨 말을 들은 거지?

"알면, 사람 시험하지 말고 사탕이라도 주든지."

〈사랑하는 자를 가졌다가 잃는 것은
사랑하는 자를 한 번도 가지지 아니한 것보다는
더 좋은 것이다.〉

그에게는 심장에 무덤을 만들 만큼 사랑하는 사람이 있었다고 한다. 언제 있었던 일이고, 어떤 여자였으며, 얼마나 사랑했는지, 하나도 알지 못한다. 모르는 것투성이다.

하지만 나영은 지금 달려가고 있었다.

"우린 도저히 안 되겠어. 난 이미 끝났다고 생각해. 네 미련은 네가 끊어."

영태에게는 그렇게 말해 버렸다. 그리고 그가 대답할 시간도 주지 않고, 그 남자의 흔적을 따라 뛰는 중이었다. 마치 추적하듯, 208호로 달려가고 있다. 체취를 느끼며, 상상하며, 떠올리며 지금 그리운 사람에게만 집중한다.

아주 많이 사랑한 사람을 과거로 남긴다는 건 정말 슬픈 일이다. 그래서 영태에게 신랄한 마지막 말을 할 때도 아프지 않은 건 아니었다. 하지만 지금 중요한 건 현실의 사람이 아닌가. 영태와의 실패가 없었어도 이 사랑이 시작되었을까?

그런데 이상하게도…… 그게 아니었대도 이 사람을 만나 사랑에 빠졌을 것 같다는 생각이 든다. 과정이 어찌 되었든 결국 결과는 똑같아지는 영화 〈슬라이딩 도어즈〉처럼…….

그러니 한도진의 과거에 어떤 사랑이 존재하고 있었다고 한들, 심장에 어느 누구의 깊은 무덤이 있다고 한들, 무슨 상관이겠는가. 아니, 상관하지 않으면 안 되나? 내 경우와 똑같이 생각해 보면 안 되나?

그 남자가 누구도 사랑하지 않았던 사람인 게 오히려 싫을 것 같은 이 기분. 죽음이든 무엇이든 어떤 원인으로 잃었다고 해도, 소중한 누군가를 가슴에 품었던 적이 있는 그가 더욱 사랑스럽다고 느껴진다.

질투만으로 이 사랑을, 감정을 끝낼 수 있다면 얼마나 좋을까. 하지만 질투가 깊은 만큼 비례적으로 높아지는 사랑이란 감정 때문에 미치겠다. 아파서 미치겠다. 슬퍼서 미치겠다. 설레어서 미치겠다. 사랑해서 미치겠다. 사랑하고, 사랑하고, 사랑해서 정말 미치겠다.

누구를 얼마나 사랑했든 상관없어.

지금 당신을 사랑하는 내 마음에만 집중할 거야.

이게 내 사랑 방식이야.

절대 〈쿨〉해 보이진 않겠지. 이 얼마나 맹목적이고 집착 깊은 사랑의 형태람.

집착이 심하다는 것, 그것은 중간에 만약 잘못된 길로 접어들면 가장 구질구질해질 수 있는 위험이 있는 관계이다. 그런 사랑은 절대 산뜻하지 못해.

하지만 〈쿨〉하지 않아도 좋아. 이 뜨거운 〈핫〉으로 당신에게 달려가고 있어.

초인종을 마구 눌렀다. 은수가 그랬던 것처럼 숨 돌릴 틈도 주지 않았다. 자신의 마음을, 딱 그다운 방식으로 표현하고 안으로 들어가 버린 남자, 외면해도 모자랄 판에 이렇게 문을 두드리고 있다.

그는 과연 이 문을 열어줄까? 자신의 마음속으로 민나영이 몇 발이나 성큼 들어갈 생각을 하고 있다는 걸 예측하고 있대도, 받아줄까?

안 나오면 쳐들어갈 생각도 하고 있는데.

그는 과연 어떤 마음으로 이 안에 있을까.

철컹 문이 열렸다. 손목의 스냅으로 현관문을 휙 민 그가 한 손을 주머니에 찌른 채 다른 손에 담배를 들고 있다. 재킷은 어딘가에 벗어 던졌고, 셔츠도 밖으로 다 뺀 상태로 타이는 반쯤 끌어내리곤, 지금까지 본 중 가장 단정치 않은 상태로 서 있다. 표정도 한창 반항기 중인 사춘기 소년처럼 더없이 불성실하다.

"왜."

짧게 묻고는 담배를 빨아들인다.

"사탕 달라면서요."

그를 빤히 쳐다보며, 평상시의 그보다 더 무기질의 표정으로 나영이 말했다. 도진이 큭 웃었다.

"뭐?"

"사탕 달래서 갖고 왔는데요."

"내놔 봐."

그가 주머니에서 뺀 손을 척 내밀었다. 나영은 그 손바닥을 탁 쳤다. 도진이 미간을 찌푸렸다.

"뭐 하잔 거지?"

나영이 갑자기 안으로 쑥 들어서는 바람에 도진의 커다란 몸이 뒤로 밀리는 상황이 되었다. 밀쳐지듯 안으로 쏠리는 도진의 얼굴에 황당함이 서려 있다. 나영은 보란 듯 턱을 치켜들고서 야무진 눈으로 그를 쳐다보았다. 생기가 넘치는 그 입술로 말했다.

"사탕, 입 안에 넣어 왔는데요? 할 수 있으면 빼앗아가 봐요."

도진이 한숨을 폭 내쉬었다. 담배를 쥔 손으로 이마를 누르더니 고개를 설레설레 저었다.

"도발하지 마."

"사탕보다 더 달콤한 걸 드릴게요."

"그게 뭔데?"

알면서도 묻고 있는 저 남자.

"키스."

그러면서도 대답하는 이 여자.

도진이 큭 웃었다.

"과신하는군."

저 말은, 민나영의 키스 실력이 별로란 뜻이렷다? 입술을 삐죽 내미는데 도진이 짧게 말했다.

"줘."

나영은 흘끗 그를 노려보았다.

"뭘요?"

알면서도 되묻고 있다.

"키스."

짓궂게 확인시키는 이 남자.

나영은 손을 뻗어 도진의 셔츠를 꽉 쥐었다. 그리고 발꿈치를 올려 입술을 가까이 대는 순간, 도진이 나영의 이마를 척 잡고서 접근을 막았다. 갑자기 거부당해서 나영은 뾰로통한 눈으로 도진을 쏘아보았다.

"지금 뭐 하는 거예요?"

"잠깐 감상."

도진의 아득한 시선이 나영의 얼굴을 자세히 훑었다.

"……?"

"이제부터 독식할 여자 얼굴 감상."

나영의 얼굴이 확 달아올랐다. 독식? 호, 혼자 먹어?

"장난하지 좀 마요."

"그런 거 아니니까 빨리 줘."

막막하게만 느껴지던 그 눈빛에 점차 선명한 빛이 일고 있어 다행이었다. 그리고 본연의 그 짙은 쿨 블랙으로 돌아왔을 때, 서서히 입술이 겹쳐졌다. 나영이 먼저 다가간 건지, 도진이 먼저 입술을 내린 건지 알 수 없었지만, 아주 미세한 감각 하나하나까지 전부 느끼며 서로에게 입을 맞췄다. 상대방에게 스르르 섞여드는 이런 키스……

"지금은 너밖에 안 보인다. 멍청이가 된 것 같아."

세상에서 가장 부적절한 언어로 이루어진 가장 아름다운 프러포즈에 입술이…… 떨린다.

감미롭게 입술이 떨어져 나갔을 때 도진이 아직 얼굴을 떨어뜨리지 않은 채 낮게 깔린 목소리로 말했다.

"나 좀 패줘라."

상황과 전혀 맞지 않는 말에 나영이 눈을 크게 떴다.

에또, 이건 무슨 소리지?

애잔해지는 도진의 눈동자. 이 남자도 이런 표정을 할 때가 있었구나.

어쩐지 인식하는 순간 쓸쓸해졌다. 아련한 감각이 밀려든다. 이 남자의 이런 쓸쓸한 표정이 자신 때문이었으면 좋겠다. 그를 흔들 수 있는 사람은 나 만이면 좋겠는데.

"왜 때려야 하는데요?"

좁은 마음에 상처를 입고 되물었다. 슬픈 표정으로 도진이 한 손을 옮기더니 자신의 가슴을 꾹 눌렀다. 그 안쪽 어딘가를 가리키며 대답했다.

"……배신, 좀 하려고."

Act 9
연애가 주는 최대의 행복은 착각

깊이, 사랑했었나 보다. 한 사람을 아주 깊이 사랑한 이 남자는, 다음 사랑도 깊을 수 있을까? 하지만 걸어보고 싶다. 무엇보다 숨기지 않고, 피하지 않고 직접적으로 말해주는 그 남자에게.

"무덤, 이제 치워 버리고 싶다. 버릴 건데, 네가 대신 나 갖겨 줘라."

그렇게 말하는데 누가 때릴 수 있을까.

그 남자와 사랑에 빠졌다. 가슴 깊이 묻어둔 사랑을 잊겠노라고 그가 말했다. 그리고 잤다. 언제나처럼 키스를 시작하면 그 남자는 멈추지 못한다. 그리고 나영도 기꺼이 동참했다. 결과는…….

헐.었.다.

정말 헐, 이다.

[거길, 내가 왜 나가는데.]

바로 그 결과를 만든 장본인이 통화상으로 매몰차게 말했다. 나영은 뾰로통해져서 전화기 저편을 노려보았다. 사랑을 확인했는데도, 도대체 변하는 게 없는 남자다. 꼭 저렇게 말해야 해?

"같이 가주면 안 돼요?"

[별로 관심 없어.]

못된 남자!

그러니까, 그 남자 때문에 헐었으니까 산부인과에 치료를 받으러 가는데 동행을 하자, 는 건 아니고 정혜와 약속이 있는데 도진과 함께 가고 싶다는 부탁에 저렇게 나오는 것이다. 무언가 엄청나게 부피가 큰 서운함이 밀려왔다. 기껏 무덤을 치운다더니 어쩌느니 하더니, 결국 그만큼의 성실함과 배려도 보이지 않는 남자였…….

큭.

삐쳐서 한 마디도 없이 토라져 있는데 수화기 너머로 도진의 웃음소리가 넘어왔다. 나영은 더 기분이 나빠져서 씩씩거렸다.

"이봐요?"

[몇 시야.]

"몰라요. 버스는 이미 지나갔어요."

[난 버스 안 탄다.]

아우! 아우!

무슨 남자가 개그도 저렇게 얄밉게 한다지?

[장난이었어. 몇 시, 장소 말해. 나야 기쁘지.]

뭐…… 금방 뽀르르 화를 푸는 건 좀 우스워 보일지 모르지만, 사실 목소리는 벌써 즐겁게 빛나고 있었다. 장소를 말해주면서도 나영은 자신을 잘 이해하지 못하겠다. 한도진 앞에서는 늘 감정 통제 불능인 사람이 되어버리고 만다.

[또 다른 친구 한 분은 잘 처리했겠지?]

영태를 말하는 것 같은데.

"걘 그쪽이 처리했잖아요. 세상에서 제일 무식한 방법으로."

항의하듯 말했지만 저쪽은 여유로울 뿐이었다.

[내 여자를 지키기 위해선, 난 더 무식한 짓도 해.]

〈사랑하고 사랑 받는 것은
태양을 양쪽에서 쪼이는 것과 같다.〉

온통 세상이 행복으로 가득 찬 여자는 자신의 가장 친한 친구에게 이 확정된 소식을 전하고 싶어 안달이 났다. 솔직히 말해서, 정혜에게 '거봐라? 내가 뭐라든?' 이라고 자랑하고 싶은 마음도 있었다. 그렇게 비관적으로 쌀점을 치더니, 이래도 아직 날 못 믿겠니? 과시하고 싶은 마음이 드는 것이다. 이 무슨 유치

한 마음가짐이냐 묻는다면 할 말은 없지만, 아무튼 이 기쁨을 세상 온 천지와 누리는 와중에 친구 정혜와도 누리겠다는데 그 누가 막으리오.

[어머, 싫다 얘. 내가 왜 거기 나가니?]

당사자인 정혜가 막고 있다.

"거길, 내가 왜 나가는데."

이건 정혜를 만나게 해주겠다고 했을 때, 도진이 보인 반응. 그리고 그 위의 건, 도진을 만나게 해주겠다고 했을 때 정혜가 보인 반응. 어쩐지 이 두 사람, 반응이 비슷한 거 같지 않아? 이거이거 좀 위험한데? 잘못된 만남 꼴 되는 거 아닐까? 차라리 안 만나게 하는 게 나을까?

괴상망측하게도 가장 사랑하는 친구와 그 친구보다 더 사랑하게 된 남자를 놓고서, 우정과 사랑 사이에서 갈등하는 행태를 하고 있다. 설마 정혜에게 한눈에 반하는 한도진, 그리고 그런 한도진이 절대 싫을 리 없을 심정혜?

물론 싫지만, 그림이 그려진다, 그려져. 망상의 그림이…….

도대체 내가 지금 무슨 연속극 각본을 쓰고 있는 거야.

"왜라니? 넌 친구의 남자 친구를 만난다는데 꼭 그렇게 따져야겠어?"

[솔직히 넌 그 남자하고 마음을 확인했다지만, 난 아직도 그쪽을 철썩같이 믿을 수 없거든. 남자는 연애할 때는 누구나 다 그렇게 꿀물을 바르는 거야. 네가 몇 마디 말과 행동에 뻑 가서

그렇게 헬렐레하는 걸 이해하지 못하는 바는 아니지만, 솔직히 그 남자 내가 보기엔 고단수 같다.]

도대체 애는 왜 이렇게 인간불신에 시달려 사는 건지.

안 되겠다. 내 이 깊은 우정으로 너의 염세주의를 타파해 주마!

"이 기집애야, 솔직히 자랑 좀 하려고 그런다! 친구가 끗발 나는 남자 물어서 어깨 좀 세우겠다는데 꼭 그렇게 판을 깨야겠어?"

우정을 위한 타파는 무슨. 일 초도 못 가서 성질대로 서운함에 신경질을 제대로 믹스해 소리를 빽 내질렀더니.

[야아, 왜 또 흥분하고 그래. 삐쳤어?]

"그래, 삐쳤다! 너, 계속 고딴 식으로 나올 거지? 내가 이제 너하고……."

[나, 나갈게! 나가마! 얜 하여튼 장난도 못 쳐요. 몇 시, 어디라고?]

정혜가 바로 꼬리를 말고 나왔다. 하하하! 역시 대화가 안 통할 때는 폭력이라니까. 몸의 폭력이든 말의 폭력이든……. 이거 이거, 폭력 커플 탄생 아니야?

저녁 여덟 시.

그 남자, 내가 보기엔 선수 같다. 라고 한 정혜의 표정이 지금 어떠냐. 단 한 시도 한도진에게서 떨어질 줄을 몰랐다. 어찌나 뚫어지게 쳐다보는지 보는 나영이 다 민망할 정도인데, 도진은? 그는 더할 수 없이 자연스러웠다. 저건 두 가지 가능성일 뿐이다. 즐기고 있거나, 저런 시선이 너무 자연스럽다거나.

〈기집애야, 너 지금 거의 동경 수준으로 쳐다보고 있어.〉

나영은 두 사람이 눈치 채지 못하게 문자를 찍어 보냈다. 생글생글 웃는 얼굴로 문자를 확인한 정혜가 도끼눈을 뜨고 나영을 휙 노려보았다. 나영은 칵테일을 마시며 시선을 쓰윽 돌렸다. 만난 곳은 칵테일 바였다. 운전을 하는 도진은 음료를, 나영과 정혜는 각자 취향에 맞는 칵테일을 마셨다.

〈신경 쓰지 마셔.〉

돌아온 답장은 그것이었다. 왠지 울컥해져서 메시지를 투다다다 찍으려는데.
"칵테일, 괜찮아?"
원탁의 테이블 옆 자리에 앉아 있던 도진이 상체를 스윽 기울여오더니 나영의 손을 탁 잡아서 핸드폰에서 쑥 밀어냈다.
"한눈팔지 마."
그리고 들릴 듯 말 듯 남긴 목소리였다. 워낙 작은 소리여서 정혜는 듣지 못한 것 같았다. 나영은 어쩔 수 없이 핸드폰을 포기하고서 백 안에 쑥 넣었다. 정혜에게 보내는 메시지라는 것도 모른 채, 도진은 질투 비슷한 것을 한 걸까? 이 자리에만 집중하라는 뜻?

어쩐지 기분이 좋아.

도진은 지적인 이미지가 물씬 풍기는 말끔한 정장 차림이었고, 정혜는 공들인 흔적이 역력히 드러나는 색이 밝은 원피스, 나영은 얇은 카디건과 하얀 바지를 입었다. 조명 아래에서 보는 도진의 얼굴은 더욱 각별했다. 살짝 눈을 내리깔 때면 그만의 섹시함이 빛을 발하는 것이다. 그럴 때마다 현재 연인 관계에 접어든 나영뿐 아니라 정혜까지 시선을 빼앗기곤 했다.

물론 매우 자랑스럽다, 뿌듯하기도 하고.

하지만 어쩐지 위기감 비슷한 감정이 이는 건, 자신의 덜 된 인격수양 탓일까? 친구를 두고서 이런 조바심을 내다니. 너무 속이 좁지 않은가. 게다가 이 자리를 만든 건 분명 자신 쪽이다.

하지만 정혜의 입가에서 시종일관 떠나지 않는 호의를 품은 미소와 열렬히 보내는 시선을 도무지 무시할 수가 없었다. 너무 멋지다, 라는 게 그 눈에 곧바로 드러나는 것이다. 하지만 그뿐이었다면 이렇게 이상한 경계심 같은 건 들지 않을 것이다. 더 신경 쓰이게 하는 건 도진이었다.

만날 철가면을 얼굴에 쓰는 걸 취미로 삼는 남자가, 어째서 오늘따라 저렇게 부드러운 미소를 잘도 흘리는지 모르겠다. 가면은 깜빡 잊고 집에다 놓고 왔는지, 그 심장 철렁하는 미소가 뿌려질 때마다 나영은 그의 얼굴을 손바닥으로 가리고만 싶었다. 어쩌면 이거 심각할 정도의 집착인지도 모르겠다. 혹은 소유욕?

더더욱, 불빛 아래에서 음영이 지는 그의 윤곽 짙은 얼굴, 또 탄력 있는 입술에 돌고 있는 미소에는 색기가 자꾸만 돌고 있다. 나영이 그렇게 봐서일 수도 있겠지만, 확실히 오늘 그가 방출하는 페로몬의 양은 어마어마했다. 당장 유리병에 넣어 마개를 꼭 막아서 주머니에 숨기고 싶을 정도로.

"얼마 전에 정말 곤란한 일을 겪으셨다면서요? 하지만 잘 해결되셨다죠?"

아마도 프로젝트 수주 건에 대한 말인 모양이다. 정혜의 착착 감기는 미소와 함께 나온 질문에 도진이 예의 그 매력적인 미소를 흘렸다. 저 남자, 또, 또 웃잖아!

"일을 하다 보면 이런저런 상황에 처하게 되죠. 나름대로 값진 경험이었습니다."

살짝 입술만 댄 음료를 그가 내려놓았을 때, 젖은 입술 끝이 오묘하게 말려 올라가 있었다. 그게 또 두 여인을 환장하게 하는 광경이라, 뇌가 뚝 맞는 소리가 들릴 지경이었다.

"정말 당황하셨을 텐데, 역시 경영자의 마인드는 우리하고 다르네요. 위기도 도전이 된다는 뜻인가요?"

정혜는 계속 일적인 면만 묻고 있었다. 이 기집애야, 친구가 되었으면 좀 더 개인적인, 그러니까 사적으로 저 남자와 날 딱

붙여줄 수 있는 화젯거리를 꺼내야지!

도진이 우아한 미소를 띠며 말했다.

"위기라기보다, 그날 본의 아니게 약속을 지키지 못한 누군가한테 미안했습니다. 평소와 달리 어른스러운 태도로 저를 보내준 좋은 여자, 랄까요."

그러면서 도진의 은근한 시선이 나영을 향했다.

아아······.

저 남자, 마구 유혹하고 있어. 그런 눈으로 쳐다보면서 그런 말을 하면 난 어쩌란 말이야.

심장은 꽉 수축되고 얼굴엔 열이 올랐다. 도진의 시선이 잔잔하게 나영에게 고정되어 있었다. 정혜가 있는데도, 알고 있는 건지 아닌지 뚫어지게 나영을 쳐다보고 있는 것이다. 그 남자를 알고 나서, 몇 번 보지 못한 그 부드러운 눈매가 신경 쓰여서 나영은 어쩔 줄을 몰랐다. 짓궂은 건지, 솔직한 건지, 아니면 뻔뻔한 건지 분간을 하지 못하겠다. 오로지 뇌가 타버릴 것처럼 자신의 세포가 반응하고 있다는 것뿐.

"저, 저기요······."

그 닭살 돋는 광경에 참다못한 정혜가 말을 걸었지만, 도진의 시선은 나영에게 못 박힌 채 떠나지를 않았다. 그쯤 되니 나영도 당황스러워서 괜히 다른 화제를 흘리는 등, 칵테일을 마시는 딴 짓을 했다.

그······ 얼굴 뚫리겠거든요. 대체 왜 그러십니까. 오늘따라 오버를 하시냐구요.

마치 무한한 애정을 담은 듯 떠나지 않는 그의 시선을 받은 나영은 손가락 하나 제멋대로 꼼짝할 수 없었다. 식은땀이 등을 따라 찍 흘러내리는 기분.

여유로운 훈풍이 잔가지를 어루만지며 지나가는 것처럼, 도진은 나영에게 시선을 고정한 채 그 저음으로 말했다.

"하나하나, 알아간다는 사실이 이렇게 만족감을 줄지 몰랐습니다."

잠시 후, 도진의 차 안에는 세 사람이 묘한 기운을 풍기며 앉아 있었다. 도진은 먼저 정혜를 바래다주기 위해 그녀가 가르쳐 준 방향을 달리고 있었고, 옆 자리에 앉은 나영은 깊은 생각에 빠져 있었으며, 정혜는 뒷자리에서 계속 도진에게 끊이지 않는 질문을 하고 있었다.

"정말 승차감이 좋네요. 운전을 정말 잘하시는 것 같아요."

평소대로라면, 저런 아부성 짙은 말에 도진의 성격상 이런 대답이 튀어나왔어야 옳다.

"네."

그렇게 짧게 끝내야 정상인데.

"편하시다니 다행입니다."

그런, 신사적인 대답이 나오는 것이다. 우째 저렇게 사람이 백팔십 도로 변할 수가 있냐고. 치사해서 말 안 하려고 했는데,

초반에 저 남자가 자신에게 어떻게 했느냐 말이다. 내뱉는 말마다 고드름이요, 쳐다보는 시선마다 얼음장이 아니었던가. 게다가 저 남자는 초면의 사람에게 더욱 경계심을 보이는 스타일 같았는데.

나영이 이렇게 또 친구와 연인을 두고서 불퉁한 생각을 하는 이유는, 나오기 전 화장실에서 있었던 일 탓이 있었다.

"기집애, 아까 전에 너 쳐다보는데 내가 다 설레더라. 너 어떻게 그 짙은 시선을 받고도 숨 쉬면서 살아 있는 거니? 너무 부럽다, 응?"

그렇게 한도진 타파를 외치던 정혜의 입에서 나온 말은 완전히 다른 것들 일색이었다. 얼굴 한 번 보고, 이렇게 평가가 달라져도 되는 거냐!

"그게, 나도 그다지 익숙하지는 못해. 당황스러워서 혼났으니까."

이상한 남자다. 그렇게 대놓고 쳐다보면 이쪽 심장은 어쩌라는 건지. 곤란하지 않겠는가 말이다.

물론 너무나 행복했다는 것도 부정할 수 없지만.

"너 정말 남자 제대로 잡았다. 어디서 저런 상급 물건을 잡는다니?"

"야, 심정혜. 어째 사심 섞인 말로 들리니까 그만 하시지?"

"흥, 왜 아니라니. 자아, 나의 프랜드여, 양보할 생각 없니?"

천지가 진동할 그 소리에 나영은 버럭 소리쳤다.

"없어!"

"없으면 없는 거지, 소리는. 귀 떨어지겠네. 그러지 말고 우리 페어플레이 해보자. 내가 딱 한 번만 접근해 볼게. 너무 부럽고 배 아파서 이대로는 잠도 안 올 것 같단 말이야."

"네가 정녕, 친구로서 그런 말을 해도 된다고 생각하는 거냐?"

나영은 기가 막혔다. 하긴 심정혜의 성격상 저런 말은 일도 아니다. 게다가 지금은 갖고 싶은 남자 때문에 눈이 뒤집혔는데, 우정이 무슨 대수냐! 그렇다고 정혜가 도리를 상실한 여자라든지, 그런 건 아니다. 그녀는 솔직하게 자신의 감정을 표현하는 것뿐이다. 저 남자, 괜찮다. 그러니 나도 좀 접근하게 해줘.

다만 그 대상이, 그녀의 가장 친한 친구의 남자라는 데 문제가 있었지만. 더 큰 문제는, 심정혜는 그런 데 신경 쓸 성격이 아니라는 거다. 하지만 민나영은 절대 그런 걸 눈 시퍼렇게 뜨고 지켜볼 생각이 없었다.

"우정 끊어버리고 싶으면 뭔 짓을 못해. 심정혜, 정신 차려라. 응?"

"흐응, 이런 일로 깨질 우정이라면, 그렇고 그런 거지 뭐."

"그렇게 쉽게 정리할 수 있는 네가 부럽다, 무진장."

"호호호."

정혜가 소리 높여 웃었다. 나영의 지금 기분으로선, 웃는 정혜의 얄미운 얼굴을 그대로 세면대에 박아버리고 싶다는…….

"심정혜, 너 정말! 나 진지하단 말이야."

"누가 뭐라니? 나도 진지해."

"성실하고 싶어. 사랑받고 싶어. 정말 연인이 되고 싶어."

그럴 생각은 없었는데, 말하다 보니 열렬해져서 너무 진지한 어조가 되어버리고 말았다.

"미, 미안해. 나 이러는 거 오버지? 친구가 행여 이상한 맘 먹을까 봐 조바심을 내는 한심한 꼴이야. 난 어떡하면 좋니."

퍽 꼴사나운 모습을 보인 것 같아 나영은 더듬거리기까지 했다. 정혜가 피식 웃었다. 핸드백으로 팔을 툭 치며 지나갔다.

"알았어, 인마. 솔직히 탐나긴 하지만, 아무리 내가 자유주의자 심정혜라도 친구 애인까지 넘보진 않아. 탐난다는 건 그만큼 널 부러워한다는 뜻이야. 잘해봐라."

어쩐지 협소한 마음을 그대로 노출한 것 같아 나영은 창피해졌다. 친구보다 남자를 더 우위에 두었다. 정혜처럼 저렇게 멋진 성격이라면 얼마나 좋을까.

그때 분명 화장실에선, 정혜에게 그렇게 미안해하고선.

지금 또 도진의 옆 자리에 앉아 스쳐 지나가는 창밖을 바라보며 딴 생각에 잠겨 있는 것이다. 이젠 도진도 나영에게 말을 걸거나 대화에 끌어들이지도 않고, 정혜와 말하고 있는 중이다.

"어머, 어떡해!"

갑자기 뒷자리에서 정혜가 소리치는 바람에 나영의 생각이 현실로 돌아왔다. 정혜의 부드러운 컬을 넣은 긴 갈색 머리카락이 흔들렸다. 이리저리 백을 뒤지며 뭔가를 찾고 있는 것 같은데.

"무슨 일이야?"

"핸드폰, 핸드폰이 없어졌어. 어쩜 좋아, 나영아 나한테 전화 좀 해볼래?"

"으, 응."

나영은 얼른 휴대폰을 꺼내 정혜의 번호를 눌렀다. 신호가 갔지만 차 안에서는 벨소리가 들리지 않았다. 정혜가 한숨을 폭 내쉬며 말했다.

"아무래도 바에 두고 온 것 같아."

"도진 씨······."

나영은 미안해하며 도진을 쳐다보았다. 역시 되돌아가는 길뿐이었으니까.

"어떡하죠?"

뒤에서 정혜가 묻는 순간, 도진이 마침 발견한 유턴 구역에서 차를 돌렸다.

"가야죠."

"하지만······ 정말 죄송해요. 그리고 고마워요."

"별말씀을요."

"나 왜 이렇게 칠칠맞지? 친구 연인을 만나서 좀 흥분했나 봐요."

"그렇군요."

도진은 예의있는 어투로 대답하고는 유연하게 핸들을 돌렸다. 나영은 상체를 완전히 틀어 뒷좌석의 정혜를 돌아보았다.

"주인이 맡아뒀겠지?"

"응, 뭐 그랬겠지. 걱정하지 마. 요즘 세상에 핸드폰 떨어졌다고 가져갈 사람이 어딨니?"

요즘 세상에 그런 사람 많거든? 특히 나라면 딱 가져온다.

그때 도진이 나영의 어깨를 손으로 슬쩍 밀면서 말했다.

"속도 높일 거다."

그러니까 똑바로 앉으란 말 같았다. 나영은 지적 받은 초등학생처럼 얼른 몸을 돌리고 앞을 봤다. 뒤에서 정혜가 웃으며 말했다.

"도진 씨는 보기하고 정말 다른 것 같아요. 나영일 정말 생각해 주시네요. 부러워요."

응? 뭐가?

오로지, 선생님의 지시에 히뜩 놀라 자세를 바로 했을 뿐인 나영은 정혜의 말에 고개를 갸웃했다. 하지만 도진은 잔잔하게 웃고 있었다. 나영의 행동 하나하나를 터치할 수 있는 자신이 좋다는 듯. 나영만 영문을 모른 채, 정혜의 입술도 부드럽게 말려 올라갔다.

"토라졌군."

208호에 발을 들여놓자마자, 도진이 툭 던진 말이었다. 나영은 못 들은 척하고는 거실로 들어갔다. 사실, 토라진 게 맞다. 바 앞에 도착했을 때, 휴대폰을 찾으러 내리는 정혜의 뒤를 따라 도진도 차에서 내린 것이다. 에잇, 왜 그런 것까지 질투를 하는 거야!

하지만 아무리 이성을 차리자고 해도, 휴대폰을 찾아 나란히 웃으며 걸어오는 두 사람의 모습까지 신경 쓰이는 것이다. 정혜를 집 앞에 내려줄 때까지는 표정 관리를 나름 하고 있었지만, 둘만 돌아오는 내내 이렇게 불만이 가득한 표정을 바꿀 수 없었다. 자중하려고 해도 제대로 안 되니 그걸 어째.

"안 토라졌어요."

그래도 마지막까지 아닌 척해야 연애에서 살아남을 수 있다. 이건 내 자존심과의 사투다.

"그런가. 그럼 됐고."

아아, 이 남자 또 복귀했다. 셋이 있을 때는 그렇게 길게 말하고, 모든 것에 관심이 있는 평범한 사람처럼 굴더니 또 한도진표 잘라 말하기! 도대체 이유가 뭐지? 나는 한도진을 냉랭하게 만드는 드라이아이스 같은 여자라는 걸까?

도착하실 때까지 오래 걸리세요? 드라이아이스 많이 넣어 드릴까요?

마치 유명 아이스크림 전문점의 알바생처럼, 묻고 싶어진다. 한도진에게…….

이 민나영 앞에서 얼마나 더 냉(冷)하실 겁니까? 이 정도면 넉넉합니까?

"굳이 따라 들어갈 필요까지는 없었잖아요. 그리고……."

이건 절대 정혜를 향한 불만이 아니다. 정혜를 사이에 끼우고 속상하다는 감정을 표출하는 것은 더 아니니 제발 알아주길 바란다. 그냥 한도진이란 남자가 나를 제외한 누구에게든 웃어주는 게 싫다. 이걸 어쩌냐.

"그리고?"

도진이 넥타이를 끌러 내리면서 물었다. 다른 손으로는 담배를 찾아 물고 있다. 들을 마음이 있다는 건지, 없다는 건지. 이쪽은 매우 심각한데.

"그리고 나한테는 그렇게 편하게 웃지 않잖아요. 대답도 딱딱 끊어 하면서, 내 친구한테는……."

불을 붙이지 않은 담배를 테이블 위에 내려놓은 도진이 성큼 다가와 나영을 순식간에 끌어당겼다. 거친 태도였지만, 이어진 포옹은 무척이나 상냥한 것이었다. 꼬옥 끌어안고서 그가 말했다.

"친구니까."

"……핑계를……."

"네 친구니까."

나영의 심장이 마구 울렁거렸다. 그건…… 너무 치사하잖아. 이쪽이 화도 못 내게 하는 말이잖아요. 하지만 고의로 투덜거려서 확인받아내고야 만 그의 본심이 싫지 않다. 결국 이런 말을 들고 싶어 투정을 부린 것일까.

사랑을 할수록 성숙해야 하는데, 자신은 어째서 이렇게 유치해지기만 하는 걸까. 정신적으로 하나도 자라지 않는 이런 미숙한 여자한테, 이 남자는 정말 사랑을 느꼈단 걸까? 자신이 생각해도 불가능하다.

아, 암담해.

"질투했나."

은근한 목소리로 그가 물어왔다. 나영은 뺨이 달아올라서 바닥을 무작정 내려다보았다.

"몰라요. 만날 멋대로……"

"멋대로 뭐?"

도진이 그 큰 손으로 나영의 뺨을 폭 감싸 쥐고서 억지로 고개를 들게 했다. 나영은 시선을 맞추지 못했다. 감미로운 눈동자가 바로 거기에 있을 텐데, 보지 못한다.

"질투란 것도 꽤 위험한 것 같군."

못 알아들을 말을 하며 그는 벌써 나영이 입은 카디건의 단추를 풀고 있었다. 나영은 화들짝 놀라, 이미 반 이상 열린 앞을 움켜쥐었지만 가볍게 저지당하고, 단추는 마지막까지 풀렸다.

"또, 또 왜…… 그래요."

"몰라서 묻나. 사랑하고 싶은 거지."

그런 말을…… 아무렇지도 않게 하지 말라구요.

나영은 애잔한 눈으로 도진을 바라보았다. 그를 원하지만, 어쩐지 오늘은 그에게 안기고 그를 안을 자신이 없다.

"질투 때문에 네가 화를 내면, 가장 위험해지는 건 나니까."

카디건을 벗겨 내리며 또 못 알아들을 소리를 한다.

"무슨 뜻이에요?"

입술을 가져와 포개며 중얼거린다.

"외면하지 마. 괜한 엇갈림 때문에 잠시라도 잃고 싶지 않으니까."

입술이 겹쳐졌다. 흡! 하고 호흡을 들이마셔야 할 만큼 여유가 없는 키스였다. 뭐가 그렇게 다급한지 도진은 각도를 틀어 입술을 포개가며, 깊이 찔러 넣은 혀로 치열의 뒤편까지 샅샅이 훑었다. 흰 바지가 벗겨져 내려가고 도진의 옷도 나영의 손에 의해 하나씩 사라졌다. 두 사람의 몸이 겹쳐서 소파로 쓰러졌다.

"사랑해."

잠시 떨어진 입술로 무슨 말인가를 했는데, 심장이 내려앉을 여유도 주지 않고 다시 입술이 덮어왔다. 뜨거운 호흡으로 입술을 짓이기듯 키스해 가며 머리카락을 끊임없이 만졌다. 서로의 마지막 속옷까지 벗겨져 내려갔다. 머리카락을 잡고 키스하면서 도진이 그대로 삽입했다.

"허억!"

나영은 너무 놀라 일시에 움츠러들었다.

"사랑해."

지금은 무엇보다 그 의미를 생각하고 싶은데, 천둥처럼 울린 그 말을 되뇌고 싶은데, 하체에서 일어난 충격에 머릿속은 모조리 씻겨 내려가기라도 한 듯 텅 비고 마는 것이다. 삽입의 고통과 아직 채 아물지 않은 내벽의 상처가 건드려지는 섬뜩함, 그리고 받아들일 때마다 힘겹게 하는 그의 격함.

"좀…… 급했어. ……미안하다."

두 사람 다 끙끙, 하며 겨우 나영의 깊은 곳까지 그의 욕망이 받아들여졌을 때, 도진이 나영의 머리카락을 살살 쓰다듬었다. 입술에 부드럽게 키스하며 사과를 해 온다.

"아…… 아파요."

"참을 수…… 없었으니까. 네 질투가 날 선동한 거다."

"그런, 바보 같은…… 윽!"

소파의 등받이를 한 손으로 짚은 채 도진이 격하게 허리를 밀어붙였다. 잠시간의 여유도 주지 않고 속도를 빨리해서 나영은 그에게 매달리며 흐트러진 비명을 내뱉어야 했다. 소파가 삐걱거리며 움직이는 소리가 나영의 귀를 어지럽혔다.

"질투보다 위험한 건 민나영, 너다."

등을 둥글게 말아 마치 으르렁거리는 것처럼 전투적으로 파고들면서, 도진이 달뜬 말을 흘렸다. 나영은 입술을 깨물어가며 혼미한 정신으로 그의 말을 들어야 했다. 오로지 인식되는 것은, 민감하게 건드려지는 아래의 감각. 미칠 정도로 자신을 몰아붙이는 한도진이라는 남자.

"더 이상 날…… 조종하지 마. 여기에서 더 빠지면, 네가 위험해."

"하아…… 빠졌…… 어요?"

견디지 못한 열락에 뜨뜻하게 올라온 눈물을 머금은 눈으로 언젠가 그가 했던 말을 그에게 써보았다. 도진이 후후 웃었다. 수려한 코끝에 맺힌 땀방울이 나영의 눈꺼풀로 떨어졌다. 머리카락이 힘주어 잡혔다. 각오하라는 듯, 다른 손으로 허벅지를 꽉 쥔 그가 이를 악물고, 더 들어갈 수 없는 깊은 곳까지 찔러 넣었다. 헉! 격렬하게 나영의 허리가 떨렸다.

"다리…… 더 벌려."

나영은 바쁘게 움직이는 도진의 주문에 맞춰주고자, 서비스 정신을 발휘했다. 결합이 더 깊어지자 나영은 자지러지는 신음을 터뜨렸다.

"힘 줘봐."

"아아, 나도 그게……. 히, 힘이……."

안 들어가잖아요!

"꽉 잡아."

또 요구다. 이젠 대놓고 요구다!

근데 다 들어주고 있다.

그가 원하는 대로 허리에 힘을 주며 도진의 단단한 근육을 꽉 잡는 순간, 도진이 나영을 번쩍 들었다. 그리고…… 거참, 이상하게도 자신은 뒤로 누웠다. 어어, 왜요? 설마, 도중에…… 주무시게요?

아니었다. 도진은 나영을 자신의 위에 앉힌 것뿐이었다. 나영의 눈이 번쩍 떠졌다. 이, 이건 그 유명한 기마 자세로서……

한도진을 말처럼 타고 말 달리자는 뜻?

숫제 연인을 만들겠다는 건지, 색녀로 키워보겠다는 건지. 뭡니까, 이거!

"모, 못…… 좀…… 정상적인……."

이건 원, 직립보행 아니면 말 타기라니…….

도대체 어떤 야동으로 학습을 한 것입니까! 사이트 주소 얼른 뱉어요! 당장, 가서 배우게……. 으앗! 하아, 하아……. 나 어쩌면 좋아.

얼마도 못 가, 나영은 체위에 대한 불만을 가졌다는 사실도 잊고서, 어느새 정신없이 신음을 흘리며 움직이고 있었다. 도진은? 아아, 현재 그는 나영의 허리를 꽉 틀어쥐고서 그대로 힘을 주어 위아래로 흔들고 있었다. 나영은 오로지 그의 힘에 이끌리며 미친 듯 몸을 떨었다. 상상조차 할 수 없는 쾌감으로 나영의 상체가 점점 더 뒤로 젖혀졌다.

목에선 이미 이성을 내팽개친 신음이, 우는 건지 신이 난 건지 모를 분위기로 흩어졌다. 거의 뒤로 젖혀져 U자 형으로 휜 나영은 자신의 발목을 잡고서 헐떡거렸다. 색녀 교육만 시키는 줄 알았더니 유연성 훈련까지…….

조만간 민나영은 마루운동을 하고 있을지도 모르겠다. 올림픽의 꽃이 마루운동입니까, 마라톤입니까.

아래에서 뻗어온 손이 완전히 노출된 나영의 젖가슴을 아래에서부터 위로 힘껏 쥐고서 왈칵 비틀었다. 그의 손힘이 더욱 거세진다는 건, 그 한도진도 자신을 참지 못하고 있다는 증거였다. 역시 도진도 이를 악문 채 미간을 찌푸리고 있었다. 짙은 눈썹 아래 힘이 들어간 그 긴 눈매가 그렇게 섹시할 수 없었다. 체위 때문에 더욱 민감해진 결합 부위는 움직일 때마다 서로를 미친 듯 열정에 탐닉하게 만들었다.

"아아…… 나 힘들어. 이제 더는……."

나영은 온몸이 땀으로 젖어 사정하듯 말했다. 좋은 건 좋은 거고, 운동을 너무 했더니 죽을 것 같다. 딱 해갈을 원하는 나영을 당겨서 끌어안은 도진이 소나기처럼 키스를 퍼부었다. 아아, 이 남자 좀 떼어주세요. 아니, 꼭 그런 건 아니고……. 아무튼 나영은 그 격한 키스를 아쉬움의 표현으로 받아들였다. 자신이 힘들어하니, 신사적인 매너를 갖춘 남자라면 반드시 이쯤에서 끝낼 거라고……. 좀 아쉽긴 하겠지만, 몸이 좀 더 나아지면…….

으앗! 근데 이건 또 뭐예요?

결합을 풀지 않은 채 나영의 등을 휙 돌린 도진이 놓아주기는커녕 나영을 앞혀서 뒤에서 끌어안는 것이다. 돌아갔다. 회전초밥처럼 잘 돌아가긴 했다. 문제는 나영의 척추에 키스의 비를 퍼부으며 손을 앞으로 돌려 가슴을 손바닥으로 굴리며 어루만 진다는 것.

"그러니까…… 아아아…… 제발…… 내가 분명히 정상적으로……."

한마디로 남자 상, 여자 하, 그냥 기본으로 가자는 소리였는데. 그게 동서고금 안전빵인데. 학교 성교육 시간에도, 모든 책자에도 그렇게 설명이 되어 있을 텐데.

다소 쾌락의 질은 덜하더라도, 살아남기 위해선 그래주었으면 좋으련만.

짙고 짙은 신음을 나영의 귓가에 토해내며 도진은 얄미운 소리만 족족 해댔다.

"오빠, 마음에 상처 입었다."

나영은 소름이 쫙 돋아서 도진의 팔을 있는 힘껏 꼬집었다. 한도진, 내가 조금만 덜 참을성이 있었어도, 그런 개그에 벌써 닭 됐어! 그러는 와중에도 뒤에서 찔러 올려져 나영은 고개를 내저으며 비명을 질렀다.

"도대체 무슨……! 그, 그만 좀, 읏……."

"그냥 둬."

그냥 두긴 뭘 그냥 둬. 당신이야 그렇겠지. 접시에 놓인 푸딩도 아니고, 이리 흔들리고 저리 흔들리는 이쪽 사정도 생각을 좀 해보라고요!

"시, 싫어! 이기적이야. 으응, 제발 나…… 미칠 것 같……."

"미쳐."

정말 밉다. 너무나도 밉다. 이런 쾌락과 욕망과 미움을 동시에 주는 그가 뼛속까지!

……사랑스럽다.

어째서일까. 어째서 자신은 그를 이렇게도…….

"착각 아니에요?"

흔들리면서 그에게 묻는다. 몸도, 마음도 뿌리 끝까지 전부 흔들리면서 그의 품 안에서.

"뭐가."

그의 가슴에 달라붙은 나영의 등, 어느 쪽이랄 것도 없이 땀으로 흠뻑 젖어 움직일 때마다 화끈거리며 밀렸다.

"당신이…… 날, 좋아한다는 착각."

"큭, 착각 맞아."

"뭐, 뭐예……!"

"사랑하는데, 좋아한다고 믿으려는 착각. 짜증나는 민나영."

그대로 푹 찔러 올려져서.

"아아아아……!"

지르느니, 비명뿐인 상황이 되는 것이다.

" 응…… 흑흑."

결국 너무나 선뜻한 쾌감에 나영은 울어버리고 말았다. 도진이 뒤에서 꽉 끌어안고 귓바퀴를 혀로 굴렸다. 안으로 혀를 쑥 집어넣으면서 흐트러진 목소리를 속삭였다.

"날…… 먹어."

외설적인 그의 말에 나영의 심장이 확 수축했다. 도대체 사랑하는 이런 상황에서 어째서 식인종을 종용하는 것일까. 창피해 죽겠는 건 사실이지만, 그런 말에 더더욱 흥분해서 만족하고 있는 난 또 뭘까. 더, 더 듣고 싶다. 더, 더 자극받고 싶다. 지금 이렇게 수치도 모르고서 게걸스럽게 그를 먹어치우고 있는 자신의 뜨거운 내벽을 인정하며…….

"나…… 어떡하면 좋아. 아웃, 어떡해. 어떡해……."

지금, 잘 먹고 있습니까?

나, 잘하고 있냐구요!

도진이 쿡쿡 웃었다. 욕망에 푹 절은 허스키한 웃음소리를 나영의 귓불에 쏟아내면서 웃는 것이다. 얄미워, 정말 얄미워.

"사랑스러워."

하지만 도진은 나영에게 다른 언어를 선물했다. 심장이 아릴 정도로 두근거리는 그 말.

"……머, 먹을래. 전부……."

앗! 이건 누가 한 말인가. 누군 누구냐. 너잖아, 민나영 너!

욕심쟁이처럼 그를 야금야금 가지고 있으면서도 완전히 소유하고 싶다. 모조리 다…….

완전히, 길로 들어서고 말았다. 도진이 살고 있는 그 세계, 365일 변태들이 욱신거리는 변남변녀들의 낙원인 그곳으로…….

자아, 우리 함께 가자꾸나. 손을 꼭 잡고서.

나영은 어깨 뒤로 팔을 넘겨 도진의 목을 휘어 감고서 감각의 소용돌이를 느꼈다. 몸도, 마음도, 뇌도, 신경도, 세포도, 솜털 하나하나까지 전부 다 그에게 침식되고 있다. 두근거림도, 설렘도, 기쁨도, 아릿함도, 저릿함도 모두 다 그에게 조종당한다.

이 흔들림을 너무나 환영한다. 사소한 움직임 하나까지 가슴에 담는다. 그를 사랑한다.

견디지 못하고 울음을 터뜨리면서도 자신에게 호흡을 맞춰주는 그녀가, 도진은 너무나 사랑스럽다. 이제 어쩔 수 없을 정도로 깊이 빠져 버렸다. 솜털 하나까지 모든 게 다 소중하다. 자신에게 또 사랑이란 감정이 생겨날 수 있을까, 관조하듯 보았던 과거가 무색할 정도로.

가빠진다. 호흡이, 숨결이, 신음이 가빠지는 만큼 사랑의 감정이 수직선상으로 치닫는다. 제곱에, 제곱에, 제곱으로 커진다. 그녀에게서, 금방이라도 사정할 것처럼 무섭게 팽창한 자신을 이를 물어 눌러 참으며 왈칵 뺐다.

"흐응……."

그가 빠져나간 순간 나영은 허전함을 느꼈다. 콧소리를 흘리며 허리를 비트는 것에 이젠 수치도 못 느끼는 것인가. 큰일이다, 민나영. 이대로 끝내지 말라고, 설마 앙탈을 부리는 거? 나영은 자신에게 질리면서도, 그를 원해 온몸을 열고 있는 자신을 느꼈다.

도진은 나영이 바라마지 않는 정상적인 체위로 돌아왔다. 뚫어져라 사람을 내려다보는 바람에 나영의 온몸이 빨갛게 달아올랐다.

천천히 눕힌 도진이 평평한 아랫배부터 시작해 잘록한 허리, 허리선과 비교될 정도로 팽팽하게 부풀어 오른 탐스러운 젖가슴으로 정성을 들여 애무했다. 평소에는 잘 모르겠는데, 사랑할 때 그녀의 가슴은 보기만 해도 흥분이 될 정도로 풍만하다. 그리고 혀끝을 대보고 싶은 그 선홍색 유실까지…….

그런 모습에 자신은 이성을 잃고 마는 것이다. 혀를 돌려가며 유두를 굴리고 있을 때 갑자기 나영이 아래로 쑥 내려갔다. 뭔가 싶었더니, 그녀가 그 예쁜 빨간 혀로 복부를 핥기 시작했다. 순간 도진의 모든 근육이 일시에 팽팽하게 긴장이 되었다.

으윽!

그가 신음을 꽉 깨물며 상체를 살짝 젖혔다. 나영의 눈가에 교태가 돌았다. 도진은 욕망으로 붉어진 눈으로 나영을 내려다보았다.

"너……."

고양이처럼 입가를 올리며 웃는다. 도진의 심장이 욱신했다. 결단코 견딜 수 없는 유혹이었다.

나영은 도진의 몸이 제멋대로 꿈틀거리며 파동치는 걸 지켜보았다. 흐뭇해서 미칠 것 같았다. 자신에겐 그를 조종할 힘이 있는 것이다. 배꼽에서 시작되어 아래로 일직선으로 나 있는 음모가 그렇게 터프할 수 없었다. 혀를 가져가 살짝살짝 건드리며 애무를 시작하자 도진이 움찔움찔했다. 나영의 어깨를 꽉 쥐는 손의 힘이 강해지는 걸 느꼈다. 더 아래로 내려가려 하자, 도진은 더 견디지 못하고 나영을 번쩍 들어서 위로 혹 올렸다. 그리고 마치 절정처럼 신음하며 삽입하자 나영은 자지러질 듯한 비명을 질렀다.

다시금 폭풍이 이어졌다.

라기보다 이어지려는 순간이었다.

쾅쾅쾅!

갑작스런 파열음에 나영의 눈꺼풀이 희미하게 들렸다. 하지만 도진은 땀에 젖어 미끄러지는 몸을 다잡으며 나영의 안을 파헤치는 데만 정신이 팔려 있었다.

잘못…… 들었나?

나영은 환락 속에서도 뚜렷하게 들렸던 그 소리를 착각이라 생각했다. 하지만 또 쾅쾅쾅!

더 커진 소리에, 순간 도진도 휘몰아치던 힘을 딱! 줄였다. 그리고 밖에서부터 들려오는 째지는 목소리.

"한도진, 문 열어! 나 이대로는 절대 물러날 수 없어. 빨리 문 열어! 둘 다 가만 안 둘 거야! 날 무시하고도 무사할 것 같아?"

기가 막히게도, 그것은 히메의 목소리였다. 물론 똑똑히 들리지는 않지만, 그 목소리의 익숙함으로 볼 때 대충 그런 말인 것 같다는 예상이었다. 그나저나 이 아파트, 방음 장치 다시 손 좀 봐야겠다. 이건 숫제…….

"으, 은수 씨예요. 그쵸?"

나영이 도진을 올려다보며 겁먹은 목소리로 중얼거렸다. 다른 때라면 몰라도, 상황이 이러니……. 잘생긴 한쪽 눈썹을 살짝 찌푸린 채 밖에 주의를 기울이고 있던 도진이 곧 나영과 시선을 맞추더니 픽 웃는다.

"무슨 상관."

폭 덮어씌우듯 끌어안고서 움직였다. 사악하게 웃는 그 남자는 실로, 다른 일에는 전혀 관심 없는 〈오로지〉파란 말인가. 내일 지구가 멸망한다 해도 오늘 시작한 섹스는 멈추지 않는다는 그 일족. 그 근성에 금메달 하나 못 주면, 슬플 일이다.

"사, 상관없는 게 아니잖아요!"

나영은 도진을 뿌리치려 했다. 어떻게든 팔꿈치로 소파를 짚어가며 일어나려는 나영을 도진이 확 밀더니 자신을 더욱 힘껏 찔러넣었다. 헉! 또다시 별들의 전쟁이다. 이 남자가 이렇게 강하게 들어오면 머리 위로는 별이 반짝, 주위로는 새가 짹짹거리는 것이다.

하아아…… 시, 시국을 좀 판별해서…….

"소리 내."

갑작스러운 얼토당토않은 요구에 나영의 눈꺼풀이 파르르 떨렸다. 소리를 줄여도 모자를 판에, 아니, 소리를 낼 상황 자체를 끝내야 할 판에 지금 뭐라고?

혹시 댁, 정신을 칵테일 바에 두고 오셨나요? 후, 후딱 가서 챙겨오시죠?

나영은 절대 그럴 수 없어, 이를 꽉 물었다가 그것도 여의치 않아 손바닥으로 입술을 꽉 눌러 가렸다. 그리고 그를 노려보며 정신없이 고개를 흔들었다. 하지만 그는 지금도 뻐근할 정도로 꽉 조이는 아래를 더욱 사정없이 유린하며 뻔뻔한 요구를 했다.

"소리."

아무래도 이 남자…… 돌았다.

그런 즉, 일부러 들으라고 소리를 내라는 거다. 저렇게 밖에서 지금도 정신없이 문을 두드리고 있는 여인을 더 선동하겠다는 뜻이다. 하지만 들릴 리가 없다. 밖에서 들리는 소리는 몰라도, 여기에서 아무리 신음을 내봐야…….

찌릿! 도리도리. 격렬하게 고개를 내저었더니.

"큭, 마음대로 안 될 걸?"

그대로 나영의 엉덩이를 양손으로 꽉 쥐어 허공으로 띄운 채 각도를 세워 몰아붙였다. 나영은 뒤로 넘어갔다. 하지만 당장이라도 터질 듯한 신음은 일단 참아냈다. 자, 잘했어. 일단은 정상인의 동앗줄을 꽉 붙들어 잡고 있었던 거야. 이걸 놓치면 넌 변태월드 시민권이 나오고 말아! 세상 누가 섹스를 이렇게나 위기 속에서 할까.

잠깐 방심했더니 그 틈을 타고 도진이 나영의 손을 입술에서 잡아뗐다.

"참겠다는 건가."

"되, 될 리가 없잖아요! 게다가 들릴 리도 없어요, 알아요?"

"그럼, 내가 듣지."

즐거워 미치겠는 표정이다. 누가 지금의 저 모습을 한도진이라 상상할 수 있을까.

"나, 난 못해요. 안 해!"

"뭐, 어쩔 수 없군. 그렇게 싫다면 말고."

근데…….

"으응…… 하아……."

어쩐지 재미있을 것 같지?

"이, 이러면 돼요?"

연기 신음을 내뱉어보는 나영을 도진이 크게 뜬 눈으로 내려다보았다. 나영은 속으로 눈물을 줄줄 흘려야 했다. 이런 민나영은 역시, 한 군데 버릴 수 없는 한도진의 일족이 아닐까?

"더."

"하아…… 아응! 이, 이렇게요?"

쿡쿡, 도진은 웃느라 정신없었다. 나영의 얼굴이 빨갛게 달아올랐지만, 어째서 요롷게 재미있는 걸까. 너무 신이 나서 가슴까지 두근거린다. 관음증도 아니고, 마조히스트도 아닌데…… 아니긴 뭐가 아닐까. 하지만, 소파 옆엔 채찍도 없고, 이상한 기구들이 즐비해 있는 것도 아니란 말이다. 근데도 오싹할 정도의 기묘한 쾌감이 밀려오고 있다니.

짓궂은 이런 행동으로.

"좀 더……."

요구와 함께 도진이 진심으로 나영의 몸을 다그쳤다.

"아아아아! 아웃!"

"쿡쿡."

"아으…… 도, 도진 씨…… 아앗!"

"쿡쿡쿡."

우, 웃지 말라구요!

"허억, 그, 그만……. 제발……!"

아쉽게도 이건, 연기가 아니었다. 하다 보니 정말 흥분할 줄이야 그 누가 알았겠는가. 뺨이 빨갛게 상기되어 숨을 몰아쉬고 있는 나영을 내려다보는 도진의 눈빛이 점차 짙어졌다. 웃음기가 서서히 가시고, 심각한 분위기가 슬금슬금 올라왔다.

서로를 유혹해 버리고 말았다. 다시 한 번 매혹당했다.

"못, 참아."

도진의 그 말을 끝으로 나영은 더 이상, 단 일 초도 더 연기를 할 수 없었다. 그 후부터는 서로에게 온전히 몰입한 으르렁거림만이 남았을 뿐.

"갖고 싶다. 모조리."

그러니까 여기에서 뭘 더 어떻게 주느냐구요.

"여기? 여기군."

후욱, 하며 밀려 들어온다.

"그, 그만!"

"아작아작 씹어서 삼켜 버리고 싶어."

도대체, 갑자기 섹스 도중에 어째서⋯⋯ 먹는 이야기가 나오는 걸까. 아작아작 씹어서 삼키는 음식으로는 어떤 게 있을까? 그건 사실 음식이 아니라 민나영인 걸까?

이미 혼미해진 의식 속에서 나영은 부드럽게 미소 지었다. 왜냐하면 그 남자는⋯⋯ 지쳤으니까. 자신이 한 말을, 무척 집요하게⋯⋯.

이쯤 되면, 장난도 꽤 위험한 일이 아닐까?

〈사랑은 한 여성을 다른 여성들과 구별하는 착각이다.〉

그 남자에게, 나는 다른 여자들과 다른 의미가 되었을까. 아니 되었다. 이제 그에게 확신이 든다. 중요한 건 이 확신을 지켜 나가는 일.

"얘기 안 해줘요?"

그의 손에 의해 깨끗이 씻겨 소파에 앉아 그가 타준 커피를 마시며 그에게 궁금한 것을 물었다.

바깥 상황으로 보자면? 은수는 제풀에 지친 것인지, 아니면 경비에게 끌려간 것인지 조용했다. 은수는 중요하지 않았다. 지금 나영에게 중요한 건, 노은수와는 비교도 되지 않는 의미의 연적.

그래서…… 그의 입으로 듣고 싶은 말이 많은데.

"안 해."

도진은 딱 잘라 말하고는, 자기가 얼마나 못된 말을 했는지 모르겠다는 뻔뻔한 얼굴로 커피를 우아하게 마셨다. 소파에 한쪽 팔을 척 걸치고서, 편안한 차림으로 유유자적하기도 하시다.

쫌 말해주면 안 돼요!

"왜요?"

어쩐지 보호하는 것 같아서 물었더니 도진이 커피 잔 너머로 나영을 뚫어지게 쳐다보더니 곧 긋 웃었다. 그 예리한 눈매에 웃음기가 담겨서 참 멋지다. 어서 카메라들에게 연락을…… 포토라인을 그어야…….

그녀, 강희연을 생각하는 것 자체로도 힘들어 보이던 남자가 웃는다는 건 다행이었지만…….

"왜 말 안 해줘요? 나하곤 상관없다는, 그런 말 하면 가만 안 있을……."

"질투할 테니까."

도진이 단정을 내리듯 나영의 말을 잘랐다. 나영은 발끈해서 말했다.

"그래도 들을래요."

"안 해줘도 질투하는군."

나른한 눈으로 커피를 내려놓은 도진이 뒷머리를 툭 쳐올리고는 느긋하게 소파에 눕듯 기댔다.

"커피, 괜찮지?"

"해줘요!"

"싫어."

"왜요!"

"질투할 테니까."

이 사람이 정말! 으으…….

왜 이렇게 화가 나는 걸까. 좀 알려줘도 되는 거 아니야? 이제 잊은 거면, 그쯤은…….

"하기 싫다. 너하고 나만 생각하면 되는 거 아니야?"

짙은 속눈썹 아래 그 검은 눈으로 나영을 지켜보며 말한다. 나영은 천천히, 아래를 내려다보다가 곧 고개를 끄덕였다.

그래, 그를 이기적이라 생각하면 안 돼.

"그럼 딱 하나만 대답해 줘요. 해주지 못하는 거예요, 해주기 싫은 거예요?"

또 나오는 이 버릇.

확인하고 싶어하는 여심.

하지만 가엾다고 비웃어도 좋으니까, 한 번 더 확신을 줘요.

도진이 대답했다.

"하지 않는 것."

흐음, 그래. 하지 않는 거…… 는 대체 무슨 뜻인데? 물은 두 가지 중에 그런 건 없었잖아요!

"끝까지 진지하지 않겠단 거죠?"

연애가 주는 최대의 행복은 착각

"아니, 못하는 것도 해주기 싫은 것도 아니야. 하지 않는 거다. 과거에 난 분명히 강희연을 사랑했어. 그땐 민나영을 전혀 몰랐지. 지금 난 민나영을 사랑해. 그래서, 강희연을…… 전혀 몰라."

도진이 천천히 일어났다. 담배를 꺼내 물고서 창밖을 바라보았다. 아련한 눈으로 나영을 보지 않은 채 그가 낮게 이었다.

"이 정도면 안 될까. 조금만 봐줘라."

아아, 난 어쩜 이다지도 이기적일까.

나영은 일어나서 그의 뒤로 갔다. 그리고 담배를 피고 있는 그의 등을 뒤에서 가만히 껴안았다. 천천히 그 강인한 등에 뺨을 기댔다. 하지만 그는, 내가 생각하고 있는 것만큼 그리 강한 사람이 아닐지도 모르겠다.

"………미안해요."

속삭였다.

도진은 대답 없이 담배 연기를 내뿜었다. 나영은 등에 댄 뺨을 비볐다.

"나…… 아주 많이 행복해요. 기뻐. 솔직하게 말해줘서…… 고마워요. 그래서 더, 미안해."

도진이 한 손을 내려 나영의 손등을 토닥토닥 두드려 주었다. 함께 껴안아주는 것보다, 지금은 그게 더 좋았다. 마음이 놓였다. 담배를 다 피울 때까지 도진은 그렇게 서서 나영의 손등을 다정하게 두드려 주고 있었다.

잠시 후, 나영은 현관에서 샌들을 신고서 도진을 쳐다보았다. 그는 현관에 서서 나영을 물끄러미 내려다보고 있었다. 함께 바라보며 나영이 생긋 웃었다.

"나 갈게요."

"자고 가."

"헉!"

자, 잤잖아요! 아니지, 그건 엄밀히 말해서 그냥…… 뒹군 거지. 아무렴, 이렇게 적나라한 대화만 나누는 연인이 어딨을까.

"가, 갈래요. 그게 편할 것 같아요."

"그럼 쉬고 가."

자기가 말하고도 웃긴지 갑자기 도진이 웃는 바람에, 가만있었으면 꽤 웃겼을 나영이 오히려 벙 쪘다. 총각, 쉬고 가지 그래? 마치, 역 앞에서 서성대는 아주머니들의 특기인 그 말이 떠올라서, 웃길 수 있는 상황이었는데.

정말이지 하나로 단정할 수 없는 남자다. 한참 큭큭 웃다가 주먹을 입술 앞에 대고 흠흠 헛기침을 한다. 멋쩍은 듯.

"휴우."

한숨을 폭 내쉬며 현관문을 밀었다. 그 순간 나영의 몸이 우뚝 멈춰서, 그녀의 뒷모습을 바라보고 있던 도진이 고개를 살짝 기울였다.

"휴우."

이번엔 도진의 입에서 짙은 한숨이 흘러나왔다. 현관문 앞에

은수가 서 있었다. 그러니까 연신 현관문을 두드리고 소리를 지른 시기가 지났을 때, 당연히 간 줄 알았는데 그게 아니었단 뜻이다. 단, 입만 다물고서 그 앞에서 진을 치고 있었단 것.

진심으로 공포 영화의 한 장면이 생각나는 상황이라서, 도진도 나영도 진심으로 등줄기에 식은땀이 흘러내렸다.

"한도진, 정말 날 이렇게 무시하기야? 두 사람……."

분노에 이글거리는 눈으로 은수가 입을 열었다. 하지만 그 말은 끝까지 이어질 수 없었다. 놀라서 굳어버린 상태로 있는 나영을 뒤에서 확 끌어당긴 도진이 은수가 보는 앞에서 나영의 고개를 뒤로 꺾어 깊이 혀를 섞어버렸다.

아찔할 정도의 키스에 나영의 눈이 커졌다. 겨우 정신을 챙기고선 허우적거려 봤지만 도진의 압박을 피하는 건 처음부터 불가능했다. 질척하게 혀가 섞이며 각도가 엇갈려 정신없이 입술이 섞였다. 삼키지 못한 타액이 흘러내리고, 드나드는 혀가 보일 만큼 적나라한 키스였다.

은수는 눈꺼풀 한 번 깜빡 못하고 얼어버린 것 같았다.

얼얼할 정도로 짙은 키스를 나누면서, 나영은 가만히 생각했다. 도진의 의도가 무엇일까.

만약, 자신이 생각하는 그 의도가 맞는 거라면.

은수를 보내 버릴 방법으로 이러는 거라면…….

그래, 어차피 대놓고 가짜 신음 쇼도 했으면서 보란 듯 키스 정도 못할 건 또 뭐람. 찾아오지 않았으면 좋겠다고, 진심으로 생각하는 사람은 오히려 이쪽이니까.

각오를 내린 나영은 자신 쪽에서 몸을 틀어 발끝을 세웠다. 그리고 도진만큼이나 찐한 키스를 돌려주었다. 숨을 헉헉거릴 정도로 키스에 빠졌다. 어느 순간부터는 노은수라는 타깃을 잃어버리고 서로에게 열중하고 말았다. 뜨거운 열기가 겹쳐지는 입술 틈으로 새어나왔다가 빨아들이는 호흡에 잡혀 다시 서로의 안으로 삼켜졌다. 한참을 그 깊은 늪 같은 키스가 끝났을 때, 아니, 더 이상 지속했다간 산소 부족으로 둘 다 위험해서 어쩔 수 없이 입술이 떨어져 나갔을 때, 도진이 나영의 뒷머리를 지키듯 꽉 끌어안아 가둔 채 말했다.

"이렇게 됐다. 다시는 귀찮게 하지 마."

……직구였다.

Act 10

왜 이 남자를 이렇게나

갖고 싶은 건 닌텐도…… 가 아니라, 오로지 한 남자.

그 남자를 가지고 싶어서 버린 남자가 지금 메시지를 보내왔다. 볼만한 영화가 있어서 휴일을 맞이하여 데이트를 하는데, 때마침 메시지가 도착해서 확인했다. 옆에서 걷고 있는 도진을 따라가며 액정을 한참 들여다보던 나영이 핸드폰을 탁 덮고 말했다.

"얘, 황당해."

나영의 목소리에 도진이 고개를 돌렸다.

"뭐가. 날 말한 건가?"

"도진 씨를 얘라고 할 리가 없잖아요."

"많이 컸나 했지."

도진이 자신의 뒷머리를 쓰윽 만지며 말했다. 쳇!

"그게 아니라, 영태요."

"김영태."

에에? 영태나, 김영태나.

"다른 남자, 이름만 부르는 것 싫다."

이 남자, 사람을 깜짝깜짝 놀라게 만드는 재주가 있다.

아무튼, 그런 뜻이구나. 헤헤, 괜히 그런 소리의 웃음이 나오려 한다.

"그 친구가 왜?"

게다가 이젠 아예 친구로 딱 선을 그어놓으신다. 이 남자의 이런 면이, 어떡해~ 너무 사랑스러워!

"그러니까, 지희랑 다시 사귄대요."

흐음, 턱을 짚고 잠시 생각하는 것 같더니 그가 말했다.

"지희가 뭔데."

"휴우, 영태, 아니, 김영태가 사귀던 여자요."

날 걷어차고 만난 그 여우 말입니다, 라고까지는 말하지 못하겠다. 다 알고 있을 거라고 해도 굳이 자신의 입으로 말하긴 싫다.

"왜? 서운한가?"

뜻밖의 질문이었다. 예상치 못했던 말에 나영은 잠시 당황했다. 정말 그런 건가, 하고 잠깐 의심해 봤지만 전혀 그런 건 아니었다. 그냥 황당할 뿐.

하지만 좀 놀려주고 싶은 것도 사실이지?

"서운하면요?"

도진이 픽 웃었다. 하지만 금세 서릿발이 내릴 정도로 차가운 눈으로 변신해 내려다보며 말했다.

"벌 받아야지."

흐음, 그건 싫다.

"하지만 서운할 수도 있잖아요. 아무런 감정이 없어도 황당할……."

수는 있잖아요, 라고 말할 생각이었는데.

"내 거니까."

"……무슨."

"감정도, 생각도 내 거니까 그런 남자한테 멋대로 베풀지 말란 뜻."

하루에 몇 번씩이나 가슴이 떨리게 해야 이 남자는 직성이 풀릴까.

저기요, 내친김에 밧줄도 가져다 드릴까요? 꽉 묶어줄래요? 아, 민나영 이 변태.

게다가 내가 무슨 물건도 아니고, 내 거라니. 그런 말에 내가 좋아할 줄, 알고 있다, 나는.

그래, 난 좋아. 좋아서 미치겠어. 그렇담 어쩔 건데, 세상 사람들아.

"그게 마지막 연락이겠지?"

도진이 확인하는 어조로 물었다. 나영은 찌릿 째려보는 눈을 피하며 고개를 끄덕였다. 조금은, 허전한 마음이 드는 건 인간으로서 당연한 도리다.

"그럴 거예요. 지희한테 잘해보겠대요. 성실하게, 잘해보겠대요."

"답장 보내."

"에? 그래도 돼요?"

안 그래도 도진의 바로 옆이라 못 보내고 있었는데 도진이 그렇게 말해와서 나영은 반색을 했다. 그래도 인정은 있는 남자인가 보다. 물론 답장 보내는 것 하나까지 도진의 허락을 얻을 생각은 추호도 없었지만, 맘 잡았다는 영태에게 이쪽이 답장을 보내도 되는 건지 아닌 건지 망설이긴 했다. 마침 도진이 산뜻하게 답장을 보내라는 조언을 해줘서 기뻤다.

기쁘긴 했는데…….

"단, 내가 부르는 대로 그대로 입력해."

또 명령이다! 가뿐하게 명령하고 있다!

"무, 무슨! 말도 안 돼요. 내가 왜 그래야 해요?"

"왜? 내가 불러줄 테니까."

아아, 무슨 이런 남자가 다 있지? 완전 독선에 독불장군! 독야청청, 은 좀 아니고.

나영이 서늘하게 노려보며 중얼거렸다.

"지금, 하자는 소리예요?"

아무리 해도 이런 처사는 불합리하다. 그래서 물었더니 도진이 무심한 눈으로 주변을 찬찬히 둘러보더니 요렇게 대답했다.

"여기에선, 좀 곤란하군. 안고 싶어도 이렇게 사람이 많아서야……."

그러면서 혀를 쯧쯧 차는데, 혀를 차고 싶은 건 이쪽입니다!

나영의 얼굴이 잘 익은 홍시처럼 새빨개진 건 말할 것도 없었다.

하자는 게, 그걸 하자는 게 아니지 않느냔 말씀입니다. 도대체 어떻게 〈하다〉 앞의 목적어를 모두 그쪽으로 생각할 수 있는 걸까? 이건 언어도단, 혹은 언어유희, 아무튼 그 모든 걸 떠나서 정신 나간 것으로밖에 이해되지 않는다.

"난, 그런 뜻이 아니었어요!"

"부른다. 어서 준비."

넵!

나영은 어느새 휴대폰을 척 열어 들고 있었다. 아아…… 나에게 나도 모르는 노예근성이 있었나 봐. 쿡 웃음을 흘리는 도진을 나영은 슬쩍 흘겼다. 그래요, 나 이런 사람입니다. 황당하다는 거 이제야 아십니까?

"빠, 빨리 부르시죠? 암튼 보내긴 보내야 하니까."

나영은 그의 입술이 열리는 대로 자음과 모음을 찍었다. 그러나 부지런히 움직이던 손가락은 이내 천천히 멎었다. 물끄러미 그의 얼굴을 바라보았다. 그가 매력적인 미소를 보내왔다. 잔잔한 미풍이 불고 있다. 보들보들, 마음이 그렇게 변했다. 천천히, 나영은 마저 문자를 완성해서 영태에게 전송했다. 하지만 그가 불러준 말과는 다른 것이었다. 그대로는 도저히 보낼 수가 없었기 때문에.

"축하한다. 잘 생각했다."

도진이 불러준 말의 처음은 그렇게 평범했다. 좀 그의 얄미운 속이 보이는 문장이기도 했고.

〈축하해. 잘 생각했어.〉

딱딱 끊어 말하는 습관이 있는 그의 어투니까, 일단 고쳐서 메시지를 찍어갔다. 도진이 말을 이었다.

"민나영은, 한도진과 결혼한다. 청첩장은, 보내지 않겠다."

바로 나영의 손가락을 멈추게 한 말이었다. ……그런 문자를, 어떻게 보내란 말인지.

우선 당사자부터 이렇게 가슴이 떨리는데.

이 남자와 앞으로도 계속 연애를 하려면, 아무래도 심장을 화장대 서랍 안에 숨겨두고 다녀야 할 것 같다.

돌아오는 내내 도진의 그 돌발발언이 마음에서 떠나지 않았다. 여유도 주지 않고서 몰아붙이는 건 그 남자의 성격인 모양이다. 정말 심장에 안 좋다.

도진도 딱히 다른 말을 덧붙이지 않았다. 다시 그 화제를 꺼내지도 않았다. 도대체 무슨 마음으로 그런 말을 한 건지, 이유를 모르겠다. 장난을 친 것도 아닐 테고, 그런 개념없이 말을 툭툭 내뱉을 사람도 아닌데.

과연 그는 정말 결혼까지 생각하고 있는 것일까.

'당연하지! 그대로 연애만 하고서 몸을 쏙 빼면 나쁜 남자잖아!'

그렇게 깊게 생각하고 있는 그가 조금은 부담스럽나?

'그럴 리가 있어? 얼른 재깍 프러포즈하라고 종용하지 않고 뭘 하는 거야!'

풍수 같은 자문자답을 되풀이하는 사이에 차는 아파트까지 도착했다. 주차를 시키고 그와 나란히 걸었다. 그가 내던진 경솔한, 아니, 경솔한 게 아니었으면 하는 말 때문에 영화도 눈으로 봤는지 코로 봤는지 모르겠다. 하나도 기억이 안 나서 끙끙거리며 내용을 떠올리려고 노력하고 있는데.

"한도진."

앞에서 들린 목소리에 도진이 먼저 걸음을 멈추고 나영이 따라서 섰다. 앞엔 역시나 은수가 서 있었다. 그런 남세스러운 장면까지 눈앞에서 보여줬는데, 실로 대단한 근성의 여인이다. 하지만 이제 뭘 또 더 보여주지?

도진은 분명히 정확한 뜻을 표현했던 것이다. 노은수란 여인이 그런 말을 못 알아들을 사람이라고도 생각하지 않는다. 오히려 상황이 그쯤 되었으니 기분 나빠서라도 포기하리라고 생각했는데, 아무래도 그것도 아닌 모양이다. 어째서 지금 또 이렇게 앞에 있는 걸까. 저렇게 화난 얼굴이란 건, 여전히 용납하지 못하겠다는 뜻일까?

어? 그런데 동행이 있네?

눈에 확 띄는 강한 인상의 노은수와 달리, 옆에 서 있는 아가씨는 무척이나 잔잔한 생김의 우아한 느낌이 감도는 미인이었다. 나이는 이십대 중반 정도로 보였다. 무척이나 달콤한 얼굴로 부드러운 미소를 지으며 서 있다.

근데, 좀 이상하다. 일단 서릿발 품은 대꾸를 하거나, 아니면 그대로 무시하며 지나쳤어야 옳은 도진이 그 자리에 우뚝 서 있는 것이다. 너무 화가 나서 굳어버렸나? 라고 생각하며 고개를 돌리던 나영의 눈동자가 멈칫했다. 도진은 한 곳만을 쳐다보고 있었다. 충격을 받은 듯한 그 눈동자.

그의 시선이 닿는 곳, 그 끝에는 은수가 있는 게 아니었다. 이상하게도, 그가 두려운 듯 바라보고 있는 사람은 그녀였다. 은수의 동행.

누구……?

하지만 왜…….

눈치 채지 못할 리 없었다. 도진의 표정 변화를 직감처럼 알아낼 수 있게 된 것이다. 이렇게나 그를 사랑하면서, 자연히 함

왜 이 남자를 이렇게나

께 얻은 감각이었다. 지금 도진의 눈동자는 그저 보고 있는 게 아니었다. 놀란 듯, 아니, 그것도 모자라다. 생각지 못한 충격에 당황하고 있는 게 역력했다.

어째서일까.

그가 자신의 눈에 당황스러움을 담는 사람이었나?

아무리 화가 나도, 분노가 치밀어 올라도, 곤란한 일에 부딪쳐도 그의 표정은 일단은 차분함을 유지하는 편이었다. 철가면을 쓴 게 아닌가 의심이 될 정도로 쉽게 반응하지 않는다. 그런 무기질의 눈이 그의 특징이라고 생각했는데…….

"너……."

지금 그가 반응하고 있었다. 열리는 그의 입술을 조용히 바라보았다.

"……희연?"

순간 나영의 심장이 쿵 떨어졌다.

무슨……? 지금 무슨 이름이 들린 거지? 희연, 이라고? 강희연, 그 사람?

서, 설마 그럴 리가 없잖아.

훗.

도진이 고개를 숙이고서 낮게 웃었다. 머리카락을 쓰윽 쓸어넘기며 자조하듯 중얼거렸다.

"그럴 리가 없지. 강희연이, 지금 내 앞에…… 있을 리가 없지."

아직도 그리움이 담긴 어조. 아니, 안타까움이 배어든 그 말의 분위기.

나영은 가슴이 아프다.

그는 지금 전혀 나영을 신경 쓰지 않고 있는 것 같았다. 자신의 자조에만 빠져 있는 것이다. 그래, 그만큼의 의미를 가진 사람이란 소리겠지.

하지만 도대체 왜 지금 강희연의 이름이 나오는 걸까. 저 여자와 희연이란 그 여인은 도대체 무슨 사이일까. 닮았단 걸까? 죽은 사람과? 어째서.

그 대답은 은수가 알려주었다.

"닮았지? 희연이 동생, 기억나니? 이렇게 어엿한 아가씨가 됐어. 아마, 네가 마지막으로 본 게 희수가 고등학교 다닐 때였나?"

나영은 잇따른 충격에 생각이 뚝 끊어져 버리는 것 같았다.

희수…… 라니. 강희연의 동생이라는 말?

아니, 그것보다 일부러 저 아가씨를 데리고 왔을 은수의 의도가 궁금했다. 만약 자신이 생각하는 방향이 맞다면, 그건 너무 악랄한 게 아닐까?

아니, 악랄해. 악랄 그 자체야.

그녀는 도진을 사랑하는 게 아니다. 사랑이 크면 집착도 클 수 있다지만, 저런 일을 함부로 벌일 수 있다면, 그건 집착에도 미치지 않는 수준 낮은 감정일 뿐이다. 너무해. 지금 도진의 표정을 예상했다면 저런 짓은 하지 말았어야 옳잖아. 좋아했다면서, 어떻게 이럴 수 있어.

그래, 지금 그의 표정을 예상했다면…….

예상하지 않았던 건 자신도 마찬가지. 나영의 입가에 씁쓸한 미소가 돌았다.

……너무해.

노은수보다 당신이 더 너무해.

다른 사람이란 거 알 수 있었으면서, 반응하고 만 사람이야. 게다가 지금도, 다른 사람이란 거 인정하고서도 그런 표정이야.

너무너무 아픈 그 눈이 정말 보기 싫어. 내 가슴을 당신이 찢어. 매일매일 이런 식으로 1㎜씩 찢을 거야? 한순간 착각하고 말 정도로 강희연을 닮은 누군가가 지구상에 살아 있다는 걸, 당신은 생각하면서?

"안녕하세요. 오랜만이죠. 잘 지내셨어요?"

"……그렇군. 오랜만이다. 너도, 괜찮은 거냐."

아마도 희연의 이야기를 물은 것 같다. 두 사람이 서 있는 공간에선, 은수도 나영도 이방인일 뿐이란 생각. 닮은 한 사람의 등장으로, 은수보다 우위에 있던 그 모든 상황이 아래로 떨어지고 말았다. 이제는 그녀도 자신도, 딱히 다를 것도 없다는 것.

도진은 넋이 나간 시선으로 희수만을 쳐다보고 있었다.

그렇게 많이 닮았어요?

아니, 닮았다는 사실로도 당신을 그렇게 끌어요?

은수와 나영의 시선이 천천히 부딪쳤다. 슬쩍 은수가 입꼬리를 말아 올린다. 나영의 가슴속에서 무언가가 울컥하고 올라왔다. 하지만 따질 수 없어서 더, 슬프다.

기가 막힌다.

괴롭다.

"나, 좀 볼래요?"

도진의 의식을 끌어내린다는 게 이렇게 자존심이 상할 줄 몰랐다. 그는 그제야 정신을 차린 사람처럼, 나영을 돌아보았다. 몇 번 눈을 깜빡이더니, 나영을 알아보는 듯한 표정을 한다.

이게, 도대체 뭐야. 뭐가 이렇게 한심해.

"반가운 사람을 만났나 본데 나 먼저 들어갈게요."

슬프다. 물론 슬프다.

하지만 한 번쯤은 〈쿨〉이란 걸 해보고 싶다고 생각하지 않았는가. 바로 그 시기가 지금이라고, 나영은 생각했다.

"뭐?"

도진이 들리지 않는 사람처럼 되물었다. 나영은 빙긋 웃었다. 난, 할 수 있어.

"먼저 들어간다구요. 천천히 얘기하고 끝나면 연락해요. 나, 빠져 주는 분위기 맞잖아요."

에이, 괜찮아요! 라고 푼수처럼, 아무것도 모르는 시골 아줌마처럼, 개념 인식이 잘 안 된 주책맞은 여중생처럼 대놓고 말해보고 싶기도 하다.

헤헤, 둘이 잘해봐요. 라고 말하면 이 상황이 얼마나 희극적으로 변할지 짐작도 안 간다.

"그분과의 일, 한 번쯤은 시간을 주고 싶었어요. 기회가 좋잖아요. 도진 씨도, 자기 마음……."

끝까지 웃고 싶었는데, 왜 목소리가 떨려 나오는 건지 모르겠다. 이미 반쯤은 울고 있다. 아니, 그 이상으로.

나영은 목을 통해 뜨겁게 올라오는 어떤 덩어리를 눌러 참으며 겨우 말을 이었다.

"자기 마음, 확실히 살펴봐요. 잘못…… 결정하기 전에. 함부로 감정을 결정하면 반품 같은 거, 안 되잖아요."

헤헤, 생각도 없는 사람처럼 이상한 소리를 흘렸으니 웃기까지 했으면 금상첨화일 텐데, 더는 보고 있을 수 없어 그냥 몸을 돌렸다. 도진의 눈동자가 흔들리고 있었다는 건 깨달았지만, 그 정도야 당연한 반응이라고 자조했다. 저 남자는 지금 흔들리고 있다. 아니, 생각하지 말자, 계속 되뇌었다. 세 사람의 시선 삼각지대를 피해 얼른 입구로 걸어갔다. 뛰고 싶은 걸 겨우 참고 있는 이런 약한 마음이 뭐가 〈쿨〉이야. 무슨 〈쿨〉이 이래.

철썩!

"꺄악!"

순간 등 뒤에서 들린 소리에 나영은 화들짝 놀라 몸을 돌렸다. 놀란 건 그녀뿐이 아니었다. 희수도 동그래진 눈으로 소리가 난 쪽을 쳐다보고 있었다. 그곳에는 도진과 은수가 서 있었다. 뺨을 쥐고 있는 쪽은 은수, 그런 그녀를 무서울 정도로 차갑게 내려다보고 있는 남자는 그, 한도진.

"한도진, 너 지금…… 날 때렸어?"

은수가 뺨을 감싸 쥔 채 부들부들 떨며 도진을 노려보았다.

"그래, 맞았으니 알 텐데. 몰라서 묻나."

정이 떨어질 정도로 잔혹한 차가움.

나영은 어쩔 줄을 모르고 그 자리에 못 박혀 있었다. 그건 희수도 마찬가지인지 시선을 둘 곳을 찾지 못했다. 마치 아무것도 모르고 따라왔다가 날벼락을 맞은 사람처럼 당황스러워하고 있다. 희수가 사정하듯 도진을 보며 천천히 입을 열었다.

"저기, 난……."

"됐다. 넌 말할 것도 없어. 그냥 가라."

"무슨 말이 그래? 희수가 누군지 알아? 희진이 동생……!"

"시끄러워!"

도진의 무시무시한 시선이 내리꽂힌 순간, 은수는 반사적으로 뒷걸음질을 쳐야 했다. 이를 갈듯 은수를 노려보며 도진이 말했다.

"한 번만 더 내 앞에 나타나면, 죽여 버린다."

도진이 돌아섰다. 그리고 못 박힌 듯 서 있는 나영을 향해 뚜벅뚜벅 걸어왔다. 지금까지의 무기질한 표정이 믿기지 않을 정도로 분노를 내뿜고 있었다. 무섭다. 그래, 무서웠다.

그의 시선이 똑바로 나영을 향하고 있었다. 꿰뚫을 듯한 그 시선이 나영을 꼼짝도 못하게 옭아맸다. 은수와 희수가 쳐다보는 가운데, 나영의 앞에서 멈춰 선 도진이 말했다.

"왜 그냥 가."

낮게, 하지만 충분히 강렬한 비난의 어조.

나영은 고개를 돌려 버렸다. 그럼, 그 상황에서 어떻게 해.

하지만 자신의 용기없음에도 질렸다. 객쩍은 듯 웃으며 이 상황을 피해보고자 한다.

"〈쿨〉해 볼 생각이었거든요. 시간을 주고 싶었단 말도 사실이었고."

"쿨 따위 필요 없어. 그럴 땐, 날 끌고 가면 돼."

그와 맞추지 못한 시선으로 다른 곳만 짚고 있는 나영의 눈동자가 흔들렸다.

"네가 잡으면, 언제든 난 잡혀."

결국 눈물이 차 올라 주르륵 흘러내렸다.

"하지만 사랑한 사람이잖아요."

가슴에 무언가가 콕콕 날아와서 박히는 것 같다.

조용히 도진이 말했다.

"사랑하고 있는 건, 너다."

"그럼 난 어떻게 해요? 어떻게 하면 되는 건지 모르겠단 말이에요. 그런 상황에선……. 어른스럽고 싶어요. 잘 대응했다고 생각했는데, 알아주지도 않고서."

억울해서 눈물을 줄줄 흘리면서 원망의 말을 흘렸다.

정말이지, 가슴 아파 죽겠다. 가슴이 따끔거려서 살 수가 없다.

"닮아서 놀란 건, 조건반사였다. 하지만 네가 잠시라도 날 놓았을 때, 가슴이 아픈 건 무조건 반사야. 아무튼 그래. 과학시간에, 졸았나. 민나영."

"마, 말도 안 되는 소리 마요! 난 과학 잘했어요. 선생님도 잘생겼고, 머리도 똑똑하고……."

도진이 빙긋 웃었다.

"아, 그러십니까."

마치, 이미 은수와 희수는 없는 곳에 있는 것처럼.

자신만 바라봐 주면서, 그 무서운 표정을 풀고 있는 그.

나영의 어깨를 덮더니 그대로 끌어당겨 입구로 걷기 시작했다. 나영은 혼란스러웠다. 사랑했잖아요. 사랑한 사람의 동생인데 그냥 보내겠단 거예요?

속으로 생각한 것뿐인데, 괴로워한 것뿐인데, 도진이 마치 들은 사람처럼 낮은 중얼거림을 흘렸다.

"배신, 하겠다고 했잖아. 이미 완전히 고개 돌렸어. 이제, 그 방향에서 보이는 건 너뿐이다."

입구를 지나 비상구 계단을 올라갔다. 이미 두 사람은 보이지 않는다. 하나하나, 계단을 밟아 올라갈 때마다, 마치 한 계단씩 약속을 한 듯 나영의 이마에 입술을 눌렀다.

쪽, 소리가 그치질 않는다.

삼층까지 올라갔을 때, 도진이 입술에 입 맞추고 말했다.

"앞으론, 좋아도 울지 마. 눈물 같은 거, 두 번도 보고 싶지 않아."

그는 은수도 희연의 마지막 흔적도 버렸다. 오로지 민나영의 눈물만 짙게 인식해 준 것이다.

"미안해요."

이럴 줄 알았으면, 〈쿨〉 따위 시험하지 말 걸 그랬다. 누구든 〈쿨〉하고 싶어하지만, 결국 마음은 차가움보다는 뜨거움으로 달려가는 게 아닐까. 심장이란 건 그런 거니까. 그래야 세차게 박동할 수 있으니까.

"미안해요, 사랑해요. 정말 사랑해요."

입술이 섞인다. 질리지도 않고, 키스는 이어진다.

"먼저 갔을 때, 내가 울 뻔했어. 시간 나면, 그거나 좀 알아줘라."

전혀 귀엽지 않은 표정으로 그런 말을 한다. 그 남자가 민나영의 심장을 독점 관리하는 것이다. 나영은 눈물을 닦아주는 그를 바라보며 속삭였다.

"오늘도 사탕 줄게요."

지금, 그런 별것 아닌 말 한마디에도 벌써 흥분한 태세를 보이고 있는 저 무시무시한 남자에게, 녹아내릴 듯 달콤한 사탕을 주고 싶다. 밤이 새도록, 그가 원하는 만큼, 언제까지고……

몇 번이고…… 라는 건 살짝 취소.

나도 사탕 공장을 돌리려면, 일단은 살아야 하므로.

일단, 현재 가장 신경 쓰이는 부분은.
—한도진, 그의 폭력과 그 폭력에 비례하는 언어 공격에 관한 단상.

나영은 심각하게 고민하고 있었다. 308호 자신의 집으로 이 남자를 끌고 오긴 했는데, 거실 소파에 앉아 느긋하게 신문을 읽고 있는 그는 사태의 심각성을 전혀 모르는 눈치였다. 하지만 나영은 진지했다.

영태를 쫓아낼 때 그가 한 것이 무엇인가. 바로 폭력!

그리고 은수의, 물론 욕 들어먹어 싼 행동을 했다지만, 아무튼 은수에게 한 행동도, 폭력.

그리고 그보다 더한 무시무시한 언어 공격.

한 번만 더 눈앞에 나타나면, 죽여 버린다고 하신 것이다. 죽인다. 속된 말로 뒤졌어. 아아, 너무 무섭지 않은가. 방금 전까지는 도진의 그런 행동들 자체가 사랑을 확신시켜 주는 것 같아 그저 좋았지만, 다른 사람보다 자신만을 신경 써주는 그에게 감동했지만.

만약, 나도 맞고 살면 어떻게 하지? 설마 서로 익숙해지면 섹스 도중에 정말 채찍이 나오는 건 아닐까? 앞으로 만약 이 감정이 더 깊어졌을 때, 배신을 때릴 일이 혹여라도 생겼을 때 저 남자에게 생매장을……

왜 이 남자를 이렇게나

"춥나."

신문에서 시선을 떼지 않은 채 던진 말에 나영은 퍼뜩 놀랐다.

"네, 네?"

"왜 떨고 있어."

자신도 모르게 달달 떨었던 모양이다.

"저기요……."

이건 그냥 넘어갈 일이 아니었다. 확실히 분노에 찬 도진은 너무 무섭다. 안 그래도 인상 쓰고, 무뚝뚝하고, 차가워서 만지면 손이 쩡 얼어버릴 것 같은 남잔데.

"추우면 이리 와. 안아줄 테니까."

아아, 그럼 가야죠…… 가 아니다. 지금은 그런 것보다.

"하나 물어봐도 돼요?"

"싫다."

늘 저렇다. 매사가 저래.

"쿡, 좋아. 물어봐."

꼭 한 번은 심장 떨어지게 하고 말을 들어주는 남자다.

신문을 착착 접어서 테이블에 놓은 도진이 나영을 빤히 쳐다봤다. 나영은 침을 꼴깍 삼키고 말했다.

"뭐랄까, 도진 씨…… 약간 폭력적인 거 같아서요. 그거, 좀 무서운데."

나영의 말에 도진이 눈을 껌뻑거렸다. 지금까지 본 중에, 가장 아방한 표정이다. 그러니까 자신과는 전혀 상관관계가 없는 말을 들었다는 표정이었는데.

나영은 얼른 부연 설명에 들어갔다.

"영태도 그렇고, 은수 씨도 그렇고. 때리면 아프잖아요. 영태는 환자였고, 은수 씨는 여잔데……."

"나 참, 갑자기 조폭이라도 된 것 같군."

도진이 고개를 절레절레 흔들며 넥타이를 느슨하게 했다. 헉! 난 저 남자가 넥타이를 풀면 무서워. 나영은 한 자리 옆으로 슬쩍 옮겨 앉으면서 변명 같은 말을 이어나갔다.

"사업, 하잖아요. 그렇게 매섭게 무뚝뚝한 얼굴만 하고 있으면 좀 불리하지 않아요? 그래도 모든 일이 영업인데…… 무서워서 말이라도 섞겠어요?"

그래, 이런 쪽으로 접근하면 되겠구나. 그렇게 보면 이건 너무나 확실히 짚고 넘어가야 할 부분인 것이다. 그는 정말이지 너무 위협적이다. 넥타이를 풀어 테이블에 던진 도진이 재킷 단추도 열었다. 아, 아니. 그러니까 왜 자꾸만 탈피를…….

하지만 나영의 발칙한 생각과 달리 도진은 재킷을 벗어 소파에 걸쳐 놓을 뿐, 편안해진 차림으로 소파에 기대 있을 뿐이었다. 아아, 그거였구나. 난 또…….

"조언을 받았지."

그가 말을 하기 시작해서 나영은 그의 입술을 바라보았다.

"그러니까 내가 처음 이 일에 뛰어들었을 때, 그땐 좀 더 혈기 왕성한 때랄까. 타고날 때부터 나도 이렇게 재미없는 성격은 아니었다는 뜻이다."

"정말요? 그럼 좀 더 젊었…… 아니, 지금도 젊으니까, 암튼 어렸을 때는 말도 길게 하고, 그랬단 말이에요?"

"그랬지."

"에이, 설마 말도 안 돼."

차라리 콩으로 팥빙수를 만들었다면 믿겠다.

"좀 더 본능에 치우쳐 살았다고 할까. 욕은 다반사고, 상대방이 기절할 정도의 매서운 말? 쉬웠지. 툭툭 내뱉어줬더니 가장 가까운 지인이 조언을 해주더군. 그때는 동업자 같은 입장이었는데, 아무튼 그 후배가 차라리 말을 줄여달라고 했어."

이건 또 무슨…….

마, 말도 안 돼.

"입만 열면 거친 언어가 먼저 튀어나오고, 좀 더 화나면 주먹이 나가니까, 차라리 무게를 잡아달라고 부탁을 해서 그렇게 하기로 했지."

나영은 기가 막히고 코가 막혀서 미칠 것 같았다. 그렇다면 그 한도진이 젊었을 때, 아니, 어렸을 때는 나름 알아주는 반항아? 제임스딘? 오토바이? 담배 비뚤게 물고?

"그, 그래서요? 그 후로는 사업적인 면에 도움이 되던가요?"

"물론, 아주 많이 벌었지. 다 너 주리?"

나영은 한숨을 폭 내쉬었다. 지금 돈이 문제가 아니다. 오히려 실망만 잔뜩이었다. 한도진의 저런 리얼 블랙의 성격은 그냥 타고난 건 줄 알았더니, 안에서 들끓고 있는 야수 본능을 숨기기 위해 조작되어 습관화가 된 것일 뿐이란 말인가! 실제의 그는 좀 더 폭력적이고 좀 더 야만적이라는 것?

지금도 무서운데 더 무서우면, 나더러 만날 공포체험을 하라는 것? 극기 훈련을 하자고? 등골이 서늘하라고? 지금도 추워 죽겠는데, 안 돼!

"왜? 실망스러워?"

"아, 아니요! 그저 나, 난 도진 씨가 그런 성격이었다는 게 조, 조금 노, 놀라워서."

아니라면서 얼굴엔 완전실망 네 글자를 달아놓고 있을 것이다. 말투에는 공포가 잔뜩 들어가 있을 테고. 나영을 흘끗 쳐다본 도진이 킥 웃었다.

"농담이다, 그걸 믿냐."

나영이 눈을 크게 떴다.

"네에?"

"이리 와."

그가 손을 뻗었다. 그래서 나영은 열심히 저리 갔다.

"어허."

"아, 안 갈래요."

"내가 가리? 붙잡히면 어떻게 되는지는 알고 있겠지?"

"가, 갑니다!"

나영은 설설 기며 도진에게 가까이 갔다. 자신의 옆까지 다가

온 나영의 턱을 스윽 만진 그가 다른 한 손으로는 소파에 의지해 자신의 턱을 괴고서 나영의 얼굴을 물끄러미 들여다보았다. 차분한 어조로 그가 말했다.

"오늘, 심한 행동해서 미안하다."

나영은 고개를 푹 숙였다. 사실 그가 흔들리는 모습을 보는 게 마음 편하지는 않다. 그가 화내는 게 싫은 건 그를 화나게 하는 상황이 벌어진다는 게 싫다는 것이 아닐지.

폭력이니 언어 공격이니 했지만, 그 상황에서 도진이 냉정하게 쳐내지 않았다면 두 사람은 더 힘들었을 테니까. 그만큼 나영도 그를 잠시라도 잃는 게 싫었다.

나영의 머리카락을 살살 만지면서 도진이 은근하게 말했다.

"나 돈 많은데, 정말 안 받을 건가. 받으시게."

"흥, 줘요."

나영이 토라진 듯 말하자 도진이 싱긋 웃었다.

"싫다, 아깝다."

아아, 이 남자는 왜 이럴까 정말.

"바라지도 않아요 뭐."

"그럼 내 통장 다 줄 테니까 내일 바로 식 올릴까?"

"예에?"

나영은 들으니 기가 막힌 말이라 혀를 끌끌 찼다. 장난도 이쯤이면 폭력이다. 이 남자, 폭력 쓰지 말랬더니 또 폭력을…….

"제발, 생각 좀 하고 말하실…… 지금 뭐 하는 거예요?"

잠깐 한눈을 팔았더니 도진이 어딘가로 전화를 걸고 있었다. 한참 심각하게 말하고 있는데 다른 사람과 통화라니! 그것도 걸려온 전화도 아니고 자기가 걸고 있다. 그렇게 급한 전화냔 말입니다!

"여보세요."

연결이 되었는지 도진이 입을 열었다. 나영은 그가 통화하는 사이에 커피라도 내려올 생각으로 자리에서 일어났다. 순간 도진이 나영의 손을 쑥 끌어당겼다.

"네. 도진입니다, 어머니."

그 말에 나영은 풀썩 주저앉았다. 굳이 도진이 끌어당겨 앉히지 않더라도 자동으로 무릎까지 꿇을 뻔했다.

지, 지금 뭐 하는 겁니까! 어머니?

도대체 이 남자의 돌발행동을 이해할 수 없어 입술만 뚫어져라 지켜봤다. 지켜보는데.

"마음에 둔 여자가 있습니다. 네, 내일 같이 들어갈 생각이에요. 준비 좀 해주세요."

콰광!

분명히 아파트 천장을 뚫고 벼락이 떨어졌다고 나영은 확신하는 바였다. 이런 건 바로 뉴스에 제보해야 한다. 어떻게 벼락이 집 내부까지, 대체 몇 층을 뚫고서…….

어, 어머니? 아, 아니겠지.

나영은 현실 도피를 시작했다. 그도 그럴 것이 이건 정말 너무한 일이니까. 불시착보다 더 황당한 사건이었다. 가능성이 0.00001%도 없는 일이었다. 갑자기 엄마를 끌어들이다니. 게다가 전화로.

절대로 있을 수 없는 일이었다. 만약 사실이라면 어머니 쪽은 얼마나 당황하겠는가. 게다가 도진의 성격도 그렇게 즉흥적이지 못하다. 짓궂으면 몰라도.

아마 또 장난을 치고 있는 게 분명했다. 가령, 날씨를 알려주는 ARS에 전화를 걸어놓고는 안내 멘트에 대고 저렇게 쇼하고 있는 것. 민나영을 골리기 위해서라면 그러고도 남을 남자다. 맞아, 그게 확실해.

그러니까 저 모든 생각들은 나영의 뇌 속에서 단 몇 초 만에 한꺼번에 우르르 쏟아져 나온 것이었다.

"소중한 사람이니까 잘 대접해 주세요."

아직도 도진은 ARS 엄마와 쇼를 하고 있었다. 흥!

"아…… 옆에 있어요. 바꿔 드릴게요."

목소리가 그렇게 부드러울 수가 없었다. 정말 진짜처럼 하네. 정말이지, 기가 막힌 남자다. 누가 속아 넘어갈 줄 알고?

도진이 핸드폰을 내밀면서 말했다.

"받아봐. 어머니다."

"흐응, 좋아요. 받죠."

나영은 도진의 도발에 지지 않기 위해 휴대폰을 척 받아 들었다. 하나도 걸릴 게 없는 모습으로 귀에 대고서, 한편으로는 이런 장난을 치고 있는 도진을 톡 노려보며 입을 열었다.

"여보세요."

[아, 나 도진이 어미 되는 사람이에요. 반가워요.]

허억!

이, 이걸…… 어째.

저, 정말이었다. 그녀는 ARS 상담원도 아니고, 날씨를 알려주고 있지도 않았다. 분명히 이렇게 전화를 건네받으면, 중부 지방에 집중 호우 예상이니 비 올 확률이 5%니 그런 말이 나와야 하는데. 고기압골의 영향으로…… 민나영만 고혈압이 터지게 생겼다.

"아, 안녕하세요. 저, 전화로 인사를 드려 죄송합니다."

나영은 그대로 구십 도 각도로 인사를 드렸다. 심장이 제멋대로 뛰고 있었다.

[그래요. 난 얼른 얼굴을 보며 말하고 싶어 조바심이 나요. 갑자기 놀랐을 텐데 내일 꼭 편하게 봐요.]

"네, 네. 드, 들어가세요. 내일 뵙겠습니다."

어머니께서 전화를 끊으신 후 나영도 천천히 휴대폰을 내렸다. 그리고 그대로 아래를 쳐다보며 굳어버렸다. 매우 어두운 오로라를 짙게 풍겨가며.

쿡, 도진의 웃음소리.

"정말 이러기예요?"

고개를 번쩍 들고 따졌더니.

"대화는 잘하셨고?"

싱글벙글 웃으면서 그렇게 여유로울 수가 없었다. 이게 정말 말이나 되는가? 진실로 장난인 줄 알았는데, 설마 일을 저지르리라곤.

하지만 상대가 한도진이었다는 걸 깜빡했다.

"자, 넌 이미 묶였다. 결혼하자."

나영의 얼굴이 화끈 달아올랐다. 번갯불에 콩을 구워 먹어도 이것보다는 느리겠다. 그렇다면 이쪽도 복수를 해야지. 나영은 진지하게 받아들이는 척하며 말했다.

"생각할 시간을 줘요."

흥, 생각은 무슨.

그렇게 만날 놀리다간 정말 도망갈 수가 있다구요. 물론 이 남자가 쫓아와 준다는 전제하에서야 실행이 될 상황이겠지만.

"좋아."

장난인 걸 아는지 산뜻하게 대답해 준다.

"고마워요."

하지만 어쩐지 서운하려 한다. 물론 장난이란 것도 알고 심각하게 받아들일 생각도 없지만, 어떻게 결혼 프러포즈 같은 걸로 장난을 치지? 그건 좀 더 경건하고 신성한 구역에서 다뤄져야 하는 게 아닌가? 진심일 때, 딱 한 번만 입에 올려야 하는 게 아닌가 말이다.

개그의 화제로 쓰이기에는 프러포즈가 너무 아까웠다. 여자들에겐 누구나 프러포즈에 대한 환상이 있는데. 그렇다고 실망한 표정을 하기는 싫었다. 그는 진지하게 생각하지 않는 것에 자신은 목숨을 걸고 있다는 걸 보여주기에는 자존심이 상한다. 꼴불견 같기도 하고.

아아, 확신을 가지겠다고 했으면서 금세 또 이 모양이다. 이 남자한테선 언제가 되어야 자신감을 가질 수 있을까.

"일 분 지났군. 다 생각했나."

그러니까 그런 면 말이다. 난 이런 거 싫단 말이에요. 가볍게 취급하지 말아요. 프러포즈 같은 걸. 최, 최소한 일주일의 여유는 주어야…… 라는 게 중요한 게 아니다, 지금.

"사실 일 분도 아깝다."

"왜요?"

노기가 솟아 노려보듯 묻고 말았다.

"우리만큼 잘 맞는 사이도 없으니까."

"난…… 난 도진 씨가 그렇게 아무렇지도 않게 장난을 치는 게 이해가 안 가요. 좀 더 신중한 사람이라고 생각했는데 어떻게 그런 걸로 장난을 쳐요."

말하다 보니 억울해서 훌쩍이는 나영을 도진이 물끄러미 쳐다보았다.

"뭐가."

또 짧은 말.

자기가 신났을 때는 이쪽을 완전히 당황스럽게 조정하고서,

자기가 좀 밀릴 것 같으면 무섭게 끊어버리지. 남은 울고 있는데, 너무하잖아.

"무슨 결혼이고, 무슨 대답이에요. 무슨 일 분이고, 뭐가 잘 맞아요. 그렇게 쉽게 말하는 거 아니에요. 아무리 도진 씨가 날 결혼 상대로까지 생각하지 않는다고 해도. 그래요, 좋아요. 아직까지 그런 확신이 없다는 걸 다그치자는 말이 아니라……."

"확신? 아직도 부족하나."

낮게 깔리는 어조에 나영이 천천히 고개를 들었다. 이미 눈동자가 푹 젖어 있었다.

"무슨……."

도진의 눈빛은 생각했던 빛이 아니었다. 단조로울 정도로 검은 빛이 너무나 선명하게 살아나서…… 마치 꺼진 조명 아래에 서 있는 사람처럼.

너무나 진지한 빛.

"사랑한다. 뭐가 더 필요하지? 확신이라…… 말해봐. 원하는 대로 다 해줄 테니까."

"그럼…… 정말로, 진심이란…… 말이에요?"

흠뻑 젖은 눈으로 흐느끼면서 묻는 나영을 도진이 부드럽게 끌어당겼다. 토닥토닥, 언젠가 그랬던 것처럼 상냥하게 다독여주면서 그가 속삭였다.

"진심이 아니면 말 안 해, 라는 말은 일할 때는 위선자로 통하는 사람이라 자신있게 말 못하지만, 너한테만은 진심만 말할 테다."

나영은 할 말을 찾지 못하고 조용히 흐느끼기만 했다. 애처롭게 떨리는 어깨에 도진이 천천히 입을 맞췄다. 살갗이 닿은 것도 아닌데 온몸이 저릿해졌다.

나영은 견디기 힘든 감각에 눈물을 멈출 수가 없었다. 이렇게 사랑하는 마음을 그는 알고나 있을까. 난 왜 이다지도 이 남자를 사랑하는 걸까.

그는 장난 같은 게 아니었다. 진지하게 말하는 남자를 내가 오히려 무시했다.

그가 준 감동에 심장이 흐느낀다.

가령…… 엉덩이로 내려가고 있는 저 손만 어떻게 처리된다면.

"부족해?"

야한 행동과는 전혀 다른, 진심으로 꽉 잠긴 목소리로 그가 중얼거렸다.

"더, 확신이 필요하나."

"그러니까 나, 나는 마음을 말하는 거예요."

몸은 확신한다. 지금도 그에게 안기고 싶다. 그가 만져 주는 게 좋다. 그의 손길이 너무너무 좋다. 그래도 여자는 다 그런 거라구요. 마음, 오로지 마음…….

"마음? 한심하군."

그다운 냉정함에 나영의 입술이 삐죽삐죽 했다.

왜 이 남자를 이렇게나

"뭐예요, 그런 나쁜 말."

도진이 고개를 설레설레 흔들었다.

"마음 가는 대로 몸이 가는 거다. 그런 것도 모르고 있다니. 어떻게 더 절실하게 안지? 안을 때마다, 나는 미칠 것 같은데. 넌 안 그렇단 말인가?"

"아, 아니에요. 나도……."

절실한 건 마찬가지란 말이지. 아니면 더 뛰어넘든지.

그러니까 이렇게 엉덩이를 만지고 있는 그 손만 어떻게 좀 치워준다면…… 이란 말이잖아요.

게다가 앞쪽에서도 공격이 들어오고 있었다. 아랫배에 닿는 무언가가 지금 자신의 존재를 여실히 증명하고 있었다. 이 남자가 가진 육체의 부속 중에서 가장 단단한 굳기를 자랑하는 그 무언가가, 마주 안고 있는 나영의 아랫배를 찔러온다. 이, 이걸 어째.

"그럼 됐다. 결혼하자."

정말 단정도 쉽게 내리는 성격이다.

"그, 그래도 뭔가 좀 더 멋진 프러포즈라든지."

"네 이름을 건 프로그램을 개발하지. 그때 프러포즈는 정식으로 할까 하는데."

"뭐가 그래요? 그럼 그렇게나 뒤에 결혼하잔 거예요?"

발끈해서, 깊이 생각하지 않고 일단 말해놓고 봤더니, 이건 숫제 빨리 결혼해 달란 소리다. 아아, 민나영아. 너 대체 왜 그러니.

"그래, 같이 살자."

"무슨……."

"같이 살고 있다가, 프러포즈 받으면 된다."

되긴 뭐가 됩니까? 그리고 된다고 판단 내려야 할 사람은 그쪽이 아니라 이쪽이거든요?

"말도 안 돼!"

"돼. 어차피 넌 내 거니까. 순서 따위 무슨 상관."

이 무슨…….

세상에서 가장 깔끔한 독불 장군 내림이시다. 도진이 나영을 바짝 끌어당겨 자신의 무릎 위에 앉혔다. 그리고 그 뚜렷한 무언가를 더욱 아랫배에 밀착시키며 입을 열었다.

"사랑한다. 널 나에게 줘."

어쩐지, 떨리는 목소리.

그에게 이런 떨림이 존재하고 있었다니…….

이젠 뭐가 어찌 되든 상관없다는 생각이 든다.

"난……."

도진이 나영의 팔을 들어 억지로 자신을 안게 했다. 그가 이끄는 대로 그의 목을 감싸 안고서도 나영은 시선을 피했다. 도진이 자신의 입술로 나영의 입술을 몇 번이나 스쳐 지나가면서 중얼거렸다.

"줘. 갖고 싶다."

"그, 그럼 나랑 결혼하고 싶은 이유 한 가지만 말해봐요."

자꾸만 시선을 피하는 나영의 턱을 꽉 붙들어 쥐고 자신을 보게 한 그가 단호하게 말했다.

"매일 하고 싶다."

철렁, 심장 떨어지는 소리였다.

서, 설마·········.

하, 하고 싶다곤 하지만, 그 '하다'라는 표현이란 게 사실 여러 가지를 대표하는 거니까 말이지. 민나영이 변태라서 그렇지, 꼭 그쪽으로만 생각해서는 안 된단 말이지. 가령, 사랑의 감정을 주고받고 싶다는, 매일 가슴으로 사랑하고 싶다는, 그런 말일 거야. 트, 틀림없······ 겠지?

"하, 하고 싶다는 건 연애 같은 결혼 생활을······."

"아니, 섹스 하고 싶다."

칼 같은 단정. 그 덕분에.

끄아악!

도진의 목을 감고 있던 팔을 풀면서 뒤로 넘어가려는 나영을 도진이 탁 끌어당겼다. 꼼짝도 못하게 고정하고서 얼굴을 쓰윽 가져와서는 그 짓궂은 검은 눈을 빛내는 것이다. 나영의 손목을 거칠게 쥐어 자신의 그, 아래쪽으로 끌어당긴다. 이미 무섭도록 단단해진 근육 덩어리에 나영의 손을 강제로 갖다 놓고서, 이렇게 말하는 것이다.

"지금도······."

뚜렷하게 존재를 드러내는 그의 욕망에 손끝이 닿는 순간 나영의 몸이 떨렸다. 파르르 떨리는 입술에 도진이 키스했다. 거칠게 덮고서 촉촉하게 이어지는 그만의 키스 방식.

"어차피 만날 수밖에 없는 운명이었겠지."

그의 미소에서 녹차 향이 났다. 간결하면서도, 또 찻잎이 많이 들어가면 그 어느 때보다 진한 남자.

나영은 손가락으로 도진의 입술을 만지작거렸다. 자신의 타액으로 젖은 그 매력적인 입술을 그리다가 얼굴을 들어 살짝 깨물었다. 도진이 눈동자에 그런 나영이 사랑스럽다는 빛이 한없이 돌았다. 나영의 뺨을 살짝 눌러 입술이 열리게 해서 혀를 넣었다. 아찔할 정도로 희롱하다가 입술을 떼고서 말했다.

"그때는, 또 사랑했을 테지. 빨리 나타나 줘서 고맙다."

감사의 의미라는 듯, 더없이 소중하게 끌어안아 준다.

아아, 이런 감미로움. 이대로 가만히 안겨 있는 것만으로도 너무나 행복하다, 라는 건 나영의 생각일 뿐. 어깨에 들어간 힘이 그대로 나영의 안아 들어 소파로 내려놓았다. 나영의 눈이 휘둥그레졌다.

"자, 잠깐……! 스톱!"

외쳤지만 더 이상의 말이 나오지 못하도록 입술을 깨물며, 하얀 드레스셔츠를 벗어 던지고 있다. 나영의 시야로 그 남자의 아름다운 상반신이 들어찼다. 움직일 때마다 꽉 조인 근육이 꿈틀거렸다. 그리고 또, 시작되는 것이다.

열정적인 그 남자의 사랑을 표현하는 방식은.

늘 패턴이 같았다. 너무나 정열적이고 저돌적이고, 창피할 정도로 야하기도 한 그런 일률적인 패턴. 다만 획일을 거부하는 게 있다면, 그 남자의 선택 체위. 나영을 뒤로 뒤집고 허벅지부터 엉덩이를 깨물며 올라가는 것이다. 그러니까 정상적인 형태로 좀…….

섹스는 위험하다.

이 남자는 더 위험하다.

가장 위험한 건, 위험하다는 걸 알고도 기꺼이 걸어, 아니, 폴짝 뛰어들어 가는 자신이다.

하지만 그 모든 여자들에게 나영은 말해주고 싶었다.

"위험해도 어쩌겠어요. 호랑이를 잡으려면 호랑이 굴에 들어가야죠. 후훗."

그렇게 당당하게 웃던 그녀.

폭풍 같은 섹스 후, 지쳐서 이렇게 돌려 말했다.

"호랑이, 포기하세요. 그냥…… 고양이 같은 걸로, 대체합시다."

침대에 걸터앉은 도진의 부드러운 손길이, 만족스러운 미소를 머금으며 잠든 나영의 이마를 계속해서 쓸어 올리고 있었다.

"있잖아요, 도진 씨. 연애가 뭔 줄 알아요?"
"우리가 하는 것."

"후후, 있잖아요. 연애란 건, 남자가 단 한 사람의 여자에 만족하기 위해 치르는 노력이래요. 어떻게 생각해요?"

"좋게 생각한다."

"아아, 그런 말 말구요."

"그럼 나는 제대로 연애하는 거로군."

"그런가요? 어째서요? 어떻게 그렇게 확신해요?"

"나, 노력하니까. 특히 침대에서."

"도진 씨!"

나영의 꿈속, 단편의 대화였다.

epilogue 1

208호 남자, 308호 여자

바람둥이들은 사랑을 할 때만은 흠뻑 빠지고 상대에게 최선을 다한다고 한다. 다만 그 기간이 짧아서 문제지. 나영은 바람둥이가 아닌데도 현재 하고 있는 사랑에 자신의 몸과 마음, 모든 것을 집중하고 있었다. 영태를 만날 때도 분명히 지금과 같은 마음이었을 것이다. 그렇게 생각해 보면 만약 이 사랑이 잘못되어 다음 상대를 만난다고 해도 또 똑같은 패턴이 될 것 같다. 그 상대방만 보이고 아침에 일어나서 저녁에 잠들 때까지, 혹은 꿈속에서까지 상대방을 생각하게 되는 것. 아무리 다른 생각을 하려 해도, 지나치는 모든 거리에 그 사람이 숨어 있는 것 같은⋯⋯.

하지만 자신의 사랑은 먼저 언급한 바람둥이들의 그것과는 다르다는 확신이었다. 이유는, 확실히 영태를 만날 때의 감정과 지금의 감정을 비교해 보면 농도가 무척이나 짙어졌다는 것. 그것은 감정의 농도를 말하는 것이다. 영태와의 만남이 아주 묽은 물이라면, 도진을 보고 생각할 때의 농도는 너무나 짙다. 그것은 도진도 마찬가지라는 걸 알고 있다.
 "도진 씨 형하고 동생이 있다고 했죠?"
 그의 본가로 가는 길에 나영이 차안에서 물었다. 도진은 싱긋 웃으며 고개를 끄덕였다. 가족에 대한 이야기를 할 때 도진의 표정이 좋다. 더없이 잔잔해진다. 나영은 다른 어디에서 그가 자신의 이야기를 할 때 이런 표정이었으면 좋겠다는 생각을 했다.
 "오늘 만날 수 있죠? 힌트 좀 줘요."
 "힌트라."
 "네, 미리 알고 나면 대하기가 조금은 편할 거 아니에요."
 "긴장되나."
 도진이 핸들을 유연하게 돌리며 넌지시 말했다. 저럴 때의 그는 역시 얄밉다. 당연히.
 "긴장돼요. 안 그럴 리 없잖아요. 도진 씨는 우리 집에 갈 때 안 그럴 것 같아요?"
 도진의 집에 먼저 인사를 드리면 나영의 집인 대구에 가기로 했다. 부모님께 도진의 이야기를 하고 전화를 바꿔 드렸을 때,

물론 들리진 않았지만 집안에서 어떤 축제 분위기가 일었을지 충분히 짐작이 갔다. 역시 나이 찬 딸을 가진 부모님의 최대 관심사는 자식의 결혼 문제이리라.

"내가 인사드리러 가는 것 정도로 떨 것 같나."

도진은 자신있는 것 같았다. 얄미울 정도로 담담한 얼굴로 저렇게 말하고 있다.

"흥, 그럴 땐 좀 더 인간적으로 긴장된다는 말도 좀 하고……."

"청심환 사 먹을까 해."

나영은 푸핫 웃음을 터뜨렸다. 그 말을 하면서 마치 속이 안 좋은 사람처럼 가슴 부위를 손바닥으로 꾹 누르고 있다.

"우리 집에 가는데 왜 속이 안 좋은 것처럼 말해요?"

"울렁거리는 거다."

"에?"

"두근거리는 건가?"

고개를 절레절레 젓는 나영을 두고 도진은 계속 스스로 진단을 내렸다.

"설레는 건가."

"알았어요. 그만 해요. 오버만 한다니까."

"너무 긴장돼서 기절하면 어떻게 하지?"

"그냥 기절해요."

두 사람은 동시에 쿡쿡 웃음을 터뜨렸다.

"형은 한상진, 서른셋, 돈놀이를 하고 있고. 동생은 한우진, 스물여덟, 백수지."

나영은 멍하니 도진을 바라보았다. 삼 형제의 일원으로서, 도진이 너무 튄다. 돈놀이라면 사채? 백수라면 오렌지족? 나영의 머릿속에서 마구 상상이 피어올랐다.

"그, 그렇군요."

딱히 할 말이 없어서 나영은 더듬거리며 말했다. 도진이 그 긴 눈매로 나영을 슬쩍 쳐다보더니 입꼬리를 살짝 말아 올리며 말했다.

"왜? 실망했나."

"실망? 내가 왜요."

나영은 뾰로통하게 중얼거렸다. 물론 살짝 놀란 건 사실이지만, 도진의 형제가 어떻든 자신은 실망의 꺼리도 없다는 것이다. 처음부터 그의 주변을 보고 좋아한 게 아니다, 라고는 자신 있게 말 못하겠다. 사실 그가 애초에 말했던 것처럼 호스트였다면 이런 감정이 생겼을까? 하지만 그의 간판에 이끌린 건 아니니까 자신있게 말할 수 있었다. 다른 것 말고 오로지 한도진이라는 남자만 보고 좋아한 것이라고.

도진이 웃으며 말했다.

"돈놀이를 한다. 사채업쯤으로 생각했겠지?"

마, 맞혔다!

"……!"

"놀랐군."

"안 놀랐어요."

"놀랐어."

"아니라니까요."

"확실히 놀랐어."

도진은 뭐가 그렇게 즐거운지 연신 싱글벙글이었나. 왠지, 침착하거나 혹은 약간은 차가운 빛만 보이던 남자가 저렇게 싱글거리고 있으니 그것까지 얄밉다. 애정이 잔뜩 깔린 얄미움.

"사채업은 아니고, 펀드매니저라는 정확한 표현이 있지. 돈 잘 번다. 관심있나."

나영은 어깨를 쭉 늘어뜨렸다. 짓궂은 말투는 그렇다 치고, 사채업으로 오해하다니 이 나라 모든 펀드매니저들에 대한 살짝쿵 모독이다. 물론, 만약 이런 생각을 했다는 걸 사채업자들한테 들키면 나영이 응징을 당하겠지만, 아무튼 대외적인 인식이 그러니.

근데 관심있느냐니.

"도진 씨 형인데 관심없을 리가 없잖아요."

"그냥 나만 봐."

"그러니까 갑자기 그런……!"

나영은 얼굴이 빨개져서 대뜸 외쳤다. 이쪽의 마음을 들었다 놓았다 할 힘이 있다는 걸 알고 일부러 그러는 건지, 아닌지 모르겠다, 정말.

"동생은, 우진 씨라고 했죠?"

"그래. 학생이니까 백수."

"흐음."

"대학원 재학 중이야. 의대에 다니다가 갑자기 중퇴하고 내 뒤를 따라오더군. 능력있어, 그 녀석. 아마 일이 년 사이에 알아주는 이름이 될 거다. 이 업계에서는."

아아.

나영은 고개를 끄덕였다. 근데 가만히 생각하니 이거 문제다. 삼 형제 중에서 도진만 너무 튀는 것도 좀 아귀가 안 맞았지만, 들어놓고 보니 다들 막상막하라서 이젠 나영 쪽이 기가 죽었다. 한마디로 우리 삼 형제 잘났소, 모드가 아니고 무엇인가. 하긴 이 남자 오만과 잘난 척이 보통 배경으로는 나오지 않겠지. 한도진 하나만도 벅찬데, 금융권에 몸담고 계시는 형님과 의대를 박차고 나가 능력있는 대학원생으로 갈무리를 하고 있다는 동생 이야기까지 들으니.

아아, 설마 나 세 며느리 중에 가장 딸리는 상황이 되는 거 아니야?

어머어머, 나 좀 봐. 벌써 며느리라니.

하지만 뭐, 하자고 하면 못 이기는 척하고 해줘야지.

"그 녀석이 부모님께서 바라는 의대 공부를 작파하고 내 뒤를 따른다고 했을 때, 내가 이유를 물었지. 어째서냐. 뭐라고 대답했을 것 같아?"

"으음, 재밌어서?"

나영은 별 생각 없이 대답했다. 순간 도진이 눈이 휘둥그레져서 나영을 돌아보았다.

"왜, 왜요?"

"맞아……. 바로 그러더군."

곧 도진이 싱긋 웃음을 띠곤 앞을 쳐다보았다.

"정말 그렇게 대답했어요? 난 그냥, 내 생각을 말한 것뿐인데. 의대 공부는 어쩐지 재미없어 보이잖아요. 어렵고, 고리타분하고……. 허준만 봐도 내장이 2m에, 십이지장은 어떻고…… 그걸 어떻게 다 외워."

도진이 쿡쿡 웃음을 터뜨렸다.

"보통 의대라고 하면, 히포크라테스나 현대의 의사들을 생각하지 않나? 허준이라니."

"왜요. 내가 제일 존경하는 의사가 허준인데요. 의원인가?"

"그래, 그래."

마치 알았다, 알았어. 라는 듯 대충 넘기려고 해서 나영은 불퉁해졌다. 허준을 존경한다는데 왜 웃지? 게다가 드라마도 국민 드라마였잖아.

"생각해 보니, 너 그리고 우진이. 비슷한 면이 있다."

"네?"

"뭐랄까, 좀 특이해."

나영은 고개를 갸웃거렸다. 갑작스러운 말치고 좀 끌린다.

"나랑 비슷해요? 특이하다구요? 어떤 면이요? 개성적? 티없는 순수? 거침없는 적극성? 법 없이도 살 것 같은 도덕성?"

나영이 눈을 반짝이며 묻자 도진은 못 본 체하고 대답했다.

"그런 게 그대한테 있었나? 착각 마시게."

쳇!

그나저나 그대라니. 아아, 듣기 좋은 말.

"그럼 뭔데요? 어떤 면인데요."

"글쎄, 콕 집어서 말하긴 힘들군. 유쾌하고 특이하지. 사람을 즐겁게 해서 함께 있으면 저절로 즐거워져. 나름대로 성격에 무게도 있고."

"어머, 내가 그래요?"

"아니, 우진이가 그래."

"나랑 비슷하다면서요. 그러니까 나도 그렇단 말이잖아요."

"아니, 우진이가 그래."

"정말!"

나영은 심통이 나서 금방이라도 머리에서 김이 날 사람처럼 흥분을 했다. 도진은 그게 못내 귀엽다는 듯 계속 웃고 있었다.

"어차피 같다. 내가 세상에서 가장 사랑하는 두 사람."

그 말에 결국 나영의 기세도 팍 꺾였다. 세상에서 가장 사랑하는…… 이라니, 여기에서 더 따질 수 있는 여자 있으면 나와 보라고 해라.

그 어떤 말보다 기분이 좋았다. 근데 좀 이상하다.

"부모님보다도 동생을 더 우위에 두는 거예요? 형보다?"

도진이 전혀 고민의 흔적 없이 고개를 끄덕였다.

"그렇게 좋아해요? 엄청 매력적인가 보다."

"글쎄, 동생이라서 그런 걸까. 내가 따라야 하는 형보다는, 내가 챙겨줘야 하는 우진이 녀석한테 정이 가더군. 나는 그 녀석이 정말 좋다."

마치 고백하는 사람처럼, 도진은 정말 아름다운 표정을 했다. 보는 사람마저 설렐 정도의 프러포즈 같은 느낌.

아마도······.

"우진 씨는 도진 씨의 마음을 아는 게 아닐까요? 의대가 싫었던 게 아니고, 그래서 형을 따르고 싶은 마음이 더 컸던 게 아닐까······."

도진이 한 손을 쓰윽 뻗더니 나영의 머리카락을 만지작거렸다. 정면을 쳐다보며 부드럽게 웃고 있다.

"그래."

나지막하게 속삭인다. 그 어느 때보다 편안한 표정으로.

"확실히 의대는······ 내장이 2m, 지루할 테지."

그러니까 꼭 저렇게 놀려야 직성이 풀리신단 말이지.

빵빵한 삼 형제를 아들로 두신 어머니는 무척 인자하고 후덕한 부인이었다. 불필요한 근육이 전혀 없이 탄탄한 몸매, 큰 키, 건장한 체격의 도진의 어머니라고 하기에는 키도 무척 자그마

하고 살집도 꽤 있어서 보기만 해도 마음이 편해지는 분이었다.

형님 같은 경우는 도진과는 약간 다른 인상이었는데, 똑같이 지적인 느낌이 있다고 해도 형님 쪽이 약간 더 마른데다 키는 더 커서 그런지 약간은 신경질적인 느낌이 있었다. 딱딱한 인상.

몸이든 표정이든, 어디를 봐도 섹시하고 도발적인 한도진. 하지만 상진은 섹시의 느낌보다는 교수님 중에서도 고리타분한 교수님 느낌이 났다. 참 재미없을 성격 같다, 란 생각이 절로 드는.

한도진도 말 딱딱 끊어 말하고 사람 차갑게 하는데 일가견이 있는데 그보다 더 찬 서리가 풍기는 사람이라니, 동생 우진은 어떤 사람일지 과연 기대가 되었다. 하지만 우진은 집에 없었다. 금방 들어오겠다는 전화가 왔다니, 오늘 안에 보긴 하겠지.

인상들은 하나같이 다 차갑고 가까이 하기 힘든 개성을 가졌을지 몰라도 아무튼 다들 머리는 좋은 것 같아, 자식 농사 잘 지으신 도진의 모친이 웃으며 말했다.

"바깥양반은 우진이보다 더 늦을 것 같네. 시간 맞춰 오겠다고 했는데 급한 일이 생기는 바람에 약속을 못 지키게 됐어. 내가 사과할게."

"아니요, 괜찮습니다."

"도진이가 사귀는 아가씨라고 해서 어떨지 궁금했는데, 정말 예쁘네. 나 젊었을 때……."

"어머니, 젊은 시절 사진 저 봤습니다."

나 젊었을 때, 의 레퍼토리는 나이 드신 모든 여자들의 로망인 것이다. 그런데 그 로망을 바로 끊어버리는 저 악랄한 둘째 아들을 보라. 나영은 벙 찐 얼굴로 도진을 볼 수밖에 없었다. 무척 긴장되고 신경 쓰이는 자리인데, 도진의 일갈로 완전히 넋이 나가고 말았던 것이다.

아아, 정말이지 이럴 때 쓰는 속담이 뭐가 있더라? 집에서 새는 바가지 어쩌고 하는 그건가? 저 인정머리없는 성격은 어째서 집에서도 똑같은 거란 말인가. 게다가 어머니한테!

나영은 어쩔 줄 모르고 어색한 미소를 흘렸지만 어머니는 아무렇지 않은 것 같았다. 호호호, 얘는. 이라는 말씀으로 웃어넘기시는 것이다. 아니죠, 이럴 땐 빗자루로 저런 고약한 아들을 패줘야죠. 아아, 이게 바로 평소 습관이란 것인가. 이 집의 평상시 생활이 어떨지 대충 짐작이 가는구나. 으리으리한 삼층 벽돌집, 정원이 기가 막히게 멋진 이런 집에서 모친을 언어 공격으로 학대하는 일이 자행되고 있다니.

"앞으로 자주자주 놀러오고 얼굴도 자주 보여주렴. 벌써부터 기대가 되네."

어머니는 외모만큼이나 인자하고 기분 좋은 분인 것 같았다. 조근조근 친절하시고 절대 엉킨 부분이 요만큼도 없어 보였다. 나영은 첫 만남으로도 그의 어머니가 좋아졌다. 원래 고부간의 갈등은 이 나라의 고질병으로서, 아무래도 시어머니는 어려운 분인 걸로 아는데…….

어머, 나 좀 봐. 또 시어머니래.

뭐 어쩌겠어. 이렇게 된 거, 결혼해 버려야지. 호호호.

"상진아, 너도 얼른 마음에 드는 아가씨 데려와야지. 그래도 동생이 먼저 식을 올리는 건 보기 안 좋거든. 아버지도 반대하시고."

워낙 무관심하게 앉아 있어서 깜빡 잊고 있었던 상진이 조용히 눈을 들었다. 어머니의 말에 그제야 그 무심한 얼굴로 입을 열었다.

"조만간 그래야죠."

"형이 정 열악하면 저부터 할 겁니다."

이건 도진의 말이었다. 아이고, 한도진 씨 추진력 정말 끝내주십니다. 나영은 얼굴이 빨개져서 어쩔 줄을 몰랐다. 이 집 분위기는 뭐랄까, 생각했던 것보다 훨씬 자유스럽고 나름 유쾌한 것 같았다. 그러니까 좋게 보면 유쾌와 자유스러움, 약간 나쁘게 보면 방종과 하극상…… 이랄까.

두 무뚝뚝한 아들, 한쪽은 전혀 말이 없고 한쪽은 되고 말고 이기적으로 말하는 분위기인데도, 묘하게 균형이 맞는다. 아마도 그건 시종일관 푸근한 미소를 짓고 있는 어머니 때문이 아닐까.

"그래도 형부터 식을 올려야지. 그건 나도 반대야. 나영아, 너도 그렇지 않니?"

어머니께서 불러주시는 나영이라는 이름의 어감은 특히 더 좋았다. 하지만 질문이 질문이라, 나영은 딱히 대답하기가 곤란해서 그저 연하게 웃기만 했다. 아니라고 대답해서 도진의 편을 들자니 생각이 짧아 보일 것 같고, 네, 그렇죠! 라고 어머니의 말씀에 수긍하자니 찌릿 노려보고 있는 도진이 신경 쓰이고. 형님 쪽은…… 좀 무섭고. 어째 그리 표정이 없으실까요.

한도진 씨는 아무리 무덤덤한 표정을 해도 사람이 언제나 존재감을 팍팍 드러내며 살아 있는 느낌이라 그럴수록 더 시선이 갔는데, 저분은 좀 무섭다. 딱, 모든 것에 불만이 있는 학년주임 선생님 같아서…….

너! 복장이 그게 뭐야? 명찰은 어쨌어? 치마 길이 짧아!

라고 당장이라도 외칠 것 같단 말이다.

"형, 서두르지 않으면 내가 먼저 합니다."

도진은 아직도 자신의 의견을 관철하고 있었다. 그의 말에 놀랍게도 형 상진이 처음으로 미소를 띠었다. 그것도 워낙 지은 듯 만 듯한 아주 미미한 변화였지만 나영은 확실히 느꼈다. 으음, 생각보다 형제들의 우정은 더 단단할지도.

"마음대로 해라."

"안 돼. 다음주에 약속 잡아놨으니까 적당하면 너부터 식 올려야지."

어머니가 강경하게 나오셨다.

"그럼 그러든지요."

나영은 좀 놀란 눈으로 상진을 쳐다보았다. 와아, 자신의 인생인데 저렇게 무관심하다니. 만약 도진이었다면 저런 말은 안 했을 것이다.

"형, 너무 관심 없는 것 아닙니까? 결혼 상대인데."

안 그래도 도진이 그렇게 말하고 나왔다. 이번에는 도진의 말에 100% 찬성인 나영이었다.

"내버려 두렴. 우리 상진이처럼 숫기가 없고 내성적인 성격은 중매가 맞을지도 모르는 거야. 얘가 워낙 마음이 여리고 고독해서 그래."

도대체 앞뒤가 맞는 말씀이십니까.

나영은 어머니의 그 말에 데엥 하고 무언가에 얻어맞은 느낌이었다. 어디가 여리고, 고독한 건 또 무엇입니까. 그게 어찌 상관관계가 있는 말입니까! 숫기가 없다기보다는 인상만으로 보면 숫기를 차단하는 느낌이고, 내성적인 느낌보다는 무척 내면적인 느낌인데. 근데, 내면적인 건 또 뭐니.

아무튼 도진도 알기 어려운 성격이지만, 형님은 한 술 더 뜨는 것 같다는 생각이었다. 다음 주에 있을 그 맞선에 나올 여자 분에게 나영은 갑자기 묵념을 올리고 싶어졌다.

물론 싫은 건 아니지만, 만약 내 남자라면 참 어려울 것 같은 느낌.

"상진아, 너도 우리 나영이한테 한마디 하렴. 반갑잖니."

우리 나영이, 래요. 동네 사람들!

상진이 그제야 처음으로 나영 쪽을 쳐다보았다. 거짓말 아니고 이 집에 들어온 후 처음이었다. 음침한 것 같진 않은데, 전혀 곁을 보지 않는 사람 같다.

"반갑습니다."

안 그래도 그 한 마디만 겨우 하고는 금세 시선을 돌렸다. 어머니가 호호 웃으며 나섰다.

"우리 상진이가 이래요. 얼마나 숫기가 없고 순진한지."

아아, 서른셋의 아들을 두신 어머님! 그건 아닌 것 같거든요? 너무 무관심해서 참으로 성의없어 보이거든요.

"상진이가 도진이랑 우진이 딱 반씩만 닮았어도 좋을 텐데. 우리 도진이는 의젓하고, 우진이는 워낙 거침없이 활달하거든."

"네……."

그 우진이란 동생이 점점 더 궁금해집니다, 어머님.

갑자기 상진이 도진에게 말을 걸었다.

"도진아, 나랑 잠깐 얘기 좀 하자."

"어머, 또 일 이야기니? 집에 오면 잠깐 쉬기도 하지 그러니."

어머니가 아쉬운 듯한 표정을 했지만 상진은 벌써 일어나서 어딘가로 가고 있었고, 곧 도진도 따라 일어났다.

"형, 먼저 가 있어요. 금방 갈게요."

"그래."

상진이 뒤도 안 돌아보고 서재로 간 뒤, 도진이 나영을 돌아보았다.

"일어나. 밖에 나가자. 어머니, 정원에 있을게요."

"네? 전 어머님을 도와드리려구."

나영이 곤란한 얼굴로 어머니를 바라보자 그녀가 온화하게 웃었다.

"설마. 이제 식구가 될 귀한 손님을 첫날부터 주방에 들일 수는 없지. 나 그런 시어머니 되고 싶지 않거든. 아무튼 안 그래도 난 저녁 준비를 해야 하니까 정원에서 얘기라도 하고 있으렴. 금방 우진이 올 테니까 만나면 인사도 하고."

"그래도……."

"나가자."

나름대로 착한 며느리인 척하면서 점수 좀 따보려고 했건만, 나영은 도진에게 손을 잡혀 정원으로 나가야 했다. 어머니는 웃으며 주방으로 가시는 것 같았다.

"하지만 나 놀기만 하는 건 불편하단 말이에요."

"그렇다고 주방에 들어가나."

"당연히 도와드려야죠."

"주방에 가면, 일한다."

정원의 파라솔에 나영을 앉힌 도진이 짧게 말했다. 그건, 나도 알고 있거든요?

"근데요?"

"뭐 하러 오자마자 일해. 안 그래도 돼."

epilogue 1 : 208호 남자, 308호 여자

담배를 꺼내 무는 도진을 바라보며 나영이 은근한 미소를 흘렸다.

"지금 나 생각해 주는 거예요?"

도진이 담배에 불을 붙이다가 말고, 그 무슨 소리냐는 듯 퉁명스러운 시선으로 나영을 보며 말했다.

"아니, 우리 집 주방 걱정."

"……뭐라고요?"

"네 실력은 내가 더 잘 아니까. 또 양념을 쑤셔 넣을 생각?"

나영의 얼굴이 새빨개졌다. 자꾸만 그래봐. 결혼하고 아침에 밥 얻어먹을 생각은 안 하는 게 좋을 걸요? 어머어머, 나 어떡해. 그의 아침을 손수 차려줄 때 난 얼마나 행복할…….

아니지, 지금은 설렐 때가 아니라 화내야 할 때인데.

"거실에 있으면 아무래도 불편할 테니까 여기에서 좀 기다려."

"도진 씨는요?"

"난 형."

나영은 고개를 끄덕였다. 하긴, 그렇게 보면 여기에서 혼자 있는 게 낫겠다. 도진도 없이 거실에 혼자 앉아 있자니 좀 어색할 것 같고.

그가 자신을 생각해 준 것 같아 기분이 좋다.

"아, 왔군."

도진이 갑자기 말해서 나영은 고개를 갸웃했다.

"네?"

"차. 우진이 엔진 소리."

그랬나? 나영은 전혀 듣지 못한 사실이라 도진의 청력이 놀라웠다. 이건 무슨, 엔진 소리만 듣고도 상대방을 판별해 내는 능력이라니.

"곧 들어올 테니까 잠깐만 기다리고 있어. 나도 금방 나올 테니까."

나영은 고개를 끄덕였다.

"울지 말고."

"안 울거든요."

"보고 싶으면 서재로 찾아와. 안아줄 테니까."

"들어가시죠?"

도진이 쿡쿡 웃더니 얼마 피지도 않은 담배를 비벼 끄고 안으로 들어갔다. 마지막까지 사람을 놀리기만 하고.

투덜거리고 있는데, 도진의 예상처럼 정말 대문이 열렸다. 그냥 열리는 것도 아니고 활짝 열려서 나영은 자신도 모르게 그쪽을 쳐다보았다. 꽤 화려한 등장이다. 그럴 수밖에 없는 게, 열린 대문으로 들어서는 남자가 나영의 시선을 확 붙잡았다. 나영의 눈이 휘둥그레졌다.

자신의 남자인 도진도 외모만은 절대 뒤질 자가 없다는 생각이었는데, 동생인 우진은 도진을 뛰어넘었다. 솔직히 도진에 비해 약간 평범한 외모인 형님을 봐서, 동생 쪽의 외모는 그다지

기대하지 않았다. 하지만 그건 완전한 오판이었다.

멋스러운 청바지와 젊은 사람들이 좋아할 만한 디자인의 재킷을 자유스럽게 걸친 러프한 차림, 양쪽 주머니에 손을 푹 찔러 넣고서 돌계단을 톡톡 뛰어올라 오는 경쾌한 발걸음의 그는 정말 시원스런 생김이었다. 가장 먼저 눈에 뜨일 정도로 여자처럼 긴 그 속눈썹 하며, 은은하게 쌍꺼풀이 신 눈, 빨간 입술과 하얀 얼굴은 영태처럼 참 예쁘단 표현이 절로 나올 만한 얼굴이었지만, 영태보다 키도 훌쩍 크고, 몸은 도진만큼이나 단단해 보였다.

처음에는 무표정으로 있다가 나영을 발견한 순간 그 얼굴에 화사한 미소가 번졌다. 그렇다, 화사하다는 표현이 딱 어울렸다. 한마디로 건강한 청춘이라는 생각이 절로 드는 남자였다.

"아아, 혹시 형수님?"

긴 다리로 한 걸음에 달려와 나영의 앞에 선 우진이 하얀 치아를 드러내며 너무나 탐나는 미소를 지었다. 가까이에서 보니 더욱 여심을 끄는 얼굴이었다. 만약 도진이 아니었다면 이 남자, 쓱싹 먹어치우고 싶었을 그런 이미지다. 장난기로 반짝이는 눈 하며 쾌활하고 건강한 미소 하며, 예쁘장한 외모 때문에 누나본능을 일깨우는.

하지만 안 돼. 난 도진 씨만 먹어야 해. 아니! 내가 지금 또 무슨 주책맞은 생각을!

나영은 자신도 모르게 파라솔 의자에서 일어나 있었다. 워낙 반갑게 말을 걸어주어서 자신도 반응하게 되는 것이다. 상대방을 즐겁게 하는 성격이라, 도진의 말이 딱 이해가 되었다.

게다가 도진이 너무나 좋아하는 피붙이라니, 더욱 나영이 관심있게 지켜보아야 할 상대였다.

"안녕하세요, 반가워요."

나영은 그 밝은 미소에 이끌려 자신도 허물없는 표정으로 대답했다. 그때 갑자기 우진이 나영의 손을 턱 잡았다. 그리고 잡은 손등에 다른 한 손을 쓱 덮더니, 속눈썹 때문에 더욱 아름다운 그 검은 눈동자로 이렇게 말하는 것이다.

"한도진 씨, 정말 복 받았군요. 이런 미인을."

나영은 한순간 얼이 빠지고 말았다. 이런 허물없는 접촉에, 이런 어처구니없는 대사에, 이런 직접적인 칭찬이라니. 나더러 어떡하라고!

"그, 그게……."

게다가 한도진 씨란다. 돌진하는 이 젊은 청춘을 어찌해야 하지?

금방까지 그렇게 밝게 웃더니, 지금은 어쩐지 우수에 찬 흔들리는 눈동자로 우진이 말을 이었다.

"놀라게 했다면 미안해요. 사실은…… 바로 며칠 전까지 몰두하던 연상의 여인과 헤어져서, 어쩐지 그녀가 생각나 버렸어요. 한도진 씨는 정말 행복한 남자로군요."

짙은 상념과 지극한 슬픔으로 상처받은 이 남자의 눈동자는 아름다운 짐승의 그것 같았다. 순수하게 맑은데 어쩐지 그 안에 공격 본성이 숨겨져 있어서 마구 위험한 느낌이 드는 것이다. 쳐다보지 마라! 그 순간 빠져든다! 야성에 감성이 제멋대로 믹스되어 쳐다보는 사람의 심장에 어떤 본능이 일어버리게 하는 뇌쇄적인 눈빛은 그렇다 쳐도.

"세상의 모든 빛이 한도진 씨에게 내린 것 같습니다. 아아, 형수님을 형수님으로 만난 제 인생이 저주스럽습니다."

바로 이 말투다! 아아, 내 눈에서 광명을 빼앗아가 버린 하늘을 저주하옵니다! 라느니 어쩌느니, 마치 셰익스피어의 연극에서나 나올 듯한 과장된 이 분위기는 어찌하란 말인지.

나영은 뭐가 뭔지 도대체 모르겠다는 눈으로 우진을 바라보았다.

"저기, 그게…… 글쎄요."

"그 여인보다 형수님을 먼저 만났더라면 이리 심장이 찢어지는 안타까움은 없었을 것을."

아무튼 나를 칭찬하는 건 오버라고 쳐도, 헤어졌다는 그 연상의 여인과의 아픔은 실로 큰 모양이니.

"헤어졌다니, 뭐라고 위로를 해야 할지 모르겠네요. 상심은 크겠지만……."

"아니요, 괜찮아요. 사랑의 상처는 사랑으로 극복하라고 하잖아요. 형수님, 앞으로 제 누님이 되어주세요. 한우진이 사랑의 상처를 딛고 일어나는 모습을 지켜봐 주세요. 그래 주실 거죠?"

"네? 그, 그게……."

"해주실 거죠?"

손을 꼭 잡은 채로 한 걸음 성큼 다가와서 간절하게 애원하는 바람에, 나영은 자신도 모르게 뒷걸음질 치며 고개를 끄덕였다.

"그, 그래야죠. 당연히 그래야죠."

"고마워요. 역시, 연상의 누님들은 너무나 아름다운 심성의 소유자들이세요."

그리고서 자신의 앞 머리카락을 스윽 쓸어 올리는데, 결 좋은 머리카락이 빛에 반사되어 은사처럼 빛났다. 가만있어 봐. 지금 여기 연극 무대 아닌 거 맞지?

"자, 다리도 아플 텐데 우리 앉아요."

우진이 의자를 가리키며 한 말에 나영은 고개를 끄덕였다. 그러고도 나영이 움직이지 않자 우진이 돌아보았다.

"음, 왜요? 앉는 거 싫으세요?"

"그게 아니라, 이 손을 놔야죠."

"앗!"

그제야 자신이 손을 잡고 있다는 걸 깨달은 사람처럼, 오버를 하며 손을 놓는 것이다.

"이런! 한도진 씨한테 걸리면 바로 목 날아갈 뻔했군요. 고맙습니다. 제 생명의 은인이세요."

하아, 이 형제들은 하나 같이 왜들 이래!

"근데, 평소에도 한도진 씨라고 불러요?"

파라솔에 앉아서 서로를 쳐다보길 약 오 분, 그동안 우진은 한 마디도 하지 않고 싱글벙글 미소 띤 얼굴로 나영을 쳐다보기만 하는 것이다. 그 눈빛에 너무나 깊은 신뢰와 친근함이 담겨 있어 나영은 그 오 분 동안 어쩔 줄을 몰랐다. 어찌 그렇게 똑바로 쳐다보며 웃고 있는지. 그것도 저리 매력적인 얼굴로, 이쪽 심장을 나이스샷 해버리란 소린지 뭔지.

결국 어색함과 부담을 견디지 못한 나영이 먼저 입을 열었다. 아아! 하면서 우진이 대답했다.

"그거요? 형은, 제 형이기도 하면서 제가 인생에서 따라가고 배우고 싶은 선구자고, 선생님 같은 의미거든요. 그러니 객관적인 입장을 유지하고 싶어서 이름을 부릅니다. 제 이상한 말이, 이해 가세요?"

"글쎄요. 대충은, 알 것도 같고 모를 것도 같고."

저 스스로 이상한 말이라고 인정하니, 아무래도 이상한 것 같아서, 이상하게 대답을 했더니 우진이 하하 웃었다. 참 거침없는 성격이란 데, 동의 표 하나 던진다. 하지만 흰 치열을 드러내며 웃는 그 모습이 절대 싫을 리 없었다. 누구든 한 번 보면 바로 호감을 가질 만한 남자다.

"내가 너무 좋아하는 형님께서 사랑하는 사람이 있다길래 저까지 다 설레었어요. 오는 길에 얼마나 밟았는지 몰라요. 딱지 끊었습니다. 누님이 내주실래요?"

"네?"

"하하, 농담이에요. 아무튼 한도진 씨한테는 비밀로 해주세요."

"훗, 그럴게요."

"형하고 잘 어울려요. 제가 꿈에 그리던 형수님의 모습 그대롭니다!"

아아, 이 오버는 도진을 능가하는구나.

대놓고 하는 칭찬에 나영의 볼이 발갛게 물들었다. 물론 반쯤 막 내뱉는 말이란 건 분위기상 알 수 있었지만 그래도 기분 좋은 말이었다.

"그런데, 우진 씨 스물여덟이라고 했죠?"

우진이 고개를 끄덕였다. 그러다가 생각난 듯 말했다.

"그냥 도련님이라고 하세요."

"저어, 그게……."

아직 결혼도 안 했고, 한도진이란 남자는 무조건 '결혼해!' 라는 말만 하니 어찌 대답해야 할지. 이대로 가면 하기야 하겠지만.

"흐음, 근데 도련님이라면 너무 존칭이군요. 형수님이 윗분이신데 도련님이라니. 님 자를 빼죠. 도련, 이라고 부르세요. 편하게. 근데 도련은 좀 웃기군요. 도령은 어떠세요? 제가 결혼을 하면 서방님이라고 부른다는데, 그렇게 되면 형수님과 전 부부가 되는 건가요?"

너, 말 참 많다.

나영은 멍하니 우진을 쳐다보다가 하.하. 웃을 수밖에 없었다.

"그런데 제 나이는 왜요?"

아참, 그 얘기를 했었지. 도련님, 아니, 도련 때문에 넋이 빠져서는.

나영은 얼른 본론으로 들어갔다. 그러니까…….

"저기, 전 스물일곱이거든요?"

아까부터 걸리던 우진의 말이었다. 그러니까 그는 스물여덟, 자신은 스물일곱, 결코 연상의 누님이 아니란 말이었다. 솔직히 그렇게 나이 들어 보이는 얼굴인가 해서 기분도 조금은 나빴다. 나이를 더 많이 보여서 좋을 여자는 없으니까. 그래서 겨우 한 말에 당황할 줄 알았던 우진은 그게 뭐가요? 란 얼굴로 미소가 지워지지 않은 채 나영을 쳐다보고만 있었다.

"그러시군요."

이렇게 대답하고 있다. 나영은 할 수 없이 자신의 입으로 말을 해야 했다.

"그러니까 나 연상이 아니라구요."

이 총각, 생각이 없는 걸까. 일부러 그러는 걸까. 짓궂음도 한 도진의 한 수 위란 얘기?

"아! 그랬군요."

그게 다였다. 우진은 전혀 이상할 게 없다는 듯 그렇게 대답하고는.

"한도진 씨, 사랑에 빠지면 팔불출이죠?"

그런, 전혀 다른 질문을 하는 것이다.

"저기요, 내가 그렇게 나이가 들어 보여요?"

하지만 민나영도 만만치 않단 말이다. 이 건은 꼭 짚고 넘어가야 했다! 그래서 끝까지 물고 늘어졌더니 우진이 그제야 쑥스러운 듯 웃고는 사과를 했다.

"미안해요. 내심 깜짝 놀라서 모르는 척 넘어가려고 했는데."

나영의 표정이 암담해졌다. 다 알고 있었던 거다. 내 그럴 줄 알았다. 짓궂은 도련님이다!

"그러니까 그 말은, 내가 너무 나이가 들어 보인다는 말……이죠?"

"하하, 아니에요. 아닙니다. 제가 미안한 건, 형수님 되실 분의 나이를 미리 모르고 있었다는 점에 대해서예요. 물론 나이가 들어 보인다거나 그런 것, 전혀 없습니다. 뭐랄까, 이해하실지 모르겠지만, 형님의 연인이라 하셔서 형님하고 동격으로 생각해 버렸어요. 저한테 형수님은 형님의 분신이니까요."

나영은 어쩔 수 없이 웃고 말았다. 이런 성격을 솔직하다고 해야 하나, 순수하다고 해야 하나. 아무튼 친근한 미소를 띠며 그를 보고 있는데, 그 틈을 타고서 우진이 나영의 손을 왈칵 쥐더니 이렇게 말했다.

"앞으로 존경할게요."

나영은 계속 큭큭 웃었다. 우진도 나영의 손을 놓고는 멋쩍은 듯 미소를 흘렸다. 재미있는 남자 같다.

잠시 후, 나영이 말했다.

"근데, 나 궁금한 거 하나 있는데 물어봐도 돼요?"

"네, 물어보세요."

"이건…… 좀 그런 질문인데. 도진 씨가 대답을 안 해줘서요."

"흐음, 그럼 형님을 배신하는 건데."

짐짓 심각하게 중얼거리던 우진이 곧 편안하게 웃었다.

"하지만 가끔 배신도 해줘야 사이가 더 돈독해진다는 독일 속담도 있지요."

"정말, 그런 속담이 있어요?"

"모릅니다. 독일은 안 가봐서."

나영은 고개를 절레절레 저었다. 확실히 우진의 말은 알아서 새겨들어야 할 게 산더미인 것 같다. 근데도 전혀 부정적인 생각이 안 드니, 그게 참 신기했다. 너무나 자연스러운 표정으로 헛소리를 해서인지도.

"도진 씨가 사랑했다던 사람이요. 강희연 씨라고. 나, 그 사람에 대해서 물어보고 싶은데, 대답해 줄 수 있어요?"

순간 우진의 눈동자가 살짝 흔들렸다. 하지만 그는 금세 평소의 웃는 얼굴을 했다.

"흐음, 대답해 드릴게요. 어려운 것도 아니네요. 형님이라면, 아마 형수님께 대답해 주지 않았을 테죠. 성격, 아니까요."

나영은 고개를 끄덕였다. 말로만 좋아하는 게 아니라, 도진을 속 깊이 알고 따른다는 걸 느낄 수 있는 우진의 말이었다.

"희연 씨, 어떻게……."

죽었느냐는 말을 차마 할 수 없어서 나영은 잠깐 말을 끊었다. 확실히 하기 쉬운 말은 아니다. 게다가 우진에게 이런 말을 묻다니. 하지만 지금 나영은 어쩐지 편했다. 도진과 닮은 얼굴이라 그런 건지, 아니면 그의 미소가 워낙 깨끗해서 그런 건지, 그것도 아니면 두 형제의 짓궂은 면이 너무 비슷해서인지, 이유는 잘 모르겠다. 아무튼 한우진에게 정이 갔다. 물어도 될 것 같았다.

"어떻게 죽었느냐 그 말이죠?"

나영은 고개를 끄덕였다.

"저도 자세한 건 몰라요. 희연 누나라고 해봐야 몇 번 보지도 못했고, 두 사람이 얼마를 만났고, 어떤 마음이었는지는 모르니까 그건 알려 드릴 수 없지만, 죽은 원인은 사고였어요. 교통사고. 혼자 운전하다가, 흔한 일이죠. 그 흔한 일이 바로 내 옆 사람에게서 일어난다는 건……."

우진이 잠시 말을 끊었다. 도진처럼 짙은 검은색의 눈동자가 흐려지고 있었다. 슬픔을 담고서 잠시 아래를 내려다보다가 곧 말을 이었다.

"아무튼 한도진 씨, 사랑해 주세요. 저는 형한테 꼭 좋은 사람이 생기리라고 믿고 있었어요. 그래서 형수님이 더 반갑습니다."

나영은 부드럽게 미소 지었다. 한우진, 깔끔한 성격인 것 같다.

"형한테 좋은 사람이 생겼으니까, 이제 저도 사랑할 겁니다."
"여자 친구 없어요?"
"여자 친구야 많죠."
"그러게요."
"하지만 사랑하는 사람은 없어요."
"그건, 그 연상의 상대 때문에?"
우진이 고개를 갸웃했다. 하하 웃음을 터뜨리며 말했다.
"설마, 믿으셨어요? 연상의 여인이라니, 농담이었어요."
나영의 어깨가 힘을 잃고 축 처졌다. 네 이놈!
"아, 아무튼…… 사랑하게 되길 바랄게요."
"고맙습니다. 형수님께서 그렇게 말씀해 주시니까 막 될 것 같아요. 그런 의미로."

또 무슨 말을 할지 나영은 덜컥 겁이 났다. 자신도 못 말리는 성격인데, 한우진은 더한 것 같다. 아니나 다를까, 나영의 예상이 딱 들어맞았다.

"저한테 여자 친구가 생길 때까지 결혼식을 뒤로 미뤄주시면 안 될까요? 전 꼭 한도진 씨하고 한날한시에 결혼이라는 무덤에 뛰어들고 싶습니다. 합동결혼식도 좋겠군요."

도진 씨! 빨리 좀 나와줘요!

그날, 그 집에서, 나영은 넉다운 되고 말았다.
너무나 사랑하는 그 남자가 너무나 아끼는 동생인 누구누구 때문에, 말이다.

epilogue 2

매운 남자, 달콤한 남자

"아마 그 녀석은 사랑도 즉흥적으로 할 거야. 진지함을 가르쳐 줄 사람이, 연인이 되겠지."

그의 집에 갈 때마다 도진이 했던 말이 떠오르는 이유는 뭘까. 아마도 그건 무척 인간적인 관심이 기반이 된 게 아닐까 싶다. 도진의 형 쪽은 별로 관심이 가지 않았다. 차갑고 차가운 성격, 무관심의 극치, 어머님의 말로는 순진하고 숫기가 없어서라고 하지만, 나영의 생각은 달랐다. 그건 이기적이라고 본다. 자기 자신만 생각하니까 옆 사람을 전혀 보지 않는 것이 아닐까.

분명히 그는 아예 웃거나 옆을 보지 않는 사람이 아니다. 도진이나 우진을 대할 때를 보면 알 수 있다. 분명히, 아주 큰 미소는 아니더라도 웃기도 하고 말도 자주 한다. 대부분이 경제나 일 쪽의 대화였지만. 아무튼 동생들에게는 그렇게 하면서 그 외의 대상에게는 전혀 그러지 않는다는 것, 문제가 있는 거 아닐까?

그런 고로, 상진은 아무리 생각해도 나영의 관심 밖이었다. 만약 도진이 차갑기만 한 성격이었다면 지금의 이런 감정이 생겨나지 않았으리라. 그의 형은 도진의 성격 중 가장 무뚝뚝하고 차가운 면만 가지고 있는 사람 같다. 아주버님이 그렇게 무서우면 결혼 생활에 문제가 있으려나? 아아, 빨리 결혼하고 싶다.

이 앞뒤가 전혀 맞지 않는 생각의 고리는 무엇이냐!

아무튼 나영은 상진보다는 우진이 마음에 들었다. 아니, 딱 들었다. 물론 최고는 도진이겠지만, 우진은 한 살 많은 도련님이라고 해도 때때로 무척 귀엽다는 느낌도 들고, 또 의외의 순간에 무척 진지해져서 심장이 덜컹 내려앉을 정도로 멋진 표정을 짓는다. 그건 꾸미거나 일부러 만들어서 되는 게 아니었다. 그 사람만이 가진 특징이 아닐까 하는 생각이었다.

그런 면에서 도진이 한 말은 딱 맞는 것 같았다.

진지함을 가르쳐 줄 사람.

과연 미지의 그 여자는 어떤 사람일까. 때때로 형수님과 도련님의 사이가 아주 좋으면, 도련님의 연인에게 질투를 느낀다고도 하는데, 설마 그런 경우가 되는 건 아닐까? 결혼도 하기 전에 별 생각을 다 하고 있는 자신이라고, 나영은 생각했다. 한마디로 걱정도 팔자다!

"우진이는 좀 더 여성적인 스타일을 좋아하지."

208호에 갔을 때 도진이 그렇게 말했다. 물어보지도 않았는데.

나영이 물었다.

"근데 그게 뭐가요?"

"하는 것 같아서."

앞의 말을 빼먹고 하니 알아들을 수가 없다. 나영이 고개를 갸웃거리며 쳐다보자 도진이 말을 이었다.

"좋아하는 것 같아서. 기분 나쁘다."

나영은 깜짝 놀라 도진을 쳐다보았다. 그리고 외쳤다.

"네?"

"그 녀석은 내가 네 몫까지 좋아할 테니까 나만 봐. 넌 나만 보면 돼."

나영은 말 그대로 화들짝 놀랐다. 그러니까 이게 바로, 피붙이에게까지 질투를 이끌어내는 민나영의 숨길 수 없는 매력이란 말인가. 아아, 나 너무 행복해서 어쩌면 좋아.

"질투, 하는 거예요?"

꼭 확인받아야 직성이 풀린다. 물론 제대로 대답해 줄 리 없는 질문이었지만.

"그래."

그런데 이렇게 또 예상 범위를 벗어나면 가슴이 콩닥콩닥 뛴

다. 나영은 할 말을 잃고 도진을 말끄러미 쳐다보기만 했다.

"그 녀석 바라볼 때 넘쳐."

"뭐가요?"

"애정이."

"에, 에이. 말도 안 돼."

드, 들켰나 보다!

도진이 손을 쑥 뻗더니 나영의 턱을 꽉 쥐고 고정했다. 얼굴을 가까이 가져오며 그 짙은 눈동자를 빛내면서 말했다.

"그 녀석 얼굴, 때려서 붕대 감아놓으리?"

힉!

말도 안 돼. 나영의 눈에 공포가 돌았는지 도진이 쿡 웃으며 사과했다.

"미안, 미안. 장난이다."

휴, 다행이다.

"하지만 장난이 아닌지도."

그리고는 딴청을 피우는 이 독점욕투성이의 남자에게 어떤 상을 줄까. 그래, 어제는 하루 종일 그가 바빠서 그의 본가에서 시간을 보냈다. 어머님과 아주 많이 대화도 하고, 쇼핑도 하고, 저녁도 만들어 먹고, 예쁜 짓도 많이 했으니까 뽀뽀해 달라고 해야지. 그럼 나도 사탕을 돌려주고……

하긴, 그런 건 원하지 않아도 도진 쪽에서 더 많이 키스해 준다. 그러니까 오늘도 208호 그의 거실에서 자연스러운 스킨십

epilogue 2 : 매운 남자, 달콤한 남자　　391

이 이루어지겠지. 점점 더 상체를 기울여 오는 그를 느끼며 나영은 콩닥거리는 심장을 인식했다. 이대로 그와 진한 애정 표현을. 침대에서 구르며……

찰랑.

하지만 상체를 기울이던 그는 나영의 뒤쪽에 있는 테이블에서 차 키만 쏙 빼서 돌아섰다. 한 번 더 만지지도 않고, 키스도 하지 않고, 성큼성큼 현관으로 걸어가면서 이렇게 말했다.

"지금 회사 가야 해. 끝나면 전화할게."

아아, 나영은 실망감을 감추느라고 갖은 노력을 해야 했다. 아무렇지도 않은 척 웃으며 그를 따라 현관으로 갔다.

"아, 알았어요."

"내일은 저녁 먹자."

"네."

"어제 집에 갔었다면서?"

"그랬죠."

하지만 키스만 해줘도 좋잖아요. 만날 야근만 하면서.

나 이러다가 불쌍한 아내 되는 거 아니야? 독수공방 하면서.

"고맙다."

돌아보더니 나영의 머리카락을 부드럽게 쓰다듬었다. 칭찬하는 김에 키스도…….

"늦었군."

하지만 도진은 다이아가 번쩍거리는 손목시계를 들여다보며 불쑥 말을 내뱉고 구두를 꺼내 신었다. 나영은 또 한 번 실망을 하고는 터덜터덜 도진을 따라 밖으로 나갔다. 정말이지, 너무해.

설마 이건……!

애정이 떨어진 것? 사랑이 식은 것? 결혼할 거니까 아예 내 여자로 생각하고 관심이 엷어진 것? 바로 그 두려운 경우?

도진과 헤어져 위층으로 올라가는 동안에도 내내 그런 생각만 했다. 상진의 결혼 때문에 두 사람의 결혼은 미뤄지게 되었다. 그때 도진은 정말 펄쩍펄쩍 뛰면서 항의를 했는데.

바로 그 한도진이 민나영하고 함께 살고 싶어서 흥분을 하다니.

그것만으로 세상을 다 얻은 것 같았는데, 왜 이렇게 불안해하는 거지? 내가 잘못된 걸까.

너무 사랑해서.

라는 게 대답인 것 같았다.

나영은 어쩐지, 밀고 당기기가 필요한 시기가 아닐까, 라고 살짝 생각해 보게 되었다.

그날 밤, 나영은 어쩐지 온몸에서 열이 나는 것 같은 감각에 천천히 눈을 떴다. 불은 꺼져 있었고, 한밤중인 것 같은데 잠에서 깨는 순간 몸이 무거웠다. 하지만 그건 착각이 아니었다. 엄청 무거운 검은 물체가 자신을 내리누르는 것이다.

"누, 누구!"

"쉿, 나."

천천히 나영의 심장이 잦아들었다. 온몸에 팽팽하게 몰려 있던 두려움의 기미도 가셨다. 공포를 가질 필요도 없는, 사랑하는 그 남자였다. 그런데 이 밤중에……

"지, 지금 온 거예요?"

그의 입술이 이리저리 방황하며 온몸을 더듬는 걸 느꼈다. 두근거리는 심장 소리를 들어가며 겨우 신음을 삼켰다. 도진이 고개를 끄덕이는 것 같았다. 이미 잠옷의 상의는 반쯤 끌어내려가 가슴이 드러나 있었다. 공기와 접촉한 돌기에 뜨거운 숨결이 와 닿았다. 힘껏 물어서 빨던 그가 곧 머금은 느낌으로 한참을 상냥하게 혀로 애무하다가 곧 힘을 주어 집요하게 희롱했다.

"음, 으응……"

나영은 어느새 그의 페이스에 휘말려 한밤중에 침입한 무례한 남자를 환영하고 있었다. 돌기 위에서 질척한 소리가 나기를 한참, 위로 올라간 입술이 쇄골에 멈춰 마치 야수처럼 격렬하게 깨무는 순간, 황홀함에만 빠져 있던 나영의 눈이 번쩍 떠졌다.

결혼 임박, 한상진, 결혼 연기, 독수공방, 옅어지는 관심, 사랑의 밀고 당기기!

여러 가지 문제들이 한꺼번에 머릿속에 꽉 차면서 나영은 자신도 모르게 벌떡 일어나 가슴에서 그의 얼굴을 세차게 떼어냈다. 저만치 도망가는 나영을 도진이 어둠 속에서 쳐다보았다.

창을 통해 흘러든 빛이 도진의 잘생긴 얼굴 윤곽을 그대로 드러내 주었다. 반듯한 미간이 찌푸려졌다.

"뭐지?"

기분 나쁘시다는 거다. 나영은 시트를 끌어 드러난 가슴을 가리며 옹골차게 대꾸했다.

"나, 나 결혼 전까지는 아, 안 그러고 싶어요. 지, 지킬 거예요."

옹골차기는 무슨, 한껏 더듬고 있구먼.

아무튼 매몰차야 했다. 자신을 지키려면 자신이 스스로를 소중하게 여겨야 하는 것이다. 무조건 남자에게 올인해서 다 퍼주다 보면 아무리 깊은 사랑이라도 금세 질리고 말지어니. 누가 한 말이냐? 나도 모른다. 이 땅의 차인 여자들이 공동 집필한 책의 한 구절인지도.

도진은 얼어버린 듯 멈춰 있었다. 굳은 눈으로 나영을 물끄러미 쳐다보았다. 어둠 속이라서 그런 걸까, 더욱 그 눈동자가 위압적이었다. 하지만 마음 약해지지 말자고 나영은 생각했다. 객관적으로도, 자신이 도진에게 매달릴 만한 입장이다. 이런 상황에서 만약 언제나 손 뻗을 수 있는 여자라고 생각하면…….

아아, 난 정말 왜 이러는 걸까.

그가 그런 사람이 아니란 걸 알고 있는데도 왜 미련하게.

"알았다."

침대가 가벼워졌다. 그가 재킷을 단정하게 마무리하더니 몸을 돌렸다. 순간 나영의 심장이 철렁 내려앉았다. 물론, 자신이 한 행동에 후회는 없다. 여자의 입장이란 건, 아무래도 자신을 지킬 수밖에 없고, 남자와는 틀리기 때문에.

하지만 도진이 저렇게 쉽게 물러날 줄은 몰랐다. 어떻게 해서든, 저 남자는 그런 한심한 말 따위 일절무시, 란 태도로 안아버릴 줄 알았는데.

그렇게 해서 나는 저 남자를 조종할 수 있는 내 입장을 확인받고 싶어한 것이 아닐까.

결국 이기적인 이유는 한심한 결과로 끝나는 건데.

도진 씨······.

마음으로는 그 이름을 몇백 번이나 부르고 있었지만, 도통 성대를 울려서 나가지가 않았다. 어쩌면 좋지? 난 어쩌면 좋아. 나영은 괜히 자존심을 세우려다가 그의 성질만 건드린 것 같아 뒤늦게 후회가 되었다. 침실 문이 열리는 소리가 들렸다. 고개를 숙이고 있어서 알 수 없었다. 그저 소리만 듣고 있었다. 나영은 천천히 누워서 시트를 덮어 썼다.

정말 한심하다. 금방 후회할 거면서 무슨 밀고 당기기는······.

하지만 그를 잡고 싶지는 않았다. 어차피 이 정도에서 약해질 열정이라면······.

"정말 안 잡는군."

분명이 문 닫히는 소리가 들렸는데, 저편에서 들린 목소리였다. 순간 벌떡 일어난 나영이 문 앞을 바라보았다. 어슴푸레한 어둠 속에서 도진이 서 있었다. 나간 게 아니었다. 나영의 눈동자에 물이 차올랐다.

"내가, 뭘 잘못한 게 있나."

단단한 팔 근육을 드러내며 팔짱을 끼고 서 있었다. 불유쾌한 어조로 그렇게 물었다. 나영은 고개를 저었다. 시트를 꼭 쥐고서 입을 열었다.

"낮에, 봐주지도 않고, 키스도 안 해주고, 그냥 일만 바쁘다고…… 그랬잖아요."

투정 부리는 여자는 정말 꼴불견인데.

이것도 집착의 한 종류인 건 아닐까.

천천히 그가 다가오는 소리가 들렸다. 감촉 좋은 정장의 천이 스치는 소리다. 머리카락 위로 그의 커다란 손이 내려앉았다.

"미안."

손에 이어 숨결이 와 닿았다. 이마에 깊이 키스를 하고 더듬어 내려오며 입술을 찾았다. 나영은 눈물을 흘리고 있다는 사실도 잊고서 그의 키스를 받아들였다.

"미안해."

그가 다시 속삭였다. 갈라진 음성이다.

"내가, 미안해요. 또 확인받고 싶어서, 믿지 못하고서, 내 판단만 믿고서."

"형이 미워 죽겠군."

어깨를 쓰러뜨리며 도진이 말했다. 내려다보는 눈동자에가 빛나고 있었다. 어둠 속에서, 야수의 그것처럼.

"빨리 결혼하고 싶다."

나영은 눈을 깜빡였다. 결국 확인받고 말았다. 과정이 어찌 되었든. 이기적인 민나영.

한도진은 이 이기적인 민나영 때문에 앞으로 평생, 얼마나 귀찮을까. 사람의 습관이란 잘 변하지 않는 거라 하던데. 난 끝까지 그에게 애정을 확인받으려 하고, 그가 이렇게 안심시켜 주기를 기다릴까? 그리고 그는 끝까지 이렇게 해줄까? 변하지 않고서?

그래도 그런 모습이 좀 이상한 것이라 하더라도, 난 그런 부부가 되고 싶어. 평생 연애하는 것처럼.

너무 큰 욕심이겠지. 하지만 꿈도 못 꿔?

좀 더 대화를 하고 싶었는데, 도진은 역시나 몸의 대화가 먼저인 남자였다. 벌써 입술이 피부를 더듬으며, 다시 끌어올려 놓은 잠옷의 옷깃을 벌리고 있었다. 저릿하는 감각, 나영이 견디지 못하고 그의 가슴을 밀려고 하자 도진이 나영의 손목을 하나로 잡아 머리 위에서 비틀어 내리눌렀다.

"사탕, 계속 줄 거지?"

이럴 때만 꼭 아이처럼 다그친다. 더, 더 달라고 한다. 그걸 알면서도 나영은 고개를 끄덕이고 있었다.

"으응, 알았어요."

"다시는 그러지 마라. 심장 떨어져."

차라리 한도진에게 밥을 먹지 말라고 하면 모를까, 섹스를 끊겠다고 하는 건 죽으란 소리다. 아아, 난 그런 걸 다 알면서도 이런 위험한 남자가 만져 주는 게 좋다.

  도진이 나영의 허리를 들어 올리더니 부풀어 오른 자신의 욕망을 몸 안쪽 깊이 파고들어 넣었다. 아직도 익숙해지지 않는 삽입의 감각에 나영은 파르르 떨었다. 하지만 오늘 도진은, 결합 직후 잠시 멈춰주던 걸 해주지 않았다. 등을 끌어안으며 바로 연한 내벽을 헤치며 움직였다. 나영은 그의 어깨에 이마를 묻고서 문지르며 신음을 흘려야 했다.

  "말했지? 일 초라도 멀어지지 마. 잠시 동안이라도 잃기 싫다."

  나영은 정신없이 고개를 끄덕이며 다리를 더욱 조였다. 급격히 좁아진 내벽에 갇힌 도진이 이를 꽉 물고 나영의 등을 더욱 단단히 끌어안으며 자신을 박아 넣었다.

  혀끝으로 입술을 가르며 나영의 입 안을 폭풍처럼 휘저었다.

  "하아…… 으음……."

  나영은 격한 사랑의 행위에 자신을 가늠 수가 없었다. 점점 더 혼미해지는 의식 안으로 도진의 목소리가, 마치 그곳의 주인인 것처럼 당당하게 파고들었다.

  "시간이 나면, 지구 끝이 어딘지 알아둬."

  나영은 눈꺼풀을 희미하게 열어 떨리는 눈으로 그를 바라보며 반문했다.

"그게…… 무슨 말……."

"도망가면, 잡으러 가야 하니까."

지구 끝까지, 라는 그 말인 모양이다. 나영은 달콤한 헐떡임을 흘리며 그의 목을 꽉 끌어안았다. 땀으로 젖은 두 사람의 몸이 점점 더 밀착되었다. 달아날 여유를 주지 않는 남자다. 하지만 그런 남자가 어째서 그건 모르는 걸까?

달아날 생각도 없는 민나영이란 걸.

하지만 민나영이 달아날 수도 있다는 그 조바심을 유지하게 그냥 놔둬야지.

사랑은, 적정한 온도를 유지할 필요가 있으니까.

무조건 쿨한 것도, 무조건 핫한 것도, 위험하다.

때론, 쿨인지 핫인지 잘 모르는, 그런 수상쩍은 온도가 더 좋은 게 아닐까. 아니, 자신은 그게 마음이 놓일 것 같았다. 어느 온도만 아니라면, 쿨이 좋고. 타서 재가 되는 온도만 아니라면, 쿨도 좋고. 쿨한데 핫인 것도 좋고, 핫인데 쿨한 것도 좋고.

다만, 미지근하지 않게끔만 신경 쓰면 되겠지.

잇자국이 남을 정도로 격렬한 입맞춤이 나영의 온몸에 지속되었다. 하나를 가르쳐 주면 열을 아는 대단한 실력으로 나영이 그와 호흡을 맞추며 짙은 쾌락에 빠져서 허우적거리고 있는 그때, 도진이 깊은 곳까지 자신을 묻은 채 잠깐 멈추고는, 나영의 윗입술을 조이듯 키스하며 낮게 말했다.

"아무래도, 결혼 전까지 지켜주는 게 낫겠나?"

그러니까 이렇게 도발하듯, 얄밉게. 언제나 그렇듯 짓궂은 이 남자.

나영은 그의 섹시한 등을 확 끌어당기며 움직임을 재촉했다. 그의 입술에 입술을 맞대고 혀를 넣어 달콤하게 녹고 있는 사탕을 함께 음미하며.

"지켜주지 말아요. 그런 건, 시대에 뒤떨어졌어요."

그게, 나영의, 나영에 의한, 나영을 위한 대답이었다.

epilogue 3

잠자는 숲 속의 남자

[갑자기 일이 생겼다. 바쁘니까 집에 찾아오지 마.]

그것은 그 남자가 어느 날 보낸 메시지로, 약속 취소의 의미였다. 퇴근 준비를 하던 나영은 한참이나 휴대폰을 들여다보고 있어야 했다. 어쩐지 서운한 마음 때문이었다. 도진의 말투야 늘 그렇듯 딱 떨어지는 어조에 칼로 자르기라도 한 듯 날카로운 것이었지만.

[집에 찾아오지 마.]

그것은 바쁘다는 사람을 굳이 찾아갈 마음이 없었던 나영에게 왠지 상처로 인식되는 말이었던 것이다. 바쁘면 응당 회사에 있을 것이고, 나영에겐 일을 방해할 마음 같은 건 눈곱만큼도 없었는데. 어째서 회사가 아닌 집을 언급하면서 저렇게 찾아오지 말라고 못을 박는 걸까.

그저 평범한 말일 뿐인데도, 연인이 한 말에는 본래 이렇게 하나하나 신경이 쓰이는 걸까. 조사 하나에도 민감해지고, 굳이 말속에 담긴 뜻을 파헤치게 되는 걸까.

아무래도 신경 쓰였던 나영은 굳이 오지 말라는 208호로 결국 향했다. 약속이 취소되었으니 아직 퇴근하기에는 이른 시각, 지금쯤 그는 그 갑자기 생겼다는 일에 빠져 있겠지. 나영은 비밀번호를 누르고 유유히 안으로 진입했다. 역시 아파트는 텅 비어 있었다. 그때 나영은 왜 그런 푼수 같은 생각을 하게 되었을까. 이유야 확실한 게 하나 있다. 그녀는 푼수니까.

불 꺼진 거실 한편, 소파에 몸을 숨긴 나영은 그대로 쪼그리고 앉아 소파에 머리를 툭 기댔다. 그리고 이후 그 그림자는 단 한 번의 움직임도 없이 그 자리에 있었다. 그러니까 꼼짝도 않고 앉아서 기다리기로 했다. 도진이 돌아오기를.

솔직히 한참을 기다려야 할 줄 알았다. 어두워지는 거실에서, 불도 안 켜고 귀신처럼 앉아 있는 나영이 한 생각이었다. 그러나 얼마 지나지 않아, 그러니까 이 안으로 들어오고 정확히 십 분이 지났을 때 아파트 문이 열렸다. 아마도 재택근무를 할 모양인지……

나영은 고개만 빠끔히 내밀어 도진의 실루엣을 찾았다.

팟! 하고 거실 불이 켜졌다. 하지만 멋스러운 정장 차림의 그는 빈손을 하고 있었다. 일거리 같은 건 하나도 갖고 오지 않은 것이다. 아, 그렇다면 모든 일거리는 그 브레인에 담아오신 것이겠지. 이제 곧 노트북을 찾겠지? 다가오면 내가 서프라이즈!를 외쳐 주는 거야.

그럼, 일 때문에 지친 그의 피로가 싹 풀리겠지? 그리고 괜히 어리광을 부리면서 안겨올지도 몰라.

"자기야, 일 하기 싫어!"

아, 갑자기 도진이 그런 말을 하면서 달려오는 장면을 생각하니 소름이 쫙 돋는다. 역시 그 남자와 어리광은, 절대, 죽을 때까지도 조합될 수 없는 관계이리라.

하지만 상상만 하는 건데 뭐 어때.

도진의 발소리가 저벅저벅, 가까이 다가온 순간 나영은 계획했던 대로 벌떡 일어났다.

"서프라이즈!"

그리고 또 계획했던 대로 환하게 웃으며 소리친 순간.

"뭐야."

들뜬 나영과 달리 너무나 가라앉은 어조, 찬물을 끼얹은 듯 거실의 공기는 일순간 얼어붙었다. 너무나 예상과 빗나간 반응에 나영은 민망해서 어쩔 줄 몰라 했다. 물론 도진이 분위기 깨는 데 일가견이 있는 사람이란 건 익히 알고 있다. 하지만 나영이 하는 일에는 웬만하면 반응을 보였던 것이다. 그뿐인가, 자주 사랑스럽다는 눈을 하고서 지그시 쳐다봐 주곤 했었는데.

지금은 명백히 타인을 대하듯, 너무나 낯선 시선으로, 혹은 귀찮다는 기색까지 보일 정도로 달갑지 않은 시선으로 나영을 보고 있는 것이다. 마치 짜증난다는 듯.

"도진 씨……."

며칠 만에 완전히 변한 그의 느낌에 나영은 자신도 모르게 어깨가 움츠러들었다. 물밀듯 서운함이 밀려왔다. 물론 그가 바쁘다는 건 알고 있지만, 그래도 나름 귀여운 짓 한 번 해보려고 한 건데…….

"내가, 오지 말라고 말하지 않았던가."

싸늘하게 이어진 음색. 힐난하는 어투.

"봐, 봤어요, 메시지. 하지만 난 도진 씨 일하는데 피곤할까 봐 위문차……."

할 말, 정말 척박하다. 원하지 않는 상대에게 쇼를 제공한 대가가 이렇게 민망한지 처음 알았다. 게다가 상대는 그녀가 너무나 사랑하는 연인인 것이다. 너무한다, 이 남자. 아무리 당장 일에 착수해야 할 정도로 바쁘다고 하더라도, 그래서 여유가 없다고 하더라도.

"그래서 온 건데, 너무하잖아요."

나영은 서러운 마음에 울먹거리기까지 했다. 자신이 괜한 일을 만들어놓고서 누구더러 울음받이가 되라는 건지 모르겠다. 이래선 안 된다는 걸 알고 있지만, 서운한 걸 어떡해.

"나, 갈게요."

나영은 핸드백을 든 채 힘없이 돌아섰다. 그에게 받는 냉대는, 정말 오랜만이라 반가워하고 자시고 할 여유도 없이 슬프다는 마음부터 들었다.

"민나영, 거기 서."

등 뒤에서 들린 목소리에 나영은 잠깐 멈칫했지만 그대로 현관으로 직행했다. 구박했으면서, 간다니까 겁나나? 흥, 나 당분간 삐침 모드라구요!

"몰라요. 상관하지 말아요."

씩씩거리면서 신발장에 숨겨둔 구두를 꺼내려는데, 커다란 품이 뒤에서 나영을 와락 끌어안았다. 소리도 없이 언제 여기까지 온 건지 모르겠다. 정말 기척없이 움직이는 걸로는, 국내 최고의 기동성을 자랑하는 남자일지도 모르겠다.

"하, 하지 말아요! 구박할 때는 언제고, 내가 뭐 안아주면 안아주는 대로 무조건 마음이 풀리는……."

항의하던 나영의 기세가 천천히 잦아들었다. 무언가 이상한 예감 때문이었다. 그 남자가 뜨겁다는 건 본래부터 알고 있는 사실이었다. 안길 때마다 격정을 선물하는 남자가 바로 그였으니까. 하지만 지금 자신을 안아오는 온도는 어딘가 틀린 것이었다. 열정과 욕망으로 달아오른 뜨거움과 어떤 신체적인 문제 때문에 열이 펄펄 끓는 것과는 엄연히 다른 것이었다.

"도진 씨! 어, 어디 아파요?"

나영이 화들짝 놀라 돌아서려 했다. 하지만 도진이 어깨를 꽉 끌어안고 있어서 그것도 여의치 않았다.

"이 손 좀 놔봐요. 너무 뜨겁잖아요. 도대체 어디가 아픈 거예요?"

"수선 떨 것 없어. 그냥, 감기니까."

나영의 눈동자가 딱 정지했다. 역시, 자신의 예감이 맞았다. 그녀를 안고 있는 도진의 몸에서 온통 열이 끓고 있었다. 이 정도까지 뜨거운데 그렇게 멀쩡하게, 도리어 싸늘한 기운을 풍기고서 서 있었던 게 용하다. 실로 무서운 남자다.

"아, 아프면 말을 하죠! 손 좀 놔봐요. 얼른 병원 가요. 주사부터 맞아요. 가만 놔두면, 큰일나요."

"그냥 둬. 아무튼 말 안 들어요. 그렇게 오지 말라고 했더니."

걱정과 조바심으로 찌푸려져 있던 나영의 미간에서 서서히 힘이 풀렸다. 결국, 그것이었구나. 차가워진 것도 아니고, 서운할 것도 없었던 것이다.

"나, 감기 옮을까 봐요?"

바보 같은 남자다. 그런 이유 때문에 내 남자가 아픈데도 알지 못할 뻔했다. 정말 이렇게 나쁜 남자가 어디 있어. 쓸모없는 연인으로 만들어서 뭘 어쩌려고.

"어서 가. 요즘 감기 지독하다. 옮으면, 너 아파."

도진이 천천히 몸을 떼더니 돌아섰다. 이제야 평상시와 다르게 불안정한 그의 걸음걸이가 눈에 들어온다. 나영은 생각할 것도 없이 한걸음에 달려가 도진의 팔을 붙들어 자신의 어깨에 척 멨다. 도진이 한쪽 눈썹을 치켜뜨고서 나영을 내려다보았다.

"지금, 뭐 하냐?"

"보면 몰라요? 환자 부축하잖아요. 춤추자고 하는 것 같아요?"

"춤은, 지금 불가능해."

"그러니까 누가 뭐래요? 어휴, 아프면서도 썰렁한 개그 하려고 해. 재미없으니까 어서 침대로 가요."

"오늘만 봐줘라. 참고, 내일 하자."

너무나 뻔뻔하고 시국에 안 맞는 온통 그 방향뿐인 그의 말에 나영의 얼굴이 확 달아올랐다. 하긴 뭘 해요, 진짜!

"장난하지 말고 얼른 가서 누워요. 남은 걱정돼 죽겠는데 장난만 해."

"옆에 있으면 하고 싶은데."

"도진 씨!"

"게임하고 싶다는 말이었다."

"흥!"

"키스 게임."

"말을 맙시다."

나영은 도진의 커다란 몸을 질질 끌다시피 해서 침대에 앉히고는 재킷부터 벗겼다. 열이 올라 그 긴 눈매가 평상시와 달리 조금은 연하게 풀어져서, 그가 나영을 쳐다보았다. 희미한 미소를 지으며 낮게 말했다.

"적극적이군, 난 지금 안 된다니까."

"네, 네. 마음대로 생각하세요."

벗긴 재킷을 한쪽에 놓고서 이번에는 넥타이를 풀어 내리자 도진이 싱긋 웃었다.

"유혹이, 너무 강해. 못 참겠어."

"풀어지던 넥타이가 다시 조이는 수가 있어요."

"그런 플레이까지는, 안 가르쳐 줬는데 말이지. 진도가, 너무 빠르지 않나?"

"못 말려요, 정말. 주사는 맞았어요?"

와이셔츠의 단추를 몇 개 열어주고 가만히 뒤로 눕히자, 도진은 아무 말 없이 누웠다. 이렇게 말을 잘 듣는 버전의 그는 한 번도 본 적이 없다. 그가 아픈 건 정말 싫지만, 지금 이 순간의 한도진은 정말이지 놀라워서 신선하기까지 했다.

"병원은요?"

"오는 길에 들렀어."

"주사 맞았어요? 약은?"

"주사 맞기 싫어서 약 독하게 지어달라고 했다."

"설마."

주삿바늘이 한도진을 싫어하는 일은 가능해도, 한도진이 주삿바늘을 무서워할 일은 결단코 없을 것이다. 그런데.

"주사, 무섭다."

대놓고 고백하고 있는 것이다. 그것도 아주 당연하다는 듯 너무나 뻔뻔한 얼굴로.

그, 그게 말이 됩니까!

"장난하지 마요. 지금 전국의 주삿바늘들에게 얼마나 실례되는 말을 한 건지 알기나 해요? 얼른 사과해요. 주삿바늘들한테 사과해요."

"그래, 미안하다."

그러더니 도진이 천천히 눈을 감았다. 지친 기색이었다. 그러니까 지금까지도 반쯤 의식이 몽롱한 상태에서 그 모든 대꾸들을 해줬다는 소리다.

아아, 못 말리는 이 남자.

나영은 어쩔 수 없이 희미하게 웃고 말았다. 감기가 죽을병은 아니지만, 그래도 내가 사랑하는 사람이 아프면 나도 진심으로 아프다. 하지만 이렇게 사랑스러운 모습을 한 한도진은 처음이라, 그의 무방비한 모습을 지켜보는 건 정말 처음이라, 왠지 감기님께 감사하고 싶어진다.

'그러니까 우리 도진 씨, 조금만 아프게 하고 금방 가줘야 해요.'

나영은 도진의 이마를 천천히 쓸고 머리카락을 한참이나 만지작거리다가 자리에서 일어났다. 수건에 얼음물을 적셔 꼭 짠 뒤 도진의 이마에 조심스럽게 얹었다. 체온계를 찾아 겨드랑이에 가만히 꽂고서 침대 옆 바닥에 무릎을 대고 앉아 턱을 괴고 그를 바라보았다.

도진은 깊이 잠들어 있었다.

수려한 그 외모는 평상시라면 분명히 늠름한 왕자님 그 자체였을 텐데, 오늘은 어쩐지 열에 들떠 잠든 모습이 너무 선하고 예뻐 보여서, 잠자는 숲속의 도진 공주님 같다. 물론 감기를 떨치고 일어나는 순간, 바로 용을 박살 내겠다고 달려 나갈 태세로 돌변하겠지만.

나영은 천천히 침대에 엎드려 시트에 뺨을 기댔다. 옆에서 도진의 고른 숨소리가 들려왔다. 손을 뻗어 도진의 커다란 손을 살짝 쥐고서 손바닥을 만지작거리다가 폭 겹치고는 스르르 눈을 감았다.

"아프지 마요. 도진 씨는 평생 아프면 안 되는 사람이야. 왜냐하면, 아픈 게 어울리지 않는 사람이니까."

중얼거리며 그의 손을 계속 만지작거렸다. 정상보다 웃도는 그의 체온 때문에 마음이 못내 무겁다.

"하지만 가끔 이렇게 내가 당신을 지켜줄 때도 있었으면 좋겠어요."

아침까지 옆을 지킬 것이다. 그가 편안하게 자고 일어날 때까지. 다시 평상시의 그 냉랭하고 건방진 눈빛을 쏘아댈 때까지. 그러니까 아무 걱정 말고 잠들었으면 좋겠다고.

"당신만이 아니에요. 나도 지켜줄게요. 그러니까 나만 믿고 빨리 나아요."

이렇게나 그를 지키고 싶은 건, 나중에 내가 아플 때 그가 어떻게 해줄지 너무나 잘 알고 있기 때문에. 가슴으로 느껴지는 그는 언제나 그렇게 든든한 남자이기 때문에.

내일 아침, 그와 짙은 모닝키스를 해야지.

나, 감기 옮지 말았으면 좋겠다고 생각했으면, 집에 오지 말라는 메시지를 보낼 게 아니라 주사를 맞았어야 해요. 당신과 나누는 키스는 나한테 가장 소중한 거니까 단 하루도 거를 수 없어요. 당신이 아무리 아파도 하고야 말 거니까.

키스해서 나 감기 옮아버리면, 결국 아무 소용 없잖아요.

그러니까 빨리 나아요.

당신과의 키스를, 이렇게 기다리는 날 위해서.

그래 줄 거죠, 도진 씨?

물론.

이튿날 새벽, 나영은 잠에서 깨어나자마자 도진에게 강제로 입술을 빼앗겼다.

그리고 그날 밤, 나영은 겨우 감기 하나로 강제로 응급실로 송환돼 바로 입원을 당해야 했다. 그 칼날처럼 예리하게 생긴 남자의 오버는, 감기 하나로 민나영이 죽어버릴 수도 있다는 그런 데이터를 뽑아낸 것 같았다. 모르는 사람이 알면 일제히 비웃을 중환자 취급을 당하며, 나영은 맥없이 중얼거렸다.

"그러니까, 도진 씨가 아프면 내가 아프다니까……."

정말 무더운 여름이었습니다. 특히 『쿨러브』를 쓰고 연재할 때가 한창 7월에서 8월로 넘어가던 시기였으니, 정말이지 찜통 같다는 말이 딱 어울리던 때였던 것 같군요.

다른 마음 없이, 단 하나의 목적으로 이 글을 써 내려갔습니다.

덜 덥자!

글을 쓰는 나도, 글을 읽으시는 독자님도 한때나마 더위를 잊을 수 있는, 그런 시원하고 재미있고 단순한 글을 쓰자. 그래서 이 글의 소제목도 〈사랑에 관한 짧은 단상〉입니다.

사랑이 주는 기쁨, 설렘, 아련한 고통, 두근거림, 가슴 시린 애틋함.

사랑이라는 줄기에 붙은 열매들은 저렇게 많지요. 그 많은 감정을 제가 이 짧은 글에 다 표현할 수는 없으니, 기쁘고 즐거운 사연이나마 짧지만 알차게 채우고 싶었습니다. 언제나 그랬듯 단 한 분이라도 즐겁게 읽어주시면 기

쓰다, 생각하며 써 내려갔습니다.

   초기에 저의 글은 잔잔하면서도 다소 가라앉은 느낌이었습니다. 아무래도 글을 쓰다 보면 그 감성을 유지해야 하기 때문에, 현실 생활에서마저 글에서처럼 가라앉고 슬픈 감성에 휘둘리게 되더군요. 그래서 그게 너무 힘들어서, 다음엔 즐겁고 발랄한 글을 쓰자, 란 생각에 쓰게 된 패턴이 요 근래까지의 글들이었습니다. 그리고 그 두 가지를 절충하고자 시도한 것이 바로 이 『쿨러브』입니다. 기존 저의 글에서 보였던 한쪽으로 치우친 성향들을 좀 버무려 보면 어떨까. 너무 가라앉지 않되 잔잔함은 유지하고, 발랄하되 너무 가볍지만은 않은, 그런 글을 말이죠.

   도진 씨의 진지함과 나영의 발랄함으로 축약해서 표현할 수 있겠군요. 시도는 그러했는데 결과는 제가 알 수 없는 부분이니…….

   물론 아직도 많은 부분 부족하다고 생각합니다. 하지만 길은 계속 이어져 있고, 여전히 저는 걸어가는 중입니다. 아직도 많은 거리가 남아 있겠지만, 종점에 도착할 때까지는 열심히 쓰고 또 써볼 밖에요.

『쿨러브』가 그 전환점이 되기를, 열심히 바라고 있습니다.

항상 제가 글을 쓰는 데는 저의 사랑스러운 남편님께서 아주 많은 도움이 된답니다. 물심양면, 전적으로 지원해 주고 북돋워 주는 제 반쪽이 있기에 이렇게 즐겁게 작업을 할 수 있지 않을까 합니다. 그리고 『쿨러브』를 세상에 내보내 주신 청어람 출판사, 저의 부족한 글을 편집해 주시는 종민 씨, 지윤 씨께 진심으로 감사드립니다.

연재 당시, 너무 응원을 해주시고 용기를 주셔서 정말 즐겁게 작업할 수 있었습니다. 독자님들과 사랑아름 가족들, 작가 언니들, 사랑합니다.

음, 영태라는 캐릭터를 만들 수 있게끔 힌트를 준 친구 경숙이에게 고마운 마음 전하구요, 언제나 내 뒤에서 차분하게 있어주는 친구 선영아, 고마워.

무엇보다 이 글을 읽어주신 모든 분들께 감사드립니다.

더위는 이제 한풀 꺾였습니다. 하지만 도진, 나영과 함께했던 올 여름을 저는 잊지 못할 것 같습니다.

―가을의 초입에서 이정숙 드림.